STEVE JACKSON

Der Anschlag

D1927131

Buch

London im Ausnahmezustand: Zum zweiten Mal innerhalb kürzester Zeit verwüstet ein furchtbarer Terroranschlag eine U-Bahn-Station in der britischen Hauptstadt. Der junge MI6-Agent Paul Aston wird von seinem Vorgesetzten Robert Macintosh, »Mac«, beauftragt, sich Undercover ein Bild von der Lage am Leicester Square zu machen. Die Eindrücke vom Unglücksort lassen ihn nicht mehr los, und die Jagd nach dem Attentäter wird für Paul zu einem persönlichen Anliegen. Doch die Ermittlungen stocken, denn die Drahtzieher hinter dem Anschlag wussten genau, was sie taten, und scheinen über beste Beziehungen verfügt zu haben. Pauls Chef und Mentor Mac gerät unter Druck, und das nicht nur von außen: Einige Wochen nach dem Attentat wird Paul von Grant Kinclave, dem allmächtigen Chef des MI6, in einer Bar angesprochen. Kinclave hat einen Auftrag für ihn, von dem keiner erfahren darf: Paul soll Mac ausspionieren. Man ist misstrauisch geworden beim MI6, sucht nach einem Verräter in den eigenen Reihen, denn allzu viele Agenten haben in letzter Zeit ihr Leben verloren und zu viele geheime Aktionen sind schiefgelaufen – das schreckliche Attentat am Leicester Square war nur die Spitze des Eisberges.

Paul wird nachdenklich. Wer ist dieser Mann wirklich, sein Mentor, den er so gut zu kennen glaubte? Kann Paul ihm noch vertrauen? Oder ist Mac tatsächlich der Verräter, nach dem Kinclave und der gesamte MI6 suchen? Als Paul Mac zur Rede stellen will, ist dieser verschwunden. Es beginnt ein gefährliches Katz-und-Maus-Spiel, an dessen Ende Paul glaubt, den wahren Verräter und seinen Plan endlich offenbart zu haben – nur um erkennen zu müssen, dass er wieder getäuscht wurde. Und das mit fast tödlichen Konsequenzen für eine ganze Stadt …

Autor

Steve Jackson wurde in Schottland geboren und wuchs in Gloucestershire auf. Nach Abschluss der Schule arbeitete er zunächst als Journalist bei einer örtlichen Tageszeitung und versuchte sich dann in mehreren Berufen – als Musiker, Toningenieur, Studienabbrecher, Gitarren- und Reitlehrer –, bevor er zu seiner wahren Berufung fand und anfing hochspannende Thriller zu schreiben. Zurzeit lebt er in St. Albans, England.

Steve Jackson

Der Anschlag

Roman

Aus dem Englischen
von Susanne Goga-Klinkenberg

GOLDMANN

Die englische Originalausgabe erschien 2006
unter dem Titel »The Mentor«
bei HarperCollins Publishers Ltd., London.

FSC
Mix
Produktgruppe aus vorbildlich
bewirtschafteten Wäldern und
anderen kontrollierten Herkünften

Zert.-Nr. SGS-COC-1940
www.fsc.org
© 1996 Forest Stewardship Council

Verlagsgruppe Random House FSC-DEU-0100
Das FSC-zertifizierte Papier *München Super* für dieses Buch
liefert Arctic Paper Mochenwangen GmbH

1. Auflage
Deutsche Erstveröffentlichung Juli 2009
Copyright © der Originalausgabe 2006 by Steve Jackson
Copyright © der deutschsprachigen Ausgabe 2009
by Wilhelm Goldmann Verlag, München,
in der Verlagsgruppe Random House GmbH
Umschlaggestaltung: UNO Werbeagentur, München
Umschlagmotiv: Getty Images/Photolibrary
Th · Herstellung: Str./MK
Satz: IBV Satz- und Datentechnik GmbH, Berlin
Druck und Bindung: GGP Media GmbH, Pößneck
Redaktion: Kristina Lake-Zapp
Printed in Germany
ISBN 978-3-442-46280-3

www.goldmann-verlag.de

In Liebe für Karen

PROLOG

Noch fünfzehn Minuten bis zur großen Show.

Warten hat mir noch nie etwas ausgemacht. Reine Routine. Zeit totschlagen ... nichts leichter als das. Das Zimmer wirkt bedrückend, wird sonst wohl eher stundenweise vermietet, stinkt nach Desinfektionsmitteln und Pisse und ist mit einem Bett schon voll. Keine Bibel im Nachttisch, kein Pfefferminz auf dem fleckigen Kopfkissen. Die klumpige Matratze ist mit einem schmutzig-grauen Laken bezogen. Kein Oberbett. Das Kopfende ist mit krummen Schrauben an der verputzten Wand befestigt, damit es nicht dagegen prallt. Vor dem Fenster hängen fransige, papierdünne Vorhänge, auf denen noch der Hauch eines Blumenmusters zu erkennen ist; schwache Spuren in Rosa, Rot und Grün. Durch den Spalt dazwischen blickt man in eine müllübersäte Gasse. Kein Schrank, keine Kommode, eigentlich gar nichts. Solche Zimmer sind zum Ficken oder Sterben da.

Ich habe das Zimmer für zwei Stunden gemietet und bar bezahlt. Der Mann am Empfang hockte in einem Drahtkäfig, es würde mich nicht wundern, wenn er unter seiner Theke einen Baseball-Schläger oder eine Waffe versteckt hätte. Lange Mähne aus weißen Dreadlocks, einen dicken Joint zwischen den bläulichen Lippen. Er konnte ebenso gut Anfang fünfzig wie Ende sechzig sein und glotzte mit blutunterlaufenen Augen durch den süßlichen Qualm auf einen tragbaren Schwarz-Weiß-Fernseher. Arnie schwenkte eine große Knarre. Halb

Mann, halb Cyborg ... wenn du leben willst, komm mit mir! Der Mann nahm das Geld und schob einen Schlüssel durch den Schlitz, ohne die Augen vom Fernseher zu wenden.

»Hm«, sagte ich, »meine ... meine Freundin kommt gleich. Könnten Sie sie, hm, auf mein Zimmer schicken?«

Der Mann drehte sich ganz langsam um und schaute mich prüfend an, als wollte er sagen: *Was glaubst du eigentlich, wo du hier bist? Im Hilton?* Er stieß eine Rauchwolke aus und grinste mit gelb-goldenen Zähnen. »Klar doch, M'sieur.« Noch immer grinsend wandte er sich wieder dem Fernseher zu. Er hatte mich vielleicht zwei Sekunden angesehen und schon wieder vergessen, als sich seine Augen auf den Bildschirm hefteten. Für ihn war ich nur irgendein geiler weißer Geschäftsmann, der genauso aussah wie all die anderen geilen weißen Geschäftsleute, die bei ihm ein und aus gingen.

Ein Blick auf die Uhr. Noch acht Minuten. Nebenan verdient sich eine Nutte den nächsten Schuss. Sie stöhnt und ächzt und sagt dem Freier, was er hören will: dass er ein ganz, ganz schlimmer Junge ist ... und soooo groß. Ich achte nicht auf den Lärm und starte den Laptop. Ein Klicken, der Ventilator erwacht surrend zum Leben. Ich tippe das Passwort ein, meine Finger rasen über die Tastatur, als ich in den Hauptrechner der Londoner U-Bahn eindringe. Rasch hacke ich mich in das System der Sicherheitskameras. Auf dem Bildschirm erscheint das körnige Bild eines überfüllten Bahnsteigs: Leicester Square. Das hier ist Echtzeit, das Bild wird via Satellit über mein Handy auf den Laptop übertragen. Drei Kameras erlauben eine Rundumsicht auf den Bahnsteig, und ich kann mit einem einzigen Klick zwischen ihnen hin und her springen. Schon erstaunlich, was heutzutage technisch machbar ist.

Es ist mitten im Berufsverkehr, lauter Anzüge auf dem

Bahnsteig. Weiße Gesichter, dunkle Gesichter, asiatische Gesichter. Die Hautfarben mögen variieren, doch der Ausdruck ist immer gleich: müde, gestresst, gelangweilt. Ein Zug fährt ein, das Gedränge lässt vorübergehend nach. Die Türen gehen zu, öffnen sich aber noch einmal, damit sich zwei weitere Geschäftsleute hineinquetschen können. Ich weiß nicht, wer mehr Glück hat – die im Zug oder die draußen auf dem Bahnsteig.

Eine Minute später wimmelt es schon wieder von Menschen. Ich mustere die Gesichter, suche nach dem Mädchen. Überall entfalten sich winzige Dramen … menschliche Haikus. Ein Pakistani in schickem Anzug steht beim Ausgang, Aktentasche in der Hand, Laptop-Tasche über der Schulter. Er fährt sich unbewusst mit der Zunge über die trockenen Lippen, tastet die Frau vor sich gierig mit den Augen ab. Sie spürt es, dreht sich unvermittelt um. Er wendet sich schnell ab, zu auffällig, und ein flüchtiges Lächeln huscht über ihr Gesicht. Sie fährt sich durch den maskulinen Kurzhaarschnitt, fühlt sich insgeheim geschmeichelt. Ich klicke zu einer anderen Kamera. Ein Rucksacktourist bewegt sich in Zeitlupe durch die Menge, er sieht aus wie ein Astronaut, den die Schwerkraft des Bahnsteigs zu Boden zieht. Das fettige Haar fällt ihm bis auf die Schultern, er trägt eine abgeschnittene Jeans und Piercings in Ohren, Nasen und Lippen. Das Wort auf seinem T-Shirt trifft es auf den Punkt: LOSER.

Der Deal lautete auf zwei Millionen, zahlbar in einer Summe. Nur so kann man Geschäfte machen. Der ganze Unsinn von wegen eine Hälfte jetzt, die andere später ist für Amateure. Mir kommt der Gedanke, dass sie es noch vermasseln könnte. Wäre nicht das erste Mal, dass jemand in letzter Sekunde kalte Füße bekommt. Nur Geduld, sage ich mir.

Die Sekunden vergehen, gerinnen zu Minuten. Ich weiß,

sie nennen mich hinter meinem Rücken Dinosaurier. Es ist beleidigend gemeint, doch ich empfinde es anders. Das Wort Dinosaurier stammt aus dem Griechischen und bedeutet »schreckliche Echse«. Die Leute sollten besser aufpassen, was sie sagen.

Ich klicke zwischen den Kameras hin und her, vergleiche die Gesichter mit dem Bild neben dem Laptop. Am Süßwarenautomaten steht eine hochschwangere Araberin. Sie glüht förmlich vor Selbstgerechtigkeit. Ihr Kopf wandert hin und her, sie sucht nach der besten Position. Schiebt sich zur Mitte des Bahnsteigs. Die Menge lässt sie durch, als spürte sie, dass diese Frau etwas Besonderes ist. Sie geht vorsichtig, die Hände auf dem dicken Bauch, watschelnd, als könnte jeden Augenblick die Fruchtblase platzen. Sie lächelt den Geschäftsleuten zu, die Platz machen, und erntet mitfühlende Blicke von Frauen, die offenkundig selber Mütter sind. *Die Ärmste, in dieser Hitze, das ist wirklich nicht angenehm.* Sie lächelt und zuckt die Achseln. *Was soll ich machen?* Eine wortlose Kommunikation zwischen den Mitgliedern einer Organisation, geheimnisvoll wie die Freimaurer.

Sie bleibt an der gelben Linie stehen und schaut zu der Digitalanzeige, die von der Decke hängt. Noch eine Minute bis zum nächsten Zug. Sie dreht den Kopf und schaut einen Moment lang genau in die Kamera. Selbst in Schwarz-Weiß sieht sie toll aus. Fast noch ein Teenager, mit langem dunklem Haar und exotischem Teint. Keine Anspannung im Gesicht, kein Bedauern in den rauchschwarzen Augen; sie ist vollkommen im Reinen mit sich. Ihre Lippen bewegen sich, sie rezitiert lautlos Verse aus dem Koran. ZURÜCKTRETEN, ZUG FÄHRT EIN, blitzt es von der Anzeigetafel. Der Zug fährt in den Bahnhof, die Türen gehen auf, spucken eine Flut von Körpern aus. Ich verliere sie aus den Augen. Einen Herzschlag später habe ich nur noch Schneegestöber auf dem Monitor. Wenn ich es nicht besser wüsste, würde ich auf einen technischen Defekt tippen.

Ich weiß es aber besser.

1. TEIL

Welke Blumen im Haar

Wir verlachen die Ehre und sind entsetzt, wenn wir Verräter in unserer Mitte entdecken.

C.S. Lewis

1

Paul Aston knallte den Hörer auf die Gabel und schob ruckartig seinen Stuhl zurück. »Scheiße, Scheiße, Scheiße«, murmelte er. Er musste Überstunden machen, na und? Das brachte sein Beruf mit sich, das war doch nichts Neues. Warum also tat sie nun, als sei es die Überraschung des Jahrhunderts? Das Telefon klingelte wieder, er würde nicht rangehen. Sicher Laura, die ihn endgültig zum Teufel schicken wollte. Aber er war klassisch konditioniert, hob doch ab und meldete sich mit einem vorsichtigen Hallo.

»Hi, Paul.«

»Gott sei Dank, mal eine nette Stimme.« Georgina Strauss war eindeutig zuerst Freundin und dann erst Arbeitskollegin, eine recht ungewöhnliche Konstellation; in seiner Branche pflegte man eher Kontakte als Freundschaften. Sie hatten gemeinsam IONEC, den Einführungskurs des MI6, absolviert. Das Akronym stand für Intelligence Officer's New Entry Course und war eine der unzähligen Abkürzungen, die der MI6 so liebte; damals war es ihm vorgekommen, als lernte er eine neue Sprache.

»Paul, ich hab's eilig. In der U-Bahn-Station Leicester Square ist eine Bombe hochgegangen.«

»Verdammt.« Er sah auf die Uhr. Mitten im Berufsverkehr. »Wie viele Tote?«

»Keine Ahnung. Zu viele.«

»Wie ist es passiert?«

»Wir tippen auf einen Selbstmordattentäter. Ist einfach auf den Bahnsteig marschiert und hat sich in die Luft gejagt.«

»Mein Gott.«

»Hab ich nicht gesagt, es ist nur eine Frage der Zeit, bis so etwas wieder passiert? Nicht dass ich mich darüber freue. Wie war das doch gleich mit den Lektionen, die wir nach dem 7. Juli angeblich gelernt haben?« Sie seufzte, und Aston sah sie im Geiste kopfschüttelnd am Schreibtisch sitzen. »Mann, so eine Riesenscheiße.«

»Das ist noch milde ausgedrückt.«

»Ich hab was bei dir gut«, sagte George und hängte ein.

Aston nahm das Handy, dessen Nummer nur ein Mensch auf der Welt kannte, aus der Hemdtasche. Es war immer aufgeladen und eingeschaltet; er musste es stets bei sich tragen. Noch bevor er es aufgeklappt hatte, begann es zu vibrieren.

Mac hielt sich gar nicht erst mit einer Begrüßung auf, sondern bombardierte ihn gleich mit Fragen, um zu prüfen, ob und was er von dem Anschlag wusste.

»Okay, warum zum Teufel sitzt du dann noch auf deinem Hintern?«

»Ich wollte gerade gehen.«

»Hoffentlich verarschst du mich nicht.«

»Nein, Sir.«

Ein Schnauben, das alles und nichts bedeuten konnte, dann: »Ich will dich sofort dort haben. Ich muss genau wissen, was vorgefallen ist. Alles. Kapiert?«

Aston schnitt dem Handy eine Grimasse. »Ja, Sir.«

»Und, Aston –«

»Ja?«

»Gib dich nicht als Journalist aus.«

Aston rannte auf die Straße. Als er die Vauxhall Bridge erreicht hatte, war sein Hemd schon schweißdurchtränkt. Es war ein schwüler Abend. Am anderen Flussufer blieb er stehen, um Luft zu holen, und warf einen Blick auf die Zentrale des MI6, die ziemlich orientalisch anmutete. Kein Wunder, dass die Medien das Gebäude »Babylon-on-Thames« getauft hatten. Der Bau hatte eine neunstellige Summe verschlungen, wenngleich man von außen gar nicht sehen konnte, was denn nun so teuer gewesen war. Das wirklich Kostspielige waren die unsichtbaren Spielereien, die aufwändige Abhörsicherung, die bombensicheren Wände, die Dreifachverglasung wie auch die Tatsache, dass sich sage und schreibe fünf Stockwerke unter der Erde befanden.

In der Stadt war das Chaos ausgebrochen. Alle U-Bahn-Linien standen still, sodass die Menschenmassen um Taxis und Busse kämpften, die sämtliche Straßen verstopften. Über allem lag eine Kakophonie aus Sirenen und lauten Stimmen, es herrschten Panik und Verwirrung. Niemand wusste, was los war, diverse Gerüchte von denkbar bis dämlich schwirrten umher. Der Premierminister war ermordet worden, eine Atombombe auf den Buckingham Palace gefallen … Aston blieb stehen, der Schweiß rann ihm den Rücken hinunter. Unmöglich, in dieser Hitze bis zum Leicester Square zu rennen. Er musste eine bessere Lösung finden.

Der Radfahrer im Anzug erinnerte mit seinem Sturzhelm an einen Außerirdischen. Er quetschte sich gerade zwischen Bordstein und einem BMW-Cabrio hindurch, dessen Fahrer den Motor abgestellt hatte und nervös aufs Lenkrad trommelte, während er die Nachrichten im Radio hörte. Aston griff kurz entschlossen nach dem Arm des Mannes und riss ihn vom Rad, sodass dieser zu Boden taumelte. Dann sprang er auf, sauste den Bürgersteig entlang und rief den Fußgängern zu, sie sollten Platz machen.

Auf Höhe der National Portrait Gallery entdeckte er das erste Opfer. Eine Frau Mitte zwanzig, von Kopf bis Fuß mit grauem Staub überpudert. Sie saß auf dem Bordstein, die Knie an den Körper gezogen, und wiegte sich mit leerem Blick hin und her. Aston strampelte weiter, sah noch mehr Überlebende. Alle hatten den gleichen leblosen Blick, starrten ins Unendliche. Manche weinten, hatten Schnittverletzungen und Prellungen erlitten, Blut auf Gesicht und Kleidung. Astons Magen krampfte sich zusammen, dabei waren das hier diejenigen, die noch Glück gehabt hatten.

Dann hörte er die Schreie voller Qual und Schmerz, eine Symphonie des Leidens, die immer lauter wurde. Er wollte die Ohren davor verschließen, hätte am liebsten auf der Stelle kehrtgemacht, nur weg von diesem grauenhaften Lärm, doch er war für solche Situationen ausgebildet und schaltete auf Autopilot. Von jetzt an war er Detective Inspector Stuart Bromley, ein Spitzenbeamter der Metropolitan Police. Nie und nimmer würde DI Bromley davonlaufen, dafür hatte er in seiner langen Karriere schon zu viel erlebt. Aston lehnte das Rad an einen Laternenpfahl und strich seine Kleidung glatt. Man konnte die Angst besser verarbeiten, wenn man in eine fremde Rolle schlüpfte.

Er bog um eine Ecke und trat in einen Albtraum. Polizei, Feuerwehr, Sanitäter, alle waren vor Ort und arbeiteten hinter einer improvisierten Absperrung, vor der sich Journalisten, Fernsehreporter, Fotografen, Kameraleute und Gaffer drängten. Wie bei Dreharbeiten für einen Film, nur war dies kein Action-Kracher Marke Hollywood. Seine Sinne schienen geschärft, er nahm Farben, Geräusche und Gerüche auf einmal viel intensiver wahr. Aufheulende Motoren, gebrüllte Befehle, die Schreie der Verletzten, rotierende grellrote und blaue Lichter auf Krankenwagen und Polizeiautos, das erregte voyeuristische Gemurmel der Menge, Londons Schmutzgeruch, überlagert von einer dünnen Schicht aus Asche und Erbrochenem.

Aston drängte sich durchs Getümmel, als gehörte ihm die Straße. Er musste beinahe lächeln, als zwei erfahrene Reporter ihn mit Fragen bestürmten. »Kein Kommentar.« So war das mit der Tarnung. Solange man selbst daran glaubte, konnte man fast jeden überzeugen.

An der Absperrung stoppte ihn ein Polizist. Aston sagte nichts, sondern richtete sich zu voller Größe auf, zückte seinen Ausweis und hielt ihn dem Polizisten entrüstet unter die Nase. Der Ausweis war absolut wasserdicht, immerhin stammte er von derselben Stelle, von der auch die Met ihre Ausweise bezog. Der Polizist murmelte eine Entschuldigung und ließ ihn passieren. Die Medienmeute blieb auf der anderen Seite gefangen. Mac hatte recht gehabt: Als Journalist wäre er nicht weit gekommen. Mit festen Schritten, die den dicken Staub aufwirbelten, ging Aston zum Eingang der U-Bahn-Station.

2

Ein alter Mann mit Halsmanschette war auf der Trage festgeschnallt, jemand hatte eine leuchtend rote Decke über ihn gebreitet. Sein runzliges Gesicht war schmerzverzerrt, von Blut und Schmutz überzogen, das elfenbeinfarbene Haar stellenweise schwarz und rot verklebt. Mit erstaunlich kräftiger Stimme rief er wieder und wieder denselben Namen – »Helena, Helena, Helena!« Ein leichter Akzent, vielleicht südeuropäisch. War Helena unter den Toten? Auf drei hoben die Sanitäter die Trage und schoben sie in den Rettungswagen, sprangen hinein und schlossen die Tür. Der Wagen war gerade mit heulender Sirene abgefahren, als schon der nächste seinen Platz einnahm. Am Bordstein warteten bereits zwei Sanitäter mit einem weiteren Opfer.

Aston schaute sich rasch um. Noch beherrschten Ärzte und Sanitäter die Szene. Die Überlebenden genossen absolute Priorität, alles andere musste vorerst warten. Die Polizei übernahm eine reine Wachfunktion und hielt die Medien in Schach. Sehr viel weiter würde DI Bromley nicht kommen, da nur Sanitäter und Feuerwehrleute in der Station ein und aus gingen. Er drehte sich noch einmal im Kreis, suchte nach dem richtigen Ansatz. Den gab es immer. Aston merkte sich, wo die Polizisten standen. Die Uniformierten bereiteten ihm kein Kopfzerbrechen, weil sie leicht zu erkennen und ebenso leicht zu täuschen waren. Mit der Kripo sah es allerdings anders aus. Kriminalbeamte waren von Natur aus neugierig, und er konnte sich nicht leisten, mit unangenehmen Fragen bombardiert zu werden.

An einem Zeitungsstand gegenüber vom Eingang hatten sich einige Kripobeamte im Anzug postiert, die ungeheuer wichtigtaten und mit großen Gesten die Lage diskutierten. Aston ging in Gegenrichtung davon, suchte noch immer nach der richtigen Tarnung. Wieder fuhr ein Rettungswagen mit heulender Sirene vor, wich den Löschzügen aus und hielt mitten auf der Straße an. Der Fahrer hupte ungeduldig, weil ihm einige Feuerwehrleute den Weg versperrten. Aston überlegte. Die ganze Aufmerksamkeit richtete sich auf den vorderen Löschzug, die dahinter beachtete niemand.

Wie selbstverständlich schritt er an den Feuerwehrautos vorbei, blieb am letzten stehen, behielt dabei die Feuerwehrleute im Auge. Niemand sah zu ihm hin. Er öffnete die Tür zur Fahrerkabine und sprang hinein. Es musste schnell gehen, sie konnten ihn jeden Augenblick entdecken. Im Wagen lag jede Menge Ausrüstung: leuchtend gelbe Helme, Gesichtsmasken, unförmige Jacken, Beile, Atemgeräte, genau das, was er brauchte. Mit klopfendem Herzen zog Aston eine Jacke über. Die Ärmel waren ein bisschen lang, aber es würde gehen. Dazu eine Hose, Stiefel, eine Taschenlampe, die er in die tiefe Jackentasche steckte. Von draußen ertönte ein Geräusch. Er hielt inne und horchte, betete, derjenige möge nicht einsteigen. Ein Streichholz wurde angerissen, ein tiefer Atemzug, ein noch tieferer Seufzer. Aston drehte sich um und blickte in den großen Außenspiegel. Der Junge war höchstens neunzehn, groß und schlaksig wie ein Giraffenbaby. Die Uniform sah aus, als müsste er erst hineinwachsen. Er hatte den Helm abgenommen und auf den Boden gelegt, rauchte mit gesenktem Kopf und zitternder Hand. Plötzlich kotzte er sich auf die Stiefel. Mein Gott, war es wirklich so schlimm dort unten?

Während der Junge sein Mittagessen herausbrachte, schlüpfte Aston zur Fahrertür hinaus, setzte den Helm auf und warf einen prüfenden Blick in den Außenspiegel. Fast perfekt. Er schmierte sich noch etwas Dreck ins Gesicht. Es war nicht einfach, in der Uniform zu gehen, doch er gewöhnte sich schnell daran. Jetzt wusste er auch, warum Feuerwehrleute diesen breitbeinigen Machogang hatten; es lag an den unförmigen Hosen. Neben dem ersten Löschzug blieb er stehen und betete, dass ihn niemand ansprach. Zum Glück waren alle viel zu beschäftigt. Mit wachsendem Selbstvertrauen betrat er die U-Bahn-Station, vorbei an zwei Polizisten, die ihn nicht beachteten. Wie Mac immer sagte, kam es bei der Tarnung vor allem darauf an, dass man mit Haut und Haaren in die fremde Rolle schlüpfte.

In der Eingangshalle standen Dutzende von Tragen; hier teilte man die Opfer nach der Schwere ihrer Verletzungen ein. Halogenlampen tauchten den Raum in ein kaltes, steriles Licht, im Hintergrund wummerten Generatoren. Aston schaute sich fassungslos um. Es sah aus wie ein Verbandplatz im Ersten Weltkrieg: Ärzte in blutverschmierten Schürzen eilten zwischen den Patienten umher, wertend, prüfend, entschieden in Sekundenbruchteilen über Leben und Tod. Sie kümmerten sich um jene mit den besten Überlebenschancen; die anderen wurden rasch auf Tragen gepackt und weggeschafft, um aussichtsreicheren Fällen Platz zu machen. Krankenschwestern flatterten wie seltene elfenbeinfarbene Schmetterlinge umher, legten Venenzugänge, verabreichten Spritzen und Schmerzmittel oder sprachen ein paar tröstende Worte. Sie arbeiteten effizient und präzise, verbargen ihre Angst hinter Ausbildung und antrainierten Verhaltensmustern. Die Geräusche und Gerüche wirkten hier drinnen noch intensiver, drangen in sein Gehirn, bohrten sich schmerzhaft in seine Gedanken, sogar seine Zähne taten weh davon. Schreie hallten von den Wänden wider, steigerten sich ins Unerträgliche, untermalt von einem leiseren Gemurmel, das ihm noch schlimmer erschien – *Stöhnen Ächzen Stimmen die um Hilfe flehen Stimmen die um Erlösung von den Schmerzen bitten bitte bitte bitte macht dass es nicht mehr weh tut* –, ein tiefer Kontrast zur schrillen Melodie. Der Gestank war noch übler als der Lärm. Fäkalien und Erbrochenes entzogen der Luft das letzte bisschen Sauerstoff und mischten sich mit einem seltsam sauberen Geruch, der völlig deplatziert wirkte: dem antiseptischen Aroma eines Krankenhauses. Aston hätte beinahe gekotzt. Es war zu viel, zu real. Die hoffnungslosen Fälle hatte man neben den Fahrkartenschalter gebettet, wo ein Priester in grauer Soutane den Menschen, die nichts mehr hörten oder sahen, Trost zusprach. Seine Knöchel leuchteten weiß, so fest umklammerte er sein Kreuz. Sein grau meliertes Haar stand zu Berge, er versuchte, es mit nervöser Hand zu glätten. Aston sah, wie er sich neben eine Trage kniete. Ob das Opfer Mann oder Frau, alt oder jung war, konnte er nicht erkennen. Das Gesicht war einfach nur schwarz und feucht, völlig entstellt. Die Lippen des Priesters bewegten sich, sprachen lateinische Worte, die wie eine Beschwörung klangen. Tote Worte in einer toten Sprache für jemanden, der nie wieder einen Sonnenaufgang erleben würde. Der Priester bekreuzigte sich und schloss dem Toten die Augen. Dabei verzog er angewidert das Gesicht und wischte hektisch seine Hand an der Soutane ab, wo nun ein dunkler Schmierfleck zu sehen war. Dann stand er sichtlich erschüttert auf und sah sich um, ob jemand die Geste bemerkt hatte. Aston wandte sich ab, ließ den Priester mit seiner Scham allein. Da entdeckte er die Leichensäcke, die in einer dunklen Ecke aufgestapelt lagen. Mindestens ein Dutzend, und das war erst der Anfang.

»Gott im Himmel«, flüsterte Aston. Das hier übertraf seine schlimmsten Erwartungen.

Mit unsicherem Schritt ging er zur Rolltreppe. Das Mittagessen lag ihm bleischwer im Magen. Er holte tief Luft. Man hatte drei Zugangsschranken herausgerissen, damit der Bahnsteig leichter zu erreichen war. Aston trat zur Seite, um zwei Sanitäter durchzulassen, und warf unwillkürlich einen Blick auf die Trage. Die unstillbare Neugier des Gaffers. Er gab der Frau keine großen Chancen. Als er um die nächste Ecke bog, prallte er beinahe mit einem Feuerwehrmann zusammen.

»Pass auf, wo du hinläufst!«, blaffte der ihn mit befehlsgewohnter Stimme an. Den Tonfall kannte Aston nur zu gut. Der Mann war um die fünfzig, groß, mit dichtem, rötlichem Schnurrbart – ein Wikinger, der sich als Feuerwehrmann getarnt hatte. Die Rußflecken sahen aus wie von einem Maskenbildner geschminkt. Aston murmelte eine Entschuldigung und rief sich in Erinnerung, dass er mit vollem Recht hier war. Hoffentlich flog seine Tarnung nicht auf, er war so kurz vor dem Ziel. Er trug die richtige Uniform, jetzt musste er nur noch Haltung bewahren. Mac würde ausflippen, wenn er die Sache vermasselte, und vor Mac hatte er definitiv mehr Angst als vor diesem Kerl.

»Wer sind Sie überhaupt, he?« Der Feuerwehrmann sah ihn prüfend an. Sein Schnurrbart zuckte.

»Paul Hester«, sagte Aston spontan.

»Hab Sie noch nie gesehen.«

»Ich komme aus Watford«, antwortete er. »Wir sollen aushelfen.«

»Also einer von Blackies Jungs.«

»Genau.«

Aston hatte keinen Schimmer, wer Blackie war, doch wenn der Wikinger es so haben wollte, auch gut. Schweigen, so lange, dass er schon das Schlimmste befürchtete, dann meinte der Wikinger: »Na gut, Hester, ein paar Jungs räumen gerade die Einsturzstelle, Ausgangstunnel vom Bahnsteig der Piccadilly Line, Richtung Westen. Die könnten Hilfe gebrauchen. Finden Sie den Weg, oder soll ich ihn für Sie aufzeichnen?«

»Kein Problem.«

»Gut so.« Der Wikinger marschierte davon, und Aston atmete erleichtert aus. Das war ganz schön brenzlig gewesen.

Er trat an die lange Rolltreppe und schaute hinunter in die bodenlose Schwärze. An einer Wand hatte man Glühbirnen angebracht, doch das Licht reichte nicht bis unten. Er nahm die Rolltreppe, die am besten beleuchtet war, und stieg vorsichtig hinunter. Sein Herz hämmerte. Ihm war, als könnte die Rolltreppe jeden Moment zum Leben erwachen, eine Drehorgel ertönen, als würden bunte Lichter aufblitzen und die Finsternis in eine Geisterbahn verwandeln.

Je weiter er nach unten kam, desto heißer und stickiger wurde die Luft. Er öffnete die unförmige Jacke und wedelte damit, doch es half nichts. Er atmete gierig wie ein Asthmatiker, um jedes Partikel Sauerstoff zu nutzen. Wie um alles in der Welt hielten Feuerwehrleute das nur aus? Konnte man sich an so etwas gewöhnen?

Am Ende der Rolltreppe zog er die schwere Taschenlampe hervor und schaltete sie ein. Noch weniger Luft, er musste gegen die aufsteigende Panik ankämpfen. Durch die Tunnel zu laufen, war irgendwie surreal; die Dunkelheit ließ alles fremd erscheinen. Werbeplakate blitzten im Schein der Lampe auf – für ein Buch, einen Film, eine Londoner Sehenswürdigkeit –, Schnipsel aus einer vertrauten Welt, doch der Rest war unbekanntes Terrain. Dann und wann tauchte ein Gesicht aus der Dunkelheit auf, meist Sanitäter, die Tote und Verletzte nach oben brachten.

Ein halbes Dutzend Feuerwehrleute räumte an der Einsturzstelle von Hand die Trümmer weg. Die Männer arbeiteten schweigend, um Kraft zu sparen, und gingen methodisch und äußerst behutsam vor, um Verschüttete nicht zu gefährden und nicht den nächsten Einsturz zu riskieren, der wie ein Damoklesschwert über ihnen hing. Sie hatten eine Halogenlampe aufgestellt, deren Strahl von den Trümmern reflektiert wurde. Schlammiges Wasser aus einer geborstenen Leitung umspülte Astons Stiefel. Der Feuerwehrmann, der ihm am nächsten stand, winkte ihn heran, und sie gruben Seite an Seite weiter, türmten den Schutt hinter sich auf und schleppten die größeren Trümmer gemeinsam weg. Binnen kurzer Zeit lief ihm der Schweiß in Strömen übers Gesicht, brannte in den Augen, blendete ihn. Alle fünf Minuten wurde eine Pause ausgerufen, um die Trümmer mit einem Infrarotscanner abzusuchen. Alle hielten die Luft an und hofften auf ein Wunder.

Das Puppenbein, das aus den Trümmern ragte, brach Aston fast das Herz; sein Anblick machte das Grauen endlich real. Hier waren unschuldige Menschen gestorben, unschuldig wie die Kinder. Schwitzend und ächzend hievte er einen Steinblock aus dem Weg. Da war es, ein Stückchen rosa Baumwollstoff. Aston fiel auf die Knie, trotz der Hitze wurde es in seiner Brust plötzlich eiskalt. Er ahnte, was er da sah, doch sein Verstand ließ die Erkenntnis nicht zu; anderenfalls hätte er nur wegrennen können. Es war keine Schwäche, man musste gelegentlich etwas verdrängen, um weiter zu funktionieren. Aston konzentrierte sich ganz auf seinen Atem, zwang die heiße, schmutzige Luft in seine Lungen – ein, aus, ein, aus –, dann machte er sich ans Werk. Mit größter Vorsicht grub er die Puppe aus, schweigend, er ging völlig in seiner Arbeit auf. Er spürte nicht, was um ihn herum vorging, hörte nicht die Feuerwehrleute, ihren schweren Atem, die gespannten Rufe, spürte nicht das kalte Wasser, das grelle Licht der Lampe. Auf allen vieren wühlte er sich in die Trümmer, ohne auf seine Hände zu achten. Er war das Arbeiten mit Telefon und Computertastatur gewöhnt, der grobe Schmutz rieb seine Haut schmerzhaft ab. Seine Hände waren kaum wiederzuerkennen. Schwarz wie die eines Bergmanns, vom Wasser aufgeweicht, blutverschmiert. Sie schmerzten nicht, waren eher taub, fühlten sich an wie die Hände eines Fremden. Aston grub weiter, behutsam, beinahe ehrfürchtig. Durch Schmutz und Schweiß erkannte er den rosa Strampler mit der Aufschrift *Mamis kleine Prinzessin*. Sah das verstümmelte Gesichtchen. Er hob die Puppe auf, wohl wissend, dass sie einmal lebendig gewesen war – geatmet und gelacht hatte, geliebt worden war –, doch das konnte er sich nicht eingestehen. Noch nicht. Niemals. Und obwohl sich ihre Gliedmaßen völlig schlaff anfühlten, und obwohl er es besser wusste, sagte er sich noch einmal, es sei eine Puppe, nur eine Puppe, denn das allein hielt ihn aufrecht, ließ ihn bei Verstand bleiben. Irgendwann konnte er es nicht länger verdrängen, die Realität kroch unerbittlich heran. Aston wollte die Erkenntnis wegschieben, doch es war zu spät. Seine Finger bewegten sich wie von selbst, verwuschelten ihr Haar, streichelten ihre Haut. Kein Plastik, sondern Haut. Er konnte sich nichts mehr vormachen. Das Grauen überwältigte ihn, die Flut brach sich Bahn. Er hob die Hände, um das tobende Wasser zu bremsen, doch die Welle spülte über ihn hinweg.

Aston wiegte das Baby in den Armen, drückte das winzige zerstörte Gesicht sanft an seine Brust und kroch tiefer in den Tunnel, weg vom grellen Schein der Lampe. Er rutschte an der Wand herunter, die Kleine fest an sich gepresst. Dann kamen die Tränen. Und er wusste, dass nichts mehr sein würde wie früher.

3

Sieben Anrufe in Abwesenheit, stellte Aston fest, als er die U-Bahn-Station verlassen hatte. Er wappnete sich und drückte die Rückruftaste.

»Wo zum Teufel hast du gesteckt?«, legte Mac los. »Warum bist du nicht rangegangen?«

Aston erklärte, er habe sich zig Meter unter der Erde befunden, wo man nur schwerlich ein Handy-Signal empfange. Es war nicht sarkastisch gemeint, hörte sich aber wohl so an. Als Mac sich wieder beruhigt hatte, wollte Aston Bericht erstatten, kam aber nicht weit.

»Klappe halten und zuhören. Meinst du, ich sitze hier und schaukle mir die Eier, bis du anrufst? Glaubst du das?«

»Nein, Sir.«

»Da sind wir uns ja einig. Ich kann doch nicht mein ganzes Leben damit verbringen, auf dich zu warten. Während du dich herumgetrieben hast, reiße ich mir den Arsch auf, um herauszufinden, was passiert ist.«

Herumtreiben. Aston zwang sich, den Mund zu halten.

»Falls du irgendetwas Nützliches zu sagen hast, kannst du einen Bericht einreichen.«

»Ja, Sir.«

»Und falls es dir nicht allzu viel Mühe bereitet, hätte ich ihn gern morgen früh auf dem Schreibtisch, kapiert?« Er hängte ein.

»Drecksau«, flüsterte Aston in sein Handy.

Wie durch ein Wunder war das Fahrrad noch da; normalerweise wurden solche Dinge innerhalb von zwei Minuten geklaut. Er radelte durch die verlassenen Straßen zurück nach Vauxhall Cross. Der Wind war eine willkommene Abwechslung nach der erstickenden Atmosphäre im Untergrund. Es war fast Mitternacht und immer noch schwül; man spürte das aufziehende Gewitter.

Im Büro hämmerte er eine Stunde lang auf die Tastatur ein, fast automatisch, ohne lange nachzudenken, was er da schrieb. Seine Hände taten weh, doch die Verletzungen waren oberflächlich – kleine Kratzer und Schnitte, eine Schürfwunde an der linken Handfläche –, nichts, wofür man einen Arzt brauchte, höchstens Desinfektionsmittel und Pflaster. Er musste dauernd an das tote Baby denken. Tippte noch schneller ... wenn nur sein Gehirn richtig arbeiten würde, dann könnte er den albtraumhaften Bildern womöglich entrinnen. Verdammt, lauter Tippfehler. Er las den Bericht nicht mehr durch, sondern mailte ihn an Macs sichere Adresse und fuhr nach Hause.

Seine Mutter hatte ihn gewarnt, er werde einmal im Armenhaus enden, und damit ausnahmsweise recht behalten. In seinem Fall war das Armenhaus ein dreistöckiger Ziegelbau in Pimlico, den ein philanthropischer Fabrikbesitzer um 1800 errichtet hatte. Das Gebäude war dem Verfall preisgegeben, bis es 1995 restauriert und in »Studios und Apartments« unterteilt wurde – eine euphemistische Umschreibung für Ein-Zimmer-Wohnungen und Kaninchenställe. Aston hatte einen Stall im ersten Stock gekauft, eine ausgezeichnete Geldanlage, wie ihm der Makler versichert hatte. Die Gegend sei im Aufschwung, er investiere in die Zukunft, in zehn Jahren sei die Wohnung das Doppelte wert. Aston wusste nur, dass jeden Monat ein Riesenbatzen von seinem Gehalt verschwand, bloß damit er in den erlauchten Kreis der Immobilienbesitzer vordringen konnte.

Gegen zwei war er endlich zu Hause, geistig und körperlich total erschöpft. Laura schlief unschuldig wie ein Engel auf dem schwarzen Ledersofa. Sie trug eine graue Jogginghose und ein superknappes rotes T-Shirt mit dem rosa Schriftzug BABE. Sie schnarchte leise, dabei schwor sie immer Stein und Bein, das käme niemals vor. Aston hatte schon mit dem Gedanken gespielt, den unwiderlegbaren Beweis aufzuzeichnen und ihr zu präsentieren, doch er war sich sicher, sie würde sich trotzdem herauswinden. Wenn es ums Diskutieren ging, war sie aalglatt und schlüpfrig wie ein amerikanischer Anwalt.

Die Spuren auf dem Laminatboden zeugten davon, wie sie den Abend verbracht hatte. Aston kannte die Gefahrenzeichen: benutzte Taschentücher, die wie weiße Blumen verstreut lagen; eine griffbereite Geschenkpackung Schokolade; ein halb leerer Becher Eis von Häagen-Dazs. Vor dem Regal mit dem neuesten Hightech-Spielzeug – einer Leidenschaft, die er sich einfach nicht verkneifen konnte – lag eine DVD-Hülle. *Frühstück bei Tiffany.* Gar nicht gut. Den schaute sie sich nur an, wenn sie richtig fertig war. Der Fernseher lief, der Ton von BBC News 24 war ein leises Murmeln.

Aston hockte sich vorsichtig aufs Sofa, damit es nicht knarrte, und strich ihr sanft die Ponyfransen aus dem Gesicht. Mein Gott, war sie schön. Er musste sich zwingen, sie nicht zu wecken. Nach diesem Tag hätte er ihre Umarmung gebraucht, das Gefühl, am Leben zu sein, weil er den Gestank des Todes noch immer roch, obwohl er sich im Büro unter der Dusche beinahe die Haut vom Körper geschrubbt hatte. Er brauchte sie mehr denn je, doch sie schlief so friedlich, dass er es einfach nicht über sich brachte, sie zu wecken. Aston beugte sich vor und küsste sie zärtlich auf die Stirn. Laura regte sich, wachte aber nicht auf. Er holte ein Oberbett aus dem Schlafzimmer und deckte sie zu, dann mixte er sich einen Jack Daniel's mit Cola, setzte sich in den Fernsehsessel, die Flasche gleich neben sich, und lehnte sich nach hinten, bis die Fußstütze ausfuhr. Er trank einen Schluck und starrte auf den Fernseher. Die Eiswürfel im Glas klirrten. Er war zu aufgedreht, um schlafen zu gehen.

Sie waren seit einem Jahr zusammen, vor sechs Monaten war Laura bei ihm eingezogen. Die erste Frau, mit der er je zusammengelebt hatte, und rückblickend fragte er sich, wie lange sie die Invasion wohl geplant hatte. Zuerst die elektrische Zahnbürste, die eines Tages im Badezimmerschrank auftauchte. Dann einige Kleidungsstücke zum Wechseln, das war ja sinnvoll. Wenn sie bei ihm übernachtete, was ständig vorkam, brauchte sie am nächsten Tag etwas zum Anziehen. Und bevor er wusste, wie ihm geschah, fand er einen abgenutzten Teddybären am Fußende des Bettes, eine Schachtel Tampons auf der Fensterbank und musste um Platz in seinem Kleiderschrank kämpfen.

Laura wusste noch immer nicht, wo er arbeitete, sondern vermutete ihn im Außenministerium in der Charles Street von Whitehall; das hatte er schon so vielen Leuten erzählt, dass er es beinahe selber glaubte. Im IONEC lernte man so ziemlich als Erstes, dass man nicht beim MI6, sondern im Außenministerium arbeitete. Er hatte es ihr schon lange sagen wollen, schob das Geständnis aber vor sich her. Wie sollte man so ein Gespräch auch beginnen? *Hi, Liebes, ich hoffe, du hattest einen schönen Tag. Ach ja, ich bin übrigens ein Spion.* Dann war da noch die Tatsache, dass er die Erlaubnis dazu schriftlich und vermutlich in dreifacher Ausfertigung bei der Personalabteilung einholen musste. Weiterlügen war einfacher. Er hatte nicht vorgehabt, Spion zu werden, als kleiner Junge träumte er von einer Karriere als Astronaut. In der Oberschule erklärte er dem Berufsberater, er wolle Filmstar werden. In der letzten Klasse hatte schließlich die Vernunft gesiegt, und er landete dank seiner ausgezeichneten Noten als BWL-Student in Oxford.

In seiner Jugend war die Frage nach seinem leiblichen Vater definitiv tabu. Wann immer Aston seine Mutter darauf ansprach, wurde sie nervös und wechselte rasch das Thema, und so gab er es irgendwann auf. Einmal war er spätabends aufgestanden, um sich ein Glas Wasser zu holen, und hatte durch die Wohnzimmertür gehört, wie sie mit seinem Stiefvater darüber sprach. Als Aston merkte, worum es ging, drückte er das Ohr an die Tür, erfuhr aber nur, dass sein Vater ein verlogenes Arschloch sei, das man am besten aufhängen sollte. Starker Tobak aus dem Mund einer Frau, für die »verdammt« schon ein schlimmes Schimpfwort war. Seine Mutter, von Beruf Hausfrau, wirkte wie ein verängstigtes Vögelchen und machte sich ständig Gedanken darüber, was andere Leute taten und besaßen. Hatten die Browns ein neues Auto, wollte sie auch eins, aber es musste noch größer und schöner sein.

Sein Stiefvater war kein übler Kerl, nur tödlich langweilig. Er arbeitete als Analyst, das sagte eigentlich alles. Seine Mutter hatte Brian geheiratet, als Aston vier war. Er besaß ein großes Haus im verschlafenen Dörfchen Great Bedwyn in Wiltshire und pendelte jeden Tag nach London, sodass Aston ihn nur selten sah, was er nicht weiter bedauerte. Stiefbrüder und -schwestern gab es keine, was ihm ebenfalls nicht leidtat. Brian hatte sein Bestes gegeben, ihn wie seinen eigenen Sohn behandelt, war mit ihm zum Fußball gegangen und hatte ihm gezeigt, wie man sich rasiert, doch für Aston blieb es dabei: Er war eben nicht sein Vater.

Vor einigen Jahren hatten Brian und seine Mutter sich getrennt, ein ziemlicher Schock für Aston. Es passte so gar nicht zu einer Frau, die sich so sehr um die Meinung anderer Leute sorgte. Damit hätte er nie gerechnet, geschweige denn, dass seine Mutter ausgerechnet mit Roy, dem kleinen, kahlen Tenor aus dem Kirchenchor, durchbrennen würde. Der Klatsch im Dorf musste ungeheuerlich gewesen sein, doch seine Mutter wohnte nach wie vor in Great Bedwyn – in Sünde und glücklicher denn je.

Allerdings hatte er ihre Ehe immer als wenig liebevoll empfunden und stets vermutet, dass sie Brian eher aus praktischen Erwägungen geheiratet hatte. Für eine allein erziehende Mutter war das auch in den Siebzigern noch eine gute, wenn nicht gar lebensnotwendige Lösung. Aston machte ihr keine Vorwürfe. Er war in soliden Verhältnissen aufgewachsen, hatte in einem gemütlichen Haus gelebt, es hatte an nichts gefehlt. Sein Leben hätte sehr viel schlimmer verlaufen können.

Wenige Tage nach seiner Abschlussprüfung kam es zum ersten »Annäherungsversuch«. Er kannte Professor Charles Devlan vom Sehen, sein Ruf eilte ihm voraus. Er galt als Computergenie, obwohl ihn seine Studenten eher als Computergott bezeichneten. Mit dem langen grauen Pferdeschwanz, Jeans und T-Shirt war er ein denkbar untypischer Oxford-Professor und so exzentrisch, dass seine Kollegen nur ratlos den Kopf schüttelten. Aston fand nie heraus, warum er an der Universität unterrichtete, während er in der freien Wirtschaft Millionen hätte verdienen können.

»Sollen wir ein Stück zusammen gehen?«

Aston war gerade auf dem Weg in die Bibliothek, um einige überfällige Bücher abzugeben, als er Devlan neben sich entdeckte, der ihn jungenhaft angrinste. Er stimmte achselzuckend zu, obwohl ihm die Sache etwas eigenartig vorkam.

»Aston, nicht wahr? Paul Aston?«

»Ja, Sir.« Er fragte sich, woher Devlan seinen Namen kannte, da er nie eine seiner Lesungen gehört hatte.

»Also, Paul, wie sieht es denn mit Ihren beruflichen Plänen aus?«

»Na ja, ich wollte ein Jahr Auszeit nehmen und ein bisschen reisen. Was danach kommt, weiß ich nicht genau. Mein Stiefvater hat eine Stelle bei Barclay's für mich, aber ich bin mir nicht sicher, ob das der richtige Weg für mich ist.«

»Verstehe.« Devlan hielt inne. »Sie haben nicht zufällig mal daran gedacht, für die Regierung zu arbeiten?«

»Eigentlich nicht.«

»Na ja, dachte ich mir. Vielleicht sollten Sie es aber in Betracht ziehen, Paul. Ich habe Kontakte. Ich könnte Ihnen die richtigen Türen öffnen. Leider muss ich jetzt los.« Mit diesen Worten war er verschwunden.

Es war eines der sonderbarsten und zugleich faszinierendsten Gespräche, die Aston je geführt hatte. Vor allem die Betonung, mit der Devlan das Wort »Regierung« aussprach, ließ nur wenig Zweifel an seinen Absichten.

Das Angebot gefiel dem Träumer in ihm, und drei Wochen später saß er im Empfangsraum von Carlton Gardens Nummer 3, einem eleganten alten Gebäude im Herzen Londons mit Blick auf den St. James's Park, und blätterte im *Economist*. Eine Sekretärin bat ihn, ihr zu folgen, und er hätte sie fast »Miss Moneypenny« genannt. Über eine Marmortreppe gelangten sie ins Zwischengeschoss.

Mr. Halliday war ein Bär in Menschengestalt, der einen hoffnungslos unmodernen braunen Anzug trug, in dem er wie ein Bankier aus den Vierzigern aussah, komplett mit Taschenuhr, deren Silberkette aus seiner Westentasche baumelte. Sein schneeweißes Haar war exakt geschnitten und mit Pomade frisiert. Er gab Aston, der mit einem Knochen zermalmenden Druck rechnete, überraschend sanft die Hand, bot ihm einen Platz an und setzte sich hinter seinen Mahagonischreibtisch.

»Bevor wir beginnen, müssen Sie dies hier bitte durchlesen und unterschreiben.«

STRENG GEHEIM stand in roten Lettern auf dem Blatt, und Aston spürte, wie ihn ein Stromstoß durchfuhr. Unter dem Auszug aus dem »Offical Secrets Act« war eine Linie, auf der er unterschrieb und den Bogen zurückgab.

»Sehr schön.« Halliday holte ein grünes Ringbuch aus einer Schublade. »Wenn Sie sich das jetzt bitte durchlesen würden.« Er verschränkte die Hände hinter dem Kopf und schaukelte sacht hin und her, bis Aston fertig war.

Der Ordner enthielt über dreißig Seiten, jede in einer eigenen Klarsichthülle. Im ersten Teil wurden die Geschichte des MI6 sowie dessen Aufgaben und Ziele beschrieben. Der zweite Teil erläuterte die typische Laufbahn im MI6: sechs Monate IONEC, einige Jahre Innendienst in der Zentrale, danach im Wechsel jeweils dreijährige Einsätze im In- und Ausland bis zur Pflichtpensionierung mit fünfundfünfzig. Mit anderen Worten: Die nächsten dreißig Jahre seines Lebens wären klar vorausgeplant, was Aston gar nicht behagte. Er absolvierte das Gespräch wie auf Autopilot, da er sich innerlich schon entschieden hatte. *Ich verzichte dankend.*

Das Herumreisen war ein Riesenspaß, die drei Jahre in der Bank die absolute Höchststrafe. Die Rettung nahte, als er an einem verregneten Samstagnachmittag auf dem Camden Market zufällig Professor Devlan wiedertraf. Er stöberte an einem Bücherstand und überlegte gerade, ob er diesen Stephen King schon gelesen hatte, als sein Name fiel. Er blickte hoch und erkannte den Professor sofort. Der Pferdeschwanz war weißer geworden, das jungenhafte Gesicht hingegen unverändert. Sie kamen ins Gespräch, und als Devlan hörte, dass Aston beruflich unzufrieden war, schlug er vor, sich die Sache mit der Regierung noch einmal durch den Kopf gehen zu lassen. Aston willigte ein. Am nächsten Tag setzte er einen Brief auf und schickte ihn an die Adresse Carlton Gardens Nummer 3. Damals erschien ihm die Begegnung mit Devlan rein zufällig, doch im Rückblick war sie wohl geplant gewesen. Zehn Tage später folgte Aston Miss Moneypenny erneut in Mr. Hallidays Büro.

Dieser hatte sich seit ihrer letzten Begegnung beträchtlich verändert. Er hatte stark abgenommen und wirkte vor allem deutlich kleiner. Seine ehemals braunen Augen waren leuchtend blau und zwinkerten, als lachten sie über einen Witz, den nur sie verstanden. Auf den ersten Blick hätte Aston ihn auf Mitte vierzig geschätzt, doch irgendetwas sagte ihm, dass dieser Mann schon über fünfzig war. Sein blondes Haar hatte jetzt die Farbe von sonnengebleichtem Weizen ohne eine Spur von Grau. Sie gaben sich die Hand und durchliefen die gleiche Prozedur wie beim ersten Mal: Vordruck unterzeichnen, grünen Ordner durchlesen. Diesmal überlegte Aston genau, bevor er eine Frage beantwortete, denn Halliday II. wollte von der Innenlänge seiner Beine über seine politischen Neigungen und seine Familiengeschichte bis hin zu möglichen Vorstrafen einfach alles über ihn erfahren. Danach wusste Aston, wie man sich nach einem Verhör durch die spanische Inquisition fühlte, und war überzeugt, dass er es gründlich vermasselt hatte.

Halliday sah das wohl anders, denn zwei Wochen später verbrachte Aston in Whitehall einen ganzen Tag mit furchtbaren Einstellungstests und Gesprächen. In der folgenden Woche löcherte ihn ein Ausschuss aus MI6-Leuten in Carlton Gardens mit Fragen. Halliday hielt sich im Hintergrund und prüfte, ob Aston von früheren Antworten abwich.

Die letzte Stufe bestand aus einer Sicherheitsprüfung, in der man seine Vergangenheit durchforstete und nach möglichen Leichen im Keller suchte. Die Jugendstrafe wegen Ladendiebstahls zählte vermutlich nicht, denn einige Monate später plumpste die Zusage durch den Briefschlitz.

Der Einführungskurs verging wie im Flug. Er fand abwechselnd in London und der Ausbildungsstätte im Fort von Portsmouth statt. Aston merkte schnell, dass Alkohol das beste Schmiermittel für die Maschinerie des MI6 war … kein Problem für ihn. Und er teilte seine Liebe zum Alkohol mit George, eine von vielen Gemeinsamkeiten. Sie waren beide ehrgeizig, wollten einander ständig übertrumpfen und waren die Spitzenreiter des Kurses. Am Ende musste sie sich ganz knapp geschlagen geben. Auf ihrem Bewertungsbogen war eine Zwei für überdurchschnittlich angekreuzt, während Aston eine Eins erhielt. Wieder ein Grund, einen Zug durch die Gemeinde zu machen.

Kein Wunder, dass Aston mit dieser Note in der Abteilung PTCP landete, die für die umfassende Aufspürung und Abwehr von ABC-Waffen zuständig war. Sie war gegründet worden, um Länder wie Irak und Iran am Bau und Erwerb von Massenvernichtungswaffen zu hindern. Allerdings hatte er nicht damit gerechnet, Macs Assistent zu werden, doch dieser hatte ihn höchstpersönlich als Mitarbeiter erbeten, was er George bisweilen gern unter die Nase rieb. Robert Macintosh war eine Legende, einer der unsichtbaren Helden des Kalten Kriegs. Beim Zerfall der Sowjetunion war er H/MOS gewesen, der Leiter der Moskauer Station, und übernahm danach den gleichen Posten in Wien auf einer der größten Auslandsstationen des MI6. Zwar war Österreich an sich nicht weiter interessant, diente aber als idealer Ausgangspunkt, um Russland und den Mittleren Osten, den Waffenhandel und die Internationale Atomenergiebehörde zu überwachen.

An seinem ersten Tag tauchte Aston besonders früh im Büro auf, fest entschlossen, einen möglichst guten Eindruck zu machen. Doch Mac war schon da.

»Sie müssen sich schon anstrengen, wenn Sie mir zuvorkommen wollen«, begrüßte ihn der Mann hinter dem Schreibtisch augenzwinkernd.

Blaue Augen. Halliday II.

Aston schaltete zwischen den Nachrichtensendern hin und her. Überall gab es nur ein Thema, den Anschlag auf die U-Bahn, und das war so wichtig, dass man auf Werbeunterbrechungen verzichtete. Alle Reporter gaben oscarreife Vorstellungen und taten, als hätten sie das Grauen aus nächster Nähe miterlebt. Sie hatten schwarze Anzüge und Krawatten aus der Mottenkiste geholt und wirkten entsetzt, schockiert, angewidert. Aston versuchte, ihre Worte mit den eigenen Eindrücken aus den klaustrophobisch engen Tunneln in Einklang zu bringen, doch die Reporter scheiterten jämmerlich. Je nach Sender bewegte sich die Zahl der Toten zwischen zweihundert und fünfhundert, aber das waren nackte Zahlen, pure Statistik, die nichts bedeutete. Man konnte einen Menschen nicht auf eine bloße Zahl reduzieren. Die Toten waren Ehemänner und Ehefrauen, Söhne, Töchter und Kinder von jemandem. Sie hatten geliebt und waren geliebt worden. Jetzt waren sie tot, und für die, die zurückblieben, würde das Leben nie wieder wie früher sein.

»He, da bist du ja endlich«, erklang eine belegte Stimme vom Sofa. Laura setzte sich, zupfte an ihren Rattenschwänzen und schob sich eine Haarsträhne aus dem verschlafenen Gesicht. »Wie spät ist es?«

»Fast drei.«

Sie huschte auf Zehenspitzen über das kalte Holz und schleifte das Oberbett hinter sich her. Dann rollte sie sich auf Astons Schoß zusammen, zog die Decke über sie beide und kuschelte sich an seine Brust. Er rutschte so, dass sie es bequem hatte, und küsste sie auf den Kopf. Sie hob ihm das Gesicht entgegen.

»Wo hast du gesteckt, Paul? Im Büro meldete sich immer nur der Anrufbeantworter. Auf dem Handy konnte ich dich auch nicht erreichen. Ich habe mir Sorgen gemacht.«

»Tut mir leid. Als ich deine Nachrichten abgehört habe, war es schon zu spät zum Anrufen. Im Büro war heute die Hölle los.«

Dann fiel ihr Blick auf seine Hände, und sie untersuchte stirnrunzelnd die Pflaster. »Was ist passiert?«

»Du wirst es nicht glauben, ich bin über meine eigenen Füße gefallen. So viel zum Thema Tollpatsch.«

»Sieht aus, als täte es ganz schön weh.«

»Ich werd's überleben.« Aston lächelte sie an, dann entdeckte er, dass sie weinte, und wischte die Tränen mit dem Daumen weg. »He, was ist denn los?«

Laura fuhr sich mit der Ecke des Oberbetts über das Gesicht und zog die Decke noch enger um sie beide, obwohl es überhaupt nicht kalt war. »Erinnerst du dich an meine Freundin Becky?«

Er schüttelte den Kopf, der Name sagte ihm nichts.

»Wir waren zusammen im Lehrerseminar. Sie war auf der Hochzeit von Trish und Simon.«

Jetzt fiel der Groschen. »Klar, jetzt weiß ich's wieder. Ich hoffe, es geht ihr gut.«

»Ihr schon. Aber ihr Bruder Martin nimmt jeden Abend um dieselbe Zeit die U-Bahn ab Leicester Square. Er hat sich bis jetzt nicht gemeldet …« Ihr versagte die Stimme.

»Mein Gott, Laura.«

»Die arme Becky. Sie weiß gar nicht, was sie tun soll. Ich wäre ja zu ihr gefahren, aber ich wusste nicht, wie…«. Aston ließ sie einfach sprechen, die Worte von Schluchzen unterbrochen, und drückte sie dann ganz fest an sich, während sein Hemd allmählich feucht wurde.

»Wie war die Arbeit?«, fragte Laura schließlich.

Sie wechselte das Thema, sicher ein gutes Zeichen. Während sie sprach, hatte er die ganze Zeit das tote Baby vor sich gesehen. Also berichtete er von politischen Problemen in Neuseeland, wie nervig der Zeitunterschied sei, dass man entweder bis neun Uhr abends im Büro hocken oder in aller Herrgottsfrühe aufstehen müsse, um dort jemanden zu erreichen. Mittlerweile log er völlig mühelos, das gehörte zum Job. Er musste nur noch den Mund öffnen, und die Lügen marschierten in Reih und Glied hinaus. Manchmal fragte er sich allerdings, was das auf lange Sicht für ihre Beziehung bedeutete.

»… ein absoluter Horrortag«, schloss er, was nicht einmal gelogen war.

»Armer Schatz«, murmelte Laura an seiner Brust. Sie war fast eingeschlafen. Ein leichter Regen trommelte ans Fenster; in weiter Ferne hörte man das erste Donnergrollen.

4

Die Medien hatten schon nach wenigen Stunden ein Etikett für das Grauen gefunden. Aus der Taufe gehoben wurde es von Sky News, dem Boulevardblatt unter den Nachrichtensendern. In der Sieben-Uhr-Sendung bezeichnete der Sprecher den Bombenanschlag am Leicester Square als 18/8, und der Begriff blieb hängen. Am nächsten Tag prangte er von den Boulevardblättern, die seriösen Zeitungen folgten bald, dann auch BBC News und CNN. 18/8 – HUNDERTE TOTE schrie es am nächsten Morgen von der *Sun*. Die Schlagzeile nahm die gesamte Titelseite ein. Die Story wurde auf mehreren Seiten ausgewalzt und konzentrierte sich auf spektakuläre Fotos – Leichensäcke, die aus der U-Bahn-Station getragen wurden; Überlebende unter Schock, die verwirrt in die Kamera schauten; entschlossene Feuerwehrleute mit schmutzigen Gesichtern –, lieferte aber wenig Handfestes. Sicher, es gab seitenweise Spekulationen, Augenzeugenberichte, Heldengeschichten, aber kaum Fakten. Inzwischen waren zwei Wochen vergangen. Noch immer gab es wenig zu sagen, und das wenige hatte man schon tausendmal gelesen. Der Herbst näherte sich mit Riesenschritten, die Tage wurden kühler, die Nächte länger, und die Polizei tappte noch immer im Dunkeln. Dies war Aston schmerzlich bewusst, als er im fünften Stock vor seinem PC saß.

Fakt: Die Bombe detonierte um 17.21 Uhr am Freitag, dem 18. August.

Fakt: Letzte Nacht war eine weitere Frau gestorben, womit sich die Zahl der Opfer auf zweihundertzweiundsechzig erhöhte.

Fakt: Noch nie hatten so viele Personen in einem einzigen Fall ermittelt. MI5, MI6 und Polizei hatten alle verfügbaren Kräfte zusammengezogen.

Resultat: Zwei Wochen und noch immer keine Spur.

Es war unglaublich deprimierend, vom ungeheuren Druck ganz zu schweigen. Die interne Leitung klingelte. Aston schwante Übles.

»Beweg deinen Arsch hier rein«, blaffte Mac.

Bevor er etwas sagen konnte, hatte sein Chef eingehängt. Seufzend griff Aston nach Stift und Notizblock machte sich auf den Weg zu Macs Büro, der ungefähr so einladend schien wie das Tor zur Hölle.

Mac rannte auf und ab, Teppichtest, wie er es nannte. In letzter Zeit hatte er den Teppich gründlich getestet. Als Leiter der Abteilung PTCP stand er mitten in der Schusslinie. Unter normalen Umständen war Mac ein ausgebuffter Hund, doch waren dies keine normalen Umstände, und man merkte ihm den Stress allmählich an. Neue Falten hatten sich in sein markantes Gesicht gegraben, aus der akkuraten Frisur hingen ein paar Strähnen, die er mit nervösen Fingern herausgezupft hatte. Mehr als einmal hatte Aston seinen Boss dabei erwischt, dass er den ersten Kragenknopf geöffnet und den Krawattenknoten leicht gelockert hatte; so etwas wäre vor 18/8 einfach undenkbar gewesen. Die Anzeichen waren subtil, für Eingeweihte jedoch unverkennbar.

Und nicht nur Mac stand unter Druck, sondern alle Ermittler. Die Angriffe kamen von allen Seiten. Die Medien kreuzigten den MI6 und gaben dem Chief die Schuld an der Tragödie, worauf dieser sich nicht scheute, den Schwarzen Peter in alle

Richtungen weiterzureichen. Hinzu kamen die vielen kleinen Anfragen im Unterhaus, die sich zu einem einzigen großen Fragezeichen verdichteten: Wie konnte der MI6 so etwas ein zweites Mal zulassen? Schlimmer noch, der Premierminister selbst war unbeschadet aus der Sache hervorgegangen. Er hatte seine schickste schwarze Krawatte hervorgekramt, die richtige Dosis Mitgefühl verbreitet, die richtigen Worte gefunden, und die Medien hatten es gierig geschluckt. Über Nacht war er zur Verkörperung des trauernden Landes geworden, was seine Umfragewerte in nie gekannte Höhen trieb. Es gab nichts Besseres als eine anständige Katastrophe, um die Öffentlichkeit auf seine Seite ziehen. Allerdings ignorierte eben diese Öffentlichkeit die Tatsache, dass die Regierung den MI6 finanzierte und dessen Budget Jahr um Jahr beschnitten hatte. Mit den Mitteln, die der MI6 verlangte, hätte man das alles womöglich verhindern können.

»Arschloch«, konstatierte Mac.

Aston war sich nicht sicher, wer diesmal gemeint war. Der Premierminister war ein denkbarer Kandidat, aber es gab auch Alternativen: Abgeordnete, Reporter, Kollegen. In den vergangenen zwei Wochen hatte Mac alle unterschiedslos mit Häme überschüttet. Alle bis auf Grant Kinclave, den Chief des MI6, was vermutlich an ihrer engen Freundschaft lag. Sie hatten sich ihre Sporen im Kalten Krieg verdient und vermutlich schon dieselbe Schule besucht.

Aston setzte sich vor den Schreibtisch, klappte den Notizblock auf und wartete. Wenn Mac in dieser Stimmung war, sagte man am besten zu allem Ja und Amen, guckte angemessen und hielt ansonsten den Mund.

Das Büro war zweckmäßig und penibel eingerichtet und wurde von einem perfekt aufgeräumten Schreibtisch beherrscht: Ein- und Ausgangskörbe quollen niemals über, immer lagen angespitzte Bleistifte und Kugelschreiber bereit, die tatsächlich schrieben (Astons Aufgabe, und wehe, wenn sein Boss auf einen unbrauchbaren Stift stieß!). Auf dem LCD-Bildschirm schwammen bunte Fische. Das einzige persönliche Merkmal im Raum war ein kleines gerahmtes Foto, das neben der Tür hing. Und zwar so, dass man es vom Schreibtisch aus sehen konnte. Aston war zuerst verblüfft gewesen, doch dann entdeckte er den Sinn dahinter. Es stammte aus *Der dritte Mann* und zeigte Orson Welles auf dem Riesenrad, wo er seinen berühmten Kuckucksuhr-Monolog hält. Wichtig war wohl nicht Orson Welles, sondern die Tatsache, dass das Riesenrad in Wien stand, wo Mac in den frühen Neunzigern Chef des MI6 gewesen war, der Höhepunkt seiner Karriere. Das Foto hatte Aston vor allem deshalb überrascht, weil Mac eigentlich nicht der sentimentale Typ war.

Mac blieb stehen und schaute seinen Untergebenen an, als sähe er ihn zum ersten Mal. »Rate, was die sich diesmal ausgedacht haben.«

Aston wartete schweigend, bis Mac fortfuhr. »Sie« konnte jeder sein, Regierung, Medien, Terroristen.

»Die haben schon wieder meinen Rücktritt gefordert. Diese Arschlöcher!«

Nun, das schränkte den Kreis der Verdächtigen ein. Es ging um Politik, und Mac hatte ihn gerufen, damit er Dampf ablassen konnte. Aston klappte den Notizblock zu und lehnte sich aufmerksam zurück. Immerhin bekam nicht er den Anschiss, das war doch schon etwas, wenngleich sich der Wind in Sekundenschnelle drehen konnte; Mac war ein launischer Mensch. Unfassbar, dass er tatsächlich gefeiert hatte, als er Mac zugeteilt wurde. Welch eine Ehre, für den legendären Robert Macintosh zu arbeiten. Wenn er gewusst hätte, was ihn erwartete …

»Natürlich wird es nicht so weit kommen«, knurrte Mac. »Und weißt du auch, warum?«

Bevor Aston dies verneinen oder auch nur den Kopf schütteln konnte, ging die Tirade weiter.

»Weil sie mich nicht loswerden. Das ist, als wollte man die Raben im Tower abschaffen. Wenn ich gehe, stürzt dieser ganze Scheißkasten in sich zusammen, das kannst du mir glauben.«

Ein Teufelchen flüsterte Aston zu, er solle diskret darauf hinweisen, dass der MI6 nicht gleichbedeutend mit Mac sei, sondern eine Organisation, die von den vereinten Anstrengungen sämtlicher Mitarbeiter in London und der ganzen Welt getragen werde. Dann meldete sich ein Engelchen zu Wort und erhob Einspruch, da seine nächste Bewertung bevorstand und ein Minus von Mac einer Beförderung nicht gerade zuträglich war. Beförderung, dass er nicht lachte! Wenn es nach Mac ging, würde Aston für den Rest seiner Tage als sein Sklave schuften. Der Job war gleichbedeutend mit lebenslänglich.

»Für wen, zum Teufel, halten die sich eigentlich? Was wissen die schon vom Nachrichtendienst? Nichts, verdammt noch mal, gar nichts.« Mac holte tief Luft. Ganz ruhig bleiben. Und dann grinste er so charmant, dass eine Nonne schwach geworden wäre. Aus dem Grinsen wurde ein gutmütiges Lachen, die Sonne ging auf. »Ein Sturm im Wasserglas. Morgen suchen die sich einen neuen Sündenbock. Und, was gibt's Neues, Aston? Na los, beeindrucke mich.«

Aston spürte, wie ihm das Herz in die Hose rutschte. Ihm wurde flau. Was immer er sagte, Eindruck würde er nicht damit schinden. Auf wie viele Arten konnte man wohl ausdrücken, dass man nicht den blassesten Schimmer hatte?

5

Im Farriers war es rappelvoll, die Pendler drängten sich nach Feierabend an der Theke, um noch einen Absacker zu bestellen. Aston quetschte sich zwischen zwei Börsenmakler – unverkennbar mit ihren leuchtend roten Hosenträgern und schrillen Krawatten – und winkte der Barfrau mit einem Zehner. Ein hübsches Ding Anfang zwanzig mit schwarzem Tanga, der aus der Hüftjeans lugte, und einem Mini-T-Shirt, das sich wie eine zweite Haut an ihren Oberkörper schmiegte. Sie kassierte bei einem Geschäftsmann, dessen straffes Gesicht glänzte von zu vielen Liftings und dessen Hände und Handgelenke schwer von Goldschmuck waren. Aston wedelte wild, bis sie zu ihm herüberkam.

»Was kann ich für Sie tun?« Osteuropäischer Akzent, ungarisch oder slowakisch. Noch eine »Sprachstudentin«, die in London ihr Glück suchte. Aston konnte es ihr nicht verdenken. Der Zusammenbruch der Sowjetunion hatte Entwicklungen in Gang gesetzt, deren Folgen man noch Jahrzehnte später spüren würde … falls sie denn je ganz überwunden wurden. Er bestellte zwei Jack Daniel's und überließ die Theke der Meute.

Zwei adrette Damen mittleren Alters, die am Fenster saßen, tranken gerade ihre Gläser aus. Aston ging in Lauerstellung. Sie trugen Designer-Kleidung, und es hätte ihn nicht überrascht, wenn jedes Outfit mehr gekostet hätte als seine gesamte Garderobe. Laura hatte versucht, ihm den Unterschied zwischen Prada und Gucci begreiflich zu machen, doch er kapierte es einfach nicht (wollte es auch gar nicht kapieren; wer ein paar Tausender für ein Kleid ausgab, nur weil ein bestimmter Name auf dem Etikett stand, musste völlig von Sinnen sein). Diese beiden hier schienen den Unterschied sehr wohl zu kennen. Sie stellten ihre Weingläser auf den Tisch und steckten die Marlboro Lights in winzige Handtaschen, die zweifellos in Platin aufgewogen wurden. Als sie aufstanden, stürzte Aston sich auf den Tisch, knapp vor den Börsenmaklern. Er hob sein Glas und grinste schadenfroh. Die Börsianer zuckten mit den Schultern und platzierten sich neben der Musicbox.

Astons Handy vibrierte. Zwei scharfe Töne. Vermutlich George, die auf sein WO ZUM TEUFEL STECKST DU? antwortete. Er klappte es auf.

ARBEITE BIS 8 ☹

CU IN 1 H

GLG GEORGE XX

Kein Wunder, im Augenblick arbeiteten sie beide zu verrückten Zeiten. Auch er hatte nicht gewusst, ob er pünktlich wegkäme, aber Mac war früh gegangen, und er hatte die Gelegenheit genutzt. Aston lehnte sich zurück und nahm einen großen Schluck Whisky. Es gab schlimmere Orte, um eine Stunde totzuschlagen. Das Farriers, eines ihrer Lieblingspubs, lag in der Nähe von Soho. Es besaß eine gewisse schäbige Eleganz, schiefe Dielen, krumme Winkel, abgenutzte Holzflächen, imprägniert von Bier, Tabak und Schmutz, deren Duft sich in das warme, tröstliche Aroma der Kneipe mischte. George hatte das Farriers einmal als »gut abgehangen« bezeichnet, was die Sache ziemlich auf den Punkt brachte.

Seit der gemeinsamen Ausbildung war der Donnerstag traditionell ihr Abend. Ein paar Drinks, ein Curry und noch ein paar Drinks, um das Curry hinunterzuspülen. Zu IONEC-Zeiten hatten sie immer die ekligsten Kneipen ausgespäht, je schlimmer, desto besser. Den Rekord hielt nach wie vor ein Nachtklub in Portsmouth namens Bubbles, der selbst nach dortigen Maßstäben eine Klasse für sich bildete. Die Teppiche waren so klebrig, dass es sich anfühlte, als wate man durch Sirup, die Gäste zu neunundneunzig Prozent männlich … allesamt von der Marine. Und welchem Gewerbe die drei Damen an der Theke nachgingen, war unverkennbar. Auf dem Weg nach draußen hatten Aston und George im Treppenhaus über Betrunkene steigen und sich zwischen Krankenwagen und Polizeiautos hindurchquetschen müssen.

In der Tat war es der Alkohol, der die Maschinerie des MI6 schmierte. Wollte man herausfinden, was in Vauxhall Cross wirklich vorging, besuchte man am besten die hauseigene Bar, die zudem flexiblere Öffnungszeiten bot. Man hatte sie eigentlich ins Fort geschickt, um die hohe Kunst des Spionierens zu erlernen, doch Saufen war ebenfalls ein elementarer Bestandteil des Stundenplans. Und zufällig genau der, um den sich die Ausbilder förmlich rissen. Aston und George hatten diesen Teil des Kurses auf Anhieb bestanden.

Aston trank aus, griff nach Georges Glas und prostete der abwesenden Freundin zu. Bloß nichts verschwenden.

»Darf ich mich dazusetzen?«

Aston wollte schon eine höfliche Absage erteilen, blickte hoch und verschluckte sich fast an seinem Drink.

Der Mann war Anfang fünfzig und wirkte tadellos gepflegt wie der perfekte englische Politiker: maßgeschneiderter Anzug aus der Savile Row, italienische Schuhe, manikürte Hände. Er hatte das Haar schwarz gefärbt und schenkte Aston ein strahlendes Zahnpastalächeln. Er war mittelgroß, von mittlerer Statur und blickte mit scharfen grauen Augen, denen nichts entging, in die Welt. Die Legende besagte, dass Grant Kinclave einen goldenen Käfig in Gestalt eines Penthouse mit atemberaubendem Blick auf die Themse bewohnte, das sich im obersten Stock der MI6-Zentrale befand. Sein Bad habe vergoldete Armaturen, einen Marmorboden und eine Toilette, die an einen Königsthron erinnere. Er bade täglich in Champagner und werde von einem Dutzend Jungfrauen geschrubbt.

»Aber sicher doch«, stieß Aston hervor und deutete auf den freien Stuhl. Das Herz rutschte ihm in die Hose.

Kinclave nahm Platz, zog einen Bieruntersetzer aus Frottee heran, wobei er peinlich darauf achtete, dass die Schrift richtig herum zeigte und der Rand parallel zur Tischkante verlief, und stellte seinen Gin Tonic exakt in der Mitte ab. Dann bedachte er Aston mit einem Blick aus seinen klugen grauen Augen.

»Und, Paul, wie läuft es?«

»Kann mich nicht beklagen«, sagte Aston unverbindlich. Wie zwei alte Freunde, die sich nach einem langen Tag auf einen Drink trafen. Nicht weiter ungewöhnlich – nur dass sein Gegenüber der Leiter des MI6 war, einer der mächtigsten Männer des Landes, so mächtig, dass er angeblich nicht einmal Gott Rechenschaft schuldete. In den Neunzigern hatte man versucht, dies zu ändern; der Kalte Krieg war vorbei, eine neue Ära hatte begonnen, die neue Methoden verlangte. Doch es war nur ein netter Trick, um die Medien bei Laune zu halten, während die Türen des MI6 in Wahrheit nach wie vor streng verschlossen blieben. Neben einigen Zugeständnissen in Sachen Transparenz, die nicht viel kosteten, blieb alles beim Alten.

Aston hatte den Chief nur einmal aus nächster Nähe gesehen. Bei der Einführung am ersten Tag seiner Ausbildung war ein Mann ins Konferenzzimmer getreten, der sich bewegte, als stünde er im Mittelpunkt des Universums. Aston hatte unauffällig zu George hinübergesehen; sie wusste offenbar auch nicht, wer er war. Nach dem großen Auftritt zu urteilen und der Beflissenheit, mit der die beiden Ausbilder von ihren Stühlen sprangen, musste er jedoch ziemlich wichtig sein. Zögernd waren die sechs Anwärter ebenfalls aufgestanden und hatten einander verstohlene Blicke zugeworfen. Der Mann lächelte schwach und bedeutete ihnen, sich wieder zu setzen. Dann stellte er sich vor und begrüßte sie beim MI6. Zehn Minuten lang sprach er im bewegten Tonfall eines Baptistenpredigers, betonte wiederholt, dass ihre Arbeit ungemein wichtig sei und Geheimhaltung oberstes Gebot. Dabei musterte er alle Anwesenden mit prüfendem Blick. Aston schaute er sogar mehrmals an, und dieser musste sich zusammenreißen, um den grauen Augen standzuhalten. Danach ging der Chief um den Tisch herum, schüttelte allen die Hand und wünschte ihnen alles Gute. Aston hatte sich die Szene immer wieder vergegenwärtigt und den Eindruck gewonnen, Kinclave habe besonderes Interesse an ihm gezeigt. Er hielt seine Hand länger fest, sezierte ihn förmlich mit seinen Blicken, doch vielleicht ging es den anderen ebenso. Jedenfalls war es einer dieser Augenblicke gewesen, in denen jedes noch so triviale Detail besondere Bedeutung gewann.

Mit unbewegtem Gesicht trank Aston von seinem Whisky, während er innerlich vor Neugier starb. Nach dem ersten Schock wollte er wissen, was hier vorging. Es konnte doch kein Zufall sein, dass George unverhofft länger arbeiten musste und dann auf einmal der Leiter des MI6 hereinspazierte und übers Wetter plaudern wollte. Die ganze Sache wirkte reichlich inszeniert. Aston nahm einen weiteren Schluck und ließ die Blicke durchs Pub schweifen. Kinclave war unter Garantie nicht allein unterwegs. Natürlich nicht. Aston zählte gleich drei von ihnen. Der Mann an der Tür, der einen langen Ledermantel à la *Matrix* trug, gehörte definitiv zu ihm; er gab sich auffällig, als wollte er gesehen werden, war vermutlich bewaffnet. Er tat gelangweilt, blickte aber immer wieder zu Kinclave hinüber wie ein Tier, das sein Junges beschützt. Die anderen beiden, ein Mann und eine Frau, saßen an einem Tisch beim Fenster. Sie waren schon da gewesen, als er kam. Aufgrund ihrer Körpersprache und der Vorsicht, mit der ihre Hände sich berührten, hatte Aston vermutet, dass sie eine Affäre hatten und fürchteten, ertappt zu werden, doch nun wusste er es besser. Das gleiche Spiel hatte er mehr als einmal mit George gespielt.

»Etwas Neues über 18/8?«, erkundigte sich Kinclave.

»Eigentlich nicht«, erwiderte Aston achselzuckend. Eine im Grunde überflüssige Frage, um das unbehagliche Schweigen zu brechen. Der Chief wusste ohnehin viel mehr als Aston. Dieser hätte höchstens hinzufügen können, dass er nach wie vor unter schrecklichen Träumen von dem toten Baby litt, alles für einen ruhigen Nachtschlaf gegeben hätte, viel zu viel trank und dauernd unsinnigen Streit mit Laura vom Zaun brach, doch das würde den Chief wohl kaum interessieren.

Kinclave hob sein Glas, betrachtete fasziniert die schimmernde Flüssigkeit darin, nahm einen Schluck und stellte es wieder punktgenau auf die Mitte des Untersetzers. »Natürlich kann ich mich auf Ihre Diskretion verlassen«, konstatierte er.

Aston nickte. »Selbstverständlich.«

Kinclave beugte sich vor und sprach so leise, dass Aston angestrengt hinhören musste. »Eine heikle Sache … aber ist Ihnen in letzter Zeit … hm … etwas an Mac aufgefallen?«

»Aufgefallen?«

»Sie wissen schon, was ich meine. Verhält er sich irgendwie anders oder auffällig?«

Aston überlegte gründlich, bevor er etwas sagte. Mac wirkte nicht exzentrischer als sonst, sondern verhielt sich mürrisch und nervtötend wie immer. »Nein.«

»Wir machen uns Sorgen um ihn. Große Sorgen. Seit seine Frau gestorben ist …«

Aston spürte, wie die grauen Augen über seine Haut krabbelten und sich in verborgene Winkel bohrten.

»Ach so, Sie wussten nicht, dass seine Frau krank war«, sagte Kinclave.

Dass sie krank war? Ich wusste nicht mal, dass er eine hat, dachte Aston. Offenbar war dies ein Tag der Überraschungen. Er arbeitete seit fast drei Jahren für Mac und wusste nicht einmal, dass er verheiratet war.

»Es ist wirklich traurig. Sie waren über zehn Jahre zusammen, er lernte Sophia kennen, als er die Wiener Station leitete. Dabei hatte ich ihn immer für einen eingefleischten Junggesellen gehalten. Und die Tatsache, dass sie tatsächlich zusammengeblieben sind … ich brauche Ihnen nicht zu sagen, wie sehr Beziehungen in unserem Geschäft leiden …«

Einen Moment lang glaubte Aston, Kinclave spiele auf seine Beziehung zu Laura an. Verrückt, der Chief hatte nun wirklich Besseres zu tun, als sich um das Privatleben seiner Untergebenen zu sorgen. Kinclave trank von seinem Gin Tonic, wirkte gedankenverloren. Er rückte den Untersetzer erneut zurecht und stellte das Glas wieder mittig ab.

»Sophia litt an ALS, amyotropher Lateralsklerose«, fuhr Kinclave fort. »Eine furchtbare Krankheit. Der Körper verfällt unaufhaltsam, während das Gehirn voll funktionsfähig bleibt. Ist das nicht schrecklich? Man ist in seinem eigenen Körper gefangen. Einfach entsetzlich. Und sie war noch so jung, erst siebenundvierzig. Wir wollten Mac überreden, in den vorzeitigen Ruhestand zu gehen, damit er sich um sie kümmern konnte, aber er hat es rundweg abgelehnt. Sie können sich ungefähr vorstellen, wie er reagiert hat.« Kinclave lächelte freudlos, Aston nickte. Mac hatte oft gescherzt, man müsse seinen Sarg mit Telefon und Fax ausstatten.

Noch ein Schluck, noch ein Rücken am Untersetzer. Der Chief räusperte sich. »Sophia ist Ende Juli gestorben.«

Aston rechnete kurz, es passte nicht zusammen. »Aber Mac hat gearbeitet, er hat sich keinen Tag freigenommen. Mir sind keinerlei Veränderungen an ihm aufgefallen.«

»So ist er eben«, meinte Kinclave knapp. »Das Leben geht weiter.«

»Aber immerhin ist seine Frau gestorben. Ich arbeite mit ihm zusammen, ich hätte doch irgendetwas merken müssen.«

Der Chief lächelte wehmütig. »Sie haben Mac nicht gekannt, als er noch vor Ort im Einsatz war. Mein Gott, war er gut, einer der besten Undercover-Agenten, die wir je hatten. Im Grunde der beste, möchte ich sagen. Ein überaus begabter Schauspieler. Er konnte sich in jeden verwandeln. Nein, nein, in den letzten Monaten haben Sie Mac in einer Rolle erlebt. Ich kenne ihn über dreißig Jahre, und er leidet, das können Sie mir glauben.«

»Dennoch –«, setzte Aston an.

»Paul, wenn Mac will, dass Sie glauben, alles sei bestens, dann ist alles bestens, Schluss, aus. Sie wissen doch, wie überzeugend er sein kann.«

Aston trank sein Glas aus und sah Kinclave an. »Dürfte ich fragen, warum Sie mir das alles erzählen?«

»Ah ...« Pause. »Es ist ein bisschen – wie soll ich es sagen? Ein bisschen heikel. Wir machen uns Sorgen um Mac. Von außen betrachtet, hält er sich wacker, und wenn Sie ihn darauf ansprechen, wird er Ihnen versichern, es gehe ihm prima.«

Allmählich ging Aston ein Licht auf. »Ich soll ihn ausspionieren, oder?«

»So würde ich es lieber nicht nennen, falls es Ihnen recht ist«, sagte Kinclave glatt. »Es klingt so negativ. Nein, Sie sollen ihn einfach im Auge behalten und mir sofort persönlich berichten, falls Ihnen etwas Ungewöhnliches auffällt.«

Aston war sprachlos. Mac nachspionieren ... was würde als Nächstes kommen?

Der Chief heftete wieder seine klugen Augen auf ihn. »Ich möchte Sie um noch etwas bitten, Paul. Ich bin heute Abend mit Mac zum Essen verabredet. Das heißt, Ihnen bliebe ein Zeitfenster von etwa drei Stunden. In der linken Tasche Ihres Jacketts finden Sie einen Schlüssel, einen Zettel mit seiner Adresse und eine Rufnummer, unter der Sie mich erreichen. Sie sollen sich nur rasch umsehen und prüfen, ob alles in Ordnung ist.«

»Wie bitte?« Er musste sich wohl verhört haben. »Noch mal zum Mitschreiben: Ich soll für Sie in Macs Haus einbrechen?«

»Aber, aber, Paul, kommen Sie mir nicht auf die selbstgerechte Tour! Ich habe Ihre Akte gelesen. Darin steht alles über die Nummer, die Sie während der Ausbildung abgezogen haben.«

Schachmatt. Aston hatte einige Dinge im Namen des MI6 getan, auf die er nicht sonderlich stolz war, und obwohl ihm diese bestimmte Nummer eine Menge Punkte eingebracht hatte, erinnerte er sich nicht gern daran. »Aber es geht hier doch um Mac«, wandte er ein, was weder ihn noch Kinclave überzeugte.

»Eben drum«, erwiderte der Chief. »Und letztlich tun wir es auch *für* Mac, das sollten Sie nicht vergessen. Der alte Knabe ist viel zu stur, um Hilfe zu erbitten. Also müssen wir erstens herausfinden, ob er tatsächlich Hilfe braucht, und zweitens, wie wir sie ihm beschaffen können.«

»Warum fragen Sie ihn nicht? Ich meine, Sie könnten doch einfach mit ihm reden.«

Kinclaves Gesichtsausdruck ließ erkennen, dass dies so ziemlich der dämlichste Vorschlag war, den er je gehört hatte.

»Na gut«, gab Aston zu, »das war blöd von mir.«

»Paul, denken Sie daran, wir kümmern uns um unsere Leute. Das war so, das ist so und wird immer so sein.«

6

»Verdammt, würdest du mir freundlicherweise verraten, was hier vorgeht?«

»Gar nichts geht vor«, sagte Aston. Er marschierte gerade die Tottenham Court Road entlang Richtung U-Bahn-Station Goodge Street, das Handy am Ohr, dicke Regenwolken über ihm. Es war ein kalter, grauer Abend, der Sommer nur noch eine ferne Erinnerung. Er hielt Ausschau nach einem freien Taxi, aber die waren in London schwer zu finden, zumal bei Regenwetter. Er hätte auch den Bus nehmen können, aber das konnte zeitlich eng werden. Also blieb ihm nur eins: Augen zu und durch.

»Du bist ein beschissener Lügner, Paul.«

»Es ist wirklich nichts«, beharrte er.

»Entschuldige bitte, aber ich wollte gerade aufstehen und meinen Mantel holen, da ruft mich mein Boss zurück und beauftragt mich mit irgendeinem Blödsinn. Da bin ich schon ins Grübeln gekommen. Konnte mich des Eindrucks nicht erwehren, dass die ganze Sache inszeniert war.«

»George –«

»Wenn du noch einmal sagst, es sei nichts, breche ich dir den Arm, das schwöre ich bei Gott.«

Aston seufzte ins Handy, gab die Schlacht verloren. »Aber wir können nicht am Telefon darüber reden. Treffen wir uns an der U-Bahn-Station Highgate?«

»Kein Problem, bin in einer halben Stunde da.«

»Zwanzig Minuten.«

»Auch gut.«

Aston klappte das Handy zu. Es war keine Rede davon gewesen, dass er allein in Macs Wohnung gehen musste, und er hatte Kinclave vorsichtshalber auch nicht danach gefragt. Aston war froh, dass George mitkam, er konnte ihre moralische Unterstützung gut gebrauchen. Er steckte die Hand in die Tasche und betastete den gezackten Schlüsselbart. Kalt, ein wenig unheimlich. Mittlerweile war ihm klar, wann man ihm die Sachen zugesteckt hatte. Die Frau, die zu Kinclaves Leuten gehörte, hatte ihn flüchtig gestreift, sich rasch entschuldigt und war in der Toilette verschwunden. Elegant gelöst.

Es fing an zu regnen, als er die U-Bahn erreichte. Aston lief die letzten Schritte und wischte sich dabei Tropfen vom Haar. Er zog einen Fahrschein und griff mit zitternder Hand nach dem Wechselgeld. Schon jetzt ging sein Atem schneller, beschleunigte sich sein Herzschlag, dabei war er noch nicht einmal am Bahnsteig. Er ging die stehende Rolltreppe hinunter und musste sich zusammenreißen, um nicht einfach loszulaufen. Das erste Mal seit dem Anschlag, dass er die U-Bahn betrat; bisher war er stets auf Taxis, Busse und seine eigenen Füße ausgewichen. Egal, irgendwann musste er sich der Herausforderung stellen, je eher, desto besser. Am liebsten wäre er den dunklen Erinnerungen davongelaufen, als er tiefer und tiefer in den Untergrund vordrang, zwang sich aber, gemessenen Schrittes zum Bahnsteig zu gehen. Laut Digitalanzeige kam der nächste Zug in drei Minuten. Drei Minuten! Er lief auf und ab, bis die Bahn einfuhr. Sobald er saß, schloss er die Augen und träumte sich an einen tropischen Strand, wie George es ihm geraten hatte – warme Sonne auf der Haut, knirschender Sand zwischen den Zehen, das rhythmische Klatschen, mit dem die Wellen auf den Strand trafen. So verrückt Georges Ideen oft sein mochten: Diese funktionierte tatsächlich. Aston spürte, wie die Panik nachließ: Seine Muskeln entspannten sich, sein Puls wurde langsamer, sein Atem ruhiger.

George wartete schon am Fahrkartenautomaten, kam sofort herüber und umarmte ihn. Es war keine flüchtige Umarmung, Küsschen hier, Küsschen da, nein, sie drückte ihn so fest an sich, dass er ihren Herzschlag spürte. »Wie war's?«, flüsterte sie ihm ins Ohr.

»Hätte schlimmer sein können.«

Sie hielt ihn ein Stück von sich weg und musterte ihn gründlich. »Na ja, ein bisschen blass, aber davon abgesehen …« Dann hakte sie ihn unter und führte ihn zum Ausgang.

Das Auffälligste an George war ihre krause schwarze Mähne, über die sie sich ständig beklagte. Zurzeit trug sie das Haar schulterlang und mit einem roten Gummi zusammengebunden; sie hatte ganz lang und ganz kurz ausprobiert und jede Länge furchtbar gefunden. Während des Studiums hatte sie die Haare fast abrasiert. Mehr als einmal hatte sie zu Aston gesagt, sie sei das hässliche Entlein, das sich nicht so ganz in einen Schwan verwandelt hatte, und machte sofort dicht, wenn er sie vom Gegenteil überzeugen wollte. Sicher, George war kein Supermodel, aber auch kein Kinderschreck. Ihre mandelförmigen braunen Augen und die olivfarbene Haut waren wunderschön, und wenn sie sich ein bisschen Mühe gab, was leider selten vorkam, konnte sie wirklich toll aussehen. Meist gab sie sich jedoch bescheiden: schlichte Kleidung, nüchterne Farben, eher zugeknöpft, bloß nicht auffallen. Die perfekte Spionin. Einen Mann zu finden, war nicht ihr Problem, nur war es leider nie der Richtige – zu alt, zu jung, zu verheiratet. Ihr Liebesleben erinnerte an eine Seifenoper, mit deren Handlung Aston schon lange nicht mehr Schritt halten konnte.

Auf dem Zettel stand in gestochener Handschrift: Farley Road Nummer 23, Crouch End, darunter eine Handy-Nummer. Sie teilten sich Georges Regenschirm, der eigentlich zu klein für zwei war. Ein junges Paar, das nach einem langen Arbeitstag nach Hause geht, diese Nummer hatten sie zu einer wahren Kunst entwickelt. Sie beherrschten alle Rollen von den Jungverliebten, denen die Hormone durchgingen und die dringend ein Zimmer benötigten, bis hin zu den altgedienten Eheleuten, die sich am liebsten an die Kehle gegangen wären. Das Theater fiel ihnen nicht sonderlich schwer, da sie sich von Anfang an dermaßen gut verstanden hatten, dass die Gerüchteküche des MI6 immer wieder einmal hochkochte. Offiziell war ihre Beziehung streng platonisch – bis auf einen kleinen Ausrutscher.

Der Vorfall war zwischen ihnen tabu. Um den Abschluss ihrer Ausbildung zu feiern, waren sie losgezogen und hatten sich nach Strich und Faden betrunken; selbst nach ihren Maßstäben war es eine gewaltige Sauftour gewesen. Am nächsten Morgen war Aston mit einem Riesenkater aufgewacht. Neben George. Beide waren nackt. Seine verschwommenen Erinnerungen, das zerwühlte Bett und sein abgekämpfter Schwanz ließen erahnen, dass sie nicht nur geschlafen hatten. Aus irgendeinem Grund fühlte Aston sich nicht gut dabei. Es war einfach nicht richtig, fast als hätte er mit seiner Schwester geschlafen. Wenn er die Augen zumachte, wurde ihm wieder schwindlig, und er sah einen Albino mit kaputten Zähnen Banjo spielen. George ging es nicht besser. Nach einem unbehaglichen Gespräch beschlossen sie, die Geschichte schlicht und einfach zu vergessen.

Aston berichtete von seiner Begegnung mit Kinclave. »Überleg mal, wie lange arbeite ich jetzt schon für Mac? Drei Jahre? Und ich wusste nicht mal, dass er verheiratet ist oder wo er wohnt. Verdammt, eigentlich weiß ich gar nichts über ihn.«

»Stimmt nicht«, sagte George. »Du weißt das, was er dich wissen lässt.«

Von der U-Bahn bis zur Farley Road brauchten sie eine Viertelstunde. Der Regen prasselte jetzt nieder, sammelte sich in Pfützen auf dem Gehweg, gluckerte als reißender Strom im Rinnstein. Nummer 23 war eine Doppelhaushälfte, ein roter Ziegelbau im edwardianischen Stil mit Erkerfenstern in Erdgeschoss und erstem Stock. Der Vorgarten war betoniert und diente als Stellplatz für einen nagelneuen Jaguar X-Type. Sämtliche Vorhänge waren geschlossen.

»Das gefällt mir nicht«, sagte George auf dem schmalen Weg zur Haustür.

»Frag mich mal.«

Unter dem Vordach schüttelte er den Regen vom Mantel, während George den Schirm zusammenklappte und über ihr krauses Haar strich.

»Warum lasse ich mich überhaupt auf diesen Mist ein, Paul? Könntest du mir das bitte verraten?«

»Ich habe dich nicht gezwungen mitzukommen.«

»Mach die Tür auf, sonst bekomme ich Schiss und haue ab.«

Aston drehte den Schlüssel, die Tür schwang in den gut geölten Scharnieren lautlos auf.

»Falls es dir nichts ausmacht«, sagte George, »würde ich lieber mit dir zusammenbleiben. Nichts von wegen ›Wir teilen uns auf, dann geht es schneller‹, verstanden?«

»Kein Problem.« Aston fragte sich, ob er ebenso nervös wirkte wie George. Vermutlich schon. Sein Magen schlug einen Purzelbaum, als sie das Haus betraten, sein Herz schien zu groß für seine Brust zu sein. Er drückte die Tür zu, schloss ab und schaltete das Flurlicht ein. Er drang nicht zum ersten Mal in ein fremdes Haus ein, doch das war ein schwacher Trost. Er musste schlucken.

»Wonach suchen wir eigentlich?«, fragte George.

»Frag mich was Leichteres. Der Chief wollte nicht ins Detail gehen. ›Sie sollen sich nur rasch umsehen und prüfen, ob alles in Ordnung ist.‹« Er lieferte eine ziemlich überzeugende Imitation von Kinclaves schleppendem Eton-Tonfall.

Vom Flur gingen drei Türen ab, alle geschlossen. Aston deutete auf die Tür am Ende. »Da fangen wir an.«

Sie betraten eine gemütliche Küche im Landhausstil, Schieferboden, dazu Esstisch, Stühle, eine große Anrichte mit Kleinkram und Geschirr, alles aus Eichenholz. Auf dem Schild über dem AGA-Herd stand zu lesen, die Küche sei das Herz des Hauses. Früher vielleicht, dachte Aston und stellte sich vor, dass diese Küche einmal von Leben, Lachen und Sonnenschein erfüllt gewesen war. Das große Fenster, durch das man auf den verwilderten Garten blickte, ging nach Osten, sodass man von der Küche aus bis mittags die Sonne genießen konnte. Ja, dies war zweifellos einmal das Herz des Hauses gewesen, doch nun war alle Lebendigkeit dahin.

»Fällt dir nichts auf?«, fragte George.

»Was denn?«

»Mensch, Paul, für einen Mann vom Fach bist du manchmal ganz schön verpennt.« Sie deutete auf eine Schale mit pelzig feuchtem Obst, die auf der Arbeitsplatte stand, und die welken Blumen in der Vase auf dem Tisch.

»Hier wohnt niemand. Diese Küche wurde seit einer Ewigkeit nicht benutzt.« George riss die Kühlschranktür auf. Der Geruch von saurer Milch strömte in die Küche. Sie las das Verfallsdatum auf der Packung. »Ich tippe, er war seit fast einem Monat nicht hier.«

»Etwa seit Sophia gestorben ist.«

»Aber wo wohnt er dann?«

»Besser gesagt, warum wohnt er nicht hier?«

»Vielleicht wegen der Erinnerungen.«

»Mag sein.« Aston war nicht recht überzeugt. Nun, da George ihn daraufgestoßen hatte, spürte er die geradezu greifbare Leere, die in der Küche herrschte, den Hauch von Vernachlässigung und Verlust, die Erinnerung an Dinge, die unwiederbringlich verloren waren. Es war ihm schon beim Hereinkommen aufgefallen, doch hatte er kein Wort dafür gefunden: Verlassenheit, das war es. Wie ein versunkenes Schiff hatte sich das Haus in stille, dunkle Einsamkeit geflüchtet.

Die Tür nebenan führte in einen kleinen Raum, offenbar Macs Arbeitszimmer. Keine Bilder an den Wänden, keinerlei persönliche Gegenstände. Das Zimmer war so anonym wie der Mann, dem es gehörte. Eine dünne Staubschicht hatte sich auf allem abgelagert, bedeckte den Aktenschrank und haftete am Computerbildschirm. Aston öffnete die oberste Schublade des Aktenschranks. Leer.

»Ich versuche es nebenan«, sagte George. »Je schneller wir hier rauskommen, desto besser. Allmählich wird's gruselig.«

Aston wollte sie schon daran erinnern, dass sie unbedingt mit ihm zusammenbleiben wollte, ließ es aber sein. Sie war ein großes Mädchen. Gedankenverloren schaute er in die leere Schublade. Seltsam. Er hörte, wie George durch den Flur ging, die Tür des Nebenzimmers öffnete und den Lichtschalter drückte.

»Paul, komm mal her. Das musst du dir ansehen.«

Er knallte die metallene Schublade zu und lief hinaus. George stand in der Tür. Er trat hinter sie und legte ihr die Hände auf die Schultern.

Eigentlich waren es zwei Zimmer, die durch einen breiten,

bogenförmigen Durchgang verbunden waren. Bevor Sophia krank wurde, hatten sie wohl als Wohnzimmer gedient. Hohe Decken, alte Dielen, bunte Bilder an weißen Wänden, Andenken und Nippes auf dem schwarz gestrichenen Kaminsims, davor ein vielfarbiger Teppich, gerahmte Fotos im Bücherregal. Ganz und gar persönlich, mit einem deutlich weiblichen Touch. Wenn die Küche das Herz des Hauses war, dann musste dies seine Seele gewesen sein.

An einer Wand stand ein Klavier mit weißer Staubhülle. Vermutlich hatte es Sophia gehört, denn Aston konnte sich beim besten Willen nicht vorstellen, wie Mac auf elfenbeinernen Tasten klimperte oder die Gelenke knacken ließ, bevor er sich auf eine Sonate von Mozart oder einen Nachtklub-Blues stürzte. Nein, das war undenkbar. Auf dem Klavier stapelten sich Bettpfannen und Medikamentenpackungen, daneben stand eine Vase mit mumifizierten Rosen, deren schwarze, brüchige Köpfe noch einen karminroten Hauch erahnen ließen.

Das metallene Krankenhausbett mit den sauberen weißen Laken beherrschte den ganzen Raum. In einer Ecke war eine Duschkabine mit hüfthoher Tür eingebaut, breit genug für den leichten Kunststoffrollstuhl, der einsam und verlassen daneben stand. Der Chief hatte recht, dachte Aston, es war einfach unvorstellbar. Nacheinander wurde einem alles genommen, was man für selbstverständlich erachtet hatte; man konnte sich nicht mehr selbst waschen, nicht ohne Hilfe essen, musste entwürdigende Windeln tragen. Und das Schlimmste war, dass das Gehirn einwandfrei funktionierte, einen mit Erinnerungen quälte, den eigenen Verfall bemerkte, das langsame Hinabgleiten ins Grab. An ALS zu sterben, hatte wahrlich niemand verdient. *Lass es schnell gehen, wenn es so weit ist,* betete Aston im Stillen und schaute wieder zum

Klavier. War es nicht gefühllos, das Instrument hier stehen zu lassen? Warum hatte Mac es nicht weggeschafft? Hier musste es Sophia ständig daran erinnern, was sie verloren hatte.

Auf dem Tisch neben dem Bett standen eine Wasserkaraffe und ein gerahmtes Hochzeitsfoto. Aston rief George herüber. Mac lächelte – es war kein Grinsen, kein scheinheiliges Grienen, sondern ein echtes, herzerwärmendes Strahlen. Robert Macintosh als glücklicher Mensch. Sophia sah gut aus, musste als junge Frau einfach hinreißend gewesen sein. Aston fragte sich, wann das Foto wohl aufgenommen worden war. Nach Macs Anzug zu urteilen, vor einigen Jahren. Noch keine Anzeichen der Krankheit, die ihren Körper zerstören würde. Sie trug ein schlichtes blaues Seidenkleid, hatte ein Blumensträußchen in der Hand, das vor bunten Farben förmlich explodierte, und einen kleinen Brautkranz aus Gänseblümchen und Löwenzahn im langen, goldblonden Haar. Eine Märchenprinzessin an ihrem Hochzeitstag.

George hielt das Foto ans Licht und betrachtete es aufmerksam. »Sie war hübsch.«

Aston sah sie verwundert an. Oberflächlich betrachtet, klang es wie ein Kompliment, aber auch ein wenig gezwungen, als lieferte sie den Kommentar, den man von ihr erwartete. Andererseits sah er es vielleicht zu kritisch, sie hatten beide einen langen Tag hinter sich.

»Was ist?«, fragte George. »Warum schaust du mich so an?«

»Ach, nichts.«

»Wenn du was zu sagen hast, dann sag es.«

Aston nahm ihr das Foto ab und stellte es zurück. »Da ist wohl jemand mit dem falschen Fuß zuerst aufgestanden.«

George seufzte. »Tut mir leid, Paul. Nur … nur fühle ich mich nicht wohl dabei, hier, in Macs Haus.«

»Das kann ich gut verstehen.«

Sie stiegen nebeneinander die Treppe hoch, als wollte keiner die Führung übernehmen. Auch Aston kam sich nun vor wie in einem Spukhaus, das machte ihn nervös. Bei jedem Knarren schlug sein Herz schneller, jedes Knacken verursachte einen Schweißausbruch. Vom Treppenabsatz aus arbeiteten sie sich methodisch durch die einzelnen Räume: zuerst das Bad, weiß schimmerndes Porzellan, eine altmodische Wanne auf vier Füßen, Duschkopf aus Messing; dann ein Gästezimmer mit funktionellen Möbeln und wenig Atmosphäre.

Als er die Türklinke des letzten Raums flüchtig mit den Fingern streifte, traf es ihn wie ein elektrischer Schlag. Seine Haare standen zu Berge. Ein rascher Blick zu George, sie hatte es auch gemerkt. Beide waren rationale Menschen, und doch gab es bisweilen Dinge, die sich nicht mit Wissenschaft und Logik erklären ließen. Und logisch dachte er in diesem Augenblick nun wirklich nicht, eher wie ein Kind, dessen Eltern zum x-ten Mal prüfen müssen, ob auch wirklich kein Ungeheuer im Kleiderschrank sitzt.

Die Tür schwang auf, und im Dämmerlicht erkannten sie die Silhouette einer Frau. Sophias Geist, dachte er spontan. Irrational, aber naheliegend. George stieß ein Keuchen aus. Aston schaltete das Licht ein, rechnete mit einer optischen Täuschung – es gab keine Geister, es musste eine rationale Erklärung geben –, doch die Frau verschwand nicht, wirkte noch greifbarer. Als Astons Augen sich an das Licht gewöhnt hatten, stieß er ein nervöses Lachen aus. Vor ihnen stand zwar nicht Sophias Geist, aber etwas, das ähnlich verstörend wirkte.

George nahm ihm die Worte aus dem Mund. »Das ist doch völlig krank«, murmelte sie.

Mac hatte das Schlafzimmer in einen Schrein verwandelt. Der vermeintliche Geist war eine Schaufensterpuppe, die das blaue Seidenkleid vom Hochzeitsfoto trug; dazu eine Echthaarperücke, deren weiche Strähnen zu einem schulterlangen Bauernzopf geflochten waren. Sie hatte vertrocknete Blumen im Haar, vermutlich derselbe Brautkranz, den Sophia bei ihrer Hochzeit getragen hatte. Die Löwenzahnblüten und Gänseblümchen waren spröde und zerbrechlich, die Farben im Laufe der Jahre verblasst.

Sämtliche verfügbaren Flächen waren mit Kerzen bedeckt, in Leuchtern, auf Untertassen oder einfach mit geschmolzenem Wachs angeklebt. In den Schränken befanden sich noch ihre Kleider, und Aston meinte, einen Hauch von Parfum zu riechen. Auf der Kommode verstaubten eine Haarbürste mit Elfenbeingriff und ein Handspiegel, daneben standen wie Soldaten aufgereihte Parfumflakons, deren Etiketten exakt nach vorn ausgerichtet waren. Das Bett war makellos: rasiermesserscharfe Falten, aufgeschüttelte Kissen, die mit militärischer Präzision angeordnet waren. Eine Wand war mit Fotos bedeckt; einige waren auf den Boden gefallen. Die Fotos waren überall in der Welt aufgenommen worden, Licht und Architektur immer wieder anders. Die Wolkenkratzer von Singapur im grellen Sonnenlicht, die strengen Zarenpaläste Moskaus an einem trüben Tag. Japan, Italien, Australien, New York und Paris. Und immer lächelte Sophia, vor Gesundheit strotzend, völlig unbekümmert, ohne eine Ahnung von der Krankheit, die unvermittelt zuschlagen würde. Ohne zu wissen, dass ihre Zeit bald um sein würde.

»Na ja, jedenfalls sind sie ganz schön herumgekommen«, stellte George fest, als sie ihm über die Schulter spähte. »Sophia scheint nicht nur schön, sondern auch reich gewesen zu sein.«

»Wer behauptet, dass Mac die Reisen nicht selbst bezahlt hat?«

»Machst du Witze? Du weißt doch, was unsereins verdient. Diesen Job macht man nicht wegen der Kohle.«

Aston bückte sich und hob ein Foto vom Boden auf. Es war älter als die anderen, auch Mac war darauf zu sehen. Hinter dem lächelnden Paar ragte ein altmodisches Riesenrad empor, das er von dem Bild in Macs Büro kannte. Aston hatte immer angenommen, es sei bloß eine Erinnerung an die Zeit in Wien, doch nun begriff er, dass mehr dahintersteckte. Sie waren ein schönes Paar: Sophia passte mit ihrem sanften, unschuldigen Gesicht und dem schlanken, katzenartigen Körper wunderbar zu Mac, der mit dem weizenblonden Haar und den durchdringenden blauen Augen durchaus an Robert Redford erinnerte.

»Was hältst du davon?«, fragte George.

»Ganz schön krank«, sagte Aston, ein Echo ihrer Worte.

»Und verstörend. Man fragt sich, was in seinem Kopf so vorgeht. Du kennst ihn doch, hast du eine Idee?«

Aston schüttelte den Kopf. »Ich habe nicht den blassesten Schimmer.«

»Genug gesehen?«

»Ja.« George hatte gar nicht erst auf seine Antwort gewartet, sondern stand schon an der Treppe. Aston trat in die Tür, doch bevor er das Licht ausschaltete, warf er noch einen letzten Blick auf die Puppe mit dem Brautkranz. Sie starrte ihm gleichgültig entgegen, und er schloss energisch die Tür und ging nach unten. Als er am Arbeitszimmer vorbeikam, zog ihn der graue Aktenschrank magisch an. »Moment mal«, rief er George zu.

»Was ist denn nun schon wieder?«, rief sie von der Haustür.

»Ich muss nur eben etwas prüfen.« Er verschwand im Arbeitszimmer und hörte, wie George sich seufzend näherte.

»Ich hoffe, es lohnt sich.«

Aston sagte nichts, sondern schaute auf den Aktenschrank und öffnete noch einmal die oberste Schublade. Leer, trotzdem stimmte etwas nicht. Er überprüfte die mittlere Schublade, die Rechnungen und Kontoauszüge enthielt, und die unterste, in der sich einige CD-Roms, eine kleine Guillotine und ein tragbarer Aktenvernichter fanden. Irgendetwas störte ihn. Er trat einen Schritt zurück, schaute wieder auf den Schrank und seine Position im Zimmer. Er war sehr groß und wurde gar nicht richtig genutzt, das ergab doch keinen Sinn. Es passte einfach nicht zu Mac. Aston konzentrierte sich auf den Boden um den Schrank, und dann sah er es. Er kniete sich hin und tastete den Teppich ab. Vor dem Schrank befanden sich zwei parallele, kaum sichtbare Vertiefungen. Wie wild fuhr er mit den Händen über das kalte Metall, riss die Schubladen wieder auf, knallte sie zu, fand endlich den Hebel an der Rückwand. Ein fester Ruck, die Räder rasteten ein, der Schrank rollte nach vorn. Aston zog den Teppich weg und tastete die Dielenbretter darunter ab. Eins war lose. Er riss es hoch, griff in das Loch und traf auf glattes Plastik. Ein Tragegriff. Aston hob den Laptop heraus und reichte ihn George.

7

Die Wörter schweben über den Tisch, doch das Gespräch ist gehaltlos. Ist Teil der Maskerade. Wörter, die das Schweigen auspolstern, die Illusion erzeugen, alles sei in bester Ordnung. Immerhin machen wir das einmal pro Monat, je nach Dienstplan. Zwei alte Freunde, die sich einfach nur zum Quatschen treffen. Wie üblich kramen wir alte Erinnerungen hervor, reden von Orten und Ereignissen, die die Geschichte vergessen hat, fachsimpeln ein bisschen. Und wie üblich lächle ich aufs Stichwort, nicke aufs Stichwort, liefere ab und an das passende Gelächter. Meine Haut kribbelt, meine Nackenhaare sträuben sich. Und ich bin wachsam, nehme alles in mich auf.

Er greift über den Tisch, die Kerze zeichnet Schattenlinien auf sein Gesicht. Während er uns Wein nachschenkt, macht er einen Witz über den Preis. »Hauptsache, wir zahlen nicht die Zeche, was, Mac?« Ich lache mit ihm. Er verbirgt seine Nervosität gut. Schweigen ist ihm verdächtig, daher bemüht er sich, das Gespräch in Gang zu halten, und vermeidet ängstlich jede peinliche Pause.

Der Kellner serviert den Hauptgang und stellt meinen Teller mit schwungvoller Geste auf den Tisch. Der Mann riecht widerlich, süß und klebrig; das Bärtchen kringelt sich über seinem Mund wie eine Raupe. Mit einem Lächeln tritt er zurück. *Kann ich Ihnen noch etwas bringen, Sir?* »Nein, danke«, antworte ich, knipse meinen Charme wieder an und schenke ihm ein strahlendes Lächeln. Er strahlt zurück, ist ja *so* froh, dass ich zufrieden bin. Dann flattert er zwischen den weiträumig aufgestellten Tischen, die Diskretion sichern sollen, hindurch zur Küche. Das Restaurant ist voll besetzt. Gewöhnlich wartet man einen Monat auf einen Tisch bei Carmichael's, wir nicht. Kein Wunder, der Oberkellner erhält einen festen monatlichen Obolus.

Ich erkenne einige Gesichter. Futter für die Boulevardblätter, Stars aus Seifenopern und Popmusik, Politiker und Models. In einer ruhigen Ecke bemüht sich ein Grauhaariger um ein Starlet, das seine Enkelin sein könnte. Er hat Hängebacken, Schweinsäuglein und einen Bauch, der schier aus seinem schwarzen Seidenkerker platzt. Hält eine fette Hollywood-Zigarre zwischen ringüberzogenen Fingern. Das Püppchen perfekt im kleinen Schwarzen. Perfekter Körper, perfekte Haut, perfekte Zähne. Die Schöne und das Biest. Ihn erkenne ich nicht, aber er sieht wichtig aus, vielleicht ein bedeutender Regisseur. Sie hängt an seinen Lippen, drängt verzweifelt ins Rampenlicht, kichert bei seinen Anekdoten. Fährt mit den Fingerspitzen über seine Hand, eine Berührung wie Champagner, schaumig leicht. Und er kauft es ihr ab. Was glaubt er wohl? Dass sie auf sein Aussehen steht? Ich sehe, wie sie ein zierliches Schlückchen nimmt, um sich Mut anzutrinken. Noch etwas mehr, und sie kann alles ausblenden: den verschwitzten Walspeck auf ihrer Haut, seinen massigen Rumpf, der sie tiefer und tiefer in die Matratze drückt.

Mein Gott, ich hasse dieses Lokal. Ich hasse die Falschheit, die Speichelleckerei, vor allem aber die Verzweiflung dieser ganzen Möchtegerns. Aber Kinclave geht sehr gern hierher, daher ertrage ich es lächelnd. Er hat sich schon immer von Glamour und Glitzer blenden lassen; es turnt ihn an, wenn er sich inmitten der Schönen und Reichen bewegt.

Mein Messer gleitet mühelos durch das Steak. Fast roh, nur eine flüchtige Begegnung mit den Flammen. Die Schmetterlinge in meinem Bauch verderben mir den Appetit, doch ich kaue und schlucke und tue, als wäre es das beste Steak der Welt. Kinclave labert weiter von den alten Zeiten, die Augen feucht vor lauter Nostalgie und Wein. Er wird immer rührselig, wenn er getrunken hat. Seine Stimme spült über mich hinweg, während er sich in die nächste Russland-Story stürzt, eine seiner liebsten. Ich schnappe von überallher Gesprächsfetzen auf, seltsame Worte, die sich zu surrealen Sätzen fügen. Besteck klirrt auf Porzellan, klimpert an Gläsern. Im Hintergrund klassische Musik, ein Streichquartett. Ich habe das Paar bei der Tür sofort bemerkt. Immer den Rücken frei halten, so funktioniert der MI6. Ich trinke Wein, esse mein Steak und warte auf den nächsten Zug.

Sein Handy summt eine Melodie, er schaut aufs Display. »Tut mir leid, Mac, die Pflicht ruft.«

»Kein Problem.«

Kinclave steht auf und legt die Serviette ordentlich gefaltet auf den Stuhl. Obwohl ich sie nicht sehen kann, weiß ich, dass die Kanten genau parallel zum Rand des Stuhls verlaufen. Er hat das Handy am Ohr, geht in Richtung Toilette, ich sehe nur seinen Rücken. Ich soll nicht Lippenlesen. Das Telefonat ist kurz, die Nachricht schlimmer als erwartet. Er lässt kurz die Schultern sacken, fängt sich wieder. Verbirgt es geschickt. Der Rücken strafft sich, die Schultern füllen den eleganten Maßanzug wieder aus. Er beendet das Gespräch, ruft jemanden an und kehrt an den Tisch zurück.

»Alles klar?«, frage ich.

»Alles bestens«, lügt er.

Mit einem »Wo war ich stehen geblieben? Ach ja …« kehrt er zu seiner Geschichte zurück. Ich schalte ab, konzentriere mich auf den Genuss meines Steaks und liefere die erwarteten Reaktionen.

»Mein Gott, Mac, wir haben uns ein paar Sachen geleistet, was?«

»Du sagst es«, pflichte ich ihm bei, ohne zu wissen oder mich darum zu kümmern, was er eigentlich meint.

»Sind wir wirklich mal so jung gewesen?«

Ich lächle angemessen, schüttle angemessen den Kopf. »Wo sind bloß die Jahre geblieben? Kaum zu glauben, noch ein knappes halbes Jahr, dann bin ich pensioniert. Dabei kommt es mir vor, als wäre ich erst gestern im Century House angetreten.«

Kinclave greift nach seinem Glas, lässt den Wein kreisen und nimmt einen Schluck. »Mach dir bloß keine Sorgen wegen dieses Unsinns von wegen Rücktritt.«

»Mache ich gar nicht.«

»Richtig so. Was mich betrifft, können wir unmöglich auf dich verzichten. Deine ganze Erfahrung … das wäre einfach lächerlich.« Seine Stimme wird zu einem Flüstern. »Soll der Premierminister doch reden. Ich lasse mir von einem Emporkömmling nicht sagen, wie ich meinen Laden zu leiten habe.«

Vermutlich bin ich der einzige Mensch, dem er seine innersten Gefühle anvertraut. Na und, soll er doch. Es interessiert mich nicht die Bohne.

»Mac, hast du dir überlegt, was du im Ruhestand anfangen willst?«

»Vielleicht angeln.«

»Das möchte ich erleben. Mal im Ernst, falls du als SBO zurückkommen willst, bist du jederzeit willkommen.«

Na toll. SBOs sind für die Betriebssicherheit der Auslandsabteilungen zuständig, traurige Gestalten, die einfach nicht loslassen können. In meinen Augen nicht mehr als glorifizierte Wachhunde.

»Die Bezahlung ist gut«, fügt Kinclave hinzu.

»Um ehrlich zu sein, habe ich seit … na ja, seit Sophias Tod kaum darüber nachgedacht.«

Ich spreche meinen Text in frostigem Ton, bringe das Gespräch zum Erliegen, da findet selbst Kinclave nicht so einfach raus. Die Rettung naht in Gestalt des Kellners, der schwungvoll die Teller abräumt, sich erkundigt, ob alles zu unserer Zufriedenheit gewesen sei und er die Dessertkarte bringen solle. »Warum nicht«, sagt Kinclave, womit er sich aus der Schlinge zieht und dem Kellner zugleich eine Riesenfreude macht. Strahlend bringt er uns die Karten. Das Paar an der Tür ist bei Kaffee und Brandy angelangt. Die Frau ist besonders begabt, unschuldig und elegant in der Rolle des Dummchens. Sie sitzt so, dass sie uns im Fenster erkennen kann. Einfach süß.

Bei der Beerdigung regnete es. Ein seltsam grauer Tag, umrahmt von einer Woche strahlenden Sommersonnenscheins. Unter einem schlachtschiffgrauen Himmel trafen wir im Krematorium ein, der Regen rann von den Scheiben des Daimlers. Ich ergriff die vordere rechte Ecke des Sarges, die Mitarbeiter des Bestattungsinstituts, ernste Männer mit ernsten Gesichtern und schwarzen Anzügen, die übrigen Ecken. Wie Sophia gewünscht hatte, war ich der einzige Trauergast. Sie wollte eine Beerdigung im möglichst kleinen Rahmen, hatte nicht einmal gewollt, dass ich dabei war, aber diesen Streit hatte ich ausnahmsweise gewonnen. Meine Erinnerungen an jenen Tag sind bruchstückhaft; ich funktionierte wie auf Autopilot, Herz und Seele wie betäubt. Als wir den Sarg zum Altar trugen, erklang leise Pachelbels Kanon. Ein paar leere Worte des Geistlichen, ein Gebet und ein Kirchenlied, dessen Titel ich vergessen habe. Man forderte mich auf, etwas zu sagen, und das tat ich auch, aber leise für mich. Ich stand mit gefalteten Händen hinter dem Sarg, die Augen auf das Sträußchen Wildblumen gerichtet, das auf dem Deckel lag. Mit zusammengepressten Lippen sagte ich ihr lautlos, was ich alles vermissen würde, wie sehr ich sie liebte, nahm Abschied. Zärtliche Worte, die nur für sie bestimmt waren. Der Geistliche klopfte mir sanft auf die Schulter und murmelte etwas Banales, als ich zu der leeren Bank zurückkehrte. Noch ein Lied, noch ein Gebet, dann glitt der Sarg auf dem Förderband in die Flammen. Später am Tag fuhr ich an die Küste hinunter, mietete ein Boot und verstreute unter demselben schlachtschiffgrauen Himmel ihre Asche auf den unruhigen weißgekrönten Wellen.

»... ich kann gar nicht ermessen, was du durchgemacht hast«, sagt Kinclave gerade.

Ich rutsche zurück ins Hier und Jetzt. Er schaut mich eindringlich an, schüttelt den Kopf. Die Augen voller Mitgefühl. Ich brauche keins.

»Ich weiß, alles sieht düster aus, aber du kannst es durchstehen. Du musst dir vor allem klarmachen, dass du nicht allein bist.«

Das alles kenne ich längst und habe es noch nie geglaubt.

Er schüttelt erneut den Kopf und seufzt. »Du solltest darüber sprechen, ganz ehrlich. Es kann nicht gut gehen, wenn du alles in dich hineinfrisst ...« Wieder blitzt Mitgefühl auf. »Hör mal, ich habe alles arrangiert. Ein ruhiger Ort auf dem Land. Fünf Sterne. Kurabteilung, Pool, Massagen. Gönn dir eine Auszeit, Mac, dann gewinnst du eine völlig neue Perspektive. Bist in null Komma nichts wieder der Alte.«

»Heißt das, du willst mich in ein Wellness-Hotel schicken?«

»Nur, wenn du willst.«

»Du meinst, eine Woche auf dem Land mit Gemüsesaft und Salatbar löst alle Probleme?«

»Na ja, schaden kann es jedenfalls nicht. Ansonsten könntest du dir Urlaub nehmen, da hat sich eine Menge angesammelt, und verreisen.«

»Grant, das wird mir richtig guttun. Und als Nächstes schickst du mich zu einem bekloppten Seelenklempner, damit ich ein bisschen über unterdrückte Gefühle plaudern kann, oder wie?«

»Mac, ich will dir doch nur helfen. Ich bin sicher, du machst im Augenblick die Hölle durch.«

»Grant, ich brauche weder deine Hilfe noch die von sonst jemandem. Ich brauche keinen Psychiater und, um es vorwegzunehmen, auch keinen Arzt irgendeiner anderen Fachrichtung. Falls du jetzt noch das Wort Beruhigungsmittel erwähnst, stehe ich auf und gehe.« Ein sanftes, gewinnendes Lächeln. »Wie wär's, wenn wir dieses Gespräch vergessen und unser Dessert bestellen?«

8

»Paulie, Paulie, Paulie … was hat dich denn in diesen Winkel verschlagen? Lässt Mac dich wieder Überstunden machen?« Mole nahm einen langen Zug von seiner Zigarette und klopfte die Asche in der verbeulten Tabakdose ab, die er auf dem Schoß balancierte. Er klemmte die Kippe zwischen die Lippen und rollte vorwärts.

»Kann man so sagen«, erwiderte Aston, als die Tür zuglitt und kühle Luft aus der Klimaanlage sein Gesicht umfächelte. Es war ziemlich spät, fast elf, doch er hatte damit gerechnet, Mole hier anzutreffen. Er zerfiel praktisch zu Staub, wenn die Sonne aufging, und erwachte bei Einbruch der Dämmerung zu neuem Leben. Die Luft war schwer von Patschuli, vermischt mit einem leichten Schweißgeruch. Im Hintergrund lief leise eine Doors-CD, ein hypnotisch intensiver Groove. *The End.* Morrison und die Jungs in Hochform, völlig stoned. Aston erinnerte sich an das Stück, mit siebzehn hatte er sechs Monate als Möchtgernbohémien verbracht. Einen Haufen elender Gedichte geschrieben, zu viel Rotwein getrunken, Mist verzapft und eines Morgens beim Aufwachen erkannt, dass es Zeit für eine neue Lebensphase war. Er hörte die Ventilatoren der Computer summen, sie fügten sich zu einem harmonischen Ganzen. Die einzige Beleuchtung rührte von den Bildschirmen, die überall im Raum verteilt waren. Aston brauchte einen Moment, bis sich seine Augen an das Dämmerlicht gewöhnt hatten. Bildschirmschoner mit tanzenden

Bällen und interstellaren Raumflügen warfen seltsame Schatten; flackernde, tanzende Lichtkaleidoskope. Mole hatte es gern so, er sagte, er fühle sich im Irrealen heimisch.

Der Rollstuhl blieb vor Aston stehen, Mole lehnte sich seitlich hinaus. »Und wen haben wir da? Die göttliche George, die sich heimlich hereinschleicht? Komm schon, Süße, nicht so schüchtern. Ich beiße nicht.«

George trat hinter Aston vor. »Hi, Mole. Wie geht's?«

»Jetzt, wo du da bist, noch besser. Ich habe hier unten selten Besuch und nie so schönen.«

Falls es noch Beweise brauchte, dass der MI6 sich der neuen Weltordnung stellte, musste man sich nur Mole ansehen. In seiner verschlissenen Levis, dem labberigen alten T-Shirt von einer Aerosmith-Tournee und Nikes, die eigentlich in den Turnschuhhimmel gehörten, war Mole alles andere als ein 007. Mitte dreißig, mit ungesundem Übergewicht, wabbligen Backen und Fischaugen, die hinter einer Brille mit Glasbausteinen hervorquollen. Sein grau meliertes dunkles Haar hing in einem fettigen Pferdeschwanz den Rücken hinunter. Bevor man ihn zwangsweise für den MI6 rekrutiert hatte, amüsierte er sich als Viren-Designer und hackte sich in hackersichere Systeme. Sein Meisterwerk hatte er 2001 kreiert, einen Virus namens Revelations, der das Internet zusammenbrechen ließ und Firmen in aller Welt ein Vermögen gekostet hatte. Die Polizei beiderseits des Atlantiks hatte ihn gejagt, Riesensummen und eine Menge Personal investiert und ihn letztlich in einer Wohnsiedlung am Rande von Sheffield aufgespürt, wo er bei seiner Mutter lebte.

Mac war derjenige, der Moles besondere Talente für den MI6 entdeckte. Sicher, ihre Computerleute waren gut, aber sie brauchten jemanden, der keine Angst davor hatte, in das unbekannte Terrain am Rande des Cyberspace vorzudringen und alle Grenzen zu überschreiten. Genau dieser Jemand war Mole. Fäden wurden gezogen, ein Deal ausgehandelt, und Mole entging seiner Gefängnisstrafe, indem er für den MI6 arbeitete. Nicht gerade eine Qual für einen Hacker, dem nun eines der eindrucksvollsten Computersysteme der Welt als Spielzeug zur Verfügung stand.

Seine Augen hefteten sich auf die Laptop-Tasche, die Aston über der Schulter trug. Sein Gesicht wurde härter, ein hungriges Grinsen verdrängte das jungenhafte Lächeln. Der Hacker drückte die Selbstgedrehte aus und klappte die Tabaksdose zu. »Was kann ich für euch tun?«

Aston öffnete die Tasche und holte den Computer heraus. Mole schnappte ihn und rollte damit zum Schreibtisch. Er drehte ihn in beiden Händen, untersuchte ihn im Licht der drei großen Flachbildschirme, die wie Frisierspiegel angeordnet waren. »Worum geht's?«

»Wir müssen wissen, was drauf ist«, sagte Aston. »Und zwar alles.«

»Ihr habt aber nicht dran herumgefummelt, oder? Ihn aufgeklappt? Oder eingeschaltet und euer Glück mit dem Passwort versucht?«

Aston schüttelte den Kopf. Jahrelang hatten die Geheimdienstler Computer benutzt, um Informationen zu transportieren. E-Mails waren ideal, um anonyme verschlüsselte Meldungen zu senden; die vergessenen Bereiche am Rand der Festplatte eigneten sich wunderbar, um Informationen zu verstecken. Im Zuge der technologischen Entwicklungen wurden auch die Sicherheitsfunktionen zunehmend ausgeklügelter. Ein falscher Tastendruck, alles vorbei. *Game over*. Geheimnisse gelöscht.

Mole beendete die visuelle Inspektion und schob die Maus beiseite, um Platz für den Laptop zu schaffen. Er stellte ihn sanft ab, die Hand auf dem Deckel, während seine Finger einen Kode auf einer unsichtbaren Tastatur tippten. Dann schaute er Aston durch seine Lupenbrille an. »Schön, würdest du mir erklären, worum es geht?«

»Zuerst muss ich wissen, was auf dem Computer ist.«

»Das sagtest du bereits. Die Sache ist die: Ich erinnere mich an jeden Computer, den ich je gebaut habe, das sind meine Babys. Und bevor ich eins aus dem Nest werfe, gebe ich ihm ein Zeichen, damit ich es wiedererkenne. Nun sieh mich nicht so an. Ich weiß, so was ist euch fremd, aber ich bin ja auch kein Spion, sondern ein Hacker, und Hacker haben ein unendlich großes Ego. Was glaubt ihr, wie die mich geschnappt haben? Weil ich meine Arbeit mit haushohen Lettern signiert habe. Kam mir dabei wahnsinnig clever vor.« Mole betrachtete wieder den Laptop. »Sieht aus wie ein handelsübliches IBM Thinkpad, oder?« Er drehte den Computer vorsichtig um und deutete auf die beiden ersten Buchstaben der Seriennummer. Sechs und neun. »Kindisch, schon klar. Aber bitte.« Er lächelte George an. »Dieser Laptop gehört dem Ehrenwerten Robert Macintosh. Was wiederum zu der Frage führt: Warum wollt ihr in Macs Computer eindringen?«

»Top secret«, sagte Aston und genoss es, die Worte einmal selbst auszusprechen, nachdem er sie so oft von anderen gehört hatte.

»Wenn das so ist, verschwenden wir hier unsere Zeit.«

Aston merkte jedoch, dass Mole den Laptop ungern wieder herausrücken würde. Seine Hand ruhte schützend auf dem Deckel, die Finger klopften einen Takt. Mole war ebenso neugierig auf den Inhalt wie er.

»Würde es einen Unterschied machen, wenn ich dir sagte, dass mich der Chief beauftragt hat?« Was nicht ganz gelogen war.

Mole hob eine Augenbraue.

»Falls das einer von deinen sein sollte – kannst du hinein, ohne dass er sich selbst vernichtet?«, fragte George mit Blick auf den Laptop.

Mole verdrehte die Augen. »Muss ich wirklich darauf antworten? Natürlich komme ich rein.« Er fuhr mit den Fingern über die Unterseite, ein leises Klicken ertönte. »Na bitte.« Er grinste selbstzufrieden.

Der Hacker verschränkte die Finger, streckte sie wie ein Konzertpianist und schaltete den Laptop ein. PASSWORT EINGEBEN. Seine Finger flogen nur so über die Tasten. Der Bildschirm flackerte, veränderte sich, Buchstaben und Symbole, rätselhaft wie Hieroglyphen, blitzten in Sekundenbruchteilen auf. Je schneller er tippte, desto deutlicher wurde sein Stirnrunzeln. Beinahe hätte Aston gefragt, was denn los sei, konnte sich aber gerade noch bremsen. Bloß nicht bei der Arbeit stören. Er hatte es einmal gewagt und tief bereut.

Dreißig Sekunden vergingen. Eine Minute. Zwei. Mole hielt inne und griff nach seiner Pepsi Max. Nahm einen langen Zug, rülpste, wischte sich den Mund mit dem Handrücken ab. »Ganz schön ungezogen«, murmelte er und lächelte.

»Was ist los?«, fragte George.

»Los?« Mole drehte sich mit dem Rollstuhl. Wie von Zauberhand war eine Selbstgedrehte zwischen seinen Lippen erschienen. Er zündete sie an. »Nichts ist los. Hab jedenfalls alles im Griff.«

»Also ist doch was los«, drängte George.

Langer Zug. Rauch quoll aus seinen Nasenlöchern. »Kennt ihr Backdoors?«

»Klar«, sagte George. »Sie werden in Programme eingebaut, damit der Programmierer in ein System eindringen kann, ohne sich um Passwörter und so etwas zu kümmern.«

»Tja, Mac hat das Hintertürchen, das ich mir gelassen hatte, luftdicht verschlossen.«

»Also kommst du nicht rein?«, fragte Aston.

»Oh, ihr Kleingläubigen«, sagte Mole kopfschüttelnd und drückte eine Taste, worauf das Desktop erschien. Er grinste Aston an. »Meinst du, ich baue nur eine einzige Backdoor ein? Ein bisschen mehr Vertrauen, wenn ich bitten darf.«

Aston lächelte. »Ich bin beeindruckt. Was haben wir denn nun?«

»Nicht so schnell. Wer immer die Backdoor entfernt hat, versteht sein Handwerk. Zwar spielt er nicht in derselben Liga wie ich, aber er hat Ahnung. Die Backdoor war nicht leicht zu knacken. Ich hatte sie so angelegt, dass niemand eine zweite vermuten würde, selbst wenn er sie fände.« Mole inhalierte tief und deutete mit der Zigarette auf Aston. »Wenn es euch nichts ausmacht, würde ich ihn gern gründlich durchchecken. Lieber keine Eile, falls fiese Überraschungen drinstecken.« Pause. »Und ihr wollt mir wirklich nicht verraten, worum es geht?«

»Definitiv nicht.«

Langer Zug, langer Seufzer. »Ich nehme an, ich soll mich bei euch melden, wenn ich etwas finde.«

»Bei mir oder George. Oder dem Chief, denke ich.«

»Das muss nicht sein.« Er lachte inmitten seiner Rauchwolke. »Die Arschkriecherei überlasse ich euch.«

9

Wie vermutet, war die Nachricht noch schlimmer, als Kinclave erwartet hatte – so schlimm, dass er mich von der Frau beschatten ließ, als wir uns trennten. Und wie vermutet, war sie tatsächlich gut. Ich brauchte eine Weile, um sie abzuschütteln, aber nur, weil ich den Genuss ein bisschen auskosten wollte. Schließlich entkam ich ihr in einem der unzähligen Tunnel, die sich durch die U-Bahn-Station am Piccadilly Circus winden.

Die Jacke fest um mich gezogen, um mich vor der Kälte zu schützen, eile ich zum Fluss hinunter, zielstrebig, als gehörte mir die ganze Straße. Ich lehne mich an eine Mauer und verdränge den Gestank des braunen Wassers, das unter mir dunkel, geheimnisvoll und giftig dahinströmt. Ich schaue eine Weile hinunter, wie gebannt von der Bewegung, den sanften Wellen, den konzentrischen Kreisen, die in der trüben Finsternis ineinanderfließen und sich wieder trennen. Der Regen läuft mir übers Gesicht und tropft von meiner Nase.

Mein Vater war während des Zweiten Weltkriegs beim MI6. Ich weiß noch, wie er auf meinem Bett saß und mir von seinen Erlebnissen erzählte. Er lehnte neben mir, die langen Beine und die Füße in Socken fast bis ans Fußende ausgestreckt, inmitten einer anheimelnden Wolke aus Aftershave und Pfeifentabak. Es waren echte Pfadfindergeschichten, die ich förmlich in mich aufsog. Geschichten von Missionen hinter den Nazilinien, aufregende Aufträge voller Gefahren. Zum Schluss tippte er mir immer auf die Nase, kniff ein Auge zu und sagte: »Denk dran, Rob ... *top secret.*« Ich tippte ihn an und zwinkerte zurück. *»Top secret«*, flüsterte ich. Er verwuschelte mein Haar, sagte Gute Nacht, schaltete das Licht aus und überließ mich meinen Träumen, in denen ich Nazis tötete und Brücken sprengte.

Als ich älter wurde, begriff ich, dass alles erfunden war. Nie im Leben hatte er diese Abenteuer erlebt. Erst als ich selbst beim MI6 anfing und mir seine Personalakte beschaffte, entdeckte ich, dass seine Geschichten von früher zwar ausgedacht, seine wirklichen Verdienste allerdings kaum weniger spektakulär waren. Mehr noch, ich fand heraus, wie angesehen er beim Geheimdienst war. Seine Führung war makellos, und bei manchen galt er eine Zeit lang als designierter Chief.

Der offizielle Bericht bezeichnete es als »bedauerlichen Unfall«, doch das stimmte nicht. Es war schlicht und einfach Mord. Ich war zehn, mein Vater in Moskau stationiert. Eines Abends bemerkte er auf dem Heimweg, wie eine Frau überfallen wurde, kam ihr spontan zu Hilfe und wurde erstochen. Den Täter schnappte man nie, worum sich die Behörden auch nicht sonderlich bemühten. Es war in der Frühzeit des Kalten Krieges. Der KGB hatte meinen Vater aus irgendeinem Grund beseitigen wollen, Schluss, aus. Akte geschlossen. Natürlich gab es eine Untersuchung und viel bürokratisches Tamtam, aber das war sinnlos.

Giles Meredith, der Moskauer Leiter, ein lockerer Typ, der irgendwie durchs Leben zu stolpern schien, informierte uns über seinen Tod. Ich fand ihn immer etwas komisch, doch mein Vater respektierte ihn (nach dreißig Jahren Erfahrung weiß ich, dass Äußerlichkeiten täuschen können). Meine Eltern waren ein paar Mal bei Meredith eingeladen, aber nun kam er das erste Mal zu uns nach Hause. Er führte mich und meine Mutter ins Wohnzimmer, ohne ihre erregten Fragen zu beantworten, und drückte uns beide aufs Sofa. Als er uns eröffnete, was geschehen war, konnte ich es zuerst nicht begreifen. Glaubte an einen Fehler, eine Verwechslung. Rechnete damit, dass jeden Moment die Wohnzimmertür aufgehen und mein Vater mit qualmender Pfeife und listigem Grinsen hereinkommen würde. Meine Mutter schwieg zunächst, dann kreischte sie unvermittelt los. Das grauenhafteste Geräusch, das ich je gehört habe. Ich wusste nicht, was ich tun sollte. Vielleicht wären Tränen passend gewesen, doch es kamen keine. Also saß ich einfach auf dem Sofa, während Meredith sich um meine Mutter bemühte, hatte die Hände im Schoß, starrte ins Leere und fragte mich, was nun aus uns werden sollte.

Meine Mutter starb nicht gleich, sie löste sich langsam auf; nach dem Mord an meinem Vater wurde sie einfach immer weniger, bis sie ganz und gar verschwunden war. Das Erste, was verloren ging, war ihr Verstand. Eines Tages kam ich aus der Schule und fand meine Großmutter bei uns zu Hause vor. Sie hatte Gin getrunken und sah mich aus enttäuschten Augen an. Ohne jedes Mitleid erklärte sie, man habe meine Mutter in die Klapsmühle gesteckt und ich werde von nun an bei ihr leben, da Familien zusammenhalten müssten. Als ich antwortete, dass ich das niemals und unter gar keinen Umständen tun würde, nannte sie mich einen ungezogenen Bengel und verpasste mir eine Ohrfeige, dass ich mit klingelndem Kopf zu Boden ging. Mir war gleich klar, was mich erwartete. Meine Mutter sah ich noch zweimal, einmal von Angesicht zu Angesicht und einmal im Sarg. In der Woche, bevor sie starb, fuhr meine Großmutter mit mir in die Anstalt und zerrte mich durch von Geschrei erfüllte Flure zu einem dunklen, fensterlosen Raum. Darin standen vier Betten, in denen sich die nahezu mumifizierten Überreste ehemals menschlicher Wesen befanden. Dies war definitiv die Endstation. Meine Mutter lag im Bett an der Tür. Eingesunkene Augen, eingefallene Wangen, der Schädel zeichnete sich unter der Haut ab, die wie vergilbtes Pergament lose an den Knochen hing. Sie wog fast nichts mehr. Bei jedem Atemzug hielt sie inne, vollkommen reglos, ewig lange, und gerade wenn ich glaubte, es sei endgültig vorbei, atmete sie aus und sog die Luft rasselnd wieder ein. Die Augen hielt sie dabei zum Glück geschlossen.

Mein Wunsch, zum MI6 zu gehen, war verständlich, doch es gestaltete sich nicht einfach. Auf meine Großmutter, die entweder besoffen war, im Tiefschlaf lag oder mich verprügelte, konnte ich kaum zählen, schaffte es aber aus eigener Kraft aufs Gymnasium. Dort entdeckte ich mein schauspielerisches Talent. In Rollen zu schlüpfen, bot mir die dringend benötigte Chance, zumindest vorübergehend der Wirklichkeit zu entfliehen. Ich erhielt ein Stipendium für Cambridge, wo ich Psychologie studierte und im letzten Studienjahr endlich kontaktiert wurde.

Der Regen lässt nach, die Kreise im Fluss schrumpfen, lösen sich auf. Ich könnte überallhin, jeder sein, von vorn anfangen. Ich habe verschiedene Identitäten erschaffen, in denen ich überzeugen könnte. Als Ingenieur, Gelehrter, Finanzmanager, was immer ich will. Alle Dokumente sind sicher hinterlegt: Pässe, Führerscheine, Rentenversicherungsnummern, komplette Lebensläufe mit allem Drum und Dran. Niemand hat je von Stewart Graves, Graham Webster oder Harry Mortimer gehört. Ich könnte mühelos das Land verlassen. Der sicherste Weg führt nach Irland, von Dublin aus könnte ich den ersten Flug ans erstbeste Ziel nehmen. Aber ich tue es nicht. Jedenfalls noch nicht.

Ich gehe zurück zum Hotel, ein anonymes Etablissement ohne Stern in einem Stadtteil, der in keinem Reiseführer auftauchen dürfte. London bietet das perfekte Versteck: nichts sehen, nichts hören, nichts sagen. Gelegentliche Blicke, ob mir jemand folgt, reine Gewohnheit. Die Straßen werden schmaler, die Schatten dunkler. Die Unsichtbaren kauern in Hauseingängen, in Decken gehüllt, eine Hand schützend auf den wenigen Habseligkeiten, in der anderen eine Bierdose oder eine Flasche Brennspiritus. Ein magerer Jack-Russell-Terrier kläfft, jemand nuschelt etwas von Schnauze halten.

»Bisschen Kleingeld?«

Die Stimme kommt von links hinter mir. Ich drehe mich langsam um und sehe eine dunkle Gestalt, die sich im Schatten hält.

»Na komm schon, du hast sicher was übrig.«

»Verpiss dich.«

Er tritt ins Licht, sieht aus wie der Rattenmensch. Langes Gesicht, tief liegende Augen mit schwarzen Ringen. Starrer Junkie-Blick, faulende Zähne, Haut wie alter Marmor. Seine Kleidung hält nur noch durch den Dreck zusammen: drei Pullover und ein Mantel, unterschiedliche Schuhe, mehrere Nummern zu groß, das Haar unter einer schmutzigen, pelzgefütterten Kosakenmütze verborgen. Mit dem Rücken seines fingerlosen Handschuhs wischt er die Schneckenspur unter seiner Nase weg.

»Nur ein Pfund«, sagt der Rattenmensch. »Nur ein Pfund, dann verpiss ich mich und komm nie wieder. Versprochen.«

»Du verpisst dich gefälligst sofort.«

»Für einen Fünfer mach ich, was du willst. Egal, was.«

Ich gehe lächelnd auf ihn zu. Er schluckt, seine Kehle ist so mager, dass sein Adamsapfel wie ein Golfball hüpft. Der Rattenmensch schaut sich unsicher um, weicht zurück, zurück ins Dunkel, sucht Schutz, wo es keinen gibt. Dann steht er mit dem Rücken zur Wand, es geht nicht weiter. Ich winke ihn mit dem Zeigefinger heran. Er schaute nach rechts und links, sucht einen Fluchtweg, kann aber nur nach vorn, auf mich zu. Als er wieder in den Lichtkreis tritt, mustere ich ihn gründlich. Sein Gesicht verschwimmt, verändert sich, formt sich zu allen Gesichtern, die ich im Laufe der Zeit hassen gelernt habe. Zorn steigt in mir auf, durchdringt mich von Kopf bis Fuß, ich kämpfe nicht dagegen an. Wir sind im Leben so oft gezwungen, unsere Gefühle zu unterdrücken, die Urinstinkte, die in den ältesten Teilen des Gehirns wurzeln. Und manchmal, ganz selten, erhalten wir die Möglichkeit, ihnen nachzugeben, und erfahren für wenige herrliche Augenblicke, was es heißt, wahrhaft lebendig zu sein. Ein tiefer Atemzug, Adrenalin schießt durch meinen Körper, mein Herzschlag verdoppelt sich.

»Was hast du gesagt?«

Der Rattenmensch sagt nichts, er steht wie gelähmt da, mit verschrecktem Gesicht.

Ich trete vor. »Du bist ein wertloses Stück Scheiße, kapiert?« Ein Echo meiner Großmutter, mein Gehirn beschwört Erinnerungen an ihren schnapsgeschwängerten Atem herauf.

»Tut mir leid«, sagt der Rattenmensch, »ich wollte nicht –«

»Schnauze! Ich hab genug von deinem Gewinsel. Du bist erbärmlich, kapiert? Du kotzt mich an.« Aus der Nähe ist der Gestank überwältigend. Eine Mischung aus Pisse, Hoffnungslosigkeit und Verfall. »Sehe ich aus wie ein Warmer?«

»Nein.« Er fügt zitternd ein »Sir« hinzu.

»Nein, Sir, so ist es richtig.«

Dann ramme ich ihm ohne Vorwarnung den Kopf ins Gesicht. Er bleibt noch einen Moment stehen, Blut schießt ihm aus der Nase, er klappt zusammen. Die Unsichtbaren im Schatten rühren sich, doch niemand kommt ihm zu Hilfe. An diesem Punkt ist man wirklich und wahrhaftig allein. Ich reiße ihm die Kosakenmütze vom Kopf, zerre ihn an den Haaren auf die Füße und boxe ihn zweimal ins Gesicht. Dampf steigt aus seinem Schritt auf, Tränen rinnen ihm über die schmutzigen Wangen.

»Lass mich leben«, flüstert er. »Lass mich bitte leben.«

Ich bin so nah, dass ich seine Angst rieche, die Hitze, die von seinem Gesicht aufsteigt. Ich will ihn töten, ganz ehrlich; noch nie habe ich etwas so sehr gewollt. Ich lasse ihn los, und er sackt zu Boden. Zittert am ganzen Körper, ein elendes Lumpenbündel. Ich hocke mich hin, auf Augenhöhe mit ihm. Sehe einen winzigen Funken in seinem Blick, etwas wie Hoffnung. Unsere Blicke treffen sich, der Funke flackert, erstirbt. Er ist überzeugt, ich werde ihn töten.

Ich stehe auf und gehe weg. Hinter mir kriechen die Unsichtbaren aus dem sicheren Schatten, nähern sich vorsichtig dem gefallenen Kameraden. Ohne mich umzudrehen, weiß ich, dass es nicht ums Helfen geht. Selbst hier gibt es immer jemanden, dem es noch schlechter geht, bei dem etwas zu holen ist, und seien es nur ein paar verschlissene Schuhe und eine alte Kosakenmütze.

10

»Komm schon, Paul, aufwachen.«

Aston wünschte, die Stimme würde verschwinden, und rollte sich auf dem Sofa herum, dass das kalte Leder quietschte. Dann zog er bibbernd seine dünne Jacke fester um sich und vergrub den Kopf unter einem Kissen. Jemand packte ihn an der Schulter, wollte ihn herumdrehen. Er drückte sich tiefer in die Polster, widersetzte sich dem beharrlichen Ziehen, redete sich ein, er träume nur.

»Wag es nicht, mir den Rücken zu kehren, Paul. Wir müssen miteinander reden.«

Ein Schauer überlief ihn. *Wir müssen miteinander reden.* Vier Worte, die nichts Gutes verhießen. Das wollte Laura in letzter Zeit andauernd. Und hatte dabei ein mieses Timing.

»Tu nicht, als würdest du schlafen. Ich weiß genau, dass du wach bist.«

Die Hand wurde zur Faust, hämmerte auf seinen Arm. Nicht sonderlich hart, Aston schob sie mühelos weg, schlug nach ihr wie nach einer lästigen Mücke.

»Du setzt dich jetzt gefälligst hin und redest mit mir. Das ist doch wohl nicht zu viel verlangt.«

»Lass mich in Ruhe«, murmelte Aston ins Sofa hinein. »Muss schlafen.«

Sie schüttelte ihn mit beiden Händen, und er spürte, wie sich ihre Fingernägel ins Fleisch gruben. »Okay, okay, darf ich wenigstens richtig wach werden? Das ist doch wohl nicht zu viel verlangt, oder? Wie spät ist es eigentlich?«

»Kurz nach halb acht.«

»Und dann willst du mit mir reden? Mensch, Laura, hat das nicht Zeit?«

»Hat es nicht.«

Aston drehte sich auf den Rücken, wappnete sich für das, was nun kommen würde. Die Erinnerung kehrte nur langsam zurück. Sie hatten den Laptop bei Mole gelassen, und George hatte vorgeschlagen, noch in eine Bar zu gehen. Es hatte nicht viel Überredungskunst gebraucht. Um die verlorene Zeit aufzuholen, begannen sie mit doppelten und verlegten sich dann auf dreifache Drinks. Ab da wurde die Erinnerung ein wenig verschwommen. Aston öffnete die Augen, grelles Sonnenlicht bohrte sich hinein, ihm wurde schwindlig und flau im Magen. Er war noch vollständig bekleidet: die Krawatte als lose Schlinge um den Hals, ein Ende über der Schulter; Hemd und Hose verknittert und voller Kneipenmief. Sein Jackett war völlig hinüber und schützte ihn nicht vor der kühlen Morgenluft. Neben dem Sofa stand eine halb volle Flasche Jack Daniel's. Offenbar hatte er zu Hause weitergetrunken und war irgendwann auf dem Sofa weggetreten. Er setzte sich auf und rieb sich die Augen. Wünschte, die Dämonen in seinem Kopf würden aufhören zu hämmern, versuchte ein Lächeln. »Du wärst wohl nicht so lieb, mir einen Kaffee und ein paar Aspirin zu holen?«

Laura schüttelte missbilligend den Kopf. »Hast du eine Ahnung, wie du aussiehst?«

»Danke, nett von dir.« Er rieb sich das Stoppelkinn. Er wusste nur zu gut, wie er aussah. Blutunterlaufene Augen, schlaffe Haut. Das erschöpfte Gesicht, das ihn jeden Morgen aus dem Badezimmerspiegel anschaute, war ihm bekannt.

»Mal im Ernst, Paul, du kannst nicht so weitertrinken.«

»Ich nehme ab und zu gerne einen Drink, was soll's. Das machen alle.«

Laura räumte eine Ecke auf dem Couchtisch frei und hockte sich ihm gegenüber. Dann stieß sie einen langen Seufzer aus und sah ihm fest in die Augen. »Was ist los, Paul? In den letzten Wochen benimmst du dich wirklich eigenartig.«

»Eigenartig?«

»Ja. Du trinkst mehr als sonst … viel mehr. Und wirkst so distanziert.« Sie schnaubte. »Zugänglich bist du ja nie, aber mittlerweile kommt es mir vor, als wärst du an den Südpol gezogen.«

»Ich habe viel zu tun, das ist alles.«

»Und das kompensierst du, indem du dich jeden Abend volllaufen lässt und mir die kalte Schulter zeigst.«

»Nicht jeden Abend.« Dabei rechnete er im Geiste nach. Sein letzter Tag ohne Alkohol lag fast drei Wochen zurück, es war der Sonntag vor 18/8 gewesen. Himmel, das war ganz schön ernüchternd. Gewiss, er hatte deutlich mehr getrunken als sonst, aber das war doch auch kein Wunder nach den Erlebnissen in jenen dunklen, stickigen Tunneln.

»Na ja, mir kommt es jedenfalls so vor.«

»Ach, das hat nichts zu sagen.«

»Nichts zu sagen! Paul, du hast völlig recht, es hat überhaupt nichts zu sagen, wenn du dich jeden Abend bis zur Bewusstlosigkeit betrinkst. Dich dermaßen besäufst, dass du nicht mehr weißt, was du getan hast. Alles normal, was? Macht doch jeder, oder? Trinkst du inzwischen auch tagsüber? Ein Katerbier, damit das Zittern aufhört?«

Aston setzte sich gerade hin, da er hoffte, so nüchterner zu wirken. »Das ist mal wieder typisch. Du übertreibst maßlos. So wie du es sagst, hört es sich an, als wäre ich Alkoholiker.«

»Auf die Idee könnte man tatsächlich kommen.«

Laura hielt seinem Blick stand, das gespannte Schweigen war unerträglich. Aston schaute zuerst weg, rieb sich die Augen und betastete wieder sein Kinn. Er brauchte dringend einen Kaffee, um die Kopfschmerzen zu vertreiben. In diesem Zustand konnte er einfach kein Gespräch führen. Eine falsche Bewegung – und die Hölle bräche los. Er schaute hinaus auf den trüben Morgenhimmel und kämpfte seinen Zorn nieder. Er war kurz davor, die Beherrschung zu verlieren, denn Laura trat nun wirklich in jedes Fettnäpfchen. Als wenn sie nie trinken würde oder einen Kater hätte. Aber nein, Madame war nie auch nur beschwipst, tat nie etwas Albernes. Aston holte tief Luft und lächelte so süß es der Kater zuließ.

»Sag was, Paul.«

»Was denn?«

»Na ja, du könntest versuchen, mich davon zu überzeugen, dass du kein Alkoholiker bist. Wäre doch mal ein Anfang.«

»Ich bin kein Alkoholiker.«

»Mensch, Paul, ich meine es ernst.«

»Ich auch. Ich bin kein Alkoholiker. Ich trinke eben gern. Das gehört zum Beruf. Wie viele abstinente Beamte kennst du denn?«

»Herrgott, Paul, das ist wirklich keine Zeit für Witze.«

Aston seufzte und schüttelte den Kopf. »Ich sag's noch einmal: Ich trinke gern, Punkt. Das macht mich noch lange nicht zum Alkoholiker. Außerdem bin ich nicht der Einzige hier, der sich gelegentlich betrinkt.«

»Wag es nicht«, sagte Laura warnend. »Wag nicht, mir das vorzuhalten.«

»Warum nicht? Ich musste dich mehr als einmal ins Bett bringen, wenn du abends unterwegs warst. Du weißt schon, wer im Glashaus sitzt …«

»Der Unterschied liegt darin, dass ich mich nicht jeden Abend in diesem Zustand befinde. Ab und an, okay. Sobald man es täglich macht, hat man ein Problem. Wenn man es dann noch abstreitet, hat man ein Riesenproblem.«

»Herrgott, Laura, hör doch endlich auf.«

Sie sah ihm tief in die Augen, ließ nicht locker.

»Ich bin kein Alkoholiker.«

»Mag sein, aber du bist nicht weit davon entfernt.«

Aston schüttelte den Kopf. »Du liegst völlig daneben.«

»Na schön. Dann könntest du mir vielleicht erklären, was genau du letzte Nacht getrieben hast.«

»Geht das auch später?«

»Wann später?«, wiederholte Laura. »Wir sehen uns überhaupt nicht mehr. In den letzten Wochen hast du jeden Abend Überstunden gemacht. Ich schlafe, wenn du nach Hause kommst. Und du schläfst, wenn ich aufstehe. Nicht gerade das, was man eine Beziehung nennt, oder?«

»Wir sind doch jetzt zusammen.«

»Ich meine, wirklich zusammen sein, etwas Schönes machen.«

»Weißt du noch, wir waren kürzlich essen. Bei dem Italiener, den du so gern magst.«

»Das ist drei Wochen her.« Ein langer Seufzer. »Du kapierst es einfach nicht, was?«

»Offenbar nicht.«

»Du warst gestern Abend mit ihr zusammen, oder? Mit George.«

»Und wenn schon? Es war Donnerstag. Ich treffe mich jeden Donnerstag mit George, das weißt du doch.«

»Und du konntest nicht einen einzigen Donnerstag versäumen?«

»Warum sollte ich? Wir haben uns doch von Anfang an vorgenommen, auch unsere eigenen Freunde zu behalten. Ich glaube, das war sogar deine Idee.«

»Aber es gibt Tage, an denen unsere Beziehung vorgeht«, sagte Laura. »Welches Datum hatten wir gestern?«

»Den 31. August. Wieso?«

»Und das sagt dir gar nichts?«

»Nein. Sollte es?«

»Vergiss es.«

Einen furchtbaren Moment lang fürchtete Aston, ihren Geburtstag vergessen zu haben – darauf stand die Todesstrafe –, aber der war im Februar. »Ich habe keine Ahnung, aber der Tag hat wohl etwas zu bedeuten.«

»Ja, und zwar für uns beide, Paul.«

»Wovon redest du?«

»Es war unser Jahrestag. Wir waren gestern ein Jahr zusammen. Ich habe ja nicht erwartet, dass du mich nach Paris entführst, aber ein Blumenstrauß wäre schon ganz nett gewesen. Oder ein romantisches Essen zu zweit, irgendein kleiner Hinweis darauf, dass ich dir etwas bedeute. Das ist doch wohl nicht zu viel verlangt. Aber nein, du besäufst dich lieber mit deiner Freundin. Was für ein Kompliment, Paul.«

Ihre Stimme klang nicht zornig, sondern still und resigniert, was eigentlich schlimmer war. Darum ging es also. Deshalb war sie so sauer. Warum hatte sie keine Andeutung gemacht, wenn ihr so wahnsinnig viel daran lag? Ein subtiler Hinweis wie »Am Donnerstag ist unser Jahrestag. Wie wär's, wenn ich was Nettes koche und wir nachher rammeln wie die Karnickel?« hätte vollkommen gereicht. Sie wusste doch, dass Männer nicht an so etwas dachten, dass ihnen Geburts- und Jahrestage einfach nicht so wichtig waren, es musste genetisch bedingt sein. Außerdem hätte es auch nichts geändert. Wenn der oberste Chef des MI6 einen im Pub überfällt und bittet, ins Haus seines Vorgesetzten einzubrechen, lässt man ohnehin alles stehen und liegen. Doch Aston ahnte, dass Laura das nun wirklich nicht hören wollte.

»Tut mir leid.«

»In den letzten Wochen stimmt etwas nicht mit dir. Du hast dich derart verändert, dass ich dich kaum wiedererkenne. Und dass du nicht mit mir darüber sprechen willst, macht es noch schlimmer. Ich weiß nicht, ob ich das noch lange ertrage«, sagte sie leise. »Wirklich nicht.«

»Aber wir reden doch, oder?«

»Nein, Paul, ich rede, während du dich nur verteidigst und jedem echten Gespräch ausweichst.«

Aston rieb sich wieder das Gesicht, die Kopfschmerzen wurden immer schlimmer. »Na schön, Laura, was soll ich denn sagen?«

»Herrgott, Paul, du sollst nichts Bestimmtes sagen. Du sollst einfach mit mir reden.«

Er schaute achselzuckend aus dem Fenster. Wo sollte er anfangen?

»Paul, ich kann keine Gedanken lesen. Wenn du mir sagst, was los ist, kann ich dir vielleicht helfen.«

»Vielleicht brauche ich deine Hilfe gar nicht.«

Langes Seufzen, noch längeres Schweigen. »Also schön, ich habe versucht, dich zu verstehen, aber es ist offenbar Zeitverschwendung. Ich glaube, wir beide wissen, was *wirklich* los ist.«

»Okay.« Ihr Gesichtsausdruck gefiel ihm gar nicht. »Könntest du das bitte näher erläutern?«

»Ich wusste es«, murmelte sie, »verdammt, ich wusste es. Ich habe mir eingeredet, du wärest anders.«

»Laura, was soll das eigentlich heißen?«

Sie sah ihn traurig an, Zorn und Schmerz funkelten in ihren Augen. »Du bumst mit ihr, was?«

»Wen? Von wem redest du?«

»George. Du bumst mit George, stimmt's?«

Aston brach vor lauter Überraschung in Gelächter aus. Leider die falsche Reaktion. »Laura«, wollte er ansetzen, doch sie fiel ihm ins Wort.

»Ja, zum Brüllen, oder? Ich wette, ihr habe euch auf meine Kosten richtig amüsiert.«

»Laura, ich bumse nicht mit George. Wir sind befreundet, mehr nicht.«

»Und das soll ich dir glauben? Einfach so? Na ja, dann bumst du eben jemand anderen, denn für mich fällt im Augenblick ja nun wirklich nichts ab.«

»Himmel, ich sage es dir noch einmal: Zwischen George und mir läuft nichts.«

Laura schnaubte und schwieg, richtete sich auf, den Körper gespannt wie eine Feder.

»Ich kann dich nicht überzeugen, oder?«

»Es ist die einzig sinnvolle Erklärung«, sagte sie still.

»Na gut, ich gebe zu, ich war in letzter Zeit mit meinen Gedanken woanders, aber das liegt nur daran, dass im Büro die Hölle los ist.«

»Du schläfst also nicht mit mir, weil du im Stress bist?«

Aston zuckte mit den Achseln.

»Quatsch! Und noch eine Frage: Was genau machst du eigentlich? Ich will nämlich verdammt sein, wenn ich das weiß. Kaum zu glauben, wir sind seit einem Jahr zusammen, und wann immer dich jemand auf deine Arbeit anspricht, höre ich nur ›Hm‹ und ›Äh‹, und du wechselst schnell das Thema.«

Aston stand auf und ging zur Tür. »Ich gehe duschen. Wir reden später weiter. Wenn du dich beruhigt hast.«

»Richtig so, renn nur weg!«, rief Laura ihm nach. »So gehst du ja mit allen Problemen um!«

Aston erstarrte und drehte sich langsam um. Er kehrte zum Sofa zurück und setzte sich auf die Armlehne. »Willst du wissen, was ich mache? Na schön, ich sage es dir. Willst du wissen, warum ich in den letzten Wochen ein bisschen gestresst war? Gut, auch das werde ich dir erzählen. Warum zum Teufel auch nicht?«

»Da bin ich aber gespannt.«

»Ich arbeite für den MI6«, sagte Aston nüchtern. »Und ich bin gestresst, weil ich am Leicester Square war, unten in den Tunneln, während der Bergungsarbeiten. Ich habe gesehen, wie sie die Leichen nach draußen trugen. Und ich habe mit bloßen Händen ein totes Baby ausgegraben. Zufrieden?«

Das Schweigen war beinahe greifbar. Keiner rührte sich. Er schaute sie herausfordernd an.

»Weißt du, Paul, einen Moment lang habe ich gedacht, du erzählst mir tatsächlich die Wahrheit.« Sie stand auf und ging zur Tür. »Wie krank muss man sein, um so was zu behaupten? Beckys Bruder ist am Leicester Square gestorben …« Sie öffnete die Tür und drehte sich noch einmal um. »Ich komme heute nicht mehr zurück. Und ich wäre dir dankbar, wenn du am Wochenende nicht hier wärst, damit ich meine Sachen holen kann.«

Aston sah, wie Laura durch den Türspalt verschwand und die Tür leise hinter sich schloss. Sein Kopf hämmerte schlimmer denn je. Was für ein herrlicher Morgen.

11

Aston zog seine Karte durch den Schlitz, tippte die vierstellige Geheimzahl ein und drückte gegen die Sicherheitstür. Sie rührte sich nicht. Er sah, dass die LED noch immer rot leuchtete. Na super, selbst die Technik war heute gegen ihn. Hinter ihm grummelte jemand ungeduldig, und er kämpfte gegen den Drang, dem Kerl gehörig den Marsch zu blasen. Der Streit mit Laura war noch frisch; er wartete förmlich auf eine Gelegenheit, um Dampf abzulassen. Was zum Teufel sollte die ganze Szene? Sie wussten doch beide, dass sie zurückkommen würde. Wie immer. Am Wochenende würde sie mit ihren Freundinnen um die Häuser ziehen, ihnen einen vorheulen und sie davon überzeugen, dass ihr Freund ein mieses Schwein sei. Am Sonntagabend käme sie dann in die Wohnung geflattert, als wäre nichts gewesen.

»Moderne Technik«, sagte eine sonore Stimme links von ihm. »Schön, solange sie funktioniert.«

Der Mann, der durch die Tür nebenan ging, war der typische MI6-Vertreter: aristokratische Nase, gestreifter Anzug, militärischer Schnurrbart. Ein Exoffizier mit Internatskrawatte im Kleiderschrank. Er bedachte Aston mit einem Sorry-alter-Knabe-Lächeln und verschwand im Gebäude.

»Na los«, sagte eine Stimme von hinten, »manche von uns müssen arbeiten.«

Aston brauchte sich nicht umzudrehen, er wusste auch so, was für ein Typ da gesprochen hatte. Viele, zu viele seines Kalibers lungerten in den Fluren von Vauxhall Cross herum, Verwaltungsbeamte mit einem Diplom in Arschkriecherei. Mac war der Ansicht, man solle sie alle einschließen, damit sie sich gegenseitig zu Tode langweilten, was Aston für durchaus erwähnenswert hielt. Er zog die Karte erneut durch den Schlitz, tippte wieder die Nummer ein, die LED blieb hartnäckig rot. »Das kann ich jetzt wirklich nicht gebrauchen«, murmelte er, »ehrlich nicht.«

Beim dritten Versuch machte er alles besonders langsam, prüfte mehrfach die Nummer, 5-7-3-4, schaute sich um und entdeckte zwei Wachleute am VIP-Eingang, die ihn aufmerksam beobachteten. Er hielt die Karte hoch. »Die will heute nicht.« Er bewegte übertrieben die Lippen, da die Wachen durch das bombensichere Glas nichts hörten.

Einer deutete zum VIP-Eingang, und Aston drängte sich durch die Warteschlange. Das Schweigen um ihn herum war beunruhigend; niemand wollte ihm in die Augen sehen. Er war geprüft und für schuldig befunden worden. Schlimmer noch, er hatte keine Ahnung, welches Vergehen man ihm eigentlich vorwarf. Sein Magen verkrampfte sich, sein Kopf pochte unerbittlich. Die VIP-Tür glitt auf, Aston trat in die enge Glaskabine. Die Druckmatte auf dem Boden bestätigte, dass er allein war, die gegenüberliegende Tür glitt auf. Die Wachleute erwarteten ihn schon; der größere vertrat ihm den Weg. Der kleinere hatte fettiges Haar, ein Hitler-Bärtchen und einen Napoleon-Komplex. Seine Körpersprache – eckige Schultern, vorgewölbte Brust – verriet, dass er der Ranghöhere war und dies auch jeden wissen ließ. Aston hielt ihm seine Karte hin. »Ich habe gestern Abend noch gearbeitet.«

Napoleon unterzog die Karte einer gründlichen Prüfung, suchte nach Hinweisen auf eine Fälschung und gab sie ihm schließlich zurück, was Aston als gutes Zeichen deutete. Niemand rammte ihm eine Waffe in den Rücken oder legte ihm Handschellen an.

»Kommen Sie mit, Sir«, sagte Napoleon.

»Was soll das alles?«, fragte Aston.

»Das kann ich Ihnen leider nicht sagen.«

»Können Sie nicht, oder wollen Sie nicht?«

Schweigen.

»Na schön, ich wage mal eine Hypothese«, fuhr Aston fort. »Ich habe das Gefühl, dass Sie Ihren Job schon eine ganze Weile machen, also dürfte Ihnen diese Situation nicht unbekannt sein. Daher könnten Sie vielleicht ein bisschen spekulieren. Sie wissen schon, aus Ihrer Erfahrung schöpfen, vielleicht findet sich ja eine passende Erklärung.«

»Ich spekuliere nicht«, entgegnete Napoleon todernst.

»Dachte ich mir.« Aston seufzte und bedeutete dem Wachmann vorzugehen.

Flankiert von den beiden Männern marschierte er durch die Eingangshalle auf die beiden gewaltigen Säulen zu, die den kathedralenartigen Raum beherrschten. Innerhalb der Säulen sausten Hochgeschwindigkeitsaufzüge auf und nieder, durch den großen Lichtschacht im Dach schien die Sonne. Die Blicke der Menschen, an denen sie vorbeikamen, bohrten sich förmlich in seinen Hinterkopf, doch sowie er sich umdrehte, schauten sie woanders hin. Er kam sich vor wie ein Verbrecher, obwohl er sich nichts hatte zuschulden kommen lassen. Genauso war es, wenn man von der Polizei angehalten wurde. Sicher, man war nicht zu schnell gefahren, die Papiere waren in Ordnung, und doch kam man sich vor, als stünde man schon mit einem Bein im Gefängnis. Schuldgefühle gehörten wohl zur menschlichen Natur, dagegen war man machtlos.

Der Aufzug fuhr summend nach oben, rote Zahlen blinkten auf der Digitalanzeige. Aston stand weiter hinten und beobachtete die Wachleute in den verspiegelten Wänden. Seine Nerven waren aufs Äußerste gespannt, die Haare auf seinen Armen elektrisch geladen. Die Männer sahen starr geradeaus und schwiegen. Der siebte Stock glitt vorbei, seine Sorge verwandelte sich in Angst. Als der Aufzug schließlich im obersten Stock hielt, war Aston fast in Panik. So weit oben war er noch nie gewesen.

Die Wachen führten ihn zu einem weitläufigen Büro mit riesigem Fenster, durch das man einen Panoramablick auf die Skyline von London genoss. Aston sah sich um. Nun wusste er auch, wohin ein nicht unwesentlicher Teil der astronomischen Baukosten verschwunden war. Der Teppich war so tief und weich, dass man fast darin versank; die Bilder an den Wänden wohl lauter Originale. Rechts von ihm befand sich eine verschlossene Tür, die vermutlich in das sagenumwobene Bad mit den goldenen Armaturen und dem imposanten Thron führte. Wie es mit den zwölf Jungfrauen aussah, konnte er von hier aus nicht sagen.

Der Chief saß mit dem Rücken zum Fenster hinter einem ausladenden Eichenschreibtisch, der penibel aufgeräumt war. Kinclave sah aus, als hätte er nicht viel geschlafen. Dunkle Ringe unter den Augen, die Krähenfüße deutlicher als sonst. Obwohl adrett wie immer – perfekter Windsor-Knoten, messerscharfe Bügelfalten –, schien er äußerlich nicht ganz auf der Höhe zu sein.

»Bitte setzen Sie sich, Paul.«

Der Chief deutete auf die beiden Stühle vor dem ozeangroßen Tisch. Einer war bereits besetzt. Katrina, die Hauspsychiaterin des MI6, drehte sich mit einem freundlichen Lächeln zu ihm um, vermutlich angeregt durch exzellenten Kaffee. Mit ihr hatte er nun am allerwenigsten gerechnet. Aston versuchte, in dem tiefen ledernen Drehsessel eine bequeme Position zu finden.

»Kommen wir gleich zur Sache«, sagte Kinclave.

Nur zu, dachte Aston.

»Leider gibt es schlechte Neuigkeiten. Mac ist verschwunden.«

»Verschwunden? Was soll das heißen?«

Kinclave strich sich die Haare glatt. »Nach Ihrem Anruf von gestern Abend hielt ich es für ratsam, Mac beschatten zu lassen, nachdem er das Carmichael's verlassen hatte. Ich hoffte, so herauszufinden, wo er sich aufhält. Immerhin wohnt er ja seit Wochen nicht zu Hause, und ich kann mir Mac kaum auf einem Karton unter der Brücke vorstellen. Jedenfalls ist er entkommen. Schlimmer noch, er ist heute Morgen nicht zum Dienst erschienen.«

»Vielleicht hat er sich nur verspätet«, warf Aston ein.

Kinclave zog schweigend die Augenbraue hoch. Kein Wunder, denn Mac saß jeden Morgen pünktlich um sieben am Schreibtisch. Aston blickte vom Chief zu Katrina. »Sie meinen, er habe einen Nervenzusammenbruch erlitten, stimmt's? Darum sind Sie auch dabei.«

Das Koffeinlächeln wurde beinahe gönnerhaft. »Paul, Nervenzusammenbruch ist ein so überstrapazierter Begriff. Er wird viel zu häufig gebraucht, um noch von Nutzen zu sein. Mal ehrlich, heutzutage bekommt doch jeder einen Nervenzusammenbruch.«

Ihre Stimme war nichts als ein magersüchtiges Flüstern, besaß aber einen beruhigenden, Vertrauen erweckenden Klang, der wohl zum Metier gehörte. Sie können mir alles anvertrauen, säuselte die Stimme, Ihre Geheimnisse sind bei mir sicher aufgehoben. »Robert hat unter großem Stress gelitten«, sagte sie, und Aston fragte sich beiläufig, was Mac wohl davon hielte, dass ihn die »fickrige Psychotante« beim Vornamen nannte.

»Der Verlust eines geliebten Menschen verursacht den größten überhaupt denkbaren Stress«, fuhr sie fort. »Wir müssen Robert finden, bevor er eine Dummheit begeht.«

»Wie definieren Sie in diesem Zusammenhang den Begriff ›Dummheit‹?«, erkundigte sich Aston.

»Paul«, setzte Kinclave an, worauf sich Aston und Katrina zu ihm wandten. »Sie will damit sagen, dass sie Mac für selbstmordgefährdet hält, das wissen Sie nur zu gut. Die Zeit drängt. Bitte nur vernünftige Fragen.«

Beschämt sank Aston noch tiefer in den Sessel, wäre am liebsten darin verschwunden.

»Sie waren gestern Abend bei ihm zu Hause. Wie war Ihr Eindruck?«

Er überlegte kurz. »Offenbar war er längere Zeit nicht dort gewesen, etwa einen Monat, nehme ich an.«

»Ja, ja«, Katrina nickte aufmunternd und kritzelte etwas auf ihren Notizblock. »Etwa um diese Zeit ist Sophia gestorben. Ein klassisches Verdrängungsmerkmal ... man möchte vor der Quelle des Schmerzes davonlaufen. Eine vollkommen natürliche Reaktion.«

Na, ich weiß nicht, dachte Aston, sagte aber nichts.

»Und?«, hakte Katrina auffordernd nach.

Aston suchte nach den richtigen Worten. »Er hat ihr eine Art Schrein errichtet.«

Darauf sprang die Psychiaterin nun richtig an. Sie schoss ruckartig im Sessel hoch, als hätte sie auf ein Stromkabel gebissen. »Einen Schrein ... wie kommen Sie darauf?«

»Weil es genau das war«, erwiderte er, doppelt gereizt durch Kater und nervige Fragen.

»Können Sie es genauer beschreiben?«

Aston berichtete von der mit Fotos tapezierten Wand, den Kerzen und dem geisterhaften Duft des Parfums. Das Beste sparte er sich für den Schluss auf.

»Er hatte der Schaufensterpuppe also das Hochzeitskleid seiner verstorbenen Frau angezogen«, sinnierte Katrina. »Interessant, sehr interessant sogar. Und welche Gefühle hat das in Ihnen ausgelöst?«

»Ich fand es total gruselig«, sagte Aston und begriff zu spät, dass er ihr damit in die Hände spielte. Sie wollte Dinge von ihm hören, die er eigentlich lieber für sich behalten hätte.

Wieder das Koffeinlächeln. »Ein starkes Bild, das kann ich mir vorstellen. Ich frage mich, was Robert damit sagen will.«

»Es ist nicht Ihre Aufgabe, Fragen zu stellen, sondern Antworten zu liefern«, erklärte Kinclave. »Ich will wissen, was in seinem Kopf vorgeht.« Er seufzte und fügte hinzu: »Es geht mir vor allem darum, ob er tatsächlich eine ›Dummheit‹ begehen könnte.«

»Denkbar wäre es«, sagte Katrina.

»Verdammt, natürlich ist es denkbar«, knurrte der Chief. »Denkbar ist alles. Ich will wissen, wie groß die Wahrscheinlichkeit ist.«

»In diesem Stadium wäre es durchaus im Bereich des Möglichen«, sagte Katrina völlig gelassen. »Natürlich muss ich den Fall näher untersuchen. Ich würde mir gern Roberts Personalakte ansehen.«

Kinclave nickte. »Geht in Ordnung.«

»Und es wäre nützlich, wenn ich das Haus selbst in Augenschein nehmen könnte.«

Erneutes Nicken. »Sonst noch etwas?«

Aston und Katrina schüttelten den Kopf.

»Gut. Paul, falls Mac Sie kontaktiert oder Sie einen Geistesblitz bezüglich seines Verbleibs haben sollten, melden Sie sich sofort bei mir.« Der Chief wandte sich an Katrina. »Ich erwarte die vollständige Bewertung bis zur Mittagspause.«

»Ja, Sir«, sagten sie im Chor.

»Das wäre alles.« Kinclave drehte sich mit dem Stuhl herum und schaute hinaus auf die Themse. Aston ging vor zum Aufzug.

»Und wie läuft es bei Ihnen, Paul?«, fragte Katrina, während sie warteten.

»Alles bestens.« Aston spürte ihren sezierenden Blick, starrte auf die Digitalanzeige, wollte den Aufzug durch Willenskraft heraufbeschwören. Sein Kopf hämmerte schlimmer denn je.

»Sie wissen ja, wo Sie mich finden.«

»Ich werd's mir merken.«

Der Aufzug hielt an, die Türen glitten auseinander, sie stiegen ein und fuhren hinunter. Tiefes Schweigen, nur die Maschinerie des Aufzugs summte leise.

12

Aston kippte den Drink förmlich hinunter. Dann rief er den Barkeeper und bestellte Nachschub. Manchmal trank er aus Spaß, manchmal, um zu vergessen, manchmal aus Spaß am Vergessen. Was immer er auch tat, wie schnell er auch rannte, er konnte den Erinnerungen an 18/8 nicht entkommen. Sie waren immer da, lauerten im Schatten, bedrängten ihn. Der Alkohol half, bot eine Schutzschicht gegen die Realität. Ein Heilmittel war er aber nicht. Seine Vernunft sagte ihm das auch, nur war es im Augenblick nicht die Vernunft, die ihn beherrschte.

»Lust auf Gesellschaft?«, fragte eine Stimme hinter ihm.

»Wenn du mittrinkst«, sagte er, ohne sich umzudrehen. Als der Barkeeper Astons Drink brachte, wühlte dieser in seinem Portemonnaie und reichte ihm einen Zehner. »Das Gleiche für die Dame.«

»Wie anmaßend. Und wenn ich nun gar keinen Durst habe?«, fragte George.

»Den Tag möchte ich erleben.«

Der Barkeeper brachte Drink und Wechselgeld. »Prost.« Aston hob sein Glas.

Sie stieß mit ihm an und nahm einen Schluck. »Und, was ist los mit dir? Du siehst aus, als würde die Welt untergehen.«

»Ach, nichts. Ich gönne mir nur ein Gläschen nach einer harten Woche im Büro.«

»Wie viele Gläschen waren es denn schon?«

»Ein paar.«

»Meinst du nicht, es geht ein bisschen schnell?«, fragte George.

»Fang du nicht auch noch an«, nuschelte Aston lauter als beabsichtigt. Einige Geschäftsfrauen am anderen Ende der Theke schauten missbilligend herüber. Aston hob sein Glas, das dabei leicht überschwappte. »He, wenn ihr wollt, könnt ihr gerne mit uns trinken. Wir feiern eine Party, ziehen durch die Klubs, ist doch Freitagabend. Jeder weiß, am Freitagabend ist Party angesagt.«

Die Frauen flüsterten miteinander und wandten sich wieder ihren Drinks zu, wobei sie seinen Blicken tunlichst auswichen.

»Es reicht, Paul.« George nahm ihn am Arm und zog ihn von der Theke weg.

Er ging bereitwillig mit, nicht mehr ganz sicher auf den Beinen. Es war noch keine sieben Uhr, im Red Lion war es ruhig, das Personal richtete sich erst auf den großen Freitagabendansturm ein. George fand ein stilles Eckchen. Aston ließ sich schwer auf den Stuhl fallen und trank einen weiteren Schluck. Im Grunde genommen müsste er noch arbeiten – zurzeit war er rund um die Uhr im Dienst –, doch das hielt auf die Dauer keiner durch. Gegen fünf hatte er sich geschlagen gegeben, konnte gar nicht schnell genug aus dem Büro kommen. Er war lange durch die Gegend gelaufen, wie blind, ohne Ziel, nur nicht nach Hause in seine leere Wohnung. Dort zu sitzen und die Wände anzustarren, während das Pärchen über ihm quiekte und stöhnte, um ihn an sein verpfuschtes Liebesleben zu erinnern, war so ziemlich das Letzte, was er gebrauchen konnte.

Als Aston keine Lust mehr aufs Herumlaufen hatte, war er ins nächste Pub gegangen und hatte begonnen, doppelte

Whiskys zu kippen. Irgendwann zwischen dem dritten und vierten hatte er George angerufen und herumpalavert, bis er Luft holen musste und sie die Chance nutzte, um zu fragen, wo er denn sei. Der Barkeeper hatte ihm den Namen des Pubs verraten, worauf sie ihn anwies, dort zu warten. Den Rat hätte sie sich sparen können. Er saß in einer Kneipe voller Fusel und würde sich freiwillig keinen Zentimeter von der Stelle rühren.

»Was ist nur los?«, fragte Aston sein Glas. »Warum ich? Womit habe ich das verdient?«

»So schlimm ist es nun auch wieder nicht.«

»Und wie willst du das bitte schönreden? Laura hat mich verlassen, und ich stehe kurz vor einem Nervenzusammenbruch.«

»Du hast keinen Nervenzusammenbruch.«

»Fühlt sich aber so an.«

»Sollen wir drüber reden?«

Aston trank aus. »Am schlimmsten sind die Albträume. Die machen mich wahnsinnig. Ich wache frühmorgens auf, bin schweißgebadet und bekomme keine Luft. Dann liege ich wach, schaue auf den Wecker, und die Stunden ziehen sich wie Kaugummi.«

»Klingt furchtbar.«

»Das Trinken hilft. Nüchtern käme ich überhaupt nicht klar.«

»Bist du dir sicher, dass das Trinken es nicht noch schlimmer macht?« George wartete, bis sie seine volle Aufmerksamkeit genoss. »Paul, ich weiß, du willst das nicht hören, aber du solltest lieber doch mal zum Arzt gehen.«

»Nein, bloß kein Arzt.«

»Lass mich ausreden. Der kann dir wenigstens etwas zur Beruhigung verschreiben. Wenn du vernünftig schläfst, kannst du deine anderen Probleme besser angehen.«

»Klar, der Doc kriegt mich sicher in null Komma nichts wieder hin«, sagte er voll trunkenem Sarkasmus. »Zauberpillen gegen die Scheißalbträume. Verdammt, er hat sicher auch Pillen für mein Liebesleben. Heutzutage gibt es doch für alles ein Wundermittel.«

»Allmählich werde ich sauer«, sagte George. »Du solltest dich mal hören, Paul. Dein Selbstmitleid ödet mich an. *Shit happens* – also sieh zu, wie du damit klarkommst.«

»Danke für dein Mitgefühl.«

»Ich sage dir genau das, was du mir auch sagen würdest.«

»Genug geredet.« Er schwenkte sein leeres Glas. »Ich mag ja blau sein, aber nicht so blau, dass ich nicht wüsste, wer mit der nächsten Runde dran ist.«

»Schon gut«, sagte George und ging zur Theke.

»Denk dran, einen Doppelten«, rief er ihr nach.

George kam mit einem Glas und einem Becher Kaffee zurück. Aston wollte nach dem Glas greifen, bekam aber nur den Kaffee. »Was –«

Sie schnitt ihm das Wort ab. »Du hattest mehr als genug. Ein Kaffee hilft dir, nüchtern zu werden.«

»Noch ein Drink, der schadet nicht.«

»Paul, es ist kurz nach sieben, und du bist schon hinüber. Egal, wie beschissen dein Tag war, das kann nicht gut sein. Und jetzt sei ein braver Junge und trink den Kaffee.«

Aston prostete ihr mit dem Becher zu und trank von dem heißen, starken Kaffee. »Georgina Strauss, du bist eine ganz, ganz hartherzige Frau.«

Das Glas in der Hand, hielt George inne. »Okay, was ist denn nun mit Mac? Du hast etwas am Telefon genuschelt, das ich nicht verstehen konnte.«

Aston legte den Zeigefinger an die Lippen. *»Top secret«*, flüsterte er.

George lächelte. »Nicht für mich.«

Er berichtete von seinem Treffen mit Kinclave und Katrina und lieferte danach die Details seiner Auseinandersetzung mit Laura. Einfach war es nicht, manche Worte wollten ihm einfach nicht über die Zunge kommen. Ab und zu musste George ihn bitten, die Stimme zu senken, oder ihm den roten Faden liefern. Doch der Kaffee zeigte allmählich Wirkung.

»Also ist er verschwunden«, schloss sie, als er fertig war.

»Mac ist definitiv abgehauen«, sagte Aston. »Hat das arme Mädchen in die Irre geführt und dann im Regen stehen lassen. Sie hat vermutlich eine ganz schöne Packung von Kinclave bekommen, was ich im Grunde unfair finde.«

»Hoffentlich geht es ihm gut.«

»Der alte Sack kann schon auf sich aufpassen«, nuschelte Aston.

»Warum bist du dir da so sicher? Mensch, Paul, seine Frau ist gestorben, das kann alles Mögliche auslösen.«

»Du hörst dich schon an wie diese bekloppte Psychiaterin.«

»Vielleicht hat sie recht.«

»Verdammt, die hat doch keine Ahnung.«

»Du arbeitest schon zu lange mit Mac zusammen. Vorurteile sind ansteckend.«

Aston brabbelte etwas vor sich hin.

»Ich frage mich, wo er steckt.«

»Der wird schon auftauchen«, sagte Aston und fügte mit einem sarkastischen Grinsen hinzu: »Vielleicht braucht er nur Zeit, um seine Probleme anzugehen.«

»Haha«, sagte George, lächelte aber. »Okay, wenn du bei deiner Meinung bleibst, könnten wir vielleicht zum nächsten Punkt übergehen: dein Liebesleben.«

»Falls du mir jetzt sagen willst, dass auch andere Mütter

schöne Töchter haben, kannst du dir die Mühe sparen. Ich bin nicht in der Stimmung für so was.«

»Eigentlich wollte ich, bevor du mich so unhöflich unterbrochen hast, nur sagen, dass sie zurückkommen wird. Sie kommt doch immer zurück, das wissen wir beide. Klar, ihr hattet Streit, aber das ist ja nichts Neues. Kommt bei euch im Schnitt einmal pro Woche vor. Was findest du überhaupt an ihr? Sie ist so anstrengend.«

»Du hast sie doch gesehen ...«

»Schönheit ist oberflächlich.«

»Wer sagt, dass ich weiter vordringen möchte?«

»Mann, bist du flach.«

Achselzucken. »Man hat mir schon schlimmere Dinge an den Kopf geworfen.«

»Sie kann doch nicht wirklich glauben, wir hätten was miteinander.«

»Natürlich, das ist lächerlich.«

»Völlig absurd.« George stand auf. »Na schön, wir sollten dich jetzt nach Hause bringen.«

Aston erhob sich und hakte sie unter. »Du zuerst.«

Sowie er die frische Luft spürte, traf ihn der Alkohol wie ein Schlag. Er wankte ein bisschen und griff fester nach Georges Arm. Es war, als hätte ihn jemand mit einer Socke voller Billardkugeln auf den Kopf gehauen.

»Alles klar?«, fragte George.

»Bestens«, nuschelte Aston. »1a.« Er grinste dämlich. *Das kommt davon, wenn man auf leeren Magen trinkt,* dachte er und überlegte, wann er zuletzt etwas gegessen hatte. Die Frage war ähnlich schwer zu beantworten wie die nach dem Sinn des Lebens. Er merkte, dass George ihn belustigt anschaute, als wartete sie auf eine Antwort. »Was?«, murmelte er.

»Nichts.«

»Mir geht's gut.«

»Klar, das sagtest du bereits. Bestens, 1a.«

»1a.«

»Na komm, ab nach Hause.«

Der Heimweg war mehr als verschwommen. Gerade noch hatte er verwirrt vor dem Pub gestanden, dann saß er schon in seinem Lieblingssessel und erklärte George, wie wunderbar sie sei, seine beste Freundin, ein unschätzbares Juwel… die Worte kamen wie von selbst, er konnte sich nicht bremsen. Zum Glück hatten sie ein Taxi gefunden, denn die U-Bahn hätte er in diesem Zustand nicht ertragen. Auf dem Rücksitz schloss er die Augen, hörte den Fahrer sagen, Kotzen koste extra, worauf George versicherte, so weit werde es nicht kommen. Hoffentlich hatte sie recht. Als Nächstes rüttelte sie ihn wach und sagte, er sei zu Hause.

Aston schaute auf seine Hand, in der wie durch Magie die halb leere Flasche Whisky vom Vorabend erschienen war, blickte von der Flasche zu dem Kaffee, den George gekocht hatte, und wieder zu der Flasche. Dann griff er nach der Tasse und trank einen großen Schluck. Brühend heiß, er merkte es kaum, stellte die Tasse ab, schraubte die Flasche auf und goss einen Schuss in den Kaffee. Sein erster Gedanke war, die Flasche zu verstecken, aber so etwas taten nur Alkoholiker. Zugegeben, so besoffen war er lange nicht gewesen, aber zwischen blau und Alkoholiker sein bestand doch noch ein gewisser Unterschied. Er stellte die Flasche auf den Tisch.

Die Toilettenspülung rauschte, Schritte tappten durch den Flur. George kam herein, entdeckte die Flasche und hielt ihm die Hand hin. »Das ist meine.« Sie nickte zu der Kaffeetasse. »Die ist für dich.«

Achselzuckend griff er nach dem Kaffee.

George seufzte vernehmlich. »Es tut mir weh, dich so zu sehen.«

Er ließ die Worte in sich nachhallen. »Es tut mir leid. Ganz furchtbar leid.«

»Du brauchst dich nicht zu entschuldigen, das macht es noch schlimmer. Wenn es etwas gibt, das schlimmer ist als ein betrunkenes Arschloch, ist es ein von Selbstmitleid triefendes, betrunkenes Arschloch.«

»Das habe ich nicht verdient, ehrlich nicht.«

»Mein Gott, Paul, halt den Rand.«

»Nein, jetzt lass mich mal reden.« Er schaute sie an. Sie und ihre Zwillingsschwester. »Du bist die beste Freundin, die ich mir wünschen kann. Die allerbeste. Wirklich.«

»Weißt du was, Paul? Wenn ich dir das morgen erzähle, wird es dir wahnsinnig peinlich sein.«

»Nein, wird es nicht.« Er nahm ihre Hand und malte mit dem Finger Kreise darauf. Dann zog er George auf seinen Schoß, umschlang ihre Taille, drückte sein Gesicht an ihren Rücken. Ihr Herzschlag pochte an seinem Ohr, er spürte ihre Wärme. George drückte ihn weg, doch er hielt sie fest.

»Was soll das, Paul? Lass mich los!«

Je mehr sie sich wehrte, desto fester hielt er sie. Seine Hand wanderte höher, und plötzlich tat ihm alles weh. Er lag auf dem Boden, die Hände im Schritt, rang nach Atem und fragte sich, wie zum Teufel er dort gelandet war. Er blickte hoch. George funkelte ihn wütend an. »Wenn du das noch mal versuchst, bringe ich dich um«, zischte sie. Und dann war sie weg, die Wohnungstür schlug zu, dass die Bilder in den Rahmen klirrten. Aston wartete, bis sich der Schmerz gelegt hatte, und schnappte sich die Flasche vom Tisch. Er trank weiter, bis ihm alles egal war. Laura, Mac, der MI6, George – zur Hölle mit ihnen.

13

Ich nahm mir die Unsichtbaren zum Vorbild und verbrachte den Nachmittag in Secondhand-Läden, wo ich mir ein sonderbares Kleidersortiment zusammenstellte, in dem ich mich normalerweise nicht unter Menschen getraut hätte: braune Schlaghose aus Nylon, einen dicken kunterbunten Strickpulli, fingerlose Handschuhe und eine alte Fliegermütze. Dann kehrte ich in mein Null-Sterne-Hotel zurück und ging zum spaßigen Teil über. Ich bearbeitete die Kleidungsstücke mit Schere und Schmutz, bis sie wirkten, als hätten sie seit zwanzig Jahren keine Waschmaschine gesehen. Danach kam die Krönung ... ich schmiss den ganzen Haufen ins Waschbecken und pisste darauf, um ihnen das richtige Odeur zu verleihen. Sorgfalt im Detail unterscheidet eben die Profis von den Amateuren.

Ich ziehe mich langsam, beinahe ehrfürchtig, an. Lasse mir Zeit, um mich in die Rolle einzufühlen. Die Haut eines Fremden ... seine Schuhe. Ich reibe mir Schmutz ins Gesicht, zerwühle mein Haar, fertig. Ich bin nicht mehr Robert Macintosh. Um in einer Verkleidung zu überzeugen, muss man *wirklich* jemand anderer werden, die Rolle mit jeder Faser seines Körpers leben. Niemand aus der anderen Welt würde mich jetzt noch erkennen. Kinclave würde an mir vorbeigehen, ohne mich eines Blickes zu würdigen.

Der alte Knabe am Empfang schaut nicht hoch und liest weiter in seinem Westernheft. Es wäre ihm ohnehin egal.

Er wirkt, als könnte ihn nichts mehr überraschen, er hat die Augen eines Alkoholikers. Ihn interessiert nur, wann seine Schicht zu Ende ist, damit er sein Geld holen und ins nächste Pub gehen kann.

Die Turnschuhe sind ein bisschen eng und drücken. Auch gut. Es nützt mir. Sie zwingen mich, langsamer zu gehen und sichtlich zu schlurfen. Stanislawski wäre begeistert. Mein erster Halt ist Mayfair, ich füge mich mühelos in die Eleganz meiner Umgebung. Das ist ja gerade das Wunderbare an dieser Verkleidung: Ich kann überall hingehen, doch niemand sieht mich. Die Unsichtbaren werden nicht gesehen. Ich brauche gar nicht an dem roten Briefkasten stehen zu bleiben; die eine weiße Linie verrät mir, wo die Übergabe stattfindet. Wir haben zwei Stellen, gekennzeichnet durch eine weiße Linie und zwei weiße Linien. Je einfacher, desto besser.

Zurück in den billigeren Straßen setze ich mich in einen Hauseingang, weil mir die Füße wehtun. Die Turnschuhe sind die Hölle. Wenn ich an die Welt denke, die ich hinter mir gelassen habe, fällt es mir schwer zu glauben, dass ich einmal dazugehört habe. Ich schließe die Augen und sehe nur Sophia. Sie ist verkrüppelt und verzweifelt und erfleht ihren Tod, es bricht mir das Herz. Ich versuche, an glückliche Zeiten zu denken, aber die Erinnerungen wollen nicht kommen. Dennoch sind sie irgendwo in meinem Kopf. Ich will sie hochholen, aber sie sind zu tief begraben. Ich öffne und schließe die Augen. Nichts. Ich sehe sie noch immer auf dem Bett liegen, nach Atem ringen. Ich hocke mich über sie. Das Kissen ist mit Entendaunen gefüllt, der Bezug frisch gewaschen und gebügelt und duftet wie eine Sommerbrise. Und sie lächelt. Verdammt, sie lächelt wirklich. Und ich muss es tun, weil ich sie nicht länger leiden lassen kann. Danach wollte ich mich selbst umbringen, hatte aber nicht die Kraft dazu. Ich habe es versucht, mein Gott, ich habe es wirklich versucht. Ich dachte mir hundertundeine Methode aus, hatte aber nicht genügend Mumm. Ich lag fast drei Stunden in der Badewanne, ließ heißes Wasser nachlaufen, starrte die Rasierklinge an und konnte den letzten Schritt nicht tun.

Ein Polizist scheucht mich weg; ich merke, er will mir nicht zu nahe kommen, als wäre mein Unglück ansteckend. Ich schlurfe durch die Straßen, eine Cider-Dose in der Hand mit dem schmutzigen fingerlosen Handschuh. Die Dose ist leer. Der Cider war widerlich süß, aber ich habe ihn trotzdem getrunken, weil es aufs Detail ankommt. Ich gehe an weiteren Polizisten vorbei, die glatt durch mich hindurchsehen, Freitagabendbummlern, die mir nicht einmal die Tageszeit sagen würden. In Paddington bemerke ich noch einige Pendler, sie fahren heim nach einem weiteren seelenzerstörenden Tag. Ich sehe Leute auf den Rolltreppen in die U-Bahn verschwinden, einige schauen ängstlich drein. Es ist einmal passiert und kann jederzeit wieder passieren. Es heißt, der Blitz schlage nie zweimal in dieselbe Stelle ein ... ob man das wirklich glaubt, steht auf einem anderen Blatt.

Ich tausche Dose gegen Kaffee, bezahle mit Münzen und umfasse den Pappbecher mit beiden Händen. Ich trinke einen Schluck, behalte ihn lange im Mund. Lasse mich auf einen Sitz fallen, blase der Dame neben mir meinen Atem ins Gesicht und sage ihr, wie hübsch sie sei. Ich bitte sie um etwas Kleingeld. Sie gibt sich keine Mühe, ihren Ekel zu verbergen, funkelt mich böse an und marschiert samt Aktentasche davon. Gut. Denn ich war auf ihren Sitzplatz aus. Noch ein Schluck Kaffee. Mit der anderen Hand fahre ich flüchtig über die Unterseite des Sitzes, eine Bewegung, die niemand bemerkt. Ich löse die Magnethalterung, mein Herz schlägt schneller. Allerdings nicht wegen des Kaffees.

Die Schweine werden begeistert sein, wenn sie von meinem nächsten Plan erfahren.

2. TEIL

Die dritte Möglichkeit

Nicht Feind noch Gegner,
sondern der eigene Verstand
lockt Menschen auf den Weg
des Bösen.

Buddha

14

Ich bin seit Jahren nicht in dieser Gegend gewesen und brauche daher ein bisschen Zeit, um das richtige Haus zu finden. Hohe Gebäude säumen die schmale, kopfsteingepflasterte Straße, sie sehen schief, schmutzig und grau aus. Auf halbem Weg bleibe ich vor einem Laden stehen, der wie ein Symbol des Verfalls wirkt. Nichts hat sich verändert, seit ich das letzte Mal hier war. Türen und Fensterrahmen sind achtlos mit roter Farbe gestrichen, rissig und abgeplatzt, das Holz darunter hat sich schwarz verfärbt. Dasselbe rostige Schild über der Tür, das knarrend im Wind schwingt. In verblichenen goldenen Buchstaben, kaum noch zu lesen, der Name:

Fogartys Kostümverleih
Seit 1975

Die Holztür ist aufgequollen, lässt sich erst beim zweiten Versuch öffnen. Ein kurzer, fester Stoß, und sie schwingt auf, wobei die Glocke über meinem Kopf scheppert. Ein Raum, der Konservierung atmet, eine Welt aus Mottenkugeln, Staub und schalem Tabakdunst. Schmetterlingsbunte Farben leuchten im Dämmerlicht. Jeder Winkel ist mit Kostümen vollgestopft, dicht an dicht hängen sie an Stangen, verlockende Fluchtwege aus der Wirklichkeit. Dies ist das Land der Illusionen, ein Ort, an dem man alles werden kann: Pirat, Clown, Höhlenmensch. Elegante Ballkleider für die Damen, Smokings für die

Herren; vier identische graue Anzüge aus der frühen Pilzkopf-Ära, als müssten die nächsten Beatles nur hineinschlüpfen. Dazu überall Hüte und Schuhe. Die leeren Kostüme haben etwas Trauriges, leicht Bedrohliches.

»In fünf Minuten mache ich Mittagspause«, ruft eine Stimme aus den Tiefen des Ladens. »Wenn Sie etwas wollen, müssen Sie sich beeilen.«

Ein Klicken, die Tür ist abgeschlossen. Ich drehe das Schild auf »Geschlossen« und gehe auf die Stimme zu, quetsche mich durch den schmalen Spalt zwischen den Kleiderstangen, gebückt, damit ich nicht an die niedrige Balkendecke stoße. Meine Turnschuhe gleiten weich über die abgenutzten Dielen. Im Hintergrund leise klassische Radiomusik. Üppige Harmonien und feurige Melodien, ein Wirbel aus Noten, eine virtuose Pianistenleistung… wenn mich nicht alles täuscht, ein Rachmaninow-Konzert. Fogarty hockt, über eine Nähmaschine gebeugt, hinter der Theke. Ein letztes Summen der Maschine, dann zieht er das Kleid hervor. Pailletten glitzern im Licht. Er schiebt es sorgfältig auf einen Bügel, hängt diesen an die Stange und tauscht die Stecknadeln im Mund gegen eine Benson & Hedges. Er nimmt einen langen, befriedigenden Zug und bläst eine Rauchwolke aus. Ein Hüsteln, dann dreht er sich mit seinem Sessel zu mir um. Die Augen schmal hinter der schwarz gerahmten Brille, Stecknadeln zwischen den dünnen Lippen. Sieht mich aber nicht. Er sieht nur die Lumpen, das schmutzige Stoppelgesicht.

»Um Gottes willen«, sagt Fogarty, der Hauch eines irischen Akzents schwingt mit. Nur ein Hauch. Sein Boot ist vor vielen Monden an diesen Gestaden gelandet. »Wie werde ich euch nur los? Zum letzten Mal, ich habe keine Altkleider zu verschenken.«

»So spricht man aber nicht mit einem alten Freund«, sagte ich mit knurrender Straßenstimme.

»Ich weiß nicht, wer du bist, jedenfalls kein Freund von mir.«

»Ganz sicher nicht?«, fragte ich nun in normalem Ton.

Fogarty mustert mich noch einmal genau. Er lächelt und bricht in tiefes, rauchiges Gelächter aus. Erkennen blitzt in seinen Augen auf.

»Na, na, na, Mac, so wahr ich hier sitze. Verdammt, das ist ganz schön lange her.«

»Ein paar Jahre.«

»Von wegen ein paar Jahre. Eher zehn, würde ich sagen.«

»Wie die Zeit vergeht.«

Fogarty kommt um die Theke herum, die Zigarette zwischen den Lippen. Er packt meine Hand und schüttelt sie heftig. Von Nahem sehe ich, wie die Zeit vergangen ist. Er hat zugenommen, und zwar nicht zu knapp, sein Haar ist schlohweiß geworden. Tiefe Furchen durchziehen die Landschaft seines Gesichts. Wir sind alle keine Kinder mehr.

»Was steckt dahinter, Mac? Hast du deinen Schneider nicht bezahlt? Die Klamotten haben ihr Haltbarkeitsdatum längst überschritten.«

»Wenn ich es dir verrate, muss ich dich danach umbringen.«

Fogarty lacht und hustet zugleich. Bläst Rauch durch die Nase wie ein Drache. »Ganz der alte Mac, was?«

»Ich meine es ernst.«

»Klar doch.«

Ich lasse mich in den Drehsessel hinter der Theke fallen und mache es mir gemütlich. Es tut gut zu sitzen. Ich drehe mich zu der uralten Nähmaschine, sie hat schon die Sintflut erlebt. Rotiere wieder herum und betrachte das Meer von Kostümen.

»Hier hat sich überhaupt nichts verändert. Immer noch das gleiche alte Drecksloch.«

»Mag sein«, sagt Fogarty, »aber es ist mein Drecksloch. Ich sag dir was: Ich schließe ab und mache uns einen Drink. Was hältst du davon?«

»Schon geschehen. Ich habe mich auch auf eine kleine Plauderei über alte Zeiten gefreut und vorsorglich zugesperrt. Zu einem Drink sage ich nicht Nein.«

Seine Augenbrauen zucken in die Höhe. »Was soll das werden, Mac? Bist du etwa zufällig vorbeigekommen?«

»Später. Erst die Drinks. Siehst du nicht, dass ich umkomme vor Durst?«

Fogarty drückt die Zigarette aus und mustert mich noch einmal grinsend. »Auf diese Story bin ich wirklich gespannt.«

Kopfschütteln, dann ist er hinter dem rasselnden Perlenvorhang verschwunden. Ich gebe ihm einen Moment, stehe dann auf und teile den Vorhang mit der Hand. Er befindet sich in einem kleinen Büro, der weiße Schopf taucht auf und verschwindet wieder. Ich horche, ob er keine unerwünschten Anrufe tätigt, höre aber nur, wie er in einem Schrank rumort, vermutlich auf der Suche nach einer Flasche. Zufrieden lasse ich den Vorhang zurückgleiten und setze mich wieder.

Fogarty kommt mit einer Flasche Brandy und zwei großen Schwenkern zurück, die er behutsam auf die Theke stellt. Dann schenkt er zwei anständige Drinks ein. Der Brandy wirkt sofort, wärmt mich von innen. Ich sinke tiefer in den Drehsessel und schließe die Augen.

»Also, was geht hier vor, Mac?«

Ich öffne die Augen. Er starrt mich durch die Brille an wie eine weise alte Eule. Besorgt. Er zündet sich eine Zigarette an.

»Was sollte denn vorgehen? Ist es heutzutage etwa verboten, einen alten Freund zu besuchen?«

Er inhaliert und lächelt nun auch wie eine weise alte Eule. »Wir können natürlich den ganzen Tag lang Spielchen treiben. Oder wir kürzen es ab und kommen zur Sache.« Er hält inne, schaut mich eindringlich an, und ich nicke auffordernd. Fogarty war schon immer ein schlauer Fuchs. »Du bist hier, weil ich dir einen Gefallen schulde. Und den willst du jetzt einlösen, stimmt's?«

»Volltreffer.«

»Dachte ich mir. Okay, was willst du?«

»Ich muss eine Weile unterkommen. Ohne dass jemand Fragen stellt.«

»Kein Problem. Und? Ich höre doch ein ›und‹.«

»Und ich brauche ein neues Gesicht.«

»Ohne dass jemand Fragen stellt?«

»Ohne dass jemand Fragen stellt.«

»Damit sind wir quitt?«

Ich nicke. Er hebt sein Glas, ich hebe meins, wir stoßen an, wobei ein einziger lauter Kristallton erklingt. Wir sind im Geschäft.

»Es ist mir ein Vergnügen«, sagt Fogarty.

15

Aston erwachte vom Klingeln des Telefons und hob automatisch ab. Das hätte er besser nicht getan. Seine Mutter überfiel ihn förmlich mit ihrer schrillen Stimme, die sich unbarmherzig in seinen Schädel bohrte. So oft er es ihr auch sagte, sie begriff einfach nicht, dass normale Zimmerlautstärke am Telefon völlig ausreichte. Ihrer Ansicht nach hörte der Gesprächspartner sie nur dann, wenn sie in den Hörer brüllte wie ein Engländer, der sich unter Eingeborenen verständlich zu machen sucht. Er warf einen Blick auf den Wecker und musste kurz überlegen, ob sich die Zwölf auf Mittag oder Mitternacht bezog … wann hatte er das letzte Mal so lange geschlafen? Er rollte sich zur Seite, drückte auf den Freisprechknopf und verbarg den Kopf unter dem Kissen. Zum Glück konnte sich seine Mutter ganz wunderbar mit sich allein unterhalten. Während sie drauflosschwadronierte, überprüfte Aston seine körperliche Verfassung. Er konnte Finger und Zehen bewegen und hatte einen beinharten Ständer, ein guter Anfang. Sein Kopf war schon eine andere Sache. Sowie er die Augen öffnete, war ihm, als hätte jemand sein Gehirn mit einem Nadelkissen verwechselt. Am besten, er ließ es bleiben. Die Dunkelheit war wohltuend, Balsam für seinen schmerzenden Schädel.

Er musste nicht hinhören, um zu wissen, worum sich die Tirade seiner Mutter drehte: Thema Nummer eins war zurzeit 18/8. Sie war fest davon überzeugt, das Land befände sich im Krieg, die Terroristen wären bereits einmarschiert. Selbst im

Herzen Englands liefen sie frei herum, legten Bomben in Telefonzellen, planten ihre Entführung und begingen Grausamkeiten aller Art. Das verschlafene Dörfchen Great Bedwyn war offenbar als Nächstes dran. Terroristen aus aller Welt standen Schlange, um ein Zielschießen auf ein winziges Fleckchen in Wiltshire zu veranstalten, von dem niemand je gehört hatte. Warum New York, L.A. oder Paris? Das hier war doch der beste Weg, um Schlagzeilen zu machen. Aston hatte aufgegeben, sie davon zu überzeugen, dass sie nicht in Lebensgefahr schwebte und die Aussicht, in Wiltshire von einer Terroristenbombe atomisiert zu werden, nicht etwa in der Größenordnung eines Lottogewinns lag, sondern noch zwei- bis dreimal geringer war. Anfangs war er ja verständnisvoll gewesen. Seine Mutter hatte wirklich Angst. Die Anschläge vom 7. Juli hatten viele Menschen in Schrecken versetzt, doch das hatte sich gelegt; die Zeit heilte nicht nur Wunden, sie schuf auch eine gewisse Distanz und errichtete Mauern, hinter denen sich die Angst verbergen konnte. Mit jeder Woche glitt das Grauen tiefer ins Unterbewusstsein; das Leben wurde allmählich wieder normal. Ja, es war einmal passiert, aber der Blitz schlug niemals ... nur war es diesmal geschehen, die Mauer war eingestürzt, und alle fragten sich, was als Nächstes käme. Denn irgendetwas musste kommen. Eine natürliche Reaktion, dachte Aston, und von den Terroristen gewollt. Geduldig hatte er seiner Mutter erklärt, dass sie ihnen damit in die Hände spielte. Terrorismus war auf Angst gegründet. Die terroristische Handlung als solche erschien neben der psychologischen Wirkung eher zweitrangig. Terroristen wollten Menschen Angst machen, damit sie wie gelähmt nur noch den einen Gedanken hatten: *Mein Gott, so etwas kann jederzeit und überall passieren.* Sobald man so dachte, hatten die Bösen gewonnen. Sie wollten Chaos erzeugen, die Gesellschaft spalten; sie wollten, dass Flugzeuge in der Luft kehrtmachten, sobald jemand verdächtig guckte; sie wollten, dass die Menschen ängstlich über die Schulter blickten, ob sie wohl der Nächste seien.

Natürlich hatte seine Mutter nicht auf ihn gehört. Die Terroristen waren hinter ihr her, Schluss, aus.

Aston lag da, sein Kopf pochte im Rhythmus ihrer Worte. Konnte sie denn niemandem sonst auf die Nerven gehen? Er liebte sie, aber das war einfach zu viel. Sein Höllenkater war auch nicht gerade hilfreich. Unterbewusst schnappte er das Wort »London« auf, und die Alarmglocken schrillten los. Kalter Schweiß drang aus seinen Poren. Gar nicht gut. Sie plante doch hoffentlich keinen Besuch. Mit ihr zu telefonieren, war eine Sache, eine persönliche Begegnung ein ganz anderes Kaliber. Wenn sie herkam, gäbe es kein Entrinnen. Er hörte aufmerksam zu, rekonstruierte sorgfältig ihre Worte, was gar nicht so einfach war, da sie wie einzelne Puzzle-Teile in einer Schachtel umherflogen. Fügte man sie richtig zusammen, ergaben sie einen Sinn, ansonsten stand man ganz schön dumm da. Das letzte Teil fand seinen Platz, er seufzte erleichtert. Sie wollte ihn nicht belagern. Wie er es verstand, hatte Roy Karten für die *Last Night of the Proms* ergattert. Und sie rief ihn nur an, störte ihn nur in seinem Katerleiden, um zu erfahren, ob sie dort sicher vor Terroristen seien.

Als Aston sie endlich los war, zog er den Telefonstecker aus der Wand und schloss die Augen. Fünf Minuten später – er war einfach zu aufgedreht, um weiterzuschlafen – stand er auf und ging duschen. Sein Kopf war angefüllt mit unerfreulichen Bildern vom Vortag, Flashbacks, bei denen er sich vor Scham beinahe krümmte. Was er alles gesagt und getan hatte. Laura hatte recht. Er war zwar kein Alkoholiker, aber wenn er so weitermachte, würde er mit einer versteinerten Leber und geplatzten Äderchen auf der Nase enden. Wollte er das wirklich? Seine Tage in einem Krankenhausbett beschließen, die Haut wie altes Pergament, während seine Organe nach und nach den Geist aufgaben? Die Aussicht war nicht sonderlich verlockend.

Und er wäre nicht der erste Spion, der sich dem Alkohol ergab. Der MI6 wimmelte von derartigen Fällen, auch MI5 und Polizei hatten lange Verlustlisten aufzuweisen. Es war leicht, den Schwarzen Peter weiterzugeben. Der Stress war groß, sie riskierten ihr Leben, brauchten ein Ventil und fanden im Alkohol die perfekte Entspannung. Ein paar Bierchen, um Dampf abzulassen. Oder wie wäre es mit dieser Variante? Es gehörte zum Beruf. Man hatte sie im Fort praktisch im Trinken gedrillt. Tagsüber hartes Training, gefolgt von noch härteren Gelagen, und die Ausbilder stachelten einen immer weiter an, um am nächsten Morgen den Anblick der Verkaterten zu genießen. Eins war gewiss: Am Ende des IONEC konnte man eine Menge vertragen. Die Vorstellung, dass man besser arbeitete als Smithy in der Abteilung Fernost oder Gary aus der Informationsabteilung, nur weil man sie unter den Tisch trinken konnte, hatte etwas Machohaftes. Ja, es fanden sich diverse Erklärungen, mit denen er sein Verhalten vor sich selbst rechtfertigte, aber im Grunde war alles Quatsch. Entweder man trank, oder man trank nicht. Entweder war man schwach oder stark.

Aston ließ das Wasser auf sich niederprasseln, drehte es heißer, bis sich seine Haut rot färbte, hielt das Gesicht in den Strahl. Noch ein Flashback. Er hatte George an sich gerissen, sie hatte sich gewehrt, hatte versucht, von ihm wegzukommen. Mein Gott, war er wirklich so tief gesunken? Sein Gesicht wurde noch heißer und diesmal nicht wegen der Wassertemperatur. Wie konnte er nur so dämlich sein? Wie sollte er das jemals wiedergutmachen? Er stellte die Dusche ab und trocknete sich ab. Zunächst einmal musste er aufhören zu trinken, jedenfalls vorübergehend. Hinzu kam der schwierigste Teil … sich bei George zu entschuldigen. Da würde er ganz schön kleine Brötchen backen müssen. Aber die Sache hatte auch ihr Gutes. Sicher, der Tag hatte nicht gerade toll begonnen – auf die Tirade seiner Mutter hätte er gern verzichtet, auch der Kater war nicht von schlechten Eltern –, aber er konnte nie und nimmer schlimmer werden als der gestrige. Gestern war der absolute Tiefpunkt gewesen.

Er klopfte vorsichtshalber auf Holz.

16

Ich folge Fogarty in die Wohnung über dem Laden. Das Schild an der Tür, auf dem zu lesen ist, er sei in einem familiären Notfall unterwegs, sorgt dafür, dass wir ungestört bleiben. Wen interessiert es schon, dass er gar keine Familie hat? Die Treppe ist eng, ohne Teppich, die Dielen sind von zahllosen Schritten auf Hochglanz poliert. Auf halbem Weg gerät Fogarty aus der Puste. Er hält inne, die Hand am Geländer, und hustet einen Klumpen Schleim in sein Taschentuch. Dann dreht er sich entschuldigend zu mir um.

»Die Kippen bringen dich noch mal um«, sage ich.

»Red keinen Scheiß.« Er inspiziert das Taschentuch, stopft es wieder in die Tasche und geht weiter.

Da weiß ich meine gute Form zu schätzen. Wir sind etwa gleich alt, doch er sieht bei Weitem älter aus. Übergewichtig, Raucher, gnadenlos unsportlich. Vermutlich quält sich eine cholesterinverklebte Pampe durch seine Adern. Im Grunde wartet er nur auf den Herzinfarkt.

Die Tür am Ende der Treppe ist mit drei Schlössern gesichert: einem schweren Kombinationsvorhängeschloss, einem Einsteckschloss und einem Sicherheitsschloss. Fogarty deckt das Vorhängeschloss mit der Hand ab und dreht die Trommeln mit den Zahlen. Dann hakt er einen Schlüsselbund von der Gürtelschlaufe. Das Einsteckschloss öffnet sich mit einem hörbaren Klick. Jetzt dreht er den letzten Schlüssel im Sicherheitsschloss, und wir stehen in der Wohnung. Sie ist anheimelnd, das Wohnzimmer so groß, dass eine kleine Katze mit ihrem kurzen Schwanz peitschen kann. Ein bisschen Farbe könnte nicht schaden; die Halterung der Deckenlampe ist gelb von Nikotin, die hellen Flecken an den Wänden verraten, wo einmal Bilder gehangen haben. Die abgestandene Luft riecht nach altem Mann und einer Million Zigaretten. Ich werfe einen Blick in die Küche, überall stehen Konservendosen herum. Sie stapeln sich in Kisten auf der Arbeitsplatte und dem Boden. Dosen mit Suppe, Bohnen, Fleischbällchen, das ganze Programm. Mir knurrt der Magen. Bei Carmichael's hatte ich die letzte richtige Mahlzeit, das ist schon ewig her.

»Mach's dir gemütlich«, sagt Fogarty.

»Und ob.« Ich nicke Richtung Küche. »Was ist mit den ganzen Dosen? Weißt du etwa mehr als ich? Steht der nächste Weltkrieg bevor?«

Fogarty sieht mich an, als wäre ich der Verrückte. »Mac, wir leben in gefährlichen Zeiten. Du hast gesehen, was am Leicester Square passiert ist. Und das war nicht das letzte Mal. Denk an meine Worte, es kommt noch viel schlimmer. Viel, viel schlimmer. Man muss auf alles gefasst sein. Die Regierung sagt, sie hätte alles unter Kontrolle. Das ist Quatsch. Was können die schon tun? Die können uns nicht schützen! Nie im Leben! Mein Gott, die finden ohne Karte nicht mal ihren eigenen Arsch.«

»Du meinst das ernst, was?«

»Todernst.«

Ich sehe es ihm an. Mit den weit aufgerissenen Augen hinter der Brille sieht er jetzt eher aus wie ein Eulenbaby, das seine Mutter verloren hat. »Na schön«, sage ich gedehnt, »aber was ist, wenn nächstes Mal, na ja, nehmen wir mal an, sie kippen was Übles ins Trinkwasser? Irgendwelche Megabakterien, die ganz London auslöschen sollen?«

»Ich trinke nur Wasser aus Flaschen«, erwidert er wie aus der Pistole geschossen.

»Okay… dann eben Nervengas. Ein Kanister Sarin in der U-Bahn, fertig, aus. Wie damals in Tokio.«

Fogarty grinst und zieht einen ramponierten Karton hinter dem Sofa hervor. Die Gasmaske muss noch aus dem Ersten Weltkrieg stammen und gehört vermutlich zu einem der Soldatenkostüme von unten. Ich muss mich beherrschen, um nicht loszulachen. »Eins muss ich dir lassen, du hast für alle Fälle vorgesorgt.«

Selbstzufrieden zündet er sich eine Zigarette an. »Das sage ich mir auch gern, Mac. Allzeit bereit. Auf alles gefasst.« Fogarty nimmt einen Zug und bläst den Rauch mit einem emphysematischen Husten aus. Noch ein Zug, um die Lunge zu beruhigen. »Du riechst nicht gerade toll. Falls du duschen willst, das Bad ist da drüben.« Er deutet auf die Tür am anderen Ende des Zimmers. »Den Flur entlang, erste Tür rechts. Ich hole dir was zum Anziehen.«

»Das wäre nett.«

»Kein Problem. Weißt du, Mac, ich freue mich richtig, dich zu sehen.«

»Gleichfalls.«

Die Dusche ist so alt und klapprig wie Fogarty. Sie tropft ziemlich müde, von einem festen Strahl kann keine Rede sein, aber es tut gut, den Gestank der Straße loszuwerden, und als ich fertig bin, fühle ich mich fast wieder menschlich. Ich wühle im Schrank nach einer Rasierklinge, kratze die Stoppeln weg und bewundere mich im Spiegel. Ich bin wirklich ein gut aussehender alter Knabe. Vor dem Bad liegt ein Stapel Kleidung. Jeans, ein weißes T-Shirt, ein dunkelblaues Sweatshirt mit einem hellblauen Segelschiff links vorne. Der muffige Geruch lässt darauf schließen, dass Fogarty eine Menge alter

Kleider im Keller hortet. Von ihm selbst stammen sie jedenfalls nicht, es muss hundert Jahre her sein, dass er in so etwas hineingepasst hat.

Als ich wieder ins Wohnzimmer komme, fragt Fogarty: »Wann willst du loslegen?«

»Sobald es dir recht ist.«

Ich folge ihm in ein kleines Zimmer, dessen Fenster mit einem schwarzen Tuch verhängt ist. Die Kanten sind zusätzlich mit Klebeband befestigt, damit kein Licht hereindringt. Das Licht aus dem Flur wirft dunkle Schatten. Er marschiert zum Schminktisch und drückt einen Schalter. Die Birnen am Spiegel, vier an jeder Seite, drei darüber, flammen grell auf. Nackte Glühbirnen. Einen Sekundenbruchteil lang sehe ich sie vor dem Spiegel sitzen, und mein Herz gefriert. Sie tuscht ihre dichten Wimpern, und ich beuge mich vor, meine Lippen wandern zart ihren langen, anmutigen Hals hinunter. Ihr Parfumduft umhüllt mich. Sie dreht sich um, unsere Lippen begegnen sich. Mein Gott, ist sie schön. Ein Engel in rotem Samt.

»Alles klar, Mac?«

»Sicher«, sage ich geistesabwesend und fühle mich auf einmal leer.

»Wirklich? Du siehst nicht gut aus.«

»Alles bestens, fangen wir an.«

Er dreht den Frisierstuhl herum, gibt mir einen Wink und dreht ihn wieder zum Spiegel. Ich schaue angestrengt hinein. Sie ist irgendwo dort drin, verborgen in seinen gläsernen Tiefen.

»Was darf's sein?«, fragt Fogarty und klingt jetzt wie ein Friseur.

»Egal, solange mich danach niemand mehr erkennt.«

»Alt oder jung?«

Es ist schon verlockend, ein paar Jahre wegmeißeln zu lassen, die Uhr zurückzudrehen. »Älter«, sage ich dann aber. »Je älter, desto besser. Für alte Leute interessiert sich keine Sau.«

Zynisches Raucherlachen. »Wie wahr, wie wahr!«

Während er sich ans Werk macht, fixiere ich den Spiegel, eine Art Selbsthypnose. Dann fällt mein Blick flüchtig auf roten Samt, der über den Boden schwingt. Ich konzentriere mich darauf, will sie nicht wieder verlieren. Und da ist sie. Sie lächelt mir aus dem Spiegel entgegen, lächelt mir zu. Ich schließe die Augen, verliere mich in Zeit und Erinnerung.

17

Wien 1993

Der Augenblick war vollkommen, wie aus einem Hollywood-Film. Die Kamera zoomte heran, Nahaufnahme, alles andere verschwamm in einem sanften Nebel. Die Menschen und Gegenstände im Hintergrund flossen ineinander, der Kneipenlärm verblasste zu einem gemurmelten Flüstern. Ein flüchtiges Lächeln, ein zarter Blick, das war alles. Fürs Erste aber genug, denn sie hatten ihm, ihm ganz allein, gegolten. In diesem Moment gab es niemanden außer dem Engel in rotem Samt. Sie loderte wie eine Flamme, blendete alles andere aus. Nichts zählte, nur das Hier und Jetzt. Ja, es war ein vollkommener Augenblick aus der goldenen Ära, auf einer Stufe mit Bogie und Bergman in Casablanca.

Vergiss den Mist, das ist nur was für Dichter, *dachte er, grinste aber bei sich. In Wahrheit war er seit einer Woche jeden Abend hergekommen, weil er hoffte, sie würde ihn wie durch ein Wunder bemerken. Was in etwa so wahrscheinlich war wie der Gedanke, man könnte Arnold Schwarzenegger zum Gouverneur von Kalifornien wählen. Sie war schlicht und einfach das göttlichste Wesen, dem er je begegnet war: blond, elfenhafte Züge wie Audrey Hepburn, ein perfekter Körper. Er schätzte sie auf Mitte dreißig, doch das Alter zählte nicht. Sie war eine jener zeitlosen Schönheiten, die ihr Leben lang Aufmerksamkeit erregten. Und nun, da sie ihn endlich zur Kenntnis genommen hatte, konnte er nur dumm ins Leere starren, wo sie eben noch gestanden hatte, während ihm die Röte in die Wangen stieg. Wenn ihn seine Kol-*

legen so sehen könnten, würden sie die Männer in den weißen Kitteln rufen. Dass ausgerechnet ihm eine Frau die Sprache verschlagen sollte ... nie im Leben, würden sie lachend sagen. Einerseits wäre er am liebsten im Boden versunken, genoss es aber gleichzeitig, einfach nur dazusitzen und dumm aus der Wäsche zu gucken.

Allmählich nahm seine Umgebung wieder Gestalt an. Der Hollywood-Glamour wich der rauen Wirklichkeit: dem herben Gestank ausländischer Zigaretten, der sich mit dem erdig-medizinischen Geruch des Alkohols mischte; dem dunklen Holz und den staubigen Dielen; den flackernden Kerzen auf den Tischen. Allmählich wuchs das leise Gemurmel wieder zum Stimmengewirr vieler Gespräche, von denen die meisten in einer Sprache geführt wurden, mit der er noch ein wenig zu kämpfen hatte. Zwar sprach er bereits fließend Deutsch, doch der österreichische Akzent war nicht leicht zu verstehen. Zudem besaßen die Wiener ihren eigenen Dialekt. Allerdings war er sprachbegabt und ging dann und wann schon als Einheimischer durch. In einer vollen Kneipe etwas herauszuhören, war der krönende Abschluss seiner Ausbildung. Konnte man das, konnte man alles. Er gab sich cool, schenkte sich Rotwein nach und lehnte sich zurück. Doch er folgte ihr unablässig mit den Augen, als sie umherging, Getränke servierte, leere Gläser einsammelte und einfach nur göttlich war.

Für ihn war es Neuland. Sicher, es waren schon seltsamere Dinge geschehen, sagten seine wenigen noch logisch denkenden Gehirnzellen, aber nicht viele. Nie gekannte Gefühle sprudelten in seinem Inneren, die er kaum benennen konnte. Sicher war er sich nur, was seine Verwirrung und Unsicherheit anging, die zu jeder anderen Zeit eine Katastrophe bedeutet hätten; in seiner Welt war kein Platz für Unsicherheit. Seinen Ruf verdankte er der Tatsache, dass er in Sekundenschnelle Probleme analysie-

ren, Wahrheit von Lüge trennen und die ideale Lösung finden konnte.

Alle – jedenfalls alle, auf die es ankam – hatten gewusst, dass er sich für den obersten Chefsessel warmlief. Er war der einzige Kandidat, und er hatte sich verdammt angestrengt, um einziger Kandidat zu werden. Seine Pläne waren fix und fertig. Sobald er Chief wäre, kämen die großen Veränderungen. Er würde den MI6 notfalls mit Gewalt ins neue Jahrtausend zerren. Keine leichte Aufgabe, wenn es um eine Organisation ging, deren Mitarbeiter sich mit aller Macht an den Status quo klammerten, der ihnen eine Rundum-Sorglos-Versicherung bot. Die Welt veränderte sich rasch, und das musste auch der MI6 tun, wenn er überleben wollte. Die Berliner Mauer war zu Staub und Souvenirs zerfallen, der Bär im Osten erlegt worden. Der Kalte Krieg war vorbei. Die meisten seiner Kollegen waren darüber in Panik verfallen. Die Russen bildeten die Existenzberechtigung des MI6, ohne die Roten würden sie vor dem Arbeitsamt Schlange stehen. Sie hatten verschreckt reagiert, weil sie nicht das Gesamtbild sahen. Hatte man einen Gegner erobert, suchte man sich eben den nächsten. Genau wie Dschingis Khan. Wie Alexander der Große. Die Chinesen standen schon bereit, um den Platz der Bösen einzunehmen, doch die wahre Bedrohung lag im Nahen und Mittleren Osten. Terroristen und religiöse Fanatiker, die in kleinen Zellen arbeiteten und immensen Schaden anrichteten. Die UdSSR war groß und behäbig gewesen und letztlich genau daran zugrunde gegangen. Nun tauchte ein neuer Feind am Horizont auf, der neue Denkweisen verlangte. Und die waren schon immer seine Spezialität gewesen.

Leider sah es aus, als wäre Talent heute nicht mehr gefragt. Seit sechs Monaten war er nun H/VIE, Leiter der Wiener Station, dem Juwel in der Krone des MI6, und hätte begeistert sein müssen. Doch das war er nicht.

Es hatte ihn nicht überrascht, als man ihn in die oberste Etage der MI6-Zentrale des Century House in Lambeth zitierte. Während der Aufzug nach oben sauste, bereitete er sich darauf vor, jede Sekunde des kommenden Gesprächs zu genießen. Endlich war es so weit. Der Augenblick, für den er mehr als zwanzig Jahre gearbeitet hatte. Schon als er das Büro betrat, ahnte er, dass etwas nicht stimmte, ließ sich aber nichts anmerken. Während der Besprechung, die eine Ewigkeit zu dauern schien, blieb er ganz Profi, ein beherrschter Staatsdiener, der sich lieber die Kehle durchschneiden als seine Gefühle zeigen würde. Die Rolle verlangte ihm eine Menge ab, er musste auf die Erfahrungen zurückgreifen, die er jahrelang bei der Arbeit vor Ort gesammelt hatte. Er gab sich bescheiden und freundlich, wie man es von ihm erwartete, während er sich insgeheim ausmalte, was passieren würde, wenn er jetzt ein MG in der Hand hätte.

Kinclave gratulierte ihm als Erster, was vermutlich passend war, da er bei dieser Inszenierung als Brutus agierte. Und auch beim herzlichen Händedruck und dem Schlag auf die Schulter behielt er die Fassung. »Eine wunderbare Chance«, sagte Kinclave mit geradezu königlicher Gleichgültigkeit, obwohl er erst seit zwei Sekunden Chief war. »Ich weiß, Sie werden in Ihrer neuen Rolle brillieren. Wie bei allem, was Sie tun.« Dann hatte Kinclave sein glattes Politikerlächeln ausgepackt, und er selbst musste sich beherrschen, um dem Chief nicht die Faust ins strahlend weiße Gebiss zu rammen.

Das war nun sechs Monate her, doch er konnte noch immer nicht fassen, dass es derart schiefgelaufen war. Auf dem Papier war er Kinclave weit überlegen. Leider ging es beim MI6 nicht mehr um Spionage, sondern um Budgets und Ziele und den ganzen Business-Scheiß. Und da hatte Kinclave seinen großen Auftritt. Er war kein Spion, sondern Beamter – er verstand sich aufs Speichellecken und Arschkriechen. Ganz oben hatte man be-

schlossen, der MI6 benötige keine Führungspersönlichkeit, sondern ein Aushängeschild ... was ganz und gar nicht gerecht war. Wozu die jahrelange harte Arbeit? Ein gönnerhaftes Schulterklopfen und ein Trostpreis. Zur Hölle mit ihnen. Zur Hölle mit allen.

Leiter der Wiener Station war ein angesehener Posten, aber keinesfalls vergleichbar mit dem des Chief. Und er hatte sofort erkannt, worum es ging. Man wollte ihn beschwichtigen, dem Hund einen dicken Knochen hinwerfen, dann wäre er schon zufrieden. In Wahrheit stagnierte seine Karriere. Er würde die drei Jahre in Wien ableisten, in London noch einige hochrangige Positionen bekleiden und danach in Ruhestand gehen. Chief würde er nie, der Zug war abgefahren.

Es hätte schlimmer kommen können, *sagte er sich, während er von seinem Wein trank,* sie hätten ihn auch auf eine Station im tiefsten Afrika verbannen können, von der kein Schwein je gehört hatte. *Diese Hölle hatte Kinclave ihm immerhin erspart. Zugegeben, wären ihre Rollen vertauscht gewesen, hätte er keinen Moment gezögert, Kinclave ans Ende der Welt zu verfrachten. Er hatte sogar schon einen Posten ausgeguckt.*

Beim Wein ließ er Vorsicht walten: nur nippen und darauf achten, wie viel noch in der Flasche war. Er stieg ihm schon ein bisschen zu Kopf, dabei hatte er nur ein Glas getrunken. Er musste aufpassen, sonst könnte er nicht mehr deutlich sprechen, dann wäre alles gelaufen. Er hatte bereits beschlossen, dass dies der Abend war, an dem er mit ihr reden würde, aber das würde er nur schaffen, wenn er nüchtern war. Allein beim Gedanken daran verdoppelte sich sein Pulsschlag, wurden seine Hände feucht. War er denn verrückt geworden? Ein Mann, der über Leben und Tod entschied, verwandelte sich in eine wabblige Qualle.

Er würde nur mit ihr reden, sonst nichts, sagte er sich zum hundertsten Mal. Nur reden. War es denn schlimm, wenn er ein bisschen mehr über sie erfahren wollte? Woher sie kam, woran sie Spaß hatte und so weiter. Der Plan war ganz einfach ... wie alle guten Pläne. Als fähiger Spion hatte er bereits herausgefunden, dass sie nicht verheiratet war. Kein Trauring, keine Spur, wo einer gewesen sein könnte. Das würde die Sache beträchtlich erleichtern. Ein Ehemann machte alles nur komplizierter. Ein Freund ... na ja, der wäre zu bewältigen. Er würde mit ihr plaudern und sie, wenn der richtige Augenblick gekommen war, zum Essen einladen. Nichts Folgenschweres wie ein Rendezvous, nur ein Essen zu zweit, zwei Menschen, die vielleicht etwas gemeinsam hatten ... Schön und gut, aber wen wollte er damit täuschen? Im Grunde wollte er schlicht und einfach mit ihr bumsen, und wenn sein Repertoire erschöpft war, noch ein paar neue Stellungen erfinden.

Er sah, wie sie zwischen den Tischen hindurchglitt, mit den Stammgästen sprach, für jeden ein Lächeln und ein paar Worte übrig hatte, die Freundlichkeit in Person. Sie trat an die Theke, wo ihr ein großer Typ mit Brille und schütterem rotem Haar einen Drink spendierte. Sie nippte daran, berührte mit den Fingerspitzen flüchtig seinen Ärmel und kicherte hinter vorgehaltener Hand, als hätte er einen Witz gemacht. Dann ließ sie den Rotschopf an der Theke stehen. Er sah sie an, als sie weiterging, genoss den Anblick ihrer Hüften, die sich unter dem roten Kleid wiegten. Einen erotischeren Gang hatte er selten gesehen. Er fragte sich, zu wem sie gehen, wer wohl der nächste Glückliche sein mochte. Und dann dämmerte ihm, dass sie genau auf ihn zukam, dass er das große Los gezogen hatte, dass sie ihn ebenso eindringlich betrachtete wie er sie. Sie setzte sich einfach hin und stellte ihr Glas ab. Ein hohes Glas, das ein Kokosaroma verströmte. Malibu Cola.

»Ich heiße Sophia«, sagte sie. Ihr Deutsch war gut, aber sie war keine Einheimische, es war ein steriles Schulbuchdeutsch ohne österreichischen Tonfall. Ein Akzent, den er nicht einord-

nen konnte, was ihm sonst spielend gelang, aber er konnte auch nicht klar denken. Aus der Ferne war sie göttlich gewesen, doch von Nahem, und sie war so nah, dass er sein Lieblingsparfum Opium an ihr riechen konnte, war sie unbeschreiblich.

Als er später in Ruhe über alles nachdenken konnte, kehrte er zu diesem einen bestimmten Augenblick zurück. Dem Augenblick, in dem er begriff, dass er mehr wollte als einen schnellen Fick und das übliche »Danke, es war toll, ich rufe dich an«. Zum ersten Mal im Leben wünschte er sich das Erdbeben, das ganz große Feuerwerk, das Happyend aus dem Märchen. Er hatte sein ganzes Leben auf Logik und Verstand gegründet, doch diese neuen Gefühle waren so unlogisch, dass er damit einfach nicht zurechtkam. Wie er es auch betrachtete – er hatte sich Hals über Kopf in die Frau verliebt.

Viel später, als er rationaler darüber nachdenken konnte, landete er immer wieder bei der Frage, ob er etwas anders gemacht hätte. Ob er, hätte er in die Zukunft blicken können, einfach aufgestanden und auf Nimmerwiedersehen gegangen wäre. Er sollte nie eine befriedigende Antwort darauf finden. Aber die Frage war ohnehin irrelevant. In dem Augenblick, in dem sie sich setzte, ihr Glas abstellte und ihren Namen nannte, war die Sache klar.

Und als er dann viel, viel später, in den trüben Minuten vor der Morgendämmerung, wach lag und in die Dunkelheit starrte, sollte er denken, dass sie einander auf groteske Art und Weise verdient hatten.

18

»Tut mir leid«, sagte Aston kleinlaut. Dann tauchte sein jämmerliches Gesicht hinter dem Riesenstrauß auf: Lilien, Rosen, Nelken, eine Explosion aus Duft und Farbe. Er lächelte breit und versuchte, seine Kopfschmerzen zu verdrängen.

»Verpiss dich, Paul. Ich will nicht mit dir reden.« George spähte durch den Türspalt und befingerte die Sicherheitskette aus Messing. Ihr Gesicht wirkte mehr als finster.

Aston trat von einem Fuß auf den anderen, den Strauß auf Armeslänge von sich gestreckt. »Bitte nimm ihn. Ich habe ihn selbst ausgesucht. Und du weißt, was das bei meinem Heuschnupfen bedeutet.«

»Du hast überhaupt keinen Heuschnupfen.«

»Jetzt sei doch nicht so, George. Ich habe mich entschuldigt und dir Blumen gekauft. Was soll ich denn sonst noch machen?« Er lächelte, diesmal gezwungen. Jemand hämmerte Nägel in seinen Schädel. Er grinste bis zur Schmerzgrenze.

»Meinst du, mit Blumen kannst du das gutmachen? Was bildest du dir eigentlich ein?«

Aston bot die überzeugende Imitation eines kleinen, verwirrten Jungen. »Hör mal, George, es tut mir wirklich wahnsinnig leid. Aber ich war –«

»Falls du mir jetzt erzählen willst, dass du blau warst, nehme ich die Blumen und schmeiße sie in den Müll. Betrunken sein ist keine Entschuldigung für das, was du getan hast.«

»Ich weiß.« Er senkte den Blick. Ließ den Arm sinken, dass die Blüten den Boden streiften.

»Du hast Glück, dass ich dir nur in die Eier getreten habe. Hast du eine Ahnung, wie gern ich dich kastriert hätte?« George schaute ihn prüfend an und spielte wieder unbewusst an der Kette herum.

»Mensch, es tut mir ehrlich leid. Lässt du mich jetzt rein, oder soll ich den Rest des Tages hier draußen stehen bleiben? Denn das werde ich tun, notfalls auch das ganze Wochenende.«

George schüttelte den Kopf, dass die dunklen Locken flogen. Die Tür ging zu, die Kette klapperte. Sie machte auf und trat beiseite. Aston ging rasch hinein, bevor sie es sich anders überlegen konnte, drückte ihr die Blumen in die Hand und stieg geschickt über den Krempel, der sich im Flur türmte – Kartons, ein Fahrrad, eine alte Kommode. Wer George nicht kannte, konnte durchaus auf die Idee kommen, sie sei gerade beim Umzug. Das Wohnzimmer sah kaum besser aus, und Aston musste diverse verstreute Kleidungsstücke einsammeln, um ein Eckchen auf dem Sofa zu finden. »Ein Kaffee und Aspirin wären nicht schlecht«, rief er.

»Übertreib's nicht, Paul«, rief George aus dem Flur. »Du bist noch auf Bewährung. Die Blumen waren ein guter Anfang, aber du darfst ruhig noch ein bisschen länger zu Kreuze kriechen.«

»Komm schon, George, nun sei doch nicht so. Ich sterbe gleich.«

Aston hörte, wie sie in Richtung Küche entschwand, Schranktüren knallte, mit Tassen klapperte. Dann kam sie mit Kaffee und Schmerztabletten herein, die Aston mit einem Schluck süßem Kaffee hinunterspülte. »Danke.«

»Keine Ursache.« George hob einen Bücherstapel vom Sessel und sah sich nach einer freien Stelle um. Der Stapel landete schließlich auf dem Fernseher, dem einzigen verfügbaren Platz. Aston war selbst nicht der ordentlichste Mensch auf Erden, woran ihn Laura regelmäßig erinnerte, doch George übertraf ihn bei Weitem. Überall türmte sich Krimskrams. Ein Karton enthielt Köpfe, Beine, Arme und Oberkörper von Puppen, eine makabre Kollektion, die für jeden Psychiater ein gefundenes Fressen gewesen wäre. Dazu Bücherberge, vergilbte Zeitungen und Magazine, über die sich ein Sammler gefreut hätte.

»Paul, du kennst Mac besser als die meisten anderen. Wohin würdest du an seiner Stelle gehen?«

Aston überlegte kurz und schüttelte den Kopf. »Ich wage nicht mal, einen Tipp abzugeben. In den letzten Tagen ist mir klar geworden, dass ich Mac nie wirklich gekannt habe.«

»Das sagst du dauernd, aber ich bin anderer Meinung. Ich glaube, du kennst ihn besser, als du glaubst. Er muss doch irgendwo stecken.«

»Offenkundig schon.«

»Außer ...«

Aston begriff sofort. »Nicht Mac. Das würde er nicht tun.«

»Katrina sieht das anders.«

»Und ich sage dir, Mac würde sich nie die Kugel geben.«

»Na schön, zurück zu meiner Frage. Wo zum Teufel steckt er?«

»Frag mich was Leichteres.« Aston zuckte die Achseln und trank von seinem Kaffee, die Hände fest um den Becher gelegt. Er versank in Schweigen. Es war schön, einfach dazusitzen, ganz entspannt. Das war das Gute an ihrer Beziehung. Sie waren so eng befreundet, dass sie einfach miteinander schweigen konnten, ohne verlegen zu werden. George war wirklich etwas Besonderes. Einzigartig. Er trank, um sein Grinsen im Becher zu verbergen. So durfte er nicht denken, wenn er nüchtern war. Sein letzter Drink lag über zwölf Stunden zurück, was zurzeit als Rekord durchgehen konnte.

»Ich habe beschlossen, mit dem Trinken aufzuhören«, platzte er heraus.

»Wie kommt's?«

Achselzucken. »Scheint einfach das Richtige zu sein.«

»Hm. Du hörst also auf zu trinken. Mal wieder. Ich mag ja zynisch sein, aber …«

»Diesmal ist es mir ernst, George.«

»Klar doch.« Sie schüttelte lachend den Kopf. »Paul, ich kann schon gar nicht mehr zählen, wie oft du dir das vorgenommen hast. Anscheinend immer dann, wenn du einen besonders üblen Kater hast.«

»Na gut, vielleicht höre ich nicht für immer auf«, gab Aston zu.

»Schon besser. Und ehrlicher.«

»Aber fürs Erste muss ich aufhören. Ich brauche einen klaren Kopf. Wenn ich nicht aufpasse, leidet meine Arbeit darunter. Ich merke, es tut mir nicht gut.«

»Das kannst du laut sagen.«

Aston zwang sich, noch einen Schluck Kaffee zu trinken. Sein Magen gurgelte unerfreulich, er fühlte sich auf einmal schwach und zittrig. Dann kalter Schweiß und Herzrasen, alles innerhalb weniger Sekunden. Mein Gott, wie er das hasste.

»Alles klar, Paul? Du siehst nicht gut aus«, sagte George besorgt.

»Hab mich nie besser gefühlt.«

»Sicher doch. Du bist schneeweiß.«

»Geht gleich wieder.« Er holte tief und regelmäßig Luft. »Es ist nichts.«

»Wie lange hast du das schon?«

»Was glaubst du denn?«

»Leicester Square?«

Aston brauchte nichts zu sagen, die Antwort stand ihm ins Gesicht geschrieben.

George erhob sich, warf die Kleider einfach vom Sofa und setzte sich neben ihn. Rückte näher heran und nahm seine zitternden Hände in ihre, bis er sich beruhigt hatte. »Es war nicht deine Schuld, Paul. Diese beschissenen Sachen passieren einfach. Da draußen treiben sich ein paar richtige Schweine herum. Das weißt du doch so gut wie ich. Okay?«

»Von wegen okay«, fuhr er sie an.

»He, ich will dir doch nur helfen.«

»George, ich habe alles vernünftig durchdacht, bis mir die Vernunft zu den Ohren rauskam. Letztlich hilft mir das nicht weiter.«

»Doch, Paul, es braucht nur Zeit.«

»Und wie lange noch? Einen Monat? Ein Jahr? Zehn Jahre?«

»Du musst loslassen, Paul, sonst frisst es dich auf. Es macht dich kaputt. Das kann ich nicht einfach mit ansehen. Dazu bist du mir zu wichtig.«

»Wenn es doch nur so einfach wäre. George, du hast keine Ahnung, was ich da unten gesehen habe. Es war ganz fürchterlich.«

»Das kann ich mir vorstellen.«

Aston lächelte müde. »Das ist es ja eben, du *kannst* es dir nicht vorstellen. Niemand kann das. Man muss dabei gewesen sein. Als ich an dem Abend nach Hause kam, schlief Laura auf dem Sofa, im Fernsehen lief ein Nachrichtensender. Die Reporter laberten und laberten, als hätten sie es persönlich miterlebt. Aber sie hatten keine Ahnung.«

»Hast du noch immer Albträume?«

»Manchmal. Dabei hilft der Alkohol. Er blendet die Träume aus.«

»Du trinkst also, um keine Albträume zu haben?«

»Hast du vielleicht eine bessere Idee?«

George drückte seine Hand und sah ihm in die Augen. »Sich jeden Abend bis ins Koma zu trinken, ist keine Lösung.«

»Ich glaube, so weit waren wir schon mal.« Nun versuchte er sich an einem echten Lächeln. »Ich gehe aber nicht zu den Anonymen Alkoholikern, definitiv nicht. Kannst du dir vorstellen, wie ich mit einem Haufen Trinker in einem zugigen Gemeindesaal im Kreis hocke? ›Hi, ich heiße Paul und bin Alkoholiker.‹ Nur über meine Leiche.«

»Ich glaube, so weit bist du noch lange nicht.« Noch ein Händedruck. »Gut, Paul, falls du jemanden zum Reden brauchst, eine Schulter zum Anlehnen, was auch immer ... dann weißt du ja, wo du mich findest.«

Aston gab ihr einen Kuss auf die Wange. »Danke.«

George zog ihn an sich, bis ihre Stirn seine berührte. Sie schlang die Arme um seinen Hals und streichelte über sein Haar. »Was fange ich nur mit dir an?« Aston legte den Kopf auf ihre Schulter und verlor sich einen Moment lang in der Wärme ihrer Berührung.

Schweigen, dann löste sie sich von ihm. »Warum hast du das getan, Paul?«

»Was meinst du?«

George zog eine Augenbraue hoch. »Was glaubst du denn, was ich meine?«

Aston überlegte. »Weiß nicht genau. Es war, als hätte jemand anderer den Schalter gedrückt.«

»Du hast mir Angst gemacht.«

»Ich hatte vor mir selber Angst.«

George sah ihn kopfschüttelnd an. »Ich bin froh, nicht

in deiner Haut zu stecken, das kannst du mir glauben. Du machst eine schlimme Zeit durch. Was hast du jetzt vor?«

»Mit dem Trinken aufhören ist der erste Schritt.«

Sie lächelte. »Hört sich irgendwie doch nach Zwölf-Punkte-Programm an.«

»Ha, ha, ha!«

»Gut, du hörst auf zu trinken. Was sonst noch?«

Eine gute Frage. Wie sollte er das Durcheinander, das in seinem Leben herrschte, in den Griff bekommen? »Keine Ahnung.« Er grinste unwillkürlich. »Ich nehme an, man muss einen Schritt nach dem –«

Er hielt inne, als sein Handy vibrierte. Er holte es aus der Tasche und sah verwundert, dass das Display nicht blinkte. Noch eine Vibration, sein Herz setzte aus. Er holte das andere Handy hervor, dessen Nummer nur ein Mensch außer ihm kannte. Es blinkte fröhlich vor sich hin.

»Was ist los?«

»Es ist Mac«, flüsterte Aston. Warum, wusste er selbst nicht.

George rückte näher. »Worauf wartest du?«

Er nahm das Gespräch an und drückte das Handy ans Ohr. »Hallo.«

Statisches Rauschen, dann krähte ihm eine Stimme ins Ohr: »Paulie, Paulie, Paulie ...«

Aston seufzte vernehmlich. »Scheiße noch mal, Mole! Woher hast du die Nummer?«

»Ich bin immer für eine Überraschung gut, was? Offenbar hast du vergessen, dass ich allmächtig bin. Du wärst überrascht, was ich so alles kann.«

»Du hast was gefunden!«

»Das wäre die Untertreibung des Jahrhunderts.«

»Na los.«

»Nicht am Telefon.«
»Kein Problem. Wo sollen wir uns treffen?«
»Bei dir? In dreißig Minuten?«
»Geht klar.«
»Funktioniert der Aufzug?«
»Ja.«
»Bin gleich da.« Dann war er weg.

19

»Jesus, Maria und Josef«, sagt Fogarty. »Ich schwöre, deine eigene Mutter würde dich nicht erkennen.«

Ich bewundere mich in dem goldgerahmten Spiegel über dem zugemauerten Kamin, betrachte mich von allen Seiten und muss zugeben, dass er recht hat. Ich sehe aus wie achtzig, wenn nicht gar neunzig. Fogarty hat im Laden ein paar typische Alte-Leute-Kleider aufgetrieben: einen schäbigen braunen Pullover mit Lederflicken auf den Ärmeln; eine schlecht sitzende beigefarbene Hose, die im Schritt schlackert; einen langen Mantel, einen verbeulten Filzhut und dazu einen Gehstock. Ich schaue in den Spiegel, um mich an mein neues Gesicht zu gewöhnen, drehe den Gehstock in den Händen, klopfe damit auf meine Handfläche. Er ist schwer, knotig, glatt poliert.

»Ich bin beeindruckt«, erkläre ich ihm. »Erstklassige Arbeit. Aber du warst schon immer ein talentierter Hundesohn.«

»Danke«, sagt er strahlend.

»Allerdings gibt es da noch ein kleines Problem.«

»Und?«

»Ich arbeite zurzeit undercover.«

»Hab ich mir irgendwie gedacht, Mac. Bei *der* Verkleidung.«

Wieder klopfe ich mit dem Stock sanft auf meine Handfläche. »Und wenn ich sage, ich arbeite undercover, dann meine ich, dass es richtig geheim ist.«

»Ich verstehe nicht, worauf du hinauswillst, Mac.«

Zum ersten Mal schwingt eine gewisse Unsicherheit in seiner Stimme mit. Gut so. Es ist Zeit, die Grenzen abzustecken, ihm zu zeigen, wer hier der Boss ist. »Niemand darf wissen, dass ich hier bin.«

»Von mir wird es auch keiner erfahren.«

»Kann ich mich darauf verlassen?«

»Ich gebe dir mein Wort.«

»Und das soll ich dir glauben?«

Fogarty kneift die Augen hinter der Brille zusammen. »Wenn ich mein Wort gebe, halte ich es auch. Das war so und das bleibt so.«

»Bewundernswert. Na schön, knie dich hin, Hände hinter den Rücken.«

»Wie bitte?«

»Du hast mich gehört.«

»Du willst doch nicht –«

Ohne Vorwarnung hole ich mit dem Gehstock aus und zerschmettere den goldgerahmten Spiegel in tausend Teile. Glitzernde Splitter regnen auf den Kamin nieder.

»Herrgott, Mac. Was soll der Mist?«

»Muss ich es noch einmal sagen?«

Fogarty kniet sich hin, wobei er sich am Sofa abstützt. Legt die Hände auf den Rücken und schaut zu mir auf, als wäre ich der Antichrist persönlich.

»Ich brauche eine Schnur.«

»In der Küche. Die Schublade neben dem Spülbecken.«

»Keine Bewegung«, warne ich ihn.

»Wie denn? Mit *den* Knien brauche ich eine Woche zum Aufstehen.«

In der Schublade liegt eine Rolle Paketschnur. Ich öffne ein paar andere Schubladen, bis ich eine Schere gefunden habe. Fogarty hat sich nicht von der Stelle gerührt.

»Wie lange kennen wir uns jetzt?«, flüstert er kaum hörbar. »Du kannst mir vertrauen.«

Der Witz ist wirklich gut. »Vertrauen?«, sage ich und schnüre seine Hände zusammen. »Das meinst du doch nicht ernst, oder? Glaubst du etwa, dass ich in diesem Geschäft so weit gekommen bin, weil ich den Leuten vertraue? Komm schon, Fogarty, ich hätte dich für schlauer gehalten.«

»Was ist nur los mit dir, Mac?«

»Hör mal, es tut mir leid, aber es geht nicht anders. Falls es dich tröstet: Für dich ist eine Menge drin, wenn ich die Sache erledigt habe.«

Seine Augen leuchten auf. »Wie viel genau?«

»Was hältst du von fünf Nullen?«

»Hängt von der Zahl davor ab.«

»Und die wiederum hängt davon ab, wie kooperativ du dich zeigst«, sage ich. »Na schön, und jetzt die Beine.«

Fogarty streckt die Beine aus, er wirkt sehr viel beflissener als zuvor, da er Geld wittert. Ich fessele ihn an Knien und Knöcheln, ziehe die Knoten fest und kappe die losen Enden. Dann entschuldige ich mich wegen des Knebels, aber er zeigt Verständnis. »Sei brav.« Dann gehe ich zur Tür.

Es dauert eine Weile, bis ich mich an die Verkleidung gewöhnt habe. Der Latex ist klamm und schwer, ich würde mir gern das Gesicht kratzen. Leider komme ich nicht dran. Anfangs bewege ich mich zu agil, muss mich zwingen, langsamer zu gehen, meine Gelenke Rost ansetzen zu lassen. *Denk an Stanislawski*, sage ich mir, *stell dir vor, du bist alt und schwach.* In der U-Bahn steht eine Frau für mich auf. Ich bedanke mich mit einem krächzenden Murmeln. Sie grinst breit, hat für heute ihre gute Tat getan. Scheinheilige Kuh. Der Zug hält abrupt, das Licht geht aus. Ein Schrei vom Ende des Waggons, links neben mir beginnt jemand im Flüsterton zu beten. Dann stimmt ein anderer ein Kirchenlied an, die Frau neben mir fällt ein. Eine Männerstimme nimmt die Melodie auf, fügt eine grummelnde Bassnote hinzu. Auf einmal sind alle fromm. Wie bei einer Versammlung wiedergeborener Christen. Am liebsten würde ich lachen. Genau damit habe ich gerechnet. Keiner verschwendet einen Gedanken an Gott, bis er ihn wirklich braucht. Das verrät eine Menge über die Welt, in der wir leben. Wo bleibt die Großzügigkeit? Wo die Liebe? Ich an Gottes Stelle würde noch in diesem Augenblick eine Seuche auf die Erde schicken, Tabula rasa machen und noch einmal von vorn beginnen.

Etwa eine Minute ist vergangen, doch es kommt mir viel länger vor. Die Kirchenlieder und Gebete sind noch zu hören, leiser jetzt, als würden die Wiedergeborenen allmählich verstummen; noch ein paar Augenblicke, und sie gefrieren in der Zeit, versteinern wie die Menschen von Pompeji. Das war's, scheinen alle zu glauben. Der Tod marschiert mit einem Kanister Sarin und einem Beutel Handgranaten durch den Tunnel. Die Leute atmen flach und verstohlen, als wäre jeder Atemzug der letzte. Eine Frau hyperventiliert, kämpft verzweifelt gegen die aufsteigende Panik. Ein kleiner Junge fragt, ob er sterben muss, die Frage ist ehrlich und aufrichtig. Er hat keine Vorstellung, was es bedeutet. Wenn man tot ist, ist man tot, würde ich gerne sagen. Alles vorbei. Es gibt kein göttliches Licht am Ende des Tunnels, keinen Himmel, keine Hölle. Der Tod ist das Ende. Flackernd erwachen die Lampen zum Leben. Geisterhaft weiße Gesichter erscheinen im gleißenden Licht, manche feucht, alle verängstigt. Die Erleichterung ist geradezu greifbar. Die Leute entspannen sich, lächeln, geben sich gespielt tapfer. Dann beginnt das Applaudieren und Johlen, einfach jämmerlich. Ein Kreischen, ein Knirschen, ein Ruck, und der Zug fährt weiter. Ich schaue aus dem Fenster auf die kohlschwarze Wand. Eine Seuche wäre nett gewesen, aber was habe ich erwartet? Gott ist tot. Brauche ich noch mehr Beweise?

Ich komme zeitig in Richmond an und bin erleichtert, den Gestank der Stadt hinter mir zu lassen. Hier ist die Luft dünner, es lässt sich leichter atmen. Ich überquere in aller Ruhe die Straße, um die Autofahrer zu ärgern. Ich bin uralt und streitsüchtig, ein Querulant. Jemand drückt gleich dreimal auf die Hupe, worauf ich mitten auf der Straße stehen bleibe und mich in Zeitlupe umdrehe. Ich schwenke den Stock und stoße einen Alte-Leute-Fluch hervor. Vermutlich könnte der gute Stanislawski noch etwas von mir lernen.

Ich bin etwa dreißig Minuten zu früh im Mermaid, bestelle ein halbes Pint und gehe nach draußen. Das Mittagsgedränge hat noch nicht begonnen, ich finde einen freien Tisch mit Blick auf den Fluss. Am azurnen Himmel hängt eine Kindersonne, nicht eine einzige Wolke ist zu sehen. Sophia liebte dieses Pub, vor allem an Tagen wie diesem. Meist kamen wir sonntags her, aßen Braten und vertranken gemütlich den Nachmittag. Jedenfalls in den guten Zeiten. Selbst kurz vor dem Ende brachte ich sie noch her. Sie wollte nicht mehr essen und trinken, weil sie es erniedrigend fand. Zu Hause durfte ich sie füttern, da es nicht anders ging, doch sie hasste auch das. Sie hasste es, dass ich sie so sah, im Rollstuhl, mit unkontrolliert wackelndem Kopf und verkrümmten, nutzlosen Händen. Am meisten aber hasste sie es, wenn Leute rasch hinschauten und sich abwandten, als wäre nichts gewesen. Das war die ultimative Beleidigung, die ihr das Herz brach. Ich kam mit ihr her, weil sie mich darum bat, weil ich sie liebte und alles für sie getan hätte, und als sie nicht mehr herkommen wollte und mich um die andere Sache bat, tat ich auch das für sie. Weil ich sie liebte und immer lieben werde.

Ich schaue auf den Fluss hinaus, Herz und Geist schwer von Erinnerungen.

Christopher ist wie immer pünktlich; man kann die Uhr nach ihm stellen. Er nimmt die übliche Position ein: lässig, eine Hand am weißen Geländer, ein Glas Sodawasser in der anderen. Ich habe ihn gewarnt, dass diese Routine gefährlich werden kann, aber er will nicht auf mich hören. Sein Blick ruht auf einem Ruderboot. Es durchschneidet das stille Wasser, das Kielwasser bildet ein V, die Rufe des Steuermanns hallen herüber. Christopher trinkt von seinem Wasser. Er ist schlank, gepflegt und attraktiv, trägt das schwarze Haar kurz, sein südländischer Teint schimmert rosig in der Sonne. Er ist fünf Jahre jünger als ich. Wir kennen uns schon ewig, aber er scheint überhaupt nicht zu altern. Es würde mich nicht wundern, wenn er das Geheimnis ewiger Jugend entdeckt hätte. Er ist lässig gekleidet, Jeans und schwarzes Baumwollhemd, trägt eine dunkle Sonnenbrille wie die Agenten im Kino.

Ich trete neben ihn, nehme eine ähnliche Pose ein. Er schaut mich an, sieht durch mich hindurch und wendet sich ab. Seine Körpersprache sagt: Verpiss dich. Ich rühre mich nicht vom Fleck. Trinke mein Bier und sehe das Ruderboot hinter einer Biegung verschwinden.

»Hallo«, flüstere ich mit normaler Stimme.

Er schießt herum, sieht mich prüfend an. »Mac?«

»Klar, wer sonst? Vielleicht Elvis?«

»Was soll das werden?«

»Ich erteile dir nur eine kleine Lektion in Sachen Vorhersehbarkeit. Nächstes Mal treffen wir uns woanders, kapiert?«

Er zuckt nur gleichgültig die Achseln.

»Komm, wir unterhalten uns im Gehen. Und denk dran, ich bin alt. Also immer schön langsam.«

Ich folge Christopher die Stufen zum Fluss hinunter, vorsichtig, seitlich, klammere mich am Geländer fest. Er sieht mich kopfschüttelnd an. Ein Windhauch streicht übers Wasser, kräuselt die glatte Fläche. Die Sonne ist zu warm für den Mantel, mein Gesicht unter dem Latex unangenehm klebrig. Ein Jogger mit einem schwarzen Labrador an der Leine kommt auf uns zu; weiter hinten schmust ein Pärchen auf einer Bank.

»Was soll die Verkleidung?«, fragt Christopher und sieht mich komisch an.

»Man kann gar nicht vorsichtig genug sein«, erwidere ich verächtlich.

»Schon richtig. Und die Verkleidung ist gut, ich bin drauf reingefallen. Übrigens waren meine Partner mit deinem letzten Auftrag sehr zufrieden.«

»Zufrieden«, sage ich. »Ich hätte gedacht, die schlagen Purzelbaum vor Freude.«

»Es war beeindruckend«, gibt er zu. »Ein denkwürdiger Tag.«

»Schlagzeilen in aller Welt. Rund um die Uhr Berichte im Fernsehen. Beeindruckend ist wohl nicht ganz das richtige Wort.«

»Du hast deine Sache gut gemacht.« Er legt eine Pause ein. »Wir haben schon viel von dir verlangt, aber es gibt da noch etwas, wobei du uns behilflich sein könntest.« Noch eine Pause, um meine volle Aufmerksamkeit zu gewinnen. »Natürlich gegen gute Bezahlung.«

Ich schalte ab, während er sein Spielchen beginnt. Als wir an dem schmusenden Pärchen vorbeikommen, schweigen wir, obwohl die beiden viel zu sehr mit sich beschäftigt sind, ein Knäuel aus Händen, Pickeln und billigem Parfum. Eigentlich zu jung für solche Sachen. Der Junge gräbt sich mit der Hand tief in die Jeans des Mädchens. Sie stöhnt, wie sie es aus dem Fernsehen kennt. Christopher verzieht angewidert das Gesicht.

Als wir außer Hörweite sind, spricht er weiter, würzt seine Sätze mit Allah hier und Allah da und Allah sei gepriesen. Am liebsten würde ich ihn fragen, weshalb Allah die Drecksarbeit nicht selbst erledigt, wenn er so verdammt clever ist, lasse es aber bleiben. Ich kapiere, worum es ihm geht. Er braucht eine Boden-Luft-Rakete, mit der man einen Jumbo herunterholen kann. Oder eine 737. Im Grunde ist es ihm egal, Hauptsache, es sitzen Ungläubige drin.

Ich bleibe stehen und sehe ihn an. »Na los, da habt ihr doch was Besseres auf Lager. Ich meine, ein Flugzeug runterholen … Nein, ihr braucht etwas, das richtig Schlagzeilen macht. Das den Anschlag vom Leicester Square in den Schatten stellt.«

»Ich nehme an, du hast schon eine Idee.«

Er sagt es beiläufig, doch ich spüre, wie die Neugier, die Aufregung an ihm nagt. Sein Lächeln wird breiter, als ich ihm davon erzähle. Er leckt sich über die Lippen, doch ich bezweifle, dass er das ganze Ausmaß meines Vorschlags begreift.

»Und das könntest du machen?«, fragt er, als ich fertig bin.

Ich nicke.

»Wie?«

»Das ist nicht von Belang.«

»Wann?«

»Ich rechne jeden Tag mit der Lieferung.«

»So bald?«

»Ja, so bald.«

»Wie lange hast du das schon geplant? Mal ehrlich, so etwas organisierst du doch nicht über Nacht.«

»Eine ganze Weile«, sage ich. Er will mich aushorchen, das finde ich langweilig.

»Wie viel?«

»Dreißig Millionen«, sage ich. Die Zahl ist aus der Luft gegriffen, unanständig hoch.

»Euro oder Pfund?«

»Fick dich.«

»Ich muss mich mit meinen Partnern beraten.«

»Jetzt oder nie. Ich brauche zehn Millionen per Geldanweisung. Und zwar bis morgen früh. Ich gebe dir bis Ende der Woche Zeit, den Rest aufzutreiben.«

»Na gut.« Er strahlt. Dann flüstert er: »Allah sei gepriesen.«

»Worauf du einen lassen kannst«, murmele ich.

20

Wien 1993

»Sie reden nicht gerade viel«, sagte sie in ihrem tadellosen Schuldeutsch. »Ich weiß nicht mal, wie Sie heißen.«

Sie hatte recht. Er hatte noch kein Wort gesagt, seit sie sich zu ihm gesetzt hatte. »Macintosh … Robert Macintosh.« Er streckte den Arm aus, die Finger schlaff und kraftlos. Dann erst wurde ihm klar, wie blöd und förmlich das wirken musste. Doch sie ergriff seine Hand und rettete ihn damit vor weiteren Peinlichkeiten. Sie hatte Pfirsichhaut und gepflegte, dunkelrot lackierte Nägel.

»Wie wäre es, wenn wir uns das Leben leichter machen und einfach Englisch sprechen?«

»Von mir aus gern«, sagte er. Eine Fremdsprache war in dieser Lage heikel, da die Frau ihn derart ablenkte, dass er über kurz oder lang etwas wie »die Hummer sind heute Abend aber besonders blau« sagen würde.

»Wie soll ich Sie nennen? Etwa Mr. Macintosh?« Auf ihren Lippen erschien ein seltsam verhaltenes Lächeln. Sie schmollte ein wenig, bedachte ihn mit sanftem Spott.

»Mac. So nennen mich alle.« Er brachte es mühsam über die Lippen, wollte sich entspannen, zwang sich, tief durchzuatmen. Was zum Teufel ging hier vor? Er war nervös wie ein Teenager beim ersten Rendezvous.

Sie bedachte kurz seine Antwort. »Nein«, erwiderte sie schließlich, »ich sehe Sie nicht als ›Mac‹.« Sie musterte ihn prüfend.

»Und schon gar nicht als ›Robert‹. Das klingt zu förmlich.« Nun schaute sie ihm tief in die Augen, als wollte sie ihn hypnotisieren. »Ich werde Sie Robbie nennen. Ja, von heute an sind Sie Robbie. Das macht Ihnen doch nichts aus, oder?«

»Ganz und gar nicht«, hörte er sich sagen. »Nennen Sie mich, wie Sie wollen.« Er wand sich innerlich. Man konnte es mit der Coolness auch übertreiben. Jeden Moment würde ihr eine wichtige Verabredung einfallen, und das wäre dann einzig und allein seine Schuld. Er war derart in Gedanken versunken, dass er es zuerst gar nicht bemerkte: Sie hatte über den Tisch gegriffen und ihre Hand auf seine gelegt. Er schaute von der Hand zum Gesicht und wieder zurück.

»Mensch, sind Sie süß!«, sagte sie lachend. »Schon gut, Robbie, ich beiße nicht. Ehrlich.« Sie zauberte die Hand weg und hielt die Weinflasche ans Licht. »Was soll das? Keinen Durst? Das geht aber nicht. Ist doch Verschwendung.« Sie kippte ihren Malibu Cola hinunter, füllte das hohe Glas zur Hälfte mit Wein und schenkte ihm ebenfalls nach. »Prost.« Sie hob ihr Glas.

Er stieß mit ihr an. »Prost.« Dann trank er, weil ihm klar geworden war, dass er sich selbst betrunken wohl kaum noch blöder anstellen konnte. »Und, wie sind Sie als Kellnerin hier gelandet?«

»Ich brauchte Arbeit, die brauchten eine Kellnerin. So einfach ist das.«

»So habe ich es nicht gemeint. Warum Wien?«

»Warum nicht? Meine Großmutter mütterlicherseits war Österreicherin. Als ich Kind war, erzählte sie mir immer von Wien. Es klang nach einer Stadt aus dem Märchen.«

»Und, ist es das?«

»Bis jetzt kann ich mich nicht beklagen. Andererseits bin ich auch noch nicht lange genug hier, um die Stadt wirklich zu beurteilen.«

»Sie haben also einfach Ihre Koffer gepackt, sind in ein Flugzeug gestiegen und hergeflogen?«

»So ungefähr.«

»Und wo sind Sie zu Hause?«

»Überall und nirgends.«

Es klang ein bisschen traurig. »Ohne festen Wohnsitz? Sie gehen, wohin der Wind Sie treibt?«

»Wohin der Wind mich treibt«, wiederholte sie. »Das gefällt mir. Ja, es kommt der Wahrheit ziemlich nah. Ich hasse die Vorstellung, an einen bestimmten Ort gefesselt zu sein.«

»Vielleicht haben Sie nur noch keinen guten Grund gefunden, um irgendwo zu bleiben.«

»Und Sie glauben, dieser Grund könnten Sie sein, Robbie? Ist das nicht ein wenig anmaßend?«

Er spürte, wie sein Gesicht heiß wurde, fühlte, wie sich ihre Hand auf seine legte. Als er aufblickte, entdeckte er wieder dieses hinreißend verhaltene Lächeln. »So habe ich es nicht gemeint.«

»Gucken Sie doch nicht so ernst. Ich spiele mit Ihnen, das ist alles. Nur ein kleiner Spaß.«

Er trank einen Schluck Wein, um Zeit zu gewinnen. »Wie lange wollen Sie in Wien bleiben?«

»Bis es mir langweilig wird.«

»Und wie lange dauert das?«

»Tja, kommt drauf an …«, sagte sie mit einem aufreizenden Augenzwinkern und beließ es dabei.

»Woher kommen Sie? Ursprünglich, meine ich, ich kann Ihren Akzent nicht einordnen.«

»Von überallher. Mein Vater war beim Militär, daher ist mein Akzent ziemlich durchmischt. Ich wurde auf Zypern geboren und habe viel Zeit in Deutschland verbracht.«

»Darum ist Ihr Deutsch so gut.«

»Man kann eine Sprache nur lernen, wenn man im Land lebt. Mit Büchern geht das nicht. Es funktioniert einfach nicht.«

Er wollte etwas sagen, doch sie legte ihm den Finger auf den Mund. »Jetzt bin ich dran. Das Ganze kommt mir ein bisschen vor wie ein Verhör.«

Er grinste. »Tut mir leid.«

»Also, Robbie, wie lange sind Sie denn schon in Wien?«

»Etwa sechs Monate.«

»Und was machen Sie hier?«

Die Frage kam nicht unerwartet, und er präsentierte seine Story gekonnt, wie er es gelernt hatte. Er war Diplomat des Außenministeriums und arbeitete zurzeit in der britischen Botschaft in der Jaurèsgasse im 3. Bezirk. Dort gab es einige schöne historische Gebäude und natürlich den St.-Marxer-Friedhof, auf dem angeblich Mozart begraben lag, obwohl das natürlich niemand so genau wissen konnte, weil er in einem Armengrab geendet war. Ob sie schon dort gewesen sei? Nein, aber er könne ja für sie den Fremdenführer spielen …

Die Lügen gingen ihm mühelos über die Lippen, und zum ersten Mal an diesem Abend entspannte er sich. Es war leichter, mit einer schwierigen Situation zurechtzukommen, wenn man sich als jemand anderer ausgab.

»Ihre Arbeit klingt faszinierend.«

Er beugte sich vor und fing einen Hauch Opium auf. »Ganz unter uns, sie ist todlangweilig.«

Sie lachte, einer der wunderbarsten Laute, die er je gehört hatte. »Ich habe Feierabend.« Sie lehnte sich vor und fuhr mit den Fingern über seine Handfläche. »Sollen wir irgendwohin gehen, wo es ruhiger ist?«

»Woran haben Sie denn gedacht?«

»Na ja …«, antwortete sie vielsagend. »Ich wohne in einer

Pension ganz in der Nähe. Die Besitzerin ist ein Albtraum, aber wenn wir leise sind, könnte ich Sie hineinschmuggeln.«

»Oh, ich kann sehr leise sein. So leise, dass nicht mal Sie mich bemerken.«

21

Sie schafften es schnell nach Pimlico. Aston sah ständig auf die Uhr und freute sich wie ein Kind an Weihnachten. Mole hatte ziemlich aufgeregt geklungen, dabei war er mehr als abgeklärt und geriet selten derart in Wallung. Aston wollte unbedingt wissen, was den Hacker so auf Trab gebracht hatte.

»Hör auf«, sagte George, als sie durch die Sperre in der U-Bahn-Station gingen.

»Womit?«

»Du siehst dauernd auf die Uhr, das nervt. Entspann dich. Wir sind da, wenn wir da sind, fertig, aus.«

»Wie ich sehe, bist du noch immer auf deinem Zen-Buddhismus-Trip.«

»Vielleicht solltest du das auch mal versuchen.«

Ein Handy klingelte, zwei eindringliche Piepser. Beide griffen nach ihrem Telefon, doch Aston war schneller und holte beide Geräte hervor.

»Diesmal wollen sie mich«, sagte George selbstzufrieden, ihr Daumen zuckte über die Tastatur. Als sie die Nachricht las, verschwand ihr Lächeln.

»Was ist los?«, fragte Aston.

»Meine Mum. Sie ist im Krankenhaus, ein Notfall. Ich muss los.« Sie stopfte das Handy in die Tasche und machte auf dem Absatz kehrt.

»George!«, rief er ihr nach. »Soll ich mitkommen?«

»Nein, fahr zu Mole. Ruf mich später an.«

Er sah, wie sie hinter der Schranke verschwand. Er hatte seine Hilfe angeboten und damit seine Pflicht als Freund in der Not erfüllt. Allerdings hatte er nicht vorgehabt, tatsächlich mitzufahren – das wussten sie beide nur zu gut. Doch man musste die Form wahren. Sicher, das Leben war ein Spiel, wie Mac immer wieder zu sagen pflegte. In einem unbekümmerten Moment hatte er einmal gefragt: »Welches denn? Mensch ärgere dich nicht?«, worauf sich Mac mit der Hand durch sein weiches, blondes Haar gefahren war, ihn scharf angesehen und in ernstem Ton geflüstert hatte: »Worauf du einen lassen kannst.« Aston blieb noch einen Augenblick in der Schalterhalle stehen, Hände in den Taschen, dann machte er sich auf den Heimweg.

Von Laura war zum Glück nichts zu sehen. Auf eine weitere Auseinandersetzung konnte er gut verzichten. Womöglich wäre es am besten, endgültig Schluss zu machen, dachte er nicht zum ersten Mal. Der Sex würde ihm allerdings fehlen; er mochte es, wenn sie ihm einen blies, und sie hatten auch nicht immer Streit. Nein, sie machten sicher nur eine schwierige Phase durch, sonst nichts. Jede Beziehung hatte ihre Höhen und Tiefen; außerdem hielt Reibung das Feuer am Brennen. Die meiste Zeit kamen sie prima miteinander klar, und dann lief es nicht nur gut, sondern super – vor allem im Bett. Gewiss, es ging nicht nur um Sex, sondern um viel mehr, obgleich ihm dieses »mehr« partout nicht einfallen wollte. Aston musste lachen, und die Dämonen in seinem Kopf tanzten und stachen noch ein paar Nadeln in sein Hirn. Er ging ins Bad und schluckte Paracetamoltabletten ohne Wasser. Dann schaute er nach, ob Laura schon etwas aus der Wohnung geholt hatte, doch alles schien unberührt. Ihre Drohung war so leer, wie er erwartet hatte. *Morgen Abend ist sie wieder da*, dachte er. Sie war so verdammt berechenbar.

Das Wasser im Kessel kochte noch nicht, als Mole schon vor der Tür stand. Aston ließ ihn ein und ging nach unten, um ihn in Empfang zu nehmen. Auf halbem Weg stieg ihm der Geruch in die Nase, und er lief schneller. Die Nachbarn würden begeistert sein. Sie hatten ihm noch immer nicht ganz verziehen, dass Laura einige Monate zuvor ohne Vorwarnung eine Party gegeben hatte, und nun stank der ganze Flur nach Marihuana. Aston eilte zum Aufzug, wo Mole im Rhythmus einer Melodie, die er vor sich hin summte, den Knopf betätigte. Er drehte sich um, grinste bekifft, in der Hand eine riesige Tüte, die pyroklastische Wolken ausspie.

»Mein Gott, Mole, mach das Ding aus.«

»Das hier?« Er wedelte mit dem Joint hin und her und nahm noch einen tiefen Zug. »Nee, lieber nicht. Ich hab was zu feiern … und wenn du siehst, was ich habe, feierst du mit. Wer weiß, vielleicht kann ich dich sogar zu einem kleinen Zug überreden.«

Die Tür faltete sich beim Öffnen wie eine Ziehharmonika. Mole rollte hinein und drückte den Knopf für den ersten Stock. »Sorry, du passt nicht mehr rein. Wir sehen uns oben.«

Aston ging kopfschüttelnd zur Treppe und bog gerade um die Ecke, als Mole mit der Aufzugtür kämpfte, weil das linke Rad blockierte. Aston widerstand dem Drang, ihm zu helfen, da Mole die Mitleidstour hasste. Der Hacker setzte zurück und versuchte es noch einmal, diesmal mit Erfolg.

»Scheißding.« Er zog an seinem Joint, hielt die Luft an und atmete durch die Nase aus, wobei ein engelsgleiches Lächeln über sein Gesicht huschte.

Weiter hinten im Flur wurde ein Schloss geöffnet. »Rein mit dir! Sofort!«, zischte er. Hauptsache, die Nachbarn bekamen Mole nicht zu sehen.

»Du musst wirklich –«

»Der Nächste, der mir was von Entspannen und Lockerbleiben erzählt, ist ein toter Mann. Das meine ich ernst. Ich habe den schlimmsten Kater meines Lebens, mir ist einfach nicht nach solchen Sprüchen. Kapiert?«

Mole rollte in die Diele und winkte lässig mit dem Joint. »Du willst also wirklich nicht?«

Aston stieß einen Laut hervor, halb Knurren, halb Seufzen, schloss die Tür und folgte Mole ins Wohnzimmer.

»Nette Bude hast du hier«, sagte Mole und schaute sich um. »Coole Anlage. Von Arcam. Wie geschmackvoll! Du stehst auf solches Spielzeug, was?« Er hielt inne, als seine Augen auf den Computer in der Ecke fielen. »Scheiße, was ist das denn?«

»Was?«

»Das da!« Er zeigte auf den PC. »Die werden seit hundert Jahren nicht mehr gebaut. So was habe ich zuletzt im Museum gesehen.«

»So alt ist er gar nicht. Den habe ich letztes Jahr gekauft.«

»Genau das meine ich ja. Eine Antiquität. Hast du einen Internet-Anschluss? Du weißt schon, World Wide Web, tonnenweise Pornos und Puppen in Chatrooms.«

»Ich weiß, was das Internet ist.«

»Breitband?« Mole schüttelte den Kopf. »Vergiss die Frage. Ich glaube, du kennst schon die Antwort.«

»In der Tat habe ich Breitband.«

»Leck mich, es geschehen noch Wunder.«

»Bist du jetzt fertig?«

»Fast.« Mole rollte vorwärts und betrachtete den PC von vorn. »Wo ist die Kurbel zum Anwerfen?«

Aston beugte sich vor und schaltete den Computer ein.

»Mensch, der tut es ja tatsächlich. Erstaunlich! Absolut erstaunlich! So, während ich mich jetzt mit diesem Abakus beschäftige, könntest du mir einen Kaffee besorgen. Schwarz, zwei gehäufte Löffel Kaffee, vier Stück Zucker.«

»Zwei Löffel Kaffee! Ganz sicher?«

»Guck raus und sag mir, was du siehst. Tageslicht, sehr richtig. Eigentlich sollte ich im Tiefschlaf liegen, ist gut für die Schönheit. Aber ich habe nicht geschlafen, seit du mir diesen Laptop gebracht hast. Wie lange ist das her? Zwei Tage? Drei? Ich sag dir, ich bekomme schon Halluzinationen vor lauter Schlafmangel.« Mole nahm einen Zug, blinzelte seitlich durch den Rauch. Dann schaute er sich nach einem Aschenbecher um und klopfte die Asche in die Hand, da er kein brauchbares Gefäß entdecken konnte.

Aston sah die Asche aufs Laminat hinunterschweben. »Gott im Himmel, Mole, jetzt weiß ich auch, warum dich niemand einlädt.«

Mole drehte sich zum Monitor und fing an zu tippen. Für den Hacker war Aston nicht mehr existent, es gab nur noch Nullen und Einsen. Mole hockte vor einem leeren Bildschirm und sah ziemlich selbstzufrieden aus, als sein Gastgeber aus der Küche kam und ihm einen Keramikbecher und eine Untertasse für die Asche hinstellte.

Ein letzter Zug, dann drückte Mole den Joint aus, nahm einen großen Schluck brühheißen Kaffee und leckte sich die dicken Lippen. »So, bist du bereit?«

Aston nickte.

»Das haut dich um. Ich habe dich gewarnt.« Mole drückte Enter.

Zunächst war Aston sich nicht sicher, was er da sah, doch er schaute aufmerksam hin und suchte nach einem Hinweis. Bilder einer Überwachungskamera, körnig und grau. Menschen, viele Menschen, die auf einen Zug warteten. Die Kamera fuhr auf einen Mann zu, wechselte gelangweilt zu einer Frau. Noch immer begriff er nicht, was daran so wichtig war. Wer waren die Leute? Sicher ein Haufen Pendler, die auf die U-Bahn warteten. Dann wechselte die Perspektive. Er sog hörbar die Luft ein. Der Name war durch die Umstehenden verdeckt, nur wenige Buchstaben wurden sichtbar, doch das reichte aus. Die Kamera tastete sich von einem Fahrgast zum anderen, bis sie schließlich auf einer hochschwangeren Araberin verharrte. Brennender Blick, voluminöse Kleidung, Lippen, die sich im Gebet bewegten. Ihr Zustand war offensichtlich. Und auch wieder nicht. Denn Aston durchschaute die Tarnung. Sie war nicht schwanger. Sie hatte Sprengstoff umgeschnallt; jetzt schob sie die Hand in die Tasche, streichelte über den Auslöser. Bewegte sich in die Mitte des Bahnsteigs, dort, wo die meisten Menschen standen (ihm stockte der Atem; die Ruhe, die sie verströmte, die Tatsache, dass alles bis in kleinste Detail geplant war). Die Menschen machten ihr Platz. Aston hätte sie am liebsten gewarnt. Doch es war zu spät – vor ihm lief Geschichte ab. Nichts davon ließ sich ungeschehen machen. Also zwang er sich hinzusehen, wohl wissend, wie es enden würde. Er konnte nicht, wollte nicht wegschauen. In der klaustrophobischen Dunkelheit dort unten war er Zeuge gewesen und wurde nun erneut zum Zeugen. Auf eine seltsame Weise war er das den Opfern schuldig. Die Araberin wandte sich um und blickte in die Kamera. Einen Moment lang erkannte er, wie jung, töricht und fehlgeleitet sie war.

Dann fuhr der Zug ein, und der Bildschirm wurde schwarz.

Schweigen, dann bemerkte Mole: »Ein echtes Snuffmovie, was?«

Aston war sprachlos, zutiefst entsetzt. So viele Tote. Von einer Sekunde zur anderen dahin, wie bei einem perversen Zaubertrick. Es erinnerte ihn an die Aufnahmen vom 11. September, die Menschen, die aus den brennenden Türmen sprangen. Dies hier wirkte ähnlich surreal, aber auch entsetzlicher, weil man die Gesichter erkennen konnte. Die Springenden waren nur Punkte gewesen, winzige schwarze Ameisen; man konnte sich einreden, sie seien nicht echt, und die Lüge war glaubhaft, weil man daran glauben wollte. Die Wirklichkeit war nicht zu verkraften. Doch hier funktionierte die Lüge leider nicht.

Natürlich hatte das hier weit reichende Konsequenzen, über die er lieber noch nicht nachdenken wollte.

»Wolltest du was sagen?«, fragte Mole.

Aston schrak aus seiner Versunkenheit. »Wer hat das außer uns gesehen?«

»Keiner.«

Aston tauchte unter den Schreibtisch und holte eine leere CD-Rom. »Ich brauche eine Kopie davon. Geht das?«

»Kein Problem«, sagte Mole. »Vorher aber musst du dir noch etwas ansehen. Dass es so schwierig hervorzuholen war, lässt darauf schließen, dass es wichtig ist. Mir sagt es allerdings nichts.« Er drückte einige Tasten, worauf sich ein Fenster öffnete.

Mole laberte weiter, dass sicher noch mehr auf dem Laptop verborgen und er ganz nah dran sei, doch Aston hörte nicht hin. Er starrte nur auf den Text auf dem Bildschirm. Die Nachricht war für ihn bestimmt, daran bestand kein Zweifel. Er las sie, las sie noch einmal. Mac hatte schon immer Rätselspielchen geliebt, doch das hier besaß eine ganz neue Qualität. Er las die Botschaft noch einmal:

JETZT BEGINNT DEINE RICHTIGE AUSBILDUNG.
ES WIRD ZEIT, DASS WIR HERAUSFINDEN,
WIE GUT DU WIRKLICH BIST.

22

»Es sagt dir also was?«, wollte Mole wissen.

»Kann sein.«

»Kann sein, kann sein. Ich sehe es dir doch an. Ein guter Rat: nicht pokern, dabei verlierst du nur dein letztes Hemd.«

Aston lief im Zimmer auf und ab, fuhr sich zerstreut durchs Haar. Was hätte er jetzt für einen Drink gegeben!

»Sagst du's mir, oder muss ich raten?«, fragte Mole.

»Ich würde, wenn ich könnte, aber zuerst muss ich mir über einiges klar werden.«

»Ich hab dir ja gesagt, das ist 'ne harte Nuss.«

»Ja, da gebe ich dir recht.« Aston tigerte noch immer auf und ab, kämpfte verzweifelt gegen die Angst, die wie ein Albdruck auf ihm lastete.

Mole holte eine rostige, verbeulte Tabaksdose aus seiner Jeansjacke. Auf dem Deckel war ein zerkratztes Einhorn in hippiebunten Farben zu sehen. Der Hacker klappte die Dose auf, sog tief den Geruch ein, leckte zwei Blättchen an, klebte sie zusammen und verstärkte sie mit einem dritten. Dann strich er sie auf dem Deckel glatt. Dreißig Sekunden später qualmte die Tüte.

»Musst du dieses Kraut wirklich hier drinnen rauchen?«

»Ich kann gern vor die Tür gehen.« Mole nahm einen Wahnsinnszug und hielt die Luft an. Dann atmete er mit geschlossenen Augen aus, eine himmlische Ruhe schien ihn zu überkommen. »Wer hätte das gedacht? Mac hat mit dem Anschlag vom Leicester Square zu tun. Na ja, es gibt Ausflippen und Ausflippen ...« Mole stieß einen Pfiff aus und schüttelte den Kopf; dann sah er Aston prüfend durch seine Glasbausteine an. »Der steckt aber richtig in der Scheiße.«

Da war er. Endlich. Der Gedanke, dem Aston ausgewichen war, seit er den Film gesehen hatte. Er konnte es noch immer nicht begreifen, wollte um jeden Preis eine andere Erklärung finden, die wenigstens ein bisschen Sinn ergab. »Wir wissen nicht, ob er etwas damit zu tun hat.«

»Hallooo?«, fragte Mole. »Was, meinst du, geht hier ab?«

»Wir haben nur vereinzelte Hinweise. Mac ist ein ehrlicher Typ, bei so etwas würde er nicht mitmachen, nie im Leben.« Doch er klang nicht sonderlich überzeugend. Gerade eben hatte er George erzählt, er wisse eigentlich gar nichts über Mac. Stimmt nicht, hatte sie erwidert, du wusstest, was er dich wissen lassen wollte. Erst jetzt begriff er, wie richtig sie damit gelegen hatte.

»Vereinzelte Hinweise«, sagte Mole. »Wir sind hier doch nicht in Old Bailey. Wir brauchen nichts zu beweisen, es reicht, dass begründete Zweifel an seiner Unschuld bestehen. Ich glaube, wir können fürs Erste annehmen, dass Mac bis zum Hals in der Sache drinsteckt.«

»Stimmt«, sagte Aston. »Du hast recht. Ich meine nur ...« Was genau? Ihm fiel kein plausibler Einwand ein. Und, bei Gott, er brauchte etwas zu trinken. Dringend. Sofort. Die Gier war ihm wie ein boshaftes Äffchen auf den Rücken gestiegen und bohrte ihm die Krallen ins Fleisch, klammerte sich fest und betäubte ihn mit seinem Geschrei. Aston ging in die Küche und holte eine Flasche Jack Daniel's aus dem Vorrat im obersten Schrankfach. Er stellte sie auf den Couchtisch und starrte sie an.

»Ich glaube, das ist keine gute Idee«, sagte der Hacker. »Du siehst irgendwie komisch aus. Allmählich machst du mir ein bisschen Angst.«

Aston fixierte die Flasche weiter. Nichts anderes interessierte ihn. Ins Glas eintauchen, eine Fahrkarte ins Vergessen kaufen. Binnen kürzester Zeit hätte er sich um Verstand und Zurechnungsfähigkeit getrunken und driftete an einen Ort, wo es nur Happy Hours gab ... ein Traum. Die Flasche schmiegte sich kühl und glatt in seine Hand. Mit einem Knacken brach das Siegel. Der holzige Geruch drang ihm in die Nase.

Scheiße, was mache ich hier eigentlich? Langsam schraubte er den Deckel wieder zu. Und warf die Flasche mit aller Kraft durchs Zimmer. Sie flog durch die Luft und zerbrach mit einem lauten Knall auf dem Picassodruck über dem Kamin, Glassplitter regneten herab, Whiskyschlieren troffen von der Wand, auf dem Laminat bildeten sich goldbraune Pfützen. Der Nebel in seinem Gehirn verzog sich, und er sah, wie Mole vorsichtig zur Tür rollte.

Der Hacker erstarrte, die Hände an den Rädern, und nahm die Tüte aus dem Mundwinkel. »Ich glaube, ich verschwinde lieber.« Seine Stimme bebte.

»Schon gut, Mole«, erwiderte Aston monoton.

Mole nahm einen nervösen Zug, schenkte ihm ein ebenso nervöses Lächeln. »Du machst gerade die sieben Stufen durch, was? Erst Verleugnung, dann Zorn, was kommt jetzt?«

»Mir geht's gut.« Diesmal klang Aston wieder wie er selbst.

»Das wäre dann die Akzeptanz«, sagte Mole leise und versuchte zu lächeln.

»Kann man so sagen.«

Mole nahm ein paar kurze nervöse Züge. »Ich sag dir, mein Herz macht das nicht mit. Das explodiert gleich.« Ein tieferer Zug. Dann stieß er eine Rauchwolke und eine Flut von Beschimpfungen hervor und hämmerte auf die Armlehne seines Rollstuhls. »Heilige Scheiße, du bist ein echter Psychopath! Völlig durchgeknallt! Du hast mich zu Tode erschreckt, ist dir das klar?«

»Tut mir leid.«

»Warne mich bitte vor, wenn du das nächste Mal explodierst, dann kann ich mich in Sicherheit bringen.«

Aston holte sein Handy hervor und suchte nach Georges Nummer. Es klingelte ein Mal, dann meldete sich ihre Mailbox. Sie war wohl noch im Krankenhaus. Aston bat sie, schnell zurückzurufen, und fragte sich nicht zum ersten Mal, weshalb sich die Krankenhäuser so anstellten, wenn es um Mobilfunk ging. Genau wie in Flugzeugen. Wozu das Theater? Wenn Handys so gefährlich wären, bräuchten die Terroristen keine Bomben mehr. Sie müssten nur das neueste Nokia und ein Flugticket kaufen, Tetris spielen und die Maschine damit aus der Luft holen.

»Nichts von George?«

»Sie ist wohl noch bei ihrer Mutter.«

»Muss schrecklich sein. Ich weiß, wie fertig ich wäre, wenn meiner Mum etwas passieren würde.«

»Ich hätte dich nie für so sentimental gehalten, Mole.«

»Willst du mir sagen, es wäre dir egal, wenn deiner Mutter etwas zustieße?«

»Kann sein.«

»Von wegen ›Kann sein‹.«

Aston setzte sich auf die Lehne des schwarzen Ledersofas. Das Zimmer stank wie eine Whiskybrennerei, der Geruch von Whisky und Gras überlagerte die Duftmischung in der Schale auf der Fensterbank und den Lufterfrischer an der Wand. Laura mochte es, wenn Zimmer gut rochen. Sie würde ausflippen, wenn sie jetzt hereinkäme ... ein Gedanke, der ihm geradezu sadistische Freude bereitete. Schnaps und Shit, was würde sie wohl von dieser Mischung halten?

Was nun? Er wusste nur, dass er diesen Schwarzen Peter nicht behalten wollte. Aber an wen sollte er sich wenden? Sicher, er konnte zur Polizei gehen, bezweifelte aber, dass diese Witzbolde etwas mit seinen Hinweisen anzufangen wussten. Sie würden die Sache höchstens in den Sand setzen. Nein, das hier musste intern geregelt werden. Im Grunde blieb nur eine Person, und zwar die Person ganz oben. Macs Nachricht stand noch auf dem Bildschirm:

> JETZT BEGINNT DEINE RICHTIGE AUSBILDUNG.
> ES WIRD ZEIT, DASS WIR HERAUSFINDEN,
> WIE GUT DU WIRKLICH BIST.

Na schön, vielleicht konnte er den Schwarzen Peter weitergeben, ahnte aber bereits, dass er sich als Bumerang erweisen würde.

»Was hast du vor?«

»Ich muss Mr. Kinclave wohl oder übel einen Besuch abstatten. Das will ich nicht allein verantworten.«

»Und du meinst, das ist der beste Weg?«

»Nicht unbedingt, aber wenn ich zu jemand anderem gehe, landet die Sache ohnehin bei Kinclave. Also kann ich mir den Umweg sparen.«

»Viel Glück.« Mole nahm rasch drei Züge hintereinander und drückte den Joint in der Untertasse aus. »Habe ich dir schon mal gesagt, wie sehr ich das Arschloch hasse?«

»Oft genug.«

»Also, ich hasse das Arschloch.«

»Das nächste Problem besteht darin, ihn aufzutreiben. Welche Chance habe ich, ihn jetzt in Vauxhall Cross anzutreffen?«

»Am Samstag? Soll das ein Witz sein? Also ehrlich!«

Aston seufzte. »Dachte ich mir. Du hast nicht zufällig seine Privatnummer?« Er bemerkte Moles hinterhältiges Grinsen. »Oder doch?«

»Nee, aber was Besseres. Was würdest du davon halten, wenn ich dir Kinclaves genauen Aufenthaltsort verrate? Und zwar auf den Millimeter.«

»Ich würde dich für ein Genie halten. Allerdings weißt du das schon. Oder, besser gesagt, du wirst es nicht müde, es dem Rest der Welt mitzuteilen.«

»Nur damit du's nicht vergisst.«

»Na schön, Mole, dann beeindrucke mich mal.«

Mole drehte sich blitzschnell mit dem Rollstuhl zum Monitor und spreizte die Hände wie ein Pianist. »Nun, mein Freund, sieh zu und staune.«

Die Finger des Hackers huschten über die Tasten, und Aston erlebte fasziniert, wie Seite um Seite auf dem Bildschirm erschien. Eine Sekunde lang blitzte die Homepage des Royal Sovereign Hotel auf, dann eine Liste mit Namen und Nummern. Aston hatte keine Ahnung, was er da sah, war aber gebührend beeindruckt.

»Schön, da haben wir es ja«, verkündete Mole und drehte sich um. »Kinclave residiert zurzeit im Royal Sovereign Hotel in Mayfair. Er hat das Zimmer 112 unter dem Namen George Kennedy gebucht –« Mole schüttelte den Kopf. »Blöder Amateur. Weißt du eigentlich, wie viele Leute ihre eigenen Initialen verwenden, wenn sie unter falschem Namen operieren? Und er ist zufällig nicht allein. ›Mrs. Kennedy‹ begleitet ihn.« Er verdrehte die Augen. »Denk dir deinen Teil, aber ich tippe auf einen kleinen Seitensprung. Seine Frau dürfte nicht gerade erfreut sein. Und, beeindruckt?«

»Ja, Mole, und wie.«

»War gar nichts dabei. Ich habe ihn über sein Handy geortet. Die Dinger sind so gut wie ein Leuchtturm. Ich will dich nicht mit den wissenschaftlichen Details langweilen, aber wenn du inkognito bleiben willst, solltest du als Erstes dein Handy wegwerfen. Oder wenigstens den Akku herausnehmen. Dazu muss man kein Raketenforscher sein, aber Kinclave ist nicht einmal dazu fähig. Sein Ego hindert ihn daran, das Telefon auszuschalten; es könnte ja sein, dass der Premierminister anruft. Scheiße, wie ist so einer bloß Chief geworden? Der Wichser hat doch keine Ahnung von Spionage.«

»Ist vermutlich in genügend Ärsche gekrochen.«

»Ein wahres Wort. Jedenfalls habe ich ihn im Royal Sovereign aufgespürt, der Rest war ganz einfach. Sagen wir mal so: Wenn ich in die CIA-Computer komme, stellt ein Bumshotel kein Hindernis für mich dar. Ein Klick hier, ein Klick da, schon bin ich im Gästeregister. Man geht die Namen durch und sucht nach den üblichen Verdächtigen. Ein kurzer Blick auf die Kreditkartendaten und schon –«

»Du hast die Daten von Kinclaves Kreditkarte?«

Mole wandte sich hüstelnd ab.

»Du verschweigst mir doch was.«

Mole pfiff vor sich hin, klappte seine Tabaksdose auf, holte die Blättchen hervor und begann zu drehen.

»Spuck's aus.«

Der Hacker sagte nichts.

»Du wusstest vorher, dass er im Royal Sovereign ist, oder? Du kanntest auch den Decknamen. Und wusstest, dass er nicht allein ist.«

»Schon gut, schon gut. Das ist doch kein Kreuzverhör. Sagen wir mal, ich hatte meine Vermutungen.«

»Du bist ein Cyber-Stalker, was?«

Mole lachte und zündete den Joint an. »Woher hast denn das schon wieder?«

»Wie würdest du denn dazu sagen?«

»Na schön, dann habe ich Kinclave eben überwacht. Es tut ihm doch nicht weh. Wer weiß, wann man so etwas gebrauchen kann … jetzt zum Beispiel.«

»Und wen hast du sonst noch überwacht?«

Ein langer Zug, eine majestätische Geste mit dem Joint. »Frag lieber nicht …«

23

Es ist ein nettes Stückchen Vorort: baumgesäumte Gehwege, grün belaubt, Geländewagen und moderne Minis am Straßenrand. Nur wenige Leute sind unterwegs – ein Paar mit einem trendigen dreirädrigen Kinderwagen; vier kichernde Mädchen, noch aufgebrezelt vom Abend vorher – also niemand, der mir Probleme bereiten könnte. Warum auch? Ich bin ein alter Knacker, der keinem etwas tut.

Als ich am Haus vorbeigehe, werfe ich einen raschen Blick hinüber, mustere es prüfend. Die Vorhänge sind geschlossen, niemand da. Ich überlege, wie viel Zeit mir bleibt, und beschließe, dass es reicht. So ist das mit der Zeit – sie dehnt und verkürzt sich, passt sich der Lage an. Das Haus gegenüber erfüllt meine Bedürfnisse. Kein Vorgarten, nur ein rissiger Streifen Beton, von Unkraut durchwachsen, darauf parkt ein Oldtimer, ein roter Mercury. Der Wagen sieht gepflegt aus, tadelloser Zustand, er wird sicher regelmäßig gewachst und gewienert. Von früheren Besuchen weiß ich, dass Clive allein lebt. Hoffentlich hat er sich keine Freundin zugelegt, seit wir zuletzt geplaudert haben. Wohl kaum. Clive hat nicht gerade »Hier!« geschrien, als bei der Geburt die Schönheit verteilt wurde. So viel er auch für schicke Autos und Klamotten ausgeben mag, keine Frau kann derart verzweifelt sein. Ich weiß das eine oder andere über den guten alten Clive. Er ist Ende dreißig, unheilbarer Single, arbeitet in der Werbebranche, stammt aus Newcastle und wird, falls kein Wunder geschieht, in wenigen Minuten tot sein.

Ich warte, bis die Straße frei ist, und gehe hinüber zu Clives Haus. Ich stelle die Alte-Leute-Einkaufstasche hinter den Mercury, falls jemand vorbeikommt, den es bei ihrem Anblick in den Fingern jucken könnte. Dann steige ich die drei Stufen zur Tür hoch und klingele Sturm. Hektisches Geklapper, Clives schwere Schritte. Die Tür geht auf, und ich ringe nach Atem, Panik im Gesicht, eine Hand am Herzen. Die andere steckt in meiner Manteltasche und hält den Griff des Skalpells umfasst. »Helfen Sie mir bitte«, stöhne ich, »helfen Sie mir ... mein Herz ...«

Clive reagiert sofort. Das dachte ich mir. Er ist jemand, der rasch agiert, der an schnelle Entscheidungen gewöhnt ist. Gut zu wissen, dass es selbst in London noch ein paar barmherzige Samariter gibt.

»Kommen Sie rein«, sagt er und hat schon den Arm um mich gelegt. Ich stütze mich schwer auf ihn, höre ihn unter meinem Gewicht stöhnen, spüre, wie seine Muskeln erzittern. Er bugsiert mich ins Wohnzimmer, platziert mich auf dem Sofa und greift zum Telefon.

»Augenblick, ich rufe einen Krankenwagen.«

Seine Stimme klingt panisch. Das ist zu real für ihn, es hat ihm einen Schock versetzt. Sein Wohnzimmer wirkt kühl und steril, Designer hier, Designer da. Überall Hightech-Spielzeug: Plasmafernseher, Dolby-Surround-System, HiFi-Geräte von Sony, Technics und Wharfedale. Zwei Bücherregale, eins mit DVDs, eins mit CDs, aber kein Buch. Geschmackvolle monochrome Drucke an den weißen Wänden, präzise ausgerichtet wie von der Hand eines Innenarchitekten; eine Vase mit welken, vertrockneten Blumen im leeren Kamin; ein einzelner Sessel mit Fußstütze vor dem Fernseher; das Sofa sieht aus, als säße nie jemand darauf, die Kissen sind perfekt angeordnet und aufgeschüttelt. Ein Blick, und man weiß, mit wem man es zu tun hat. Ich kann mir vorstellen, wie Clive hier sitzt und sich über seinen Besitz definiert; eine leere Existenz, die ihren einzigen Sinn aus der Kreditkarte bezieht. Vermutlich steckt er so tief in den roten Zahlen, dass er tausend Jahre alt werden müsste, um die Schulden abzuzahlen. Ein ganz schön einsames Leben. Mein Arm schlängelt sich um seine Kehle, das Skalpell gleitet mühelos zwischen die Nackenwirbel. Er sinkt zu Boden wie eine Marionette ohne Fäden. Ein bisschen Blut, kaum Flüssigkeit, ein sauberer Mord. Das Bewusstsein ist noch da, die Augen blicken suchend. Er ist verwirrt, begreift nicht, warum seine Gliedmaßen nicht funktionieren, begreift gar nichts mehr. Ich sehe zu, wie sein Leben schwindet. Von Weitem ruft eine körperlose Stimme, ich solle auflegen und es noch einmal versuchen. Ich lasse den Hörer auf die Gabel fallen.

Ich töte nicht zum ersten Mal, doch diesmal ist es anders. Sophia habe ich damit befreit. Je nach Standpunkt könnte man mich auch für die Toten vom 18/8 verantwortlich machen, eine Meinung, die ich nicht teile. Ist Mr. Colt etwa für alle Toten verantwortlich, die durch seine Waffen starben? Man kennt doch das alte Klischee: Nicht Waffen, sondern Menschen töten Menschen. Nicht ich habe auf dem Bahnsteig gestanden, das Semtex um den Bauch geschnallt. Ich war nur der Botenjunge ... was nach der Lieferung geschah, geht mich nichts an, oder? Außerdem fordert jeder Krieg Opfer. Warum sollte ich mich schuldig fühlen? Warum sollte ich überhaupt etwas fühlen? Clive stand im Weg, jetzt ist er weg. Ein weiteres Kriegsopfer. Schluss, aus.

Vorsichtig trage ich die Einkaufstasche herein. Anders geht es auch nicht. Manche Dinge verlangen Respekt, und dies gehört eindeutig dazu. Ich beziehe Position, ein Stück vom Fenster entfernt, und richte das Fernglas auf das Haus gegenüber. Rote Ziegel, viktorianischer Stil mit Erkerfenstern und schwarzem Balkenwerk. Irgendwann hat man es in Wohnungen aufgeteilt. Ich mache es mir bequem und warte. Warten hat mir nie etwas ausgemacht, das wird auch so bleiben. Ich habe ganze Abschnitte meines Lebens mit Warten zugebracht, Zeit, die mir niemand wiedergibt. Ich habe Zeit verloren, als ich in nüchternen Hotelzimmern die Wände anstarrte; habe Zeit in den Schwarzen Löchern verloren, die man auch als Flughafen-Lounge bezeichnet. Doch ich bereue nichts. Man trifft Entscheidungen und muss mit ihnen leben und sterben. So läuft das eben. Ich kann es nicht ändern, ich nicht und auch sonst niemand.

Menschen marschieren vorbei. Ich sehe sie, sie sehen mich nicht. Allerdings bemerkt Otto Normalverbraucher ohnehin nicht allzu viel. Er wandert blind und mit Scheuklappen durchs Leben und sieht nur das, was ihn unmittelbar betrifft. Man fragt sich, wozu solche Leute überhaupt am Leben sind. Ich bedecke Clives Kopf mit meinem Mantel. Nicht aus Pietät – ich mag den hässlichen Vogel bloß nicht ansehen.

Nach dem Treffen mit Christopher bin ich nach Shepherd's Bush gefahren und habe mir in einem Pfandhaus die Rentnertasche besorgt. Die Garage liegt in einer schäbigen Nebenstraße und kostet mich ein Vermögen an Miete. Es gibt keine Verbindung zu mir. Ein Mann namens Henry Ashford hat sie für eine Briefkastenfirma angemietet, die sich Greenfire nennt und ihren Sitz auf den Virgin Islands hat. Allerdings interessiert sich der Vermieter auch nicht die Bohne für Henry Ashford oder dessen Firma, solange er pünktlich die Miete bekommt. In dieser Gegend wundert sich niemand, dass ein Achtzigjähriger allein umherstrolcht. London ist einfach wunderbar, oder? Wären die Menschen wachsamer, würde es mir das Leben beträchtlich erschweren. Ich wartete, bis die Luft rein war, und hievte das schwere Metalltor hoch, das knarrend nachgab. Ich schaltete das Licht ein und knallte das Tor hinter mir zu. Der Ford Escort Kombi war von jemandem umgebaut worden, der nicht viel davon hielt, Zoll auf Schnaps und Zigaretten zu entrichten, die er regelmäßig vom Festland importierte. Der Tacho zeigte exakt denselben Meilenstand, den er hatte, als Mr. Henry Ashford den Wagen für Greenfire kaufte. Der Zucker, den ich in den Tank gekippt hatte, sorgte dafür, dass es auch so bleiben würde. Es wäre keine gute Idee, mit diesem Vehikel durch die Stadt zu fahren. Ich ging die Verstecke durch und sammelte einige tausend Pfund in Scheinen ein, die in meinen tiefen Manteltaschen verschwanden, packte dies und das in die Einkaufstasche und tarnte den Inhalt mit einer Plastiktüte. Mein nächster Stopp war ein kleiner Computerladen, in dem mich ein herablassender, schmierig aussehender Teenager bediente. Schließlich verkaufte er mir zwei Exemplare des teuersten Laptops im ganzen Laden und eine Webcam. Er zuckte nicht mit der Wimper, als ich bar bezahlte; vermutlich argwöhnte er, dass ich noch nie von Plastikgeld gehört hatte. Am Ende bekamen wir beide, was wir wollten. Er den Triumph, einen alten Trottel ausgenommen und dabei einen Haufen verdient zu haben, der gewiss nicht in der nächsten Steuererklärung auftauchen würde. Und ich erhielt zwei supermoderne Rechner, die alles können, was ich will, und noch viel mehr.

Aus Clive sickern Scheiße und andere Flüssigkeiten heraus, über die ich lieber nicht nachdenke. Es riecht nicht gerade angenehm. Ich blinzle durch das Fernglas, suche die Straße ab. Und da kommt sie endlich. Wird auch Zeit. Ich sehe, wie sie nach dem richtigen Schlüssel sucht, ihn ins Schloss steckt, hineingeht und die Tür hinter sich schließt. Noch ein Blick über die Straße, ob keine unerwünschten Zeugen unterwegs sind. Es sieht gut aus. Ich schaue auf die Uhr, eine halbe Stunde müsste reichen. Ich weiß, die dreißig Minuten werden sich wie Kaugummi ziehen, aber ich will sichergehen, dass wir allein sind. Allmählich wird die Sache interessant, und ich will sie mir nicht durch Anfängerfehler verderben.

Wie gesagt, warten macht mir nichts aus. Hat es nie, wird es auch nie.

24

Wien 1993

Draußen eilten Touristen durch die breiten Straßen der Inneren Stadt in ihre Hotels und Pensionen oder die nächste Kneipe. Kurz nach Mitternacht. Er staunte, dass es schon so spät war. Als er das letzte Mal auf die Uhr gesehen hatte, war es erst neun gewesen. Das schien nur wenige Minuten her zu sein. Sie kannte den Weg genau, und er folgte ihr, vorbei an den prächtigen Gebäuden, den Kneipen und Restaurants mit ihren bunten Fassaden. Der Abend war warm genug, um im T-Shirt zu gehen; anscheinend hatten sich die Wiener einen richtigen Sommer verdient. Sie führte ihn in einen schmalen Durchgang, der in einen gepflasterten Innenhof mündete. In der Mitte stand die Statue eines kleinen Jungen.

»Von hier an müssen wir leise sein«, flüsterte sie.

Sie führte ihn an der Hand ins nächste Haus. Auf Zehenspitzen schlichen sie am antiquierten Aufzug mit der metallenen Ziehharmonikatür vorbei und die Treppe hinauf. Sie schloss rasch auf, drinnen brachen sie in leises Gelächter aus. Das Zimmer wirkte schlicht: Doppelbett mit Flickendecke, Kommode und Kleiderschrank aus Kiefernholz, Fliesenboden mit einem blauen Webteppich. Der einzige Dekorationsversuch war ein Gemälde mit einem Kruzifix, das über dem Bett hing und einen sehr katholischen Jesus mit schmerzverzerrtem Gesicht zeigte, der dem Betrachter wohl ein schlechtes Gewissen einflößen sollte. Sie drückte ihn gegen die Tür, presste den Mund auf seinen. Er zog sie an sich und erforschte mit der Zunge ihren Mund.

»Bin ich zu schnell?«, flüsterte sie und kitzelte ihn am Ohr.

»Machst du Witze?«

»Ich hatte gehofft, dass du das sagst!«

Sie zog ihn zum Bett, zerrte an seinem Hemd, knöpfte es auf und wollte es ihm über den Kopf ziehen. Er hob die Arme, um nachzuhelfen. Sie machte sich schon an seiner Hose zu schaffen, löste den Gürtel, öffnete Knopf und Reißverschluss. Sie tänzelten zum Bett, ineinander verdreht und verknotet, überall Hände. Sie schubste ihn auf die Matratze und riss an seinen Hosenbeinen. Er griff nach ihr, doch sie stieß seine Hände weg.

»Nein, wir machen es auf meine Art.«

»Okay.« Er rutschte nach oben aufs Kissen.

»Habe ich dir erlaubt, dich zu bewegen?«

Er erstarrte, atmete schwer, ohne sich zu rühren.

»Schon besser.«

Sie schob das rote Samtkleid so weit hoch, dass er den Rand ihrer Strümpfe sah. Dann kniete sie sich aufs Bett und rutschte langsam heran, hockte sich über ihn. Bohrte den Daumennagel in seine Brust, zog ihn hinunter bis zum Nabel, hinterließ eine hässliche rote Spur. Er biss sich auf die Lippen und wollte etwas sagen. Die Ohrfeige hallte von den weiß getünchten Wänden wider. Sie packte sein Gesicht, grub die Finger in seine Wangen, drückte heftig zu. »Auf meine Art«, zischte sie. »Denk dran, okay?«

Er nickte.

»Braver Junge.« Dann zog sie seinen Kopf am Haar zur Seite und küsste ihn zärtlich. Rutschte nach unten und stellte sich ans Fußende, sodass er sie sehen konnte. Der Reißverschluss ging auf. Sie streifte das Kleid von einer Schulter, dann von der anderen, ließ es zu Boden sinken. Sie stand in Unterwäsche da

– schwarzer BH, schwarzes Höschen, schwarzer Strumpfhalter, schwarze Strümpfe – und lächelte wieder seltsam verhalten. »Du willst mich also ficken?«

Er konnte nur glotzen und nicken. Ihr Körper war erstaunlich, sportlich gestrafft – perfekte Brüste, einfach alles an ihr war perfekt.

»Als wenn du nicht den ganzen Abend daran gedacht hättest, mich zu ficken. Ich habe gesehen, wie du mich mit den Augen ausgezogen hast.«

Langsam stellte sie einen Fuß aufs Bett und rollte einen Strumpf hinunter. Dann den anderen. Sie kam ums Bett herum, ergriff seinen Arm, kniete sich neben ihn. Ihr Griff war fest, die Nägel drangen ins Fleisch. Ein köstlicher Schmerz. Dann fesselte sie seine Hände mit ihren Strümpfen ans Kopfbrett. Er keuchte, als sie die Knoten anzog. Sie glitt vom Bett, befahl ihm, sie anzusehen. Er wandte den Kopf, und dann zog sie sich für ihn aus. Zuerst den BH, dann den Gürtel, zuletzt ließ sie das Höschen fallen. Dann hockte sie sich über sein Gesicht, sank darauf nieder, er begann sie hungrig zu lecken. Leckte immer weiter, obwohl er kaum atmen konnte, obwohl er jeden Moment ohnmächtig zu werden glaubte; er hoffte auf eine Ohnmacht, den ultimativen Kick. Und dann war er in ihr, ohne zu wissen, wie es geschehen war. Gerade noch war er in ihr ertrunken, schon ritt sie ihn. Er warf den Kopf zurück, sah Jesus über sich, der ihn verdammte. Sie bewegte sich, stützte eine Hand auf seine Brust, schob sich mit der anderen die Haare aus dem Gesicht. Er musste sich zwingen, nicht zu kommen. Sie schien instinktiv zu wissen, was sie tun musste, reizte ihn und wich zurück, bis er glaubte zu explodieren. Und dann kam die Krönung. Sie zauberte ein Seidentuch hervor und schlang es zweimal um seinen Hals. Hielt beide Enden und wiegte sich vor und zurück, immer schneller. Wickelte das Tuch eng um ihre Handgelenke, zog fester und fester, sein Gesicht färbte sich scharlachrot, seine Hüften zuckten im Rhythmus ihrer Stöße. Geschlechtsverkehr als Exorzismus. Er sah Leben und Tod. Sie verschmolzen und trennten sich, verschmolzen und trennten sich, nur ein Herzschlag lag dazwischen. Timing war alles. Der Orgasmus zerriss ihn, und einen Sekundenbruchteil lang fühlte er sich wie Gott.

Rationales Denken war unmöglich, Vernunft und Logik hatten sich verabschiedet. Eigentlich hätte seine Alarmglocke schrillen müssen, doch sie blieb stumm. Er fragte sich nicht, ob sie aus einem bestimmten Grund so genau wusste, worauf er stand und was in den dunklen, geheimen Winkeln steckte, die er so gut verborgen glaubte. Das alles begriff er erst später. Als es schon zu spät war.

25

»Kann ich Ihnen helfen, Sir?«

Aston war meilenweit entfernt, abgelenkt von der Frau, die gerade aus der Drehtür kam. Er fragte sich, aus welchem Film er sie kannte. Sie segelte durch die plüschige Lobby des Royal Sovereign, verströmte Filmstar-Arroganz und schien sich zwischen den üppigen Gold- und Rottönen, dem kostbaren Marmor und den kristallenen Lüstern vollkommen heimisch zu fühlen. Am Arm als Glücksbringer ein männliches Model. Der Typ sah aus, als könnte er kaum seinen Namen schreiben, doch wen störte das schon, wenn man wie Adonis aussah und einen Filmstar ins Bett bekam? Aston hätte sein Einser-Diplom aus Oxford jederzeit gegen eine Nacht mit Cameron Diaz getauscht. Nun stand er schon ewig in dieser Schlange und hatte geistig abgeschaltet, weil die Frau vor ihm einen Tobsuchtsanfall wegen ihrer Rechnung bekam. Sie war Französin, sprach laut und in aufreizend schlechtem Englisch. Dem Empfangschef war anzumerken, dass er sie am liebsten ans Ende der Welt gewünscht hätte.

Als die Sache erledigt war, hüstelte er höflich und sagte: »Verzeihung, Sir, kann ich Ihnen helfen?«

»Das will ich hoffen.« Aston holte seinen Ausweis heraus und schob ihn über den Tresen. Während der Empfangschef den Ausweis studierte, fragte Aston: »Können wir irgendwo ungestört reden?«

Der Empfangschef gab ihm den Ausweis zurück und deutete auf ein kleines Büro. »Hier entlang, Sir.« Aston folgte ihm mit der Laptop-Tasche hinter den Tresen ins Büro. Der Mann musste um die siebzig sein. Müdes Gesicht, dünn wie eine Bohnenstange, spitze Nase, hervortretende Wangenknochen, das weiße Haar straff zurückgekämmt. Seine leuchtend rote Uniform war makellos, die Falten an den richtigen Stellen, kein Stäubchen zu sehen. Das Büro war klein und unpersönlich. Der alte Schreibtisch schien schon ewig hier zu stehen, ansonsten gab es nur einen Computer und einen Aktenschrank.

»Ich kann mich an Sie erinnern. Sie arbeiten für Mr. Macintosh.«

»Jetzt bin ich aber beeindruckt. Das muss schon drei Jahre her sein.«

»Ich vergesse kein Gesicht.«

Aston dankte Mac insgeheim, dass er so gründlich gewesen war. Der MI6 bezahlte die Empfangschefs und Oberkellner der besten Londoner Hotels und Restaurants, meist für Klatsch, irgendwelchen Unsinn, für den sie von der Boulevardpresse ein Vermögen kassiert hätten. Er wurde zu den Akten genommen, falls man ihn einmal brauchen sollte, doch diese Geschichten beeinflussten natürlich nicht das Schicksal ganzer Nationen. Dann und wann jedoch stieß man auf ein Juwel. Erstaunlich, was diese Leute alles mitbekamen. Aston war erst kurze Zeit bei Mac gewesen, als sie sich fast eine Woche lang die Füße wund gelaufen und die ganzen Hotels und Restaurants abgeklappert hatten. Mac wollte, dass er die Leute kennen lernte, »die *hinter* den Kulissen arbeiten«. Zweck der Übung: Aston beizubringen, dass man es bei der Spionagearbeit vor allem mit Menschen zu tun hatte. Sicher, die Aufgabe ließe sich auch am Telefon oder per Mail erledigen, doch war es kein Ersatz für eine persönliche Begegnung. Erst wenn man jemandem gegenüberstand, konnte man ihn richtig einschätzen. Damals hatte er es für Zeitverschwendung gehalten, musste nun aber zugeben, dass der alte Knabe nicht ganz unrecht hatte.

»Die Sache ist ein bisschen heikel«, setzte Aston an.

»Ja.« Ein leichtes Zucken der Augenbrauen, ein aufforderndes Nicken. Winzige Gesten, die anzeigen sollten, dass Diskretion sein Lebensmotto war.

»Sie haben einen Gast«, fuhr Aston fort. »Mr. George Kennedy. Ich glaube, er bewohnt Zimmer 112 ... mit seiner ›Frau‹ ...«

»Aha.«

»Ich muss ihn sprechen.«

»Na ja, ich kann ihm eine Nachricht zukommen lassen. Das wäre kein Problem. Gar kein Problem.«

Aston verzog das Gesicht. »Es tut mir leid, ich habe Ihren Namen vergessen.«

»Harold.«

»Sehen Sie, Harold, ich muss ihn persönlich sprechen.« Eine Pause, dann weiter im Text. Er senkte die Stimme zu einem vertraulichen Flüstern. »Es geht um Fragen der nationalen Sicherheit.«

»Aha.« Der Empfangschef nickte wissend.

»Irgendwie hat ein Boulevardblatt herausgefunden, dass Mr. Kennedy sich hier aufhält ... mit seiner ›Frau‹. Ich muss Ihnen wohl nicht sagen, wie peinlich das werden kann.«

»Durchaus nicht.«

»Wenn ich mir also für ein paar Minuten Ihren Hauptschlüssel borgen dürfte ...«

»Ich weiß nicht, ob das möglich ist. Sie kennen die Vorschriften. Dürfte ich kurz sein Zimmer anrufen und ihn auf diese Weise warnen?«

Aston schüttelte den Kopf und sprach noch leiser. »Das

geht nicht. Wir sind uns ziemlich sicher, dass die Ihr Telefon abhören.«

»Unmöglich.«

Aston warf ihm einen Blick zu, als wollte er sagen, wir beide sind doch Männer von Welt.

Der Empfangschef war eifrig darauf bedacht, das Richtige zu tun. Es brauchte nur noch einen Stups in die entsprechende Richtung.

»Ich weiß nicht recht«, sagte Harold. »Ich könnte dadurch in große Schwierigkeiten geraten.«

»Eine Frage der nationalen Sicherheit …« Aston ließ die Worte vor seiner Nase baumeln. Dann schlug er endgültig zu: »Natürlich versteht es sich von selbst, dass Sie im nächsten Monat mit einer netten Prämie rechnen können.«

Harold sah ihn an. »Nationale Sicherheit, sagten Sie … na ja …« Er holte einen Schlüssel in Kartenform aus der Tasche und reichte ihn über den Tisch.

»Vielen Dank.«

»Geben Sie ihn mir zurück, wenn Sie fertig sind.«

»Denken Sie dran: Sie haben mich nie hier gesehen.«

»Ich schweige wie ein Grab«, sagte Harold.

Aston fuhr in den ersten Stock und wandte sich nach links. Vor der Tür mit der Nummer 112 blieb er stehen. An der Klinke hing ein Schild mit der Aufschrift BITTE NICHT STÖREN. Er wappnete sich innerlich. Das hier konnte interessant werden. Er gab gar nicht erst vor, vom Zimmerservice zu kommen, wie es in den Filmen gern gezeigt wurde. Nein, er steckte die Karte einfach in den Schlitz, wartete auf das grüne Licht und marschierte hinein.

Mr. Kennedy lag inmitten eines Knäuels elfenbeinfarbener Bettwäsche und lächelte versonnen. Auf dem Nachttisch stand eine geöffnete Flasche Bollinger, umrahmt von zwei

Champagnergläsern, einem dicken Stapel Zehner und Zwanziger und einem Teller mit Kaviarhäppchen. Das Zimmer war elegant möbliert, geschmackvoll und teuer. Ölgemälde an den Wänden, dicke karminrote Vorhänge an den Fenstern. Große Vasen mit Orchideen und Lilien in Weiß, Purpur und Blau. Das alles registrierte Aston im Bruchteil einer Sekunde.

»Mrs. Kennedy« war Anfang zwanzig und ebenso hübsch und zart wie die Orchideen. Weiche rosige Haut, Silikontitten und die gemeißelten Wangenknochen eines Supermodels. Sie lutschte inbrünstig Mr. Kennedys Schwanz, als ginge es um den Olympiasieg, und ihr blondiertes Haar wogte im Rhythmus der Bewegungen.

Sowie Kinclave Aston erblickte, verschwand sein Lächeln. Er stieß das Mädchen weg, setzte sich auf, sein Penis schrumpfte in sich zusammen. Er zog die seidene Decke über sich und funkelte den Eindringling wütend und schuldbewusst an. Das Mädchen reagierte überhaupt nicht auf die Störung.

»Scheiße, was soll das werden?« Kinclave spie die Worte förmlich aus, auf seiner Unterlippe zerplatzten Spuckebläschen. Sein sonst so ruhiges und undurchdringliches Gesicht war wutverzerrt.

»Wir müssen reden.«

»Das ist wohl kaum der richtige Zeitpunkt.«

»Wir müssen *jetzt* reden, Sir.«

»Warum zum Teufel rufen Sie nicht an wie ein normaler Mensch? Oder vereinbaren einen Termin? Was haben Sie sich dabei gedacht, einfach so hereinzustürmen?«

Gute Frage. Was hatte er sich dabei gedacht? Am liebsten wäre er im Boden versunken, trat verlegen von einem Fuß auf den anderen. Irgendwie hatte er sich seinen Auftritt anders vorgestellt. Seine Karriere war im Eimer, vermutlich würde er den Rest seiner Tage in einem winzigen Büro irgendwo in der Walachei verbringen.

»Und?«, bohrte Kinclave. »Wollen Sie noch lange so blöde dastehen, oder erklären Sie mir endlich, was dieser Überfall zu bedeuten hat?«

Aston warf einen Blick zu dem Mädchen. »Sie muss weg.«

»Sie hat auch einen Namen«, warf das Mädchen ein.

»Klappe«, sagte Aston.

»Schaaatz, wie kannst du zulassen, dass er so mit mir redet?«, fragte sie anklagend.

»Zieh dir was an«, befahl Kinclave, ohne Aston aus den Augen zu lassen.

Geschmeidig glitt das Mädchen vom Bett, sammelte die Kleidungsstücke auf, zog sich rasch an und griff nach dem Geld auf dem Nachttisch. Auf dem Weg zur Tür hob sie die Hand ans Ohr. »Ruf mich an.« Dann war sie verschwunden.

Über einem Stuhl hing ein weißer Bademantel, der mit dem rot-goldenen Logo des Hotels bestickt war. Aston warf ihn Kinclave zu. »Tut mir leid, dass ich Sie gestört habe, Sir, aber es ist wirklich dringend.«

Einen flüchtigen Moment lang trat ein seltsamer Ausdruck in Kinclaves Gesicht, als hätte jemand ein lang gehütetes Geheimnis entdeckt, verschwand wieder und wich einem harten Pokerface. Er zog den Bademantel über und stellte sich ganz dicht vor Aston. Er war etliche Zentimeter größer, deutlich schwerer, es schien geradezu, als wollte er ihn mit seiner körperlichen Gegenwart einschüchtern.

»Aston, dafür grille ich Ihre Eier über offenem Feuer. Haben Sie mich verstanden? Sie sind erledigt.«

Um ein Haar hätte Aston erwidert, Kinclave sei nicht der einzige Ehemann, der mit einer Prostituierten im Hotel erwischt wurde … und dessen Ehefrau sich womöglich dafür interessierte. Eine innere Stimme stachelte ihn an, die Worte auszusprechen, was hatte er schon zu verlieren? Seine Karriere war ohnehin beendet. Doch er riss sich zusammen, weil es keinen Sinn hatte, Öl ins Feuer zu gießen. »Es geht um Mac.«

»Das interessiert mich einen Scheißdreck. Sie könnten mir auch erzählen, Jesus Christus persönlich sei in London erschienen und predige an der Speaker's Corner. Für das hier gibt es keine Entschuldigung.«

»Bitte, Sir, nur ein paar Minuten. Wenn es nicht so wichtig wäre, stünde ich nicht hier. Das immerhin sollten Sie mir glauben.«

»Und ich glaube, Sie gehen jetzt am besten. Dann vergesse ich vielleicht, dass wir uns je begegnet sind.«

»Verdammt noch mal!«, brüllte Aston und holte tief Luft. »Ich bitte Sie doch nur um ein paar Minuten Ihrer Zeit.«

Lange Pause. »Der letzte Mensch, der so mit mir gesprochen hat, spitzt jetzt im tiefsten Afrika Bleistifte an.« Mittlerweile klang Kinclaves Stimme doch ruhiger und vernünftiger. »Na schön, Aston, ich hoffe, es lohnt sich. Sonst können Sie sich ab Montag nach einem neuen Job umsehen. Ist das klar?«

»Kristallklar.«

Aston hockte sich auf die Bettkante, packte den Laptop aus und schaltete ihn ein. Dann holte er die CD-Rom, auf die Mole die Aufnahmen kopiert hatte, aus der Lederjacke, legte sie ins Laufwerk und startete den Film. Nun musste er nur noch abwarten, bis beim Chief der Groschen fiel.

Rauschen, Flimmern, und Kinclave bemerkte: »Ich dachte, es ginge um Mac. Wo soll da die Verbindung sein?«

Aston suchte die Stelle, an der einige Buchstaben des Bahnhofsnamens zu erkennen waren, und hielt den Film an. »Schauen Sie genau hin.«

»Oh.«

»Ich dachte mir, dass Sie es umgehend sehen wollen, Sir.«

»Und ist es das, wofür ich es halte?«

»Leider ja.«

»Woher haben Sie es?«, fragte Kinclave, die Augen auf den Monitor geheftet.

»Aus Macs Laptop.«

»Und woher hat Mac …« Er verstummte. Blickte vom Bildschirm zu Aston. »Scheiße«, flüsterte er.

26

Meine Augen tun weh, weil ich so angestrengt durchs Fernglas schaue, mein Gesicht schmerzt allmählich unter dem Latex. Ich kann es gar nicht erwarten, das verdammte Zeug zu entfernen. Ein Blick auf die Uhr und nach draußen. Clives Haus bietet mir eine erstklassige Sicht, etwa hundert Meter in jede Richtung. Keine Bullen hinter Bäumen und Mauern, keine verdächtigen Fahrzeuge, die in der Gegend patrouillieren. Mein Instinkt sagt mir, es ist keine Falle, und er hat mir immer gute Dienste geleistet. In der Tat kann ich mich nicht erinnern, wann er mich je im Stich gelassen hätte. Ich sammle meinen Kram ein und trage die Einkaufstasche vorsichtig nach draußen. Kämpfe gegen den Drang, im Laufschritt die Straße zu überqueren. Ich bin ein Fossil, und Fossilien rennen nicht.

Ich stelle die Tasche vor der Haustür ab und hole den Ersatzschlüssel aus dem Loch unter dem steinernen Kaninchen, dem Wächter des Fleckchens Dreck, das sie als Vorgarten bezeichnet. Für mich ergeben ein dürrer Rosenstrauch und ein Haufen Unkraut noch lange keinen Garten. Das Schloss geht schwer, ich muss am Schlüssel wackeln, um ihn hineinzubekommen. Nicht einfach, aber ich habe Übung darin. Noch eine Drehung, geschafft. Sie steht in der Diele und glotzt mich an, als hätte sie mich noch nie gesehen – was dank Fogartys magischen Händen ja auch stimmt.

»Hallo, hallo, aufwachen«, sage ich.

Sie macht den Mund zu und öffnet ihn wieder. »Mac ... bist du das?«

»Hast du jemand anderen erwartet?« Ich taste mich durch den Krempel im Flur, vorbei an Kartons, dem verrosteten Fahrrad und der Kommode. Sie weicht zurück, als ich mich nähere, und ich frage mich, wie viel sie wissen mag. Die schlabberige Kleidung verbirgt ihre wunderbaren Rundungen und bietet genügend Stauraum für eine Waffe. Ich habe versucht, sie zu engerer Kleidung zu bekehren, die mehr enthüllt, und ab und an tut sie mir den Gefallen. Aber nur, wenn wir allein sind.

»Was hast du mit deinem Gesicht gemacht?«

»Gefällt es dir?« Sie könnte mich berühren, tut es aber nicht. Steht nur da und guckt, die Arme hängen reglos herab. Normalerweise hätte sie mich längst ins Schlafzimmer gezerrt, aufs Bett geworfen und mir die Hose bis zu den Knöcheln hinuntergezogen, ob ich will oder nicht. Sie wird gern laut dabei, sollen die Nachbarn doch denken, was sie wollen. Sie ist nicht die Beste, aber auch nicht die Schlechteste, die ich je hatte. Was ihr an Kunstfertigkeit fehlt, macht sie durch Begeisterung wett.

»Willst du den ganzen Tag da stehen bleiben?«, frage ich.

Sie umarmt mich. Ein Küsschen auf die Wange, ohne Leidenschaft. Ich nutze die Gelegenheit und fahre mit den Händen an ihrem Körper entlang. Langsam, sinnlich. Keine Schusswaffe, kein Messer, kein Tränengas. Ich atmete tief ein, wickle ihre schwarzen Locken um meine Finger, spiele mit dem scharlachroten Haarband. Ihr feuchtes Haar duftet nach Kokosnuss, das gefällt mir.

Sie macht sich los, sieht mich angewidert an. »Tut mir leid, ich kann nicht. Dieses Make-up ... es ist einfach krankhaft.«

Ich nicke zum Schlafzimmer. »Hast du wirklich keine Lust

auf Opa-Sex? Dass ich so aussehe, heißt ja nicht, dass ich keinen hochkriege.«

»Jetzt sei doch mal ernst, Mac.«

»Ich meine es ernst.«

»Ich finde, wir müssen uns unterhalten.«

Ohne auf eine Antwort zu warten, geht sie ins Wohnzimmer. Ich folge ihr mit der Einkaufstasche. Nichts Neues, es sieht aus wie nach einem Bombenangriff. Sie beobachtet mich vom Sofa aus.

»Hast du eine Ahnung, wie sauer ich auf dich bin?«

»Ich freue mich auch, dich zu sehen.« Ich stelle die Tasche neben den Sessel, bevor ich mich setze.

»Verdammt, was hast du denn erwartet, Mac? Du kannst nicht einfach ohne ein Wort verschwinden.« Ihr Gesicht ist vor Wut verzerrt, es sieht hässlich aus.

»Ich kann es und habe es getan.«

»Wo zum Teufel hast du gesteckt?«

»Überall.«

»Mein Gott, Mac, du bist vollkommen unmöglich! Ich habe mir solche Sorgen gemacht.«

Ich breite gutmütig die Arme aus. »Nun, hier bin ich. Gesund und munter.«

»Leck mich.«

Wie süß. Sie ist besorgt um mich. Ich greife in die Manteltasche. Sie schaut völlig arglos zu. Denkt wohl, ich brauche ein Taschentuch. Dann richte ich den Elektroschocker auf sie und drücke ab, bevor sie es begreift. Die kleinen Pfeile mit den Kupferkabeln treffen sie in den Bauch. Sie zuckt heftig, als fünfzigtausend Volt durch ihren Körper schießen und sie augenblicklich lähmen. Ich schaue ein wenig zu, wie sie sich am Boden windet, dann hebe ich sie auf und trage sie ins Schlafzimmer.

27

Das Geheim-Handy vibrierte. Aston holte es hervor und klappte es auf. »Na schön, Mole, beim ersten Mal war's ja ganz witzig, aber ich kann nicht mehr drüber lachen.«

Statisches Rauschen.

Er schaute aufs Display. Der Empfang war gut, der Akku noch halb voll. Diese Dinger waren ihr Geld einfach nicht wert.

»Hallo«, sagte er halbherzig, ohne mit einer Antwort zu rechnen. »Hallo, hallo, hallo.«

Wieder weißes Rauschen aus dem All. Dann: »Wie geht's denn so?«

Aston zuckte zusammen, schoss einmal im Kreis herum. Verdammt! Er stand mitten auf einer breiten Straße, umgeben von tausend Fenstern, vollkommen angreifbar. Touristen und Einheimische drängten sich an ihm vorbei, rempelten ihn an, warfen ihm unfreundliche Blicke zu. Aston ignorierte die gemurmelten Beschimpfungen und hielt nach einem möglichen Hinterhalt Ausschau. Mac konnte überall sein. Er rechnete damit, einen roten Laserpunkt auf seiner Lederjacke zu entdecken, den Einschlag der Kugel zu spüren. Das Adrenalin, das durch seinen Körper jagte, hatte seine Sinne aufs Äußerste geschärft; alles wirkte hyperreal. Farben blendeten, Geräusche betäubten ihn. Er hörte jedes einzelne Gespräch, sah jedes Gesicht; von überallher drangen Gerüche auf ihn ein: Benzin, Abgase, Rush von Gucci, Old Spice, Schweiß, Knoblauch. Jedes Detail wirkte lebendig und scharf umrissen. Ein roter Doppeldecker schoss vorbei, die Druckwelle brachte ihn ins Wanken. Und langsam, ganz langsam dämmerte ihm, dass keine Waffe auf ihn gerichtet war. Ein rascher Stoß mit der Spitze eines vergifteten Regenschirms, ein Mörder mit Bowler und in Nadelstreifen – das wäre eher nach Macs Geschmack. Ein schneller Piks, kaum mehr als ein Insektenstich, schon wand man sich in der Gosse, während sich die inneren Organe in nichts auflösten.

»Was ist denn los? Du bist doch sonst nicht so still.« Selbst am Handy war Macs sonorer Bariton unverkennbar. Ebenso das Lachen.

»Wo sind Sie?«

»Als wenn ich dir das verraten würde. Komm, wir machen ein kleines Spiel.«

»Was wollen Sie von mir? Ich nehme an, das ist kein Höflichkeitsanruf.«

»Und ich dachte, du hättest etwas von mir gelernt.« Er klang wie ein genervter Professor. »Wie lautet das erste Gebot?«

»Wer bloß vermutet, hat schon verloren«, erwiderte Aston feierlich.

»Du hast also den Computer gefunden?«

»Welchen Computer?«

»Braver Junge, bloß nichts zugeben. Ich wette trotzdem, du hast ihn gefunden.«

»Als wenn ich Ihnen das sagen würde.«

»Was soll das? Da verlasse ich für ein paar Stunden das Büro, und schon wirst du aufmüpfig. Du spielst ja gar nicht richtig mit. Also, ich möchte, dass du dir Zeit nimmst und in Ruhe nachdenkst. In fünf Minuten rufe ich dich wieder an. Hoffentlich bist du dann bereit für mein Spiel.«

Die Leitung war tot. Aston starrte das Handy verblüfft an und begann zu fluchen. Eine Frau, die einen kleinen Jungen an der Hand hielt, warf ihm einen angewiderten Blick zu. Der Junge schaute ihn aus großen grünen Augen an, den Kopf nach hinten verdreht wie Regan in *Der Exorzist.* Die Mutter beschleunigte den Schritt, nur weg von dem Mann mit dem schmutzigen Mundwerk. Aston schimpfte weiter vor sich hin. Er hatte es total vermasselt. *Mac hatte ihn auf dem falschen Fuß erwischt.* Und lachte sich vermutlich scheckig, weil er Aston mal wieder übertölpelt hatte.

Was nun? Auf den Rückruf warten? Nein, das war zu passiv. *Du spielst ja gar nicht richtig mit,* hatte Mac gesagt. Von wegen, er würde seine eigene Partie eröffnen. Aston nahm das andere Handy heraus, wählte Moles Nummer und betete, er möge sich persönlich melden. Beim zweiten Klingeln war er dran: »Wasnlos?«

»Wo bist du, Mole?«

Der Hacker zögerte kurz. »Na ja, bei dir. Die Sache ist die … als ich diesen Breitbildfernseher sah, dachte ich, der ist wie geschaffen, um Pornos zu gucken. Und dein Dolby-Surround-System ist der pure Wahnsinn! Jedenfalls hast du jetzt Pornos rund um die Uhr, und es kostet dich keinen Penny.«

»Halt die Klappe, Mole. Ich habe gerade mit Mac gesprochen.« Das Schweigen am anderen Ende verriet ihm, dass Mole entweder zuhörte oder die Verbindung gestört war. »Bist du noch da?«

»Ich schenke dir meine volle und ungeteilte Aufmerksamkeit. Was soll ich tun?«

»Kannst du ihn aufspüren, wenn er wieder anruft?«

»Kein Problem.«

»Auch von meiner Wohnung aus?«

»Dein Abakus ist nicht viel wert, aber er reicht aus, um in

meinen Rechner in Vauxhall Cross zu kommen. Ich erledige es mit dem System im Büro.«

»Er ruft auf dem Geheim-Handy an.«

»Es wäre schön, wenn du fünf Minuten mehr rausschlagen könntest.«

»Mac ruft an, wenn er anruft – also halt dich bereit.«

»Okay«, sagte der Hacker. »Und denk dran, lass ihn so lange wie möglich reden.«

Aston klickte ihn weg, hängte ein und holte das andere Handy aus der Tasche. Er fixierte das dunkle Display, als wollte er es hypnotisieren, um Mole Zeit zu verschaffen. Schaute sich nach der nächsten U-Bahn-Station um und entdeckte ein paar hundert Meter weiter das blau-weiß-rote Schild der Station Bond Street. Er tauchte hinter ein schwarzes Taxi und schoss über die Straße, was einem Selbstmordversuch gleichkam. Autofahrer drückten auf die Hupe, Bremsen kreischten, doch Aston lief weiter. Auf der gegenüberliegenden Seite drängte er sich durch die Menge und stieß Passanten beiseite, die ihn wütend beschimpften.

Zwanzig Meter vor der Treppe zur U-Bahn klingelte das Handy. Aston lehnte sich an das kühle Schaufenster eines Juweliergeschäfts, holte tief Luft und meldete sich.

»Bereit fürs Spiel?«

»Warum mussten all die unschuldigen Menschen sterben?«

Langes Schweigen. Aston rechnete schon damit, dass Mac auflegte. Er horchte auf Geräusche, die ihm einen Hinweis auf seinen Aufenthaltsort liefern konnten. Absolute Stille. Kein Verkehrslärm, keine Stimmen. Keine Flugzeuge, Züge oder Bauarbeiten. Nichts, woran er sich hätte orientieren können.

»Interessante Eröffnung. Direkter Angriff.« Mac war wieder da, sprach in dem dozierenden Ton, der Aston so auf die Palme brachte, mit seiner herablassenden »Gott, was bin ich schlau«-

Stimme. »Schauen wir uns deinen Zug mal ein wenig genauer an. Du hast gesagt: ›die ganzen unschuldigen Menschen‹, folglich weißt du über die Sache am Leicester Square Bescheid.«

Aston schwieg.

»Das werte ich als ›ja‹.«

»Warum haben Sie das getan?«

»Nun ja. Nicht ich habe sie getötet, oder? Wenn ich mich recht entsinne, ist eine Getreue Allahs auf den Bahnsteig marschiert und hat sich in die Luft gejagt.«

»Schluss mit der Haarspalterei, Mac. Wie viel haben die Ihnen gezahlt?«

»Du meinst, ich hätte es für Geld getan?«

»Wofür denn sonst? Weil Sie sich bei Mohammed einschleimen wollten? Das ist doch Bullshit, Mac!«

»Vielleicht habe ich es auch getan, um deine Aufmerksamkeit zu erregen.«

»Das kaufe ich Ihnen nicht ab. Dann hätten Sie ebenso gut zum Telefon greifen oder mich anbrüllen können. Das funktioniert meistens.«

»Schön, aber wir nähern uns dem Ende aller Tage.«

»Was soll denn das nun wieder heißen?« *Lass ihn reden, einfach reden, auch wenn er Scheiße redet …*

»Hast du die Bibel nicht gelesen? Armageddon steht kurz bevor. Der Weltuntergang ist nahe, und niemand kann ihn verhindern.«

»Dass Sie ein zynisches Arschloch sind, ist mir nicht neu«, konterte Aston. »Aber seit wann haben Sie es mit der Religion?«

»Mit Religion hat das nichts zu tun. Braucht Gott die Religion, um zu existieren?«

»Ich wusste schon immer, dass Sie arrogant sind. Und nun betrachten Sie sich auch noch als Gott«, sagte Aston.

»Mal ehrlich, schlechter als der Typ, der den Job gerade macht, kann ich nicht sein.«

»Okay. Noch mal zum Mitschreiben: Sie haben in der U-Bahn mehrere hundert Pendler in die Luft gesprengt, nur um meine Aufmerksamkeit zu erregen?« Aston sprach ruhig, obwohl er innerlich vor Zorn glühte – Zorn wegen der Opfer, ihrer Familien und allen, die unter diesem Grauen leiden mussten. Das wusste Mac nur zu gut. Das Schwein spielte mit ihm und genoss es in vollen Zügen.

»So in etwa könnte man es ausdrücken.«

»Klingt ein bisschen nach Kanonen und Spatzen, was?«

»Aber es hat funktioniert, oder?«

»Das ist kein Spiel.«

»Und in eben diesem Punkt hast du unrecht. Denn genau das ist es: Das ganze Leben ist ein riesengroßes beschissenes Spiel. Und wie immer gibt es Gewinner und Verlierer. Manche ziehen das große Los, andere die Nieten.«

»Es sind Menschen gestorben. Viele Menschen.«

»Wie gesagt, der eine gewinnt, der andere verliert. Es sterben täglich Menschen; daran kann ich nichts ändern und auch sonst niemand. So ist das Leben.«

»Eine ganz schön kaltherzige Ansicht.«

»Nein, eine realistische.«

»Stellen Sie sich.«

Herzhaftes Gelächter. »Sehe ich so aus? Na ja, ich muss jetzt Schluss machen.«

»Moment noch!« *Lass ihn reden lass …*

»Was soll das? Höre ich da etwa eine gewisse Verzweiflung heraus? Weißt du eigentlich, wie jämmerlich du dich anhörst?«

»Sie haben mir noch immer nicht gesagt, was Sie damit bezwecken.«

»Du wirst es schon herausfinden. Ich glaube ganz fest an dich.« Damit war das Gespräch beendet.

Aston rief Mole von seinem anderen Handy an, fluchte über die schlechte Verbindung und betete, das Telefonat mit Mac möge lang genug gewesen sein. »Na los, komm schon«, murmelte er, schaute sich auf der Straße um, ob er jemanden entdeckte, der wie Mac aussah. Er traute ihm durchaus zu, dass er in der Nähe war und ihn beobachtete. Es hätte ihn nicht gewundert, wenn Mac die ganze Zeit neben ihm gestanden hätte; er war lautlos wie ein Geist, ein echter Profi, der während des Kalten Krieges nicht umsonst den Kodenamen »PHANTOM« getragen hatte. Aston überdachte seine Optionen. Leider blieb ihm keine Zeit, um die als Increment bekannte Einheit zu alarmieren, die der MI6 für Sondereinsätze nutzte, denn Mac hielt sich vermutlich noch in London auf, wäre bis dahin aber längst untergetaucht. An die Polizei mochte er sich auch nicht wenden. Mole würde Macs Versteck ermitteln, die Polizei die Jungs mit den Knarren hinschicken und das Haus umstellen. Und dann? Ein Showdown wie in *Zwei Banditen*? Newman und Redford, die im Kugelhagel nach draußen stürmen? Dazu würde es hoffentlich nicht kommen: Er war dem Tod in letzter Zeit einfach zu oft begegnet.

»Hi«, flötete Mole.

»Und?«

»Ich hab ihn.«

Ja!

»Aber es wird dir nicht gefallen. Ganz und gar nicht.«

»Lass die Spielchen, Mole. Sag mir, wo er ist.«

Der Hacker inhalierte tief, und Aston sah ihn förmlich vor sich, an seinem eigenen Schreibtisch, einen Joint zwischen den dicken Lippen. »Sorry, Paul, aber Mac ist bei George.«

28

Aston sprintete los und drängte sich an allen vorbei, die ihm im Weg standen. Er stürzte in die U-Bahn-Station Bond Street und sprang über die Barriere, wobei ihm seine Laptop-Tasche schwer gegen die Seite schlug. Ein Kontrolleur entdeckte ihn und rief ihm zu, er solle stehen bleiben. Aston rannte schneller, schlängelte sich durch die Menge und ließ den Kontrolleur, der nicht gerade der Schlankste war, mühelos hinter sich. Einen Moment blieb er stehen und warf einen Blick auf die Hinweisschilder, dann machte er sich auf den Weg zur Jubilee Line. Er rannte die Rolltreppe hinunter, nahm zwei, drei Stufen auf einmal, rief den Leuten zu, sie sollten ihm Platz machen, ohne auf ihren wütenden Protest zu achten. Tiefer, immer tiefer hinunter. Die letzten fünf Stufen nahm er im Sprung, rutschte über den glatten Boden und rannte fast einen Straßenmusiker um, der auf einem blechern klingenden tragbaren Keyboard ein Lied von Elton John klimperte. Er lief schneller, immer schneller, getrieben von einem einzigen Gedanken: *Mach, dass es ihr gut geht, bitte mach, dass es ihr gut geht.* Auf dem Bahnsteig wartete ein Zug, die Türen gingen gerade zu. Er schoss nach vorn und schaffte es im letzten Moment, seine Hände in den Spalt zu schieben. Eine mechanische Stimme wies ihn an, auf die Türen zu achten.

Es waren noch viele Plätze frei, doch Aston konnte sich einfach nicht hinsetzen. Das Adrenalin jagte durch seinen Körper. Sein Herz schlug bis zum Hals, und er blieb einen Moment stehen, die Hände in die Hüften gestützt, holte tief Luft und zwang sich, ruhiger zu atmen. Er japste wie ein Kettenraucher und verspürte Seitenstiche. Laura wollte ihn ständig ins Fitnessstudio schicken – sie hatte sogar den Mitgliedsbeitrag bezahlt, ein ähnlich nutzloses Geschenk wie der grauenhafte Pullover, den sie ihm zu Weihnachten gekauft hatte. Vielleicht hatte sie doch nicht ganz unrecht, dachte er, als er keuchend dastand und seine schmerzende Seite massierte. Fitness kletterte auf seiner To-do-Liste einige Plätze nach oben. Der Zug rollte in den dunklen Tunnel, und Aston tigerte im Wagen auf und ab. Einige Leute warfen ihm besorgte Blicke zu, sie hielten ihn vermutlich für einen Drogensüchtigen. Er hatte die ruhelosen Augen und Schweißausbrüche des typischen Junkies. Zerzaust und verzweifelt wartete er auf den nächsten Schuss, hatte den Laptop offenbar gestohlen, um ihn gegen Drogen einzutauschen.

Bitte mach, dass es ihr gut geht.

Vor Georges Haus blieb er einen Augenblick stehen, um Atem zu schöpfen. Was jetzt? War Mac noch drinnen? War er bewaffnet? Aston bückte sich und tastete unter dem steinernen Kaninchen nach dem Ersatzschlüssel. Weg. Sein Herz legte noch einen Zahn zu. Er stand auf und drückte gegen die Haustür. Das Holz war aufgequollen, die Tür klemmte ein bisschen. Dann schwang sie knarrend auf. Der endgültige Beweis, dass Mac hier gewesen war. George schloss immer die Haustür ab. Aston ging hinein, wobei er sich vorkam, als tappte er in eine Falle. Doch was blieb ihm anderes übrig? George war dort drinnen, und sie brauchte ihn. Auf Zehenspitzen schlich er durch das Chaos, ganz langsam, möglichst lautlos, und hielt dabei Ausschau nach etwas, das er als Waffe gebrauchen konnte. Neben dem rostigen Fahrrad lehnte ein Golfschläger, ein Driver. Er griff danach und tastete sich zum

Wohnzimmer. Stieß die Tür mit dem Schläger auf, spähte hinein. Niemand da. Auch Küche und Bad waren verlassen. Blieb nur noch das Schlafzimmer. Den Golfschläger in der Rechten, öffnete Aston die Tür.

George lag geknebelt auf dem Bett, an Händen und Füßen gefesselt. Sie lag auf der Seite, die Augen weit aufgerissen, die Haare zerzaust, ihr Gesicht von einer dünnen Schweißschicht überzogen. Sie versuchte, ihm mit den Augen Zeichen zu geben. Keine Spur von Mac. Aston entspannte sich ein wenig und näherte sich dem Bett. George deutete mit den Augen zum Nachttisch. Da entdeckte er den Laptop. Er war aufgeklappt. Zur Tür gerichtet. Eine gigantische Digitalanzeige füllte den gesamten Bildschirm aus: 4.00.

Er stand völlig reglos da, nahm die ganze Szene in sich auf. Das Schlafzimmer war makellos aufgeräumt und bildete einen starken Kontrast zu dem Durcheinander, das in der übrigen Wohnung herrschte. Dies hier war ein Ort der Ruhe. Schubladen und Schränke waren geschlossen; keine schmutzige Wäsche war zu sehen; Bettwäsche und Vorhänge waren in frischem Gelb und Weiß gehalten. Neben dem Laptop stand eine Kamera, aus der ein Stromkabel und ein dickes graues Kabel ragten.

Der Sprengstoff war mit dickem Klebeband an ihrem Bauch befestigt. Die Bombe war groß genug, um George in kleinste Einzelteile zu zerlegen und einen beträchtlichen Krater zu hinterlassen.

Nachdem Aston den Boden auf Stolperdrähte und versteckte Bomben überprüft hatte, legte er Golfschläger und Laptop-Tasche beiseite und machte vorsichtig einen Schritt nach vorn. George verdrehte immer noch die Augen, und nun begriff er, was sie damit sagen wollte: Mach, dass du rauskommst. Mac hatte Spaß an Explosionen, je größer, desto besser, und hatte Aston gründlich darin unterrichtet. Verschiedene Sprengstoffarten, verschiedene Zünder, wie man den Bombenbauer anhand der jeweiligen Machart überführen konnte. Von einem rein intellektuellen Standpunkt aus betrachtet, ein durchaus faszinierendes Thema. In Wirklichkeit aber wurden Bomben nur gebaut, um zu vernichten, Menschenleben und Gebäude.

Der Zünder war mit dem Computer verbunden. Aston entdeckte einen Quecksilberschalter, was auch erklärte, warum George nur mit den Augen kommunizierte. Eine falsche Bewegung, und alles wäre vorbei. Vorsichtig, ganz vorsichtig beugte er sich vor und zog das Klebeband von Georges Mund.

Die Zahlen auf dem Laptop liefen rückwärts.

3.59, 3.58, 3.57 …

Aston erstarrte.

Scheiße Scheiße Scheiße!

»Paul! Du musst hier raus! Sofort!«

»Alles klar?«, fragte Aston und war selbst überrascht, wie ruhig er sich anhörte. Dabei war er alles andere als ruhig. In seinem Inneren brodelte es, seine Handflächen waren verschwitzt; es war, als hätte jemand die Heizung auf die höchste Stufe gedreht. Er verharrte reglos und wagte nicht, sich zu bewegen.

»Paul, hast du mich nicht gehört?«

»Alles klar mit dir?«, wiederholte er.

»Könnte gar nicht besser sein. Jemand hat fünfzigtausend Volt durch meinen Körper gejagt und mir eine Bombe um den Bauch geschnallt. Scheiße, was glaubst du eigentlich? Ich werde sterben und hatte noch nie im Leben so beschissene Angst.«

»Du wirst nicht sterben«, sagte Aston.

»Hast ganz schön lange gebraucht.«

Aston schoss herum. Die Stimme drang aus den kleinen Lautsprechern des Laptops. Eine dünne, mechanische Stimme wie bei *Drei Engel für Charlie*. Nur waren hier keine Engel zu sehen. Er schaute in die Linse der Kamera. »Was zum Teufel soll das, Mac?«

»Ich helfe bei deiner Ausbildung«, spottete die blecherne Stimme. »Jetzt beginnt die Lektion.«

»Da mache ich nicht mit, Mac.«

»Und ob.«

Aston funkelte schweigend die Kamera an.

»Im Leben muss man immer wieder Entscheidungen treffen. Und manchmal fallen sie einem ganz schön schwer. Du hast jetzt zwei Möglichkeiten. Erstens, du kannst einfach gehen. Wenn du das tust, stelle ich mich. Allerdings wirst du George damit kaum helfen, oder? Zweite Alternative: Du bittest mich nett und höflich, ich drücke einen Schalter, und schon ist die Bombe entschärft.«

»Und wo ist der Haken?«, fragte Aston.

»Na bravo! Du liest also auch das Kleingedruckte.«

3.01, 3.00, 2.59 …

»Und …?«

»Es gibt keinen Haken, ich stelle dich nur vor die Entscheidung. Willst du vielen oder wenigen nützen? Ich bin gespannt, wofür du dich entscheidest.«

Aston schaute tief ins boshafte schwarze Auge der Kamera. »Und Sie würden sich stellen?«

»Ich gebe dir mein Wort.«

»Ja, klar.« Er schaute hinüber zu George und dem Laptop.

2.40, 2.39, 2.38 …

»Egal, es hängt von dir ab. Du hast über einiges nachzudenken.«

»Mac!«

Die Lautsprecher blieben stumm.

Aston ging vorsichtig ums Bett, betrachtete die Bombe aus allen Blickwinkeln. Es gab immer eine dritte Möglichkeit, aber welche?

»Du hast doch wohl nicht vor, sie zu entschärfen?«, fragte George.

»Ich wüsste gar nicht, wo ich damit anfangen soll«, gestand Aston. »Leider läuft es nicht wie im Film, in dem es nur darum geht, den roten oder blauen Draht durchzuknipsen.« Er deutete auf das Kabel, das aus dem Laptop führte. »Es enthält vermutlich ein ganzes Dutzend Drähte, die alle dieselbe Farbe haben. Die Chance, den richtigen zu erwischen ... ich würde jedenfalls nicht darauf wetten.« Er betrachtete George, die verschnürt auf dem Bett lag. Sie fürchtete sich nicht schnell, sah nun aber zutiefst verängstigt aus. Ein rascher Blick zum Monitor. Über die Hälfte der Zeit war um, die Zahlen rückten erbarmungslos gegen null.

»Du hast ihn gehört, Paul. Wenn ich sterbe, stellt er sich. Meinst du, ich könnte damit leben, dass es einen weiteren Bombenanschlag gibt, bei dem Menschen umkommen?« Sie schaute ihn flehend an, das Gesicht unbequem ins Kissen gepresst. Es brach ihm das Herz. »Na los, Paul, mach es mir nicht noch schwerer.«

1.43, 1.42, 1.40 ...

»George, Mac wird sich niemals stellen.«

»Aber –«

»Kein aber«, sagte Aston. »Kannst du dir vorstellen, dass Mac für den Rest seines Lebens ins Gefängnis geht? Glaubst du das wirklich? Meinst du etwa, er marschiert aufs nächste Polizeirevier und lässt sich Handschellen anlegen?«

George machte den Mund auf und schloss ihn wieder. Sie wirkte ungeheuer verletzlich. Er konnte sich genau vorstellen, wie sehr ihre Muskeln schmerzten, und sie schien alle Hoffnung verloren zu haben. Die dritte Möglichkeit. Dachte man geradeaus, war man aufgeschmissen, dachte man um die Ecke, leuchtete einem die Antwort geradezu entgegen. Der Trick bestand darin, auf derart verschlungenen Wegen zu denken. Es musste eine dritte Möglichkeit geben, da war er sich ganz sicher. Es gehörte zum Spiel. Die Lösung lag nah, aufreizend nah. *Erst denken, dann handeln.* Er besaß weder das Fachwissen noch die ruhigen Hände, die man benötigte, um die Bombe zu entschärfen; der Quecksilberschalter verhinderte, dass er die Bombe einfach von Georges Körper lösen konnte. Ihm kam der Gedanke, die Kamera zu verdecken. Er spürte, wie Mac sie beobachtete, voyeuristischen Genuss aus ihrer Angst zog, und das erzürnte ihn mehr als alles andere.

1.18, 1.17, 1.16 …

»Ich möchte, dass du gehst.« George bemühte sich, tapfer zu klingen, doch ihre flehenden Augen verrieten sie. »Komm schon, Paul, mach, dass du rauskommst.«

»Ach so. Du willst also ganz allein die Heldin spielen?« Er wollte ihr Mut machen, wirkte aber nicht überzeugend. »So schnell gebe ich nicht auf, George.«

Beide schauten zu den drohenden Zahlen auf dem Bildschirm. Die letzte Minute war angebrochen. In einem Leben, das aus Millionen Minuten, aus Milliarden Sekunden bestand, war die Vorstellung, dass einem nur noch wenige Augenblicke blieben, äußerst merkwürdig.

»Geh, Paul«, sagte George.

»Das hat was für sich«, meldete sich die blecherne Stimme. »Ich an deiner Stelle würde verschwinden.«

Aston wandte der Kamera den Rücken zu.

»Was ist los? Du redest wohl nicht mehr mit mir, was? Was habe ich dir denn getan?«

Er achtete nicht auf die Stimme. *Die dritte Möglichkeit …*

Aston dachte angestrengt nach. Die Antwort lag in greifbarer Nähe.

»Du solltest lieber auf ihn hören«, sagte George leise, doch er beachtete sie kaum. Irgendwo in der Ferne erklang eine Sirene.

Die dritte Möglichkeit. Er grübelte weiter, dachte so lange um die Ecke, bis der Knoten platzte. Und dann sah er es. Das Licht am Horizont.

22, 21, 20 …

»Verdammt, Paul, raus mit dir! Sofort!«

»Du hörst doch, was sie sagt. Wenn du rennst, könntest du es noch schaffen.«

16, 15, 14 …

Das Heulen der Sirene kam näher. Es mussten mehrere Wagen sein, offenbar auf dem Weg hierher. Vermutlich Mole, dachte Aston, er hatte die berittene Kavallerie gerufen. Ganz schön spät, dachte er. Er ging um das Bett herum und schob George sanft eine Strähne aus dem Gesicht.

10, 9, 8 …

»Du verrückter Hund.« George wirkte verängstigt und überglücklich zugleich, lachte und weinte. »Danke«, flüsterte sie.

»Das hast du ganz schön vermasselt«, polterte Mac mit seiner elektronischen Stimme.

7, 6, 5 …

»Ich liebe dich«, hauchte George.

4, 3 …

»Ich dich auch«, flüsterte Aston zurück.

2, 1 …

3. TEIL

Das brennende Babylon

Man muss also die Menschen dann schon so verletzen, dass man ihre Rache nicht zu fürchten hat.

Niccolò Machiavelli

29

Wien 1993

»Du bist voller Geheimnisse, Robbie, wusstest du das?«

Er blieb stehen und hielt ihre kleine, warme Hand in seiner. Hinter ihnen drehte sich das Riesenrad knarrend im Kreis. Die alten roten Gondeln schwankten sanft. Bunte Lichter blitzten durch die Nacht, und der Lärm des Vergnügungsparks erfüllte die Luft. Gelächter und Jubelrufe, Hupen und gedämpfte Musik, der Duft von warmem Zucker, Süßigkeiten und Würstchen. Sie hatten es endlich geschafft, das Schlafzimmer zu verlassen. Es war ihre Idee gewesen, nicht seine. Die letzten Wochen waren wie im Sturm vergangen, einem Wirbelwind hemmungsloser Vögelei. Sie hatten jede freie Sekunde im Bett verbracht; und in jeder Sekunde, die sie getrennt waren, überlegten sie, was sie als Nächstes ausprobieren könnten. Sie war die Lehrerin und er ihr überaus williger Schüler. Er hatte viel gelernt und hatte noch viel mehr zu lernen. Er schob ihr langes Haar beiseite, umfasste ihr Gesicht mit den Händen und küsste sie auf die Wange. Schon wieder bekam er einen Steifen. Er zog sie an sich, so nah, dass sie ihn an ihrem Oberschenkel spüren konnte.

»Robbie«, kicherte sie ihm ins Ohr. »Gibst du denn niemals Ruhe?«

»Sollen wir uns ein Hotelzimmer nehmen? Wir könnten uns als Mr. und Mrs. Smith eintragen.«

»Später.« Sie bedachte ihn mit ihrem seltsamen kleinen Lä-

cheln, während sich das Neonlicht der Stände in ihren Augen spiegelte. »Zuerst aber gehst du mit mir aufs Riesenrad. Lass uns zur Abwechslung mal etwas tun, das auch ganz normale Paare tun.«

»Ist das, was wir sonst tun, nicht normal?«

Sie schaute ihn mit hochgezogenen Augenbrauen an, als wollte sie sagen, was glaubst du denn wohl? Ihr Mund fand sein Ohr, ihre Zähne gruben sich in sein Ohrläppchen. Sie biss fest zu, der Schmerz war herrlich. Er schloss die Augen und genoss das Gefühl. »Später«, versprach sie in rauchigem Flüsterton und besiegelte ihr Versprechen mit einem Kuss, worauf seine Fantasie den Turbogang einlegte.

Am Riesenrad standen zwanzig Leute an, vor allem Paare, die gern am späten Abend herkamen. In der Nähe des Eingangs klammerten sich zwei kleine Mädchen an ihren Vater, schauten neugierig hierhin und dorthin, angeregt von den hellen Lichtern, dem Lärm und den Süßigkeiten. Sie stellten sich in die Schlange, und da fragte sie ihn noch einmal. Er hatte gehofft, sie würde das Thema fallen lassen, Irrtum. Er seufzte innerlich; auf dieses Gespräch hätte er gern verzichtet.

»Und?«

»Und was?«

»Ich weiß überhaupt nichts über dich.«

»Was gibt es denn da zu wissen?«, fragte er. »Nach meinem Studium habe ich beim Außenministerium angefangen und werde zweifellos auch dort bleiben, bis ich pensioniert bin. Ich bin nur ein langweiliger, kleiner Beamter. So einfach ist das. Tut mir leid. Keine Geheimnisse, keine Verschwörungen.«

»Du weichst mir doch aus.« Sie hielt inne, doch ihr Schweigen wurde vom Geschrei der Leute auf der Achterbahn verschluckt. Sie holte tief Luft: »Du bist doch nicht verheiratet? Du würdest es mir doch sagen, oder?«

Darüber musste er lachen. »Nein, ich bin nicht verheiratet«, sagte er.

»Was ist so komisch daran?«

»Nichts.«

Sie rückten langsam vorwärts. Er sah, wie sie ihn musterte, las die vielen Fragen in ihren Augen. Wie viel ahnte sie wohl? Die letzten Wochen waren sehr intensiv gewesen. Sie hatten viel Zeit miteinander verbracht. Seine Tarnung war gut, aber nicht für solche Situationen ausgelegt. Und sie war nicht dumm, ganz und gar nicht.

»Warum so geheimnisvoll?«, fragte sie sanft. »Was verbirgst du vor mir, Robbie?«

»Gar nichts.«

Seufzen. Sie wartete, bis er sie ansah. »Ich möchte doch nur wissen, ob wir eine gemeinsame Zukunft haben. Und dazu muss ich wissen, wer du bist. Wer du wirklich bist.«

»Aber du weißt –«

»Nein, ich weiß nicht, wer du bist, Robbie. Ich wüsste es gern, aber du machst es mir sehr schwer.« Sie verschränkte die Arme hinter seinem Kopf und zog sein Gesicht zu sich heran, dann küsste sie ihn auf die Lippen. Sie legte ihre kühle Stirn an seine. »Die Sache ist nämlich die«, flüsterte sie, »ich glaube, ich bin dabei, mich in dich zu verlieben.«

Endlich war es heraus. In letzter Zeit hatte er ein sonderbares neues Gefühl verspürt, dem er nun einen Namen geben konnte. Liebe. Seine Entscheidung fiel in einer Millisekunde. Es war eine Entscheidung, die gegen die goldene Regel verstieß – niemandem außer sich selbst vertrauen –, doch es kam ihm richtig vor, und in diesem Augenblick konnte er sich nur auf seinen Instinkt verlassen. Und der ließ bloß einen Gedanken zu: Mit diesem Menschen wollte er den Rest seines Lebens verbringen.

»Ich glaube, ich bin auch dabei, mich in dich zu verlieben.«

Es kam ihm seltsam vor, diese Worte aus seinem Mund zu vernehmen, seltsam, aber auch irgendwie richtig. Sie löste sich ein wenig von ihm, lächelte ihn strahlend und offen an, ihr Lächeln war Millionen wert. Dann nahm sie seinen Kopf in ihre Hände und bedeckte sein ganzes Gesicht mit Küssen.

»Und du bist wirklich nicht verheiratet?«, fragte sie.

»Definitiv nicht«, versicherte er.

Sie wandte sich lachend ab und deutete auf die roten Gondeln, die durch die Nacht schwebten. »Meinst du, die sind sicher? Die haben schon ein paar Jahre auf dem Buckel.«

»Sie haben eine Menge überstanden. Mach dir keine Sorgen.«

Sie hängte sich bei ihm ein und küsste ihn auf die Wange. »Ich glaube, dies ist nicht der richtige Zeitpunkt, um dir von meiner Höhenangst zu erzählen, oder?«

»Schon gut, ich passe auf dich auf.«

Die Kartenverkäuferin sah aus, als wäre sie seit der Eröffnung des Riesenrads dabei. Sie streckte ihnen eine arthritische Klaue entgegen. Er kaufte zwei Karten und gab ein kleines Trinkgeld, damit sie eine Gondel für sich allein bekamen. Ihr ledriges Gesicht leuchtete auf. Sie wies auf eine Gondel, knallte die Tür zu und schickte sie mit einem Augenzwinkern und einem zahnlosen Grinsen auf die Reise.

Die Gondel ruckte ächzend in den Nachthimmel, die metallenen Streben und Gelenke knarrten leise. Unter ihnen breiteten sich die Lichter der Stadt aus, zwinkerten in der Ferne, wurden immer mehr, je höher sie emporstiegen. Spielzeugeisenbahnen fuhren in den Bahnhof Praterstern und spuckten Spielzeugmenschen aus, die heim in ihre Spielzeughäuser gingen. Er zog sie an sich und strich mit den Fingern durch ihr Haar. Sie legte die Wange an seine Schulter.

»Atemberaubend, was?«, fragte sie.

Zugegeben, die Aussicht war verblüffend. Seit er in Wien war, hatte er sich noch keine Sehenswürdigkeiten angeschaut. Immer nur Arbeit, kein Spaß. Außerdem stand er nicht auf Touristenhorden und hätte normalerweise alles getan, um ihnen aus dem Weg zu gehen, aber mit ihr war es etwas anderes. Mit ihr war einfach alles anders. Sie machte selbst das Unerträgliche erträglich.

»Die alte Frau, die uns die Karten verkauft hat, meint sicher, du wolltest mir einen Heiratsantrag machen.«

»Na ja, es ist wohl der perfekte Ort dafür. Hier oben hat es sicher schon Tausende von Heiratsanträgen gegeben.«

»Na bitte, selbst du kannst romantisch werden. Und, machst du mir auch einen Antrag?«

Im Grunde war die Antwort ganz einfach, aber leider funktionierte es nicht so. Jedenfalls nicht, wenn man für den MI6 arbeitete. Sie hatte sich in den Beamten Robert Macintosh verliebt. Was würde sie sagen, wenn sie herausfand, womit er in Wirklichkeit sein Geld verdiente? Damit es mit ihrer Beziehung klappte, musste sie alles erfahren. Eine Beziehung, die auf eine Lüge gegründet war, konnte nur in einer Katastrophe enden. Und diese eine Beziehung wollte er auf keinen Fall zerstören. Sie würde in seine geheime Welt hineingesogen, wäre gezwungen, eine Maske zu tragen. Konnte man das tatsächlich von einem anderen Menschen erwarten? Dass sie irgendwann spätabends Besuch erhielt und erfuhr, dass auch ihr Ehemann dem Spiel der Spione zum Opfer gefallen war, dass sie danach langsam dem Wahnsinn verfiel? Das war ein Leben, das man seinem schlimmsten Feind nicht wünschte, geschweige denn der Frau, die man liebte. Plötzlich sehnte er sich danach, nur noch ein einziges Mal mit seiner Mutter zu sprechen. Nicht lange, eine einzige Frage wäre genug. Würde sie ihr Leben noch einmal genauso leben wollen? Er ahnte, wie die Antwort lauten würde. Ein einfaches Ja. Seine Mutter hatte seinen Vater geliebt, und sie hatte ihren Sohn geliebt. Sie hätte nicht auf sie verzichten mögen. Dennoch, man wusste nie, was das Leben für einen bereithielt. Es konnte ungeheuer langweilig verlaufen, und dann stand man eines Tages auf, ging vor die Tür und wurde von einem Bus überfahren. Andererseits gab es Leute, die ständig Risiken eingingen, rauchten und tranken und hundert Jahre alt wurden. Es gab kein Muster und keine Begründung. Was also sollte er tun? Sein Verstand riet ihm, sich von ihr zu trennen, doch sein Herz war anderer Meinung. Und das Herz gab in diesem Fall den Ausschlag.

»Robbie, du bist schon wieder so still.«

»Tut mir leid.«

»Das mit dem Antrag war doch nur ein Witz«, sagte sie. »Es wäre einfach lächerlich. Wir haben uns doch gerade erst kennen gelernt.«

»Eigentlich finde ich es gar nicht so lächerlich.«

»Wirklich nicht?« Sie schaute ihn mit weit aufgerissenen Augen an, als wollte sie prüfen, ob er sich über sie lustig machte.

»So etwas kommt dauernd vor. Wilde Romanzen, meine ich.«

»Ist es das denn – eine wilde Romanze?«

»Na ja, es hat mein Leben ganz schön auf den Kopf gestellt.«

Sie holte tief Luft und schaute ihm in die Augen. »Du meinst es ernst, was? Du willst mir einen Antrag machen.«

»Ja.«

»Aber …?«

»Aber vielleicht überlegst du es dir anders, wenn du gehört hast, was ich dir zu sagen habe.«

Ihr Gesicht verfinsterte sich, sie wirkte ein wenig besorgt. »So schlimm kann es doch nicht sein, oder?«

Er antwortete mit einem langen Seufzer.

»Und?«, fragte sie ein bisschen ängstlich, so als fürchtete sie sich vor dem, was nun kommen würde.

»Alles, was du über mich zu wissen glaubst, ist gelogen.«

»Alles?«

»Na ja, nicht ganz. Ich heiße Robert Macintosh und arbeite für das britische Außenministerium – sozusagen jedenfalls.«

»Sozusagen?«

Ein weiterer schwerer Seufzer, die schöne Aussicht war mittlerweile vergessen. Er hasste Gespräche, in denen aus jeder Antwort eine neue Frage wurde.

»Ich kann es nicht besonders gut erklären, was?«

»Robert, du erklärst überhaupt nichts.«

Zum ersten Mal hatte sie ihn Robert genannt, hoffentlich auch zum letzten Mal. Aus ihrem Mund hörte sich der Name irgendwie hässlich an.

Er holte tief Luft. Es war schwerer, als er gedacht hatte. »Ich versuche es noch einmal.«

»Bitte.«

»Ich arbeite für den MI6.«

Sie schwieg eine Weile und musterte ihn prüfend. Er wich ihrem Blick nicht aus, obwohl er es gern getan hätte. Die Gondel trug sie höher, das uralte Metall ächzte und stöhnte, das große Rad drehte sich im Kreis, immer rundherum.

»Okay«, sagte sie schließlich. »Damit hatte ich jetzt nicht gerechnet.«

»Im Ernst.« Er versuchte zu lächeln.

»Im Ernst«, stimmte sie zu und schenkte ihm ihr seltsam verhaltenes Lächeln. »Okay, Mr. Bond, was hast du mir sonst noch zu sagen? Falls du mir überhaupt etwas sagen darfst.«

Und zu seiner eigenen Überraschung sagte er ihr alles.

Als die Fahrt zu Ende war, war er gerade erst richtig in Schwung gekommen. Die Fahrkartenverkäuferin öffnete die Tür, doch er steckte ihr noch ein paar Schillinge zu, damit sie noch eine Runde drehen konnten. Sie bedachte ihn wieder mit ihrem zahnlosen Grinsen und sagte auf Englisch »Gratuliere«, vermutlich das einzige Wort, das sie in dieser Sprache kannte. Das ers-

te Paar in der Schlange grummelte missbilligend, doch sie warf den beiden einen strengen Blick zu. Noch ein Grinsen, ein Augenzwinkern, und schon segelten sie wieder in den Nachthimmel.

Sie konnte gut zuhören. Stellte gelegentlich eine Frage, überließ aber meist ihm das Reden. Es war leichter, als er gedacht hatte. Eigentlich kein Wunder, denn er war in Verhörtechniken geschult und wusste daher, dass es am schwierigsten war, die Person überhaupt zum Sprechen zu bewegen. Deshalb begann man auch mit den einfachen Fragen: Name, Rang, Personalnummer. Begann derjenige einmal zu reden, öffneten sich die Schleusen, und die Informationen brachen aus ihm heraus. So auch hier. Er hatte ihr eigentlich nur die wichtigsten Dinge sagen wollen, doch nachdem er einmal angefangen hatte, hörte er nicht mehr auf. Sie sollte alles erfahren. Alles verstehen. Es war eine Art Katharsis. Es tat gut, endlich wieder ein richtiger Mensch zu sein, nicht nur ein Schatten, gegründet auf Lügen.

Er hatte genügend Geheimnisse, um sie die ganze Nacht hindurch bis in den nächsten Tag zu unterhalten, doch sie konnten unmöglich noch eine dritte Runde drehen. Die zahnlose Kartenverkäuferin hatte sich ihr schönstes Grinsen für den Abschied aufgespart. »Gratuliere! Gratuliere!«, rief sie aus vollem Hals, als sie Arm in Arm ausstiegen.

Sie kehrten schweigend in die Pension zurück. Dies war nicht der richtige Ort für Trivialitäten. Und in einem Taxi konnte er ihr unmöglich seine Geheimnisse offenbaren.

Als sie wieder in ihrem Zimmer waren, erzählte er ihr alles über seine derzeitige Stellung. Sie saßen nebeneinander auf dem Bett und tranken Weinbrand, das Kerzenlicht malte Schatten an die pockennarbigen, weiß getünchten Wände. Ihr Gesichtsausdruck verriet ihm, dass sie es nicht so ganz fassen konnte.

»Noch mal zum Mitschreiben. Du warst Leiter der Moskau-

er Station und bist jetzt für Wien verantwortlich ... ist das kein Rückschritt?«

»Genau betrachtet nicht. Die UdSSR existiert nicht mehr. Das Interesse verlagert sich nach Süden, in den Nahen und Mittleren Osten. Strategisch gesehen, ist Wien zurzeit die wichtigste Station des MI6. Die Lage ist perfekt, um die neuen russischen Staaten und, wichtiger noch, Iran und den Nahen Osten auszuspionieren. Weiter kann man es beim MI6 kaum bringen.«

»Aber ...«, meinte sie vielsagend und verblüffte ihn wieder einmal mit ihrem Scharfsinn. Sie war wirklich ganz anders als die Frauen, für die er sich gewöhnlich interessierte.

»Die haben mich kaltgestellt«, sagte er und konnte sich nicht mehr bremsen, die ganze Wut, der ganze Hass brachen sich Bahn. Er berichtete ihr von Kinclave. Im Kerzenschein, unter den strengen Augen des vorwurfsvollen Jesus, gestand er ihr seine dunkelsten Gefühle, erzählte ihr, dass dieses Schwein eines Tages dafür bezahlen würde, und wenn es das Letzte sei, was er täte. Als er zu Ende gesprochen hatte, fühlte er sich nackt, als hätte er seine ganze Seele vor ihr entblößt. Nun wusste sie alles über ihn, kannte seine dunkelsten Geheimnisse. Und es war gut so. Er sah sie erwartungsvoll an. Wünschte sich, sie möge etwas sagen, und wollte gleichzeitig, dass sie schwieg.

»Wenn es nach mir ginge, wärst du Chief geworden«, sagte sie schlicht. Ihre Zungenspitze stahl sich hervor, was ihr kokettes Grinsen noch betonte.

»Und?«

»Und was?«, erwiderte sie.

»Was den Antrag angeht ...«

Sie sagte nichts, zog nur eine Augenbraue hoch.

»Du verlangst doch wohl nicht, dass ich auf die Knie falle, oder?«

»Der Mann, der König sein wollte, kniete vor mir. Ich glaube,

das könnte mir gefallen. Andererseits wäre es dir vielleicht lieber, wenn ich vor dir auf die Knie ginge.«

Sie trank ihren Weinbrand aus und stellte das Glas auf den Nachttisch. Dann glitt sie vom Bett, öffnete seinen Reißverschluss, schob die Hand in seine Unterhose und begann ihn zu streicheln. »Und, was wolltest du mich fragen?«

»Willst du mich heiraten?«

»Natürlich.«

Ihm kam flüchtig der Gedanke, dass er sie mit seinen Enthüllungen überfordert, dass er vielleicht ein wenig übertrieben hatte. Aber sie musste es erfahren. Sie waren füreinander geschaffen, und da durfte es keine Lügen und keine Geheimnisse geben ... so einfach war das. Dann nahm sie ihn in den Mund, und er stellte überrascht fest, dass auf einmal alles andere unwichtig geworden war.

30

Auf dem Bildschirm des Laptops leuchteten drei dicke fette Nullen. 0.00. Noch immer. Sein ganzer Körper pulsierte im Rhythmus seines Herzschlags: Kopf, Brust, Finger und Zehen. Er holte tief Luft, sog das abgestandene Aroma des Schlafzimmers ein – noch nie hatte Luft so süß geduftet. Die Polizeisirenen jaulten draußen vor der Tür, ein Sammelsurium willkürlicher Töne, das einen dissonanten Akkord bildet. Eine subtile Vorgehensweise war noch nie die Stärke der Polizei gewesen. Dann erfüllte ein seltsames Geräusch den Raum, und es dauerte eine Sekunde, bis er es einordnen konnte. Gelächter. Er drehte sich um. George schüttelte den Kopf und murmelte leise etwas vor sich hin.

»Dieser Hundesohn«, wiederholte sie in ungläubigem Ton. »Dieser verdammte Hundesohn.«

Sie zog an dem Seil, mit dem ihre Hände gefesselt waren, als wäre sie Houdini persönlich. Verdammt, sie hatte es nicht kapiert!

»Nein!«, schrie Aston.

George erstarrte, das Lachen blieb ihr im Hals stecken. Sie schaute ihn an, als wäre er wahnsinnig.

»Nicht bewegen«, warnte Aston. »Bleib ganz still liegen.«

»Was?«

»Die Bombe«, sagte er hastig. »Sie ist echt.«

»Du willst mich verarschen.«

Aston merkte, dass er nicht wirklich überzeugend klang.

Auch er konnte sich nur auf seinen Instinkt verlassen, bislang hatte er Glück gehabt.

»Sie ist echt«, wiederholte er.

»Na schön – und warum sind wir dann noch hier?«

»Die Sache ist kompliziert. Ich bin mir selbst nicht sicher, ob ich es wirklich ver-«

Die Sirenen draußen verstummten plötzlich. »Kommen Sie mit erhobenen Händen heraus!« Die Stimme wurde durch das Megaphon verzerrt und klang gedämpft, weil sie durch die geschlossene Tür drang, aber der Befehlston war unverkennbar.

»Wir haben das Haus umstellt!«

Na super, das hatte ihm gerade noch gefehlt. Er konnte sich genau vorstellen, wie die Streifenwagen die Straße blockiert hatten, einen Halbkreis bildeten wie die Planwagen im Wilden Westen, wie sich hinter ihnen Polizisten im Kampfanzug duckten, die zuckenden Finger am Abzug.

»Kommen Sie mit erhobenen Händen heraus!«, wiederholte die Stimme. »Wir möchten vermeiden, dass jemand verletzt wird.«

Aston bemühte sich, die Stimme zu ignorieren. Er war Mac nach Strich und Faden auf den Leim gegangen. Jetzt war es Zeit, sich zu wehren, doch er fürchtete, den Sprengstoff zu zünden, wenn er sich am Laptop zu schaffen machte. Zunächst einmal legte er ein Taschentuch über die Kamera. Falls Mac ihn von irgendwoher beobachtete, würde ihm das zumindest den Spaß verderben. Als Nächstes musste er die Polizei verständigen. Das Handy kam nicht infrage; wenn man damit einen Jumbojet zum Absturz bringen konnte, wollte er mit der Bombe lieber kein Risiko eingehen.

»Kommen Sie mit erhobenen Händen heraus!«

»Gehst du raus?«, wollte George wissen, doch ihr Tonfall verriet ihm, dass sie sich nichts weniger wünschte als das.

»Leider nicht. So schnell wirst du mich nicht los. Du hast hier drinnen nicht zufällig ein Telefon?«

George deutete mit der Hand hinter sich. Aston wurde blass. »Der Quecksilberschalter«, flüsterte er. »Beweg dich bloß nicht. Auf gar keinen Fall.«

»Tschuldigung«, flüsterte George.

Aston fand das Telefon und überprüfte es gründlich, bevor er den Hörer abnahm. Dann wählte er den Notruf 999. Sowie sich die Vermittlung meldete, bat er, noch bevor sie »Polizei, Feuerwehr oder Krankenwagen?« fragen konnte, darum, mit dem leitenden Beamten am Einsatzort West Hampstead verbunden zu werden. Man bat ihn zu warten. Es klickte mehrfach, er hörte statisches Rauschen.

»Kommen Sie mit erhobenen –«

»Was?«, knurrte eine barsche Stimme.

»Sind Sie der leitende Beamte?«

»Ja, hier spricht Detective Superintendent Fielding. Mit wem spreche ich?«

»DS Fielding, ich möchte, dass Sie mir ganz genau zuhören«, sagte Aston.

»Wer spricht denn da?«

»Das ist egal, hören Sie mir einfach nur zu. Ich befinde mich in der Wohnung, Sie müssen dringend einen Kampfmittelexperten schicken. Und keine Fragen stellen.«

Aston hörte, wie Fielding Befehle brüllte, dann war er wieder am Apparat. »Sie sind in fünf, maximal zehn Minuten hier. Alles in Ordnung mit der Frau?«

»Es geht ihr gut«, sagte Aston. »Bringen Sie Ihre Männer bitte in sichere Entfernung. Es wäre auch eine gute Idee, die Straße zu evakuieren. Das ist zwar nur eine Vermutung, aber ich schätze, wir haben es mit C4 zu tun. Nicht genug, um die ganze Gegend in die Luft zu jagen, aber es reicht, um die Wohnung im Bagdad-Stil umzudekorieren. Ach ja, und halten Sie die Medien in Schach.«

Fielding verschwand ein paar Sekunden lang. Man hörte Gemurmel im Hintergrund, dann: »Weitere Forderungen?«

Forderungen! Wie blöd konnte man sein?

»Ich glaube, Sie verstehen mich falsch«, erwiderte Aston.

»Sie scheinen doch ein vernünftiger Mann zu sein. Bislang wurde niemand verletzt. Und Sie möchten wohl, dass es auch so bleibt.«

»Hören Sie mal, ich bin weder Kidnapper noch Terrorist. Und wenn ich ein wenig gestresst klinge, liegt es lediglich daran, dass sich eine Bombe hier im Zimmer befindet und dass diese Bombe zufällig an meiner besten Freundin befestigt ist.«

»Wie heißen Sie doch gleich?«

Na super. Fielding hielt sich wortgetreu an das Handbuch für Geiselverhandlungen – oder er stand auf Action-Filme Marke Hollywood. Zweite Stufe: Verständigung aufbauen. Praktischer Tipp: dem Täter auf gar keinen Fall etwas abschlagen. Den Film kannte Aston auch.

»Ich möchte Sie mit Namen ansprechen«, drängte Fielding.

»Nennen Sie mich Larry, wenn Sie sich dann besser fühlen.«

»Und wie läuft es da drinnen bei Ihnen, Larry?« Nun, da er ihn mit Namen ansprechen konnte, wirkte Fielding schon viel freundlicher. Sie plauderten fast wie alte Freunde miteinander.

»Einfach super. Hatte ich eigentlich schon erwähnt, dass sich hier drinnen eine Bombe befindet? Das ist doch wirklich gemütlich. Apropos, ist der Kampfmittelräumdienst schon aufgetaucht?«

»Sie sind unterwegs, Larry. Warum kommen Sie nicht einfach heraus?«

»Ich kann nicht.«

»Larry, ich verspreche, dass Ihnen nichts geschieht.«

»Hören Sie mir denn gar nicht zu? Ich kann nicht herauskommen.«

»Wir erreichen viel mehr, wenn wir uns persönlich unterhalten. Ich bin sicher, die Situation lässt sich irgendwie bereinigen.«

»Verdammt, Mann, sind Sie taub?«, brüllte Aston in den Hörer. »Ich kann nicht rauskommen.«

»Entspannen Sie sich, Larry.« Ein Hauch von Angst hatte sich in Fieldings Stimme geschlichen. Aston fragte sich, ob ihm allmählich der Schweiß ausbrach. Hoffentlich. Geschah dem Blödmann recht.

»Und sagen Sie nicht noch mal, ich soll mich entspannen. Davon werde ich nur noch nervöser. Schlagen Sie auf Seite elf im Handbuch nach. Da steht alles drin.«

»Wie bitte?«

»Ach, egal.«

»Warum können Sie nicht rauskommen, Larry?«

»Das ist jetzt zu kompliziert.«

»Ich höre.«

Aston holte tief Luft. Allmählich riss ihm der Geduldsfaden, das alles war doch völlig sinnlos. Er würde noch einen letzten Versuch unternehmen, Fielding die Sache begreiflich zu machen. »DS Fielding, die Situation ist im Grunde ganz einfach.« Aston sprach, als hätte er einen begriffsstutzigen Fünfjährigen am Telefon. »Hier drinnen befindet sich eine Bombe. Diese Bombe ist an meiner Freundin befestigt. Falls sie sich bewegt oder versucht, die Bombe zu entfernen, geht sie los. Falls ich die Wohnung verlasse, geht die Bombe ebenfalls los. Möchten Sie das wirklich? Vor einem rauchenden Krater stehen? Und noch mal fürs Protokoll: Ich bin kein Terrorist. Ich bin nicht aus der Irrenanstalt entflohen. Und dies hier ist keine Geiselnahme. Verstanden?«

»Hört sich, an als wollten wir beide das Gleiche, Larry. Eine friedliche Lösung.«

Halleluja! Endlich war bei dem Ermittler der Groschen gefallen.

»Nun«, fuhr Fielding fort, »wenn dies keine Geiselnahme ist, begreife ich nicht, warum Sie nicht einfach herauskommen und mit mir reden können. Zumindest könnten Sie mir Ihren richtigen Namen verraten. Sie müssen schon ein bisschen mithelfen.«

»Herrgott noch mal! Wissen Sie was, rufen Sie mich an, wenn der Kampfmittelräumdienst da ist.« Aston hängte kopfschüttelnd ein.

»Super gelaufen, was?«, sagte George.

»Allmählich wird mir auch klar, wieso Mac eine so niedrige Meinung von der Polizei hat.«

Aston lief auf und ab und versuchte, die Situation in Ruhe zu bewerten, doch sein Adrenalinspiegel war so hoch, dass er nicht mehr klar denken konnte. Niemand außer Mole hatte gewusst, dass er herkommen würde. Warum also hatte Mole der Polizei nicht die ganze Geschichte erzählt? Ihnen erklärt, dass es sich nicht um eine Geiselnahme handelt? Aston rieb sich das Gesicht. Es ergab einfach keinen Sinn. Andererseits, wenn man es aus Moles Perspektive betrachtete – der Typ hatte nie viel von der Polizei gehalten. Außerdem neigte er zu einer gewissen Paranoia, den Nachwirkungen von zu viel Dope, zu viel Koffein und zu viel Zeit im Cyberspace. Mole hatte also die Polizei angerufen, vermutlich unter falschem Namen oder sogar ohne einen Namen zu nennen, die Adresse von George angegeben und die Polizei aufgefordert, schnellstens dorthin zu fahren, weil die Kacke am Dampfen sei. Die Sache entbehrte nicht einer gewissen Logik.

Natürlich gab es noch jemanden, der wusste, dass Aston zu George gefahren war. Was aber hätte Mac davon gehabt, die Polizei zu alarmieren?

Plötzlich zog sich Georges Gesicht vor Schmerz zusammen. »Oh, verdammt«, zischte sie zwischen zusammengebissenen Zähnen. »Mann, tut das weh!«

»Was ist los?«

»Krampf! Linker Oberschenkel!«

Aston trat näher ans Bett, die Augen auf den grauen Klumpen Sprengstoff geheftet. Ganz vorsichtig streckte er die Hand aus und massierte sanft ihr Bein. Keiner sagte etwas, sie beschränkten sogar das Atmen auf ein absolutes Minimum.

»Ich glaube, es geht wieder. Du kannst aufhören, wenn du magst.«

Aston wich behutsam zurück. »Das gefällt mir gar nicht. Ich weiß nicht, wie viel Adrenalin ich noch verarbeiten kann. Hast du auch solche Angst?«

»Angst trifft es nicht ganz, Paul.«

»Wir kommen hier wieder raus.« Er küsste sie auf die Stirn.

»Ich glaube dir. Und danke auch.«

»Wofür?«

»Einfach so.«

Aston betrachtete die Bombe, die Nullen auf dem Bildschirm. Die Bombe war klein, schien aber den ganzen Raum zu füllen. Und obwohl sie so klein war, reichte sie immer noch aus, um ihn und George zu atomisieren. Vermutlich würden sie gar nichts merken. Ein heller Blitz, schon wäre alles vorbei. Herzlich willkommen im großen Nichts. Aston glaubte nicht an ein Leben nach dem Tod. Es hörte sich nämlich nicht gerade spaßig an, bis in alle Ewigkeit Harfe spielend auf einer Wolke zu hocken. Noch ein Blick auf den Sprengstoff, den Kippschalter, die Drähte. Es war frustrierend. Er kam sich völlig nutzlos vor. Er konnte nur dasitzen und auf die Experten warten. Warten fiel ihm immer schwer, vor allem, wenn er so aufgedreht war wie jetzt. Wo zum Teufel steckten die nur? Höchstens zehn Minuten, hatte Fielding gesagt. Die müssten doch längst hier sein.

Das Telefon klingelte. Aston meldete sich und rechnete damit, DS Fielding zu hören. »Ja?« Schon prasselten die Fragen auf ihn ein.

»Wer ist denn da? Habe ich die richtige Nummer?«

Ich glaube, es ist deine Mutter, hauchte Aston, die Hand über den Hörer gelegt.

Die hat mir gerade noch gefehlt, hauchte George zurück, *sag ihr, ich bin nicht da.*

»Sie ist mal eben weggegangen, Mrs. Strauss.«

»Wer sind Sie überhaupt? Was haben Sie in der Wohnung meiner Tochter zu suchen?«

»Paul am Apparat.«

»Paul … Paul.« Sie versuchte, den Namen einzuordnen. »Ach, Paul! Sie ist also nicht da. Soll dass heißen, sie will nicht mit ihrer Mutter sprechen?«

»Hören Sie, das ist wirklich nicht der richtige Zeitpunkt.«

»Nicht der richtige Zeitpunkt? Ich verstehe genau, was Sie damit meinen. In letzter Zeit mag sie nämlich gar nicht mehr mit ihrer Mutter sprechen. Ist immer beschäftigt. Na ja, richten sie ihr aus, dass ich angerufen habe. Wenn sie zur Abwechslung mal Zeit hat, weiß sie ja, wo sie mich findet.« Sie hängte ein.

Aston legte den Hörer vorsichtig auf. »Ich glaube, deine Mutter ist ganz schön sauer, obwohl du kein Wort gesagt hast. Wirklich eindrucksvoll.«

»Paul, meine Mutter ist ständig sauer auf mich, ohne dass ich viel sage.« Sie spähte zu den drei fetten Nullen auf dem

Bildschirm des Laptops hinüber. »Woher wusstest du, dass Mac die Bombe nicht hochgehen lassen würde?«

Aston lehnte sich gegen den Türrahmen. Der letzte Adrenalinschub hatte sich gelegt, und er fühlte sich auf einmal leer; außerdem lauerten noch die Nachwirkungen des Katers im Hintergrund. Am liebsten hätte er sich mit schwarzem Kaffee und Aspirin aufs Sofa gehauen und einen Film angeschaut. »Die dritte Möglichkeit«, sagte er.

»Was soll das nun wieder heißen?«

»Mac redet ständig davon.«

»Ich kapiere es immer noch nicht.«

»Ich auch nicht«, gab Aston zu. »Jedenfalls nicht richtig.«

»Er hat dir doch nur zwei Möglichkeiten gelassen.«

»Die dritte Möglichkeit ist nicht offensichtlich. Man muss um die Ecke denken, um sie zu finden.«

»Das ergibt doch trotzdem keinen Sinn, Paul.«

»Ich habe irgendwie das Gefühl, dass ich zu seinem Plan gehöre.«

»Und worauf gründet sich dieses Gefühl?«

»Beide Möglichkeiten, die er mir gelassen hat, hatten eines gemeinsam: Ich wäre ungeschoren davongekommen.«

George schwieg einen Moment. »Willst du damit sagen, du hast wegen einer ... Ahnung dein Leben riskiert? Und nur, um mich zu retten?«

»So in der Art.«

Wieder ging das Telefon. Aston meldete sich mit einem vorsichtigen Hallo. Diesmal drang Fieldings knurrige Stimme an sein Ohr.

»Der Kampfmittelräumdienst ist hier.«

»Worauf zum Teufel warten Sie denn noch?«, erwiderte Aston. »Rein mit ihnen.«

31

Der Sprengstoffexperte schob sich wie eine gigantische schwarze Schildkröte aus Metall langsam ins Schlafzimmer. Er zog eine große Aluminiumkiste hinter sich her und steckte in einer Art Rüstung, auf der in weißen Lettern SPRENGSTOFFKOMMANDO zu lesen war. Ein Sturzhelm mit dickem Visier rundete das Ensemble ab. Die strahlend weißen Zähne unter dem exakt gestutzten Schnurrbart – ein dentistisches Meisterwerk.

»Ich heiße Stuart«, verkündete er und verströmte die Zuversicht eines Piloten, der seinen Passagieren Mut zuspricht. Er schaute sich aufmerksam im Zimmer um, seinen Augen entging nichts. Er betrachtete die Bombe, den Laptop und schließlich das Bett. »Hi«, sagte er. »Sie sind dann wohl Georgina?«

»George«, korrigierte sie ihn.

Er wandte sich an Aston. »Und Sie müssen Paul sein.«

Aston fragte sich, woher er diese Informationen haben mochte.

»Paul, an Ihrer Stelle würde ich verschwinden.«

»Ich bleibe hier.«

»Ich wüsste nicht, wie Sie hier helfen könnten, wenn Sie also bitte –«

»Ich bleibe hier«, wiederholte Aston energisch.

»Zu Ihrer eigenen Sicherheit schlage ich vor, dass Sie das Zimmer verlassen.«

»Und sonst? Lassen Sie mich hinauswerfen? Hier ein paar Infos, damit Sie wissen, womit Sie es zu tun haben, Stuart. C4-Sprengstoff, Quecksilberschalter, und wir wissen nicht, ob irgendwelche Fallen eingebaut sind. Und Sie wollen mir erzählen, dass Sie grünes Licht haben, mich mit Gewalt aus diesem Zimmer zu entfernen? Sie sehen doch, wie eng es hier ist. Drei Leute sind mehr als genug. Falls Sie Verstärkung rufen – und ich werde nicht freiwillig gehen –, stößt vielleicht jemand versehentlich an die Bombe und ... Sie können sich ungefähr vorstellen, was dann passiert.«

»Sind Sie schon einmal am Schauplatz einer Bombenexplosion gewesen? Das ist nicht wie im Film.«

»In der Tat, das war ich. Und Sie können mir glauben, dass ich lieber nicht in diesem Zimmer wäre. Aber auf dem Bett da drüben liegt meine beste Freundin, und sie braucht mich.«

Stuart musterte ihn aufmerksam. »Und es gibt nichts, womit ich Sie umstimmen könnte?«

»Nichts.«

»Nur fürs Protokoll, ich halte Sie für verrückt.«

»Man hat mich schon schlimmer beleidigt.«

»Na schön, aber dann sollten Sie wenigstens Schutzkleidung anziehen.«

»Dafür bleibt keine Zeit. Haben Sie den Quecksilberschalter gesehen? George hatte schon einen Krampf. Beim nächsten Mal hat sie vielleicht weniger Glück.«

»Lasst euch ruhig Zeit, Jungs«, rief George vom Bett herüber.

Die Männer wandten sich zu ihr.

»Wenn es euch nichts ausmacht, würde ich mich sehr freuen, wenn ihr mich allmählich von diesem Scheißding befreien könntet.«

Stuart nickte, klappte seine Kiste auf und machte sich an die Arbeit.

Während er die Bombe entschärfte, führte Aston eine telepathische Konversation mit George. Ein Lächeln hier, ein Augenzwinkern da, kleine Gesten, die sagen sollten: *Ich bin für dich da.* George gab sich tapfer, konnte ihn aber nicht täuschen. Die Belastung war ihr deutlich anzusehen, ein dünner Schweißfilm bedeckte ihr Gesicht. *Alles wird gut,* sagte Aston ihr mit den Augen, *du darfst dich ruhig fürchten.*

Er schaute immer wieder zu Stuart hinüber. Stuarts Augen blickten konzentriert, seine Hände arbeiteten vollkommen ruhig. Dann und wann richtete er sich auf und betrachtete die Bombe von allen Seiten. Danach machte er sich wieder an die Arbeit, bewegte sich unendlich behutsam, als wäre jeder Schritt im Voraus durchdacht. Aston begriff, dass dieser Fremde ihr Leben in der Hand hielt. Hoffentlich verstand Stuart sein Handwerk; er schien jedenfalls zu wissen, was er tat. Aston spürte, wie ihm der Schweiß ausbrach, als ein neuerlicher Adrenalinstoß seinen Körper durchfuhr. Seine Haut kribbelte, sein Magen verkrampfte sich. Ein Blick auf die Uhr. Stuart war erst seit einer Viertelstunde bei der Arbeit, doch Aston kam es vor wie eine Ewigkeit. Der Sprengstoffexperte griff nach einer Zange und begann ohne zu zögern, Drähte zu durchtrennen. Aston hielt unwillkürlich die Luft an und musste sich zwingen, ruhig zu atmen. Dann wandte Stuart seine Aufmerksamkeit dem Laptop zu. Er klickte mit der Maus, drückte einige Tasten, nickte zufrieden. Schließlich ging er zu George hinüber und wies sie an, ganz still zu liegen. Mit unendlicher Vorsicht trennte er den Zünder vom Sprengstoff und entfernte sanft das silberne Klebeband.

»Alles klar, Leute, ihr könnt wieder atmen«, verkündete er, den Klumpen C4 sicher in der Hand. Er legte den Sprengstoff auf den Nachttisch und nahm den Helm ab. Sein Gesicht glänzte vor Schweiß, der Schnurrbart hing feucht und traurig herunter. Selbst Superhelden gerieten bisweilen unter Stress.

Stuart holte ein Schweizer Armeemesser aus der Aluminiumkiste und klappte eine Klinge aus. Er durchschnitt die Seile, mit denen George gefesselt war, und bat sie, sich nicht zu schnell hinzusetzen. George ignorierte seinen Rat und sprang auf wie ein Hund, den man auf ein Feld voller Kaninchen losgelassen hat. Sofort sank sie zu Boden. Aston konnte sie gerade noch auffangen.

»Hast du nicht gehört, was er gesagt hat?« Er führte sie zum Bett und half ihr, sich hinzusetzen.

»Jetzt komm mir nicht auf die Tour, Paul«, sagte sie, klang aber nicht zornig. Sie massierte ihre Gliedmaßen, ein breites Grinsen auf dem Gesicht, und wirkte sichtlich erleichtert. Aston sah vermutlich genauso aus.

»Wie fühlst du dich?«, fragte er.

»Ziemlich platt, aber froh, am Leben zu sein.«

»Komisch«, sinnierte Stuart und warf ihnen das Wort wie einen Köder hin.

Aston biss an. »Was ist denn?«

»Die Bombe war im Grunde ziemlich simpel – womit ich sie nicht kleinreden will. Jede Bombe verdient Respekt. Eine kleine kann ebenso töten wie eine große. Keine Stolperfalle, elegante Bauweise. Vor allem das Computerprogramm, das den Zünder steuerte, ist ziemlich eindrucksvoll. Wer immer das geschrieben hat, versteht sein Handwerk.«

»Und?«, fragte Aston.

»Der Quecksilberschalter war nicht angeschlossen. Er war so mit dem Zünder verbunden, dass es *aussah*, als wäre er es. Wer immer die Bombe gebaut hat, wusste genau, was er tat. Das ergibt irgendwie keinen Sinn.«

Wenn man Mac kennt, schon, dachte Aston. Er hatte mit ihnen gespielt, ihnen Angst machen wollen. Das passte auch zu seiner Theorie von der dritten Möglichkeit. Mac wollte nicht riskieren, dass Aston sich versehentlich in die Luft sprengte. Ja, es passte tatsächlich alles zusammen. »Sie haben recht, das ergibt keinen Sinn«, sagte Aston zu Stuart.

»Können wir jetzt bitte gehen? Ich muss mal an die frische Luft«, sagte George.

»Nach Ihnen«, sagte Stuart.

Aston half George auf die Füße. Sie musste sich schwer auf ihn stützen. Er spürte, wie sie zitterte, sagte aber nichts dazu.

Sie gingen in den Flur, gefolgt von Stuart in seiner unförmigen Schutzkleidung. Die Haustür stand weit offen, und sowie sie nach draußen traten, wurden sie von zwei uniformierten Polizisten zur Seite gezogen. Eine Polizistin legte George eine Decke um die Schultern und sprach tröstend auf sie ein. Einige Journalisten mit Kameras hatten sich versammelt und drängten gegen die Absperrung, die die Polizei errichtet hatte. Aston hob unwillkürlich den Arm, um sein Gesicht zu verdecken, und bemerkte, dass sich George hinter der Decke verbarg. Das würde die Zentrale gar nicht gerne sehen, dachte Aston. In letzter Zeit war der MI6 öfter als erwünscht in den Medien erschienen. Dabei wussten diese noch nicht einmal, dass ein führender Kopf des Geheimdienstes an dem Bombenanschlag vom Leicester Square beteiligt gewesen war. Die Tatsache, dass der MI6 geschlafen hatte, war schlimm genug, doch wenn herauskäme, dass ein Geheimdienstler unter den Tätern war, würden Köpfe rollen.

Die Einsatzzentrale war in einem großen Lieferwagen untergebracht, der etwa fünfzig Meter weiter parkte. Er trug die Aufschrift *Metropolitan Police* und das Logo der Londoner Polizei. DS Fielding wartete drinnen. Aston erkannte ihn sofort, denn er wirkte ebenso schroff wie vorhin am Telefon. Spiegelblanke Glatze, auf der das Neonlicht des Lieferwagens gleißte. Seine Nase war mehr als einmal gebrochen und nicht sonderlich fachmännisch gerichtet worden. Der Hemdkragen saß so eng, dass sein Hals rot angelaufen war. Er trug einen dunkelblauen, schlecht sitzenden Anzug, der nach Secondhand-Shop aussah. Mit den Hängebacken, dem dicken Bauch und dem kahlen Kopf erinnerte er Aston an eine Kreuzung zwischen Rausschmeißer und Metzger.

Fielding saß hinter einem billigen Schreibtisch auf dem einzigen Stuhl im Wagen und machte sich nicht die Mühe aufzustehen. Auf dem Schreibtisch stand ein Computer, an einer Wand war eine Karte der Londoner Stadtmitte befestigt, gegenüber hing eine Pinnwand. Er entließ die beiden Polizisten mit einer unwilligen Handbewegung. An einem seiner fleischigen Finger trug er einen großen goldenen Siegelring, der wahnsinnig geschmacklos, aber zweifellos bestens geeignet war, um jemandem die Zähne einzuschlagen.

»So, würden Sie mir nun bitte verraten, was hier eigentlich vorgeht?«

Aston und George schwiegen.

»Das gefällt euch, was? Na schon, soll ich vielleicht mal erzählen, was ich weiß?«

Er funkelte sie unerbittlich an. Ein Blick, der gewöhnlich Mördern und Vergewaltigern vorbehalten war, dachte Aston, ein Blick, mit dem man auch die härtesten Verbrecher zu Geständnissen zwang. Während seiner Grundausbildung hatte man ihn selbst einem langen Verhör unterzogen; die Chefetage wollte prüfen, wie er sich verhalten würde, sollte er jemals dem Feind in die Hände fallen. Das Verhör hatte zwei Tage gedauert, und Aston hatte sich wacker geschlagen, war nicht einmal aus der Rolle gefallen. Auch George hatte mit Bravour bestanden. Damals war er gar nicht auf die Idee gekommen, dass der Feind auch ein brutaler Ermittler von Scotland Yard sein könnte. Fielding blickte ihn unverwandt an, und Aston musste zugeben, dass er diese Taktik zu einer Kunstform entwickelt hatte. Obwohl er nichts Unrechtes getan hatte, bekam er ein ungeheuer schlechtes Gewissen.

»Dann mal los«, sagte Fielding, der es gewöhnt war, dass alles nach seiner Nase ging. Er klappte ein Notizbuch auf. »Um Punkt 16.36 Uhr erhalten wir einen Anruf, der eine Geiselnahme in West Hampstead meldet. Der Anrufer bezeichnete sich selbst als Kevin Spacey ... offenbar nicht sein richtiger Name. Wir mobilisieren alle Kräfte, und diese finden bei ihrem Eintreffen Sie beide im Haus vor. Wir haben den Anruf von Mrs. Strauss abgefangen, und sie hat sich als sehr hilfsbereit erwiesen. Sie nannte Ihre Namen und erwähnte beiläufig, dass Sie beide für den MI6 arbeiten. Da bin ich natürlich ins Grübeln gekommen. Ich habe mich gefragt, warum zwei Spione in West Hampstead mit Bomben herumspielen.«

George kicherte und klimperte mit den Augenlidern. Aston schwieg, er kannte diese Tour.

»DS Fielding«, sagte sie und rückte unauffällig näher an den Tisch. »Bitte entschuldigen Sie, aber meine Mutter ist nicht mehr die Jüngste. Sie kann Wahrheit und Fiktion nicht mehr so ganz auseinanderhalten. Sehr bedauerlich. Erst letzte Woche war sie davon überzeugt, sie sei Anastasia, und wollte schon ins nächste Flugzeug nach Russland steigen, um ihr rechtmäßiges Erbe einzufordern. Wie gesagt, es ist wirklich traurig. Wir wissen nicht so recht, was wir mit ihr anfangen sollen.«

»Mir blutet das Herz, Ms. Strauss. Sie wollen also behaupten, dass Sie nicht für den MI6 arbeiten?«

Noch ein Kichern, noch ein Klimpern. »Kommen Sie schon, DS Fielding, sehe ich etwa aus wie eine Spionin?«

»Sie haben meine Frage nicht beantwortet.«

»Sind wir verhaftet?«, erkundigte sich Aston.

»Nein.«

»Dann werden wir jetzt gehen.«

»So einfach ist das leider nicht«, sagte der Superintendent.

»Für mich schon. Da wir nicht verhaftet sind, können wir gehen, wann immer wir wollen. Dafür brauche ich kein Jurastudium.«

»O doch. Wenn Sie Jura studiert hätten, wüssten Sie nämlich, dass ich Sie nach dem Antiterrorismusgesetz zwei Tage zwecks Befragung festhalten kann. Ich bin sicher, Sie werden die Räume in Paddington Green einfach unvergleichlich finden.«

»Halten Sie mich etwa für einen Terroristen? Das ist Unsinn, das wissen Sie ganz genau.«

»Mr. Aston, um Sie festzuhalten, reicht der bloße *Verdacht*, Sie könnten in terroristische Aktivitäten verwickelt sein«, entgegnete Fielding. »Sie befanden sich mit der Bombe im Haus, wollen meine Fragen nicht beantworten – was soll ich denn davon halten? Was mich betrifft, sind die Verdachtsmomente absolut ausreichend. Entweder Sie kooperieren beide, oder ich fahre Sie höchstpersönlich nach Paddington Green. Und behalte Sie da, bis Sie meine Fragen endlich beantworten. Ich werde die Frist immer weiter verlängern lassen, notfalls bis wir alt und grau sind. Aber eins verspreche ich Ihnen: Sie werden reden.«

Aston und George schauten sich an und hatten den gleichen Gedanken: Es lief nicht nach Plan. Ein zweitägiges Tête-à-tête mit dem kugelköpfigen Ermittler klang nicht gerade verlockend. Wie viel Schaden Mac in diesen beiden Tagen anrichten konnte! Andererseits war eine Zusammenarbeit mit der Polizei völlig ausgeschlossen; das hatte man ihnen gründlich eingebläut. *Was also ist die dritte Möglichkeit, Mac?* Und in diesem Moment fiel ihm die Antwort ein. Wenn dich jemand tyrannisiert, freunde dich mit dem stärksten Jungen auf dem Spielplatz an und haue den Schläger grün und blau. Den wichtigen Leuten in Vauxhall Cross würde das nicht gefallen, aber ihm fiel nichts Besseres ein.

»Soviel ich weiß, darf ich telefonieren«, sagte Aston. »So lauten doch die Regeln, oder?«

Während Fielding darauf wartete, dass Aston seinen nächsten Zug machte, hatte er sich das blaue Secondhand-Sakko ausgezogen und über die Stuhllehne gehängt. Das Hemd darunter war zerknittert, und in seinen Achselhöhlen prangten zwei dunkle Schweißflecken. Fielding zuckte mit den massigen Schultern. Die Geste war nicht eindeutig, doch Aston hatte Besseres zu tun, als Fieldings Körpersprache zu entziffern. Außerdem kannte er seine Rechte.

Er klappte sein Handy auf und überlegte kurz, welcher Anruf am nützlichsten wäre. Mole meldete sich sofort. Im Hintergrund hörte Aston laute Bumsgeräusche, schrilles Kreischen und Stöhnen, dazu das dumpfe Wummern und die schrägen Gitarren eines Porno-Soundtracks. Er nahm sich vor, seine Wohnung gründlich desinfizieren zu lassen.

»Paul –«

»Halt die Klappe und hör zu, Mole.« Aston sagte ihm genau, was er zu tun hatte, wobei sich Fieldings Augen förmlich in seinen Hinterkopf bohrten.

»Schon fertig?«

Aston schwieg.

»Ach, ist das die neue Tour?«

Aston sagte noch immer nichts.

»Mr. Aston, ein Heiliger könnte von mir noch etwas über Geduld lernen. Wenn Sie möchten, können wir den ganzen Tag so weitermachen.«

Fünfminütige Stille, die wie eine halbe Ewigkeit schien, dann klingelte Astons Telefon. Er meldete sich und reichte Fielding schweigend das Handy.

»Was soll das?«

»Es ist für Sie.«

Der Polizist hörte einen Augenblick lang zu und sagte dann: »Und ich soll glauben, dass Sie der Chief vom MI6 sind? Nur, weil Sie es sagen? Beweisen Sie es.« Eine längere Pause. »Gut, ich höre.«

Den Rest des Gesprächs über blieb Fielding schweigsam, nur sein Gesicht lief zunehmend rot an. Aston hätte schwören können, dass auch die Schweißflecken unter seinen Armen wuchsen. Nur ganz am Ende sagte er noch etwas.

»Ich kümmere mich persönlich darum, Mr. Kinclave.«

Fielding warf Aston das Telefon zu, der es mit einer Hand auffing, wobei er eine sarkastische Bemerkung unterdrückte. Fielding konnte jeden Moment explodieren, und es hatte keinen Sinn, ihn noch weiter zu reizen. Der Superintendent brüllte etwas, worauf die beiden Polizisten, die sie hergebracht hatten, umgehend in der Tür erschienen.

»Bitte bringen Sie die beiden sicher zu Mr. Aston nach Hause. Ich möchte nicht, dass sie von der Presse belästigt werden. Und Sie warten bitte vor dem Haus, bis die beiden drinnen sind.«

»Sir?«, fragte die Polizistin.

»Haben Sie ein Problem damit, Befehle zu befolgen?«

»Nein, Sir.«

Als sie die Metallstufen an der Wagentür hinunterstiegen, zwang sich Aston, nicht zurückzublicken. Er fürchtete, Fieldings Blick könnte ihn in eine Salzsäule verwandeln.

Draußen wandte sich George an die beiden Polizisten: »Waren Sie an der Evakuierung beteiligt?«

»Ja, wir beide«, sagte die Polizistin. »Wieso?«

»Einer meiner Nachbarn ist nicht mehr der Jüngste, und ich wüsste gern, ob es ihm gut geht.«

Die Beamten schauten sich an. »Meinen Sie den alten Herrn, der im Haus gegenüber wohnt?«

»Genau den. Was ist aus ihm geworden?«

»Er wollte zu seiner Schwester fahren. Hat nicht verstanden, was das ganze Theater sollte. Redete dauernd vom Krieg und dass damals ständig Bomben auf seine Straße gefallen seien und niemand auch nur mit der Wimper gezuckt hätte.«

»Haben Sie zufällig gesehen, in welche Richtung er gegangen ist?«

»Leider nicht.«

Auf dem Rücksitz des Streifenwagens fragte Aston: »Würdest du mir verraten, was das gerade sollte?«

»Gegenüber wohnt ein gewisser Clive«, flüsterte George. »Er ist Anfang dreißig und arbeitet in einer Werbeagentur.« Sie nickte zu dem makellosen roten Mercury hinüber, der neben dem Haus parkte. »Meinst du, ein Rentner würde so einen Wagen fahren? Dreimal darfst du raten, wer der alte Mann war.«

»Ich dachte mir, dass er in der Nähe bleibt, aber so nah nun auch wieder nicht.«

»Bisschen riskant, oder?«

»Kommt drauf an. Mac ist der Ansicht, dass man sich am besten in der Öffentlichkeit versteckt. Angeblich fällt man erst dann auf, wenn man im Dunkeln herumschleicht.«

»Na ja, bei ihm hat es jedenfalls funktioniert. Du hast doch nichts dagegen, wenn ich heute Nacht bei dir schlafe, oder? Ich möchte wirklich nicht allein in meiner Wohnung sein.«

»Herzlich willkommen.«

Als sie losfuhren, erkundigte sich der Fahrer, wohin er sie

bringen sollte. Aston erklärte, er werde ihm unterwegs den Weg weisen. Man hatte die Absperrung entfernt, und der Streifenwagen schob sich durch die Pressemeute. Fotografen drückten ihre Kameras an die Wagenfenster und zwangen Aston und George, sich zusammenzudrängen und ihre Gesichter zu verbergen. Aston spürte ihre warme Wange an seiner, hörte sie atmen und roch den Kokosnussduft ihrer Haare.

»So muss es sein, wenn man berühmt ist«, sagte George, als sie die Reporter hinter sich gelassen hatten. Sie schaute hin und her, als vermutete sie Paparazzi hinter Autos und Mauern.

»Ich weiß nicht, wie man das aushält. Ich könnte es nicht ertragen, meine Privatsphäre zu verlieren«, sagte Aston.

»Hast du was zu trinken zu Hause?«

»Nein. Du weißt doch, ich bin jetzt abstinent.«

»Das ist nicht mein Problem. Nach diesem Tag brauche ich einen Drink.«

Am Ende der Straße erkundigte sich der Fahrer, wohin er abbiegen solle. Aston prüfte, ob sie die Geier tatsächlich hinter sich gelassen hatten. »Im Grunde können Sie uns hier aussteigen lassen.«

»Bedaure, aber DS Fielding hat ganz klar gesagt, ich soll Sie nach Hause bringen.«

Sicher doch, damit er erfährt, wo ich wohne, dachte Aston. »Halten Sie gefälligst an«, befahl er.

»Nicht in diesem Ton, Sir.«

»Ich glaube, wir befinden uns immer noch in einem freien Land. Daher halten Sie bitte am Straßenrand und öffnen die Tür. Das heißt, falls wir nicht verhaftet sind.«

Der Streifenwagen rollte sachte an den Bordstein.

32

Der alte Frisierstuhl ist abgenutzt und bequem, der rote Nylonumhang reicht mir bis zu den Knien. Fogartys Hände arbeiten sicher wie eh und je, nur die Handgelenke tragen hässliche rote Spuren von den Fesseln. Die hellen Lampen um den Schminkspiegel herum lassen seine Pupillen wie Stecknadelköpfe aussehen. Er blickt besorgt, als wüsste er nicht mehr, woran er bei mir ist. Gut so. Hauptsache, er ist auf Zack. Dienstbeflissen. Wenn er zu nervös wird, erinnere ich ihn an das Geld, und schon ist er wieder hoch konzentriert.

Als ich gestern Abend zurückkam, fand ich ihn genau dort vor, wo ich ihn zurückgelassen hatte. Eigentlich hatte ich damit gerechnet, er werde versuchen, sich zu befreien. Nicht dass es ihm etwas genutzt hätte. Selbst wenn es ihm gelungen wäre, durchs Wohnzimmer zu kriechen, wäre da immer noch die Tür gewesen. Und selbst wenn er es irgendwie in den Flur geschafft hätte, wäre er nie im Leben durch die Haustür gelangt, nicht mit den ganzen Schlössern. Außerdem hatte ich vorsichtshalber das Telefonkabel durchtrennt. Nein, er hatte sich keinen Millimeter gerührt, was mir ein wenig Sorge bereitete. Einen Moment lang befürchtete ich, er hätte einen Herzinfarkt erlitten. Das wäre natürlich ein Problem gewesen. Dann aber schnaubte und grunzte er, und ich wusste, dass alles in Ordnung war. Ich kniete mich neben ihn, ermunterte ihn mit einigen sanften Klapsen und entfernte den Knebel.

»Verflucht noch mal, du bist wieder da.« Seine Stimme klang trocken, als hätte er den Mund voller Sand.

»Als wenn ich dich hier zurücklassen würde.«

»Allmählich kamen mir Zweifel.«

Mein Festessen an diesem Abend bestand aus Corned Beef aus der Konserve, Kartoffeln aus der Konserve und Erbsen aus der Konserve, und ich spülte alles mit pisswarmem Foster's hinunter. Ich bot Fogarty etwas an, doch er hatte keinen Hunger. Na ja, es würde ihm nicht schaden, wenn er eine Mahlzeit ausließ. Seine Fettreserven reichten mühelos bis Weihnachten.

Es gab eine Menge zu feiern. Der Junge hatte genauso reagiert, wie ich es erwartete. Um ehrlich zu sein, hatte ich kurz gefürchtet, er werde es vermasseln, letztlich hatte es aber doch geklappt. Und nur das zählte. Wer behauptet, der Weg sei das Ziel, redet Unsinn. Wer so weit gekommen ist wie ich, begreift, dass es einzig und allein auf das Ziel ankommt. Der Rest ist Staffage: langweilig, immer gleich und völlig nutzlos. Als ich fertig gegessen hatte, prostete ich Fogarty mit meiner Bierdose zu. »Auf uns«, sagte ich. »Jetzt kann uns niemand mehr aufhalten.«

Sophia saß mir gegenüber und hob das kristallene Weinglas. Sie trug Wildblumen im Haar, bewegte sich geschmeidig und voller Anmut. Dies war die Sophia, an die ich mich erinnere. Strahlend, graziös und voller Leben. Ich zwinkerte die Tränen weg, und als ich die Augen öffnete, saß ich wieder in Fogartys beengter Küche, vor mir den Resopaltisch mit dem schwarzen Marmordekor und den leeren Konservendosen, und prostete der Luft zu.

Fogarty arbeitet ohne sein übliches Gespür, ohne Begeisterung. Als er mich alt machte, konnte man merken, wie sehr er es genoss. Er war mit ganzem Herzen dabei, trat zurück, zupfte an seiner Lippe, zog rasch an der Zigarette und nahm eine winzige Verbesserung vor, die ich als Laie kaum erkennen konnte. Trat wieder zurück, überlegte und stürzte sich aufs Neue in die Arbeit. Seine dicken Finger bewegten sich rasch und geschickt, als besäßen sie ein Eigenleben.

Jetzt aber arbeitet er wie ein heruntergekommener Sänger, der ein Comeback zu viel versucht hat. Seine Vorstellung wirkt seelenlos. Gewiss, selbst ein müder Fogarty ist besser als die meisten anderen Maskenbildner. Immerhin hat er sein Handwerk in den Sechzigern in den Ealing-Studios gelernt und konnte gut davon leben, bis die britische Filmindustrie den Bach runterging. Deshalb hat er damals den Laden eröffnet. Der Kostümverleih reichte allerdings kaum für die Miete, sodass er sich etwas anderes einfallen lassen musste. Also versorgte er Leute, die untertauchen mussten und das nötige Kleingeld besaßen, mit neuen Identitäten. Gegen angemessene Bezahlung konnte er Pässe, Führerscheine und Versicherungsnummern besorgen – vor allem aber ein neues Gesicht. Wieder zieht er nervös an seiner Zigarette, mustert die Fotos, die am Spiegel kleben, und legt die Zigarette mit zitternden Fingern in den Aschenbecher. Dann greift er zur Schere.

»Aber vorsichtig«, warne ich ihn.

»Klar doch, Mac.«

Mehr hat er nicht gesagt, seit ich auf dem großen roten Stuhl Platz genommen habe. »Entspann dich, wir wollen doch nicht, dass dir die Schere ausrutscht.«

»Keine Sorge, Mac, ich rutsche nicht aus. Darüber musst du dir nun wirklich keine Sorgen machen.« Sein Lächeln wirkt gezwungen.

Er fängt an, die Perücke zu frisieren, und wirft gelegentlich einen Blick auf die Fotos. Ich schaue in den Spiegel. Es ist eine surreale Erfahrung, noch surrealer als das Älterwerden. Denn diesmal dreht er die Zeit zurück. Ich blicke durch ein Zeitfenster und entdecke den Schatten des Mannes, der ich einmal war.

Ich schalte ab und suche in den Tiefen des Spiegels nach Sophia. Sie war schon einmal hier, also wird sie wiederkommen. Ich blicke tief in den Spiegel, und der Mensch, in den ich mich verwandle, schaut mich an. Ich verliere mich in Erinnerungen: Wir wollen ausgehen und Sophia, die fragt, was ich von dem wunderbaren schwarzen Kleid halte, wird wütend, als ich entgegne, dass sie in allem toll aussieht; Sophia, die mit geschlossenen Augen verträumt ein Lied singt; Sophia ganz in schwarzem Leder, mit knallender Peitsche; Sophia mit ihrem seltsam verhaltenen Lächeln, als wüsste sie etwas, das mir verborgen bleibt... Ich will sie ins Leben zurückzwingen, aber es funktioniert nicht, und je mehr ich mich anstrenge, desto mehr entgleitet sie mir. Ich schließe die Augen, will ihr Bild heraufbeschwören, und etwas in mir stirbt, als ich begreife, dass ich es nicht mehr kann. Mein Gott, ich weiß nicht einmal mehr, wie sie aussieht! Panik überfällt mich. Es ist, als würde ich sie noch einmal verlieren.

Und gerade als ich glaube, dass sie für immer verschwunden ist, erscheint sie im Spiegel. Sie hat mich nur geneckt. Selbst im Tod kann sie nicht anders. Ich lächle ihr zu, und sie lächelt zurück, daher weiß ich auch, dass sie es ist. Niemand auf der ganzen Welt kann so lächeln. Wir sind überall und nirgends, können überall in Zeit und Raum existieren. Jetzt sind wir wieder in Wien, spazieren Hand in Hand durch die Innere Stadt, betrachten ehrfürchtig die herrlichen Barockgebäude; dann wieder stehen wir an einem verregneten Nachmittag in einem Londoner Standesamt, Sophia in ihrem traumhaften blauen Brautkleid, mit Wildblumen im Haar, die die wilde Schönheit ihres Herzens widerspiegeln; dann liegen wir im Bett, verlieren uns im Augenblick, Kerzenlicht flackert auf ihrer vollkommenen Haut, Schweißperlen glitzern zwischen ihren Brüsten; dann wieder singt sie für mich und begleitet sich selbst auf dem Klavier, das Lied hat sie selbst geschrieben und zwar auf Italienisch, weil es für sie die erotischste Sprache der Welt ist …

So viele Erinnerungen.

Wann wurde mir eigentlich klar, wer Sophia wirklich war? Auf diese Frage gibt es nicht nur eine Antwort. Wenn ich mich selber täuschen will, betrachte ich mich gern als Opfer einer großen Verschwörung. In ehrlicheren Momenten gestehe ich mir ein, dass ich es von dem Augenblick an wusste, als sie sich an meinen Tisch setzte. Unterschwellig habe ich es gewusst, aber nicht auf mein Unterbewusstsein gehört. Besser gesagt: Ich wollte nicht darauf hören.

Vielleicht sollte ich besser fragen, wann ich die Grenze überschritten habe. War es an jenem schicksalhaften Abend, an dem ich hoch über den Dächern von Wien unter dem Sternenhimmel meine Geheimnisse ausplauderte? Oder geschah es etwa einen Monat später, als Sophia mit dem Video zu mir kam? Ich ahnte sofort, dass etwas im Busch war. Ihr Gesicht war verzerrt, als trüge sie einen inneren Kampf aus. »Es tut mir leid, Robbie«, sagte sie, als sie mir die Kassette gab. »Bitte, du darfst mich jetzt nicht hassen.«

Jetzt ist Sonntag, mir bleiben noch sechs Tage. Wenn man der Legende Glauben schenkt, Gott habe das ganze Universum in dieser Zeit erschaffen, sollte es wohl auch für meine Pläne reichen.

»Fertig«, verkündet Fogarty. Er tritt vorsichtig zurück, ich sehe sein besorgtes Gesicht im Spiegel. »Was hältst du davon?«

Ich lasse mir Zeit, drehe den Kopf hin und her. Während

ich sein Werk betrachte, bombardiere ich ihn mit Fragen: wie man das Latex am besten entfernt, wie man es pflegt, wie man die Maske wieder anlegt und repariert. Anfangs antwortet er nur zögernd, erwärmt sich aber bald für das Thema.

»Und, wie gefällt es dir?«

»Sehr beeindruckend. Du hast mich nicht enttäuscht.«

Er wirkt sehr erleichtert. »Und, Mac, wie lange willst du bleiben?« Dann fügt er eilig hinzu: »Du kannst natürlich so lange bleiben, wie du möchtest.«

»Noch ein paar Tage.«

»Und das Geld?«

»Geht es auch bar?«

»Perfekt.«

Er wirkt nervös, als müsste er unbedingt etwas loswerden und wüsste nicht, wo er anfangen soll.

»Spuck's aus, Fogarty.«

»Na ja, ich meine, die Sache mit dem Fesseln ... das muss wirklich nicht sein. Du kannst mir vertrauen.«

»Geht das schon wieder los?«, sage ich zu seinem Spiegelbild. »Soll ich dir sagen, wem ich vertraue?«

»Wem denn?«

»Niemandem.« Ich ziehe die Waffe unter dem roten Frisierumhang hervor. In Fogartys Stirn erscheint ein kleines dunkles Loch. Zu hören ist nichts. Der Schalldämpfer erstickt das Geräusch des Schusses.

33

Wien 1993

Sie gab ihm das Video und bat ihn, sie nicht zu hassen. Sie schlug vor, er solle es sich in Ruhe anschauen, dann war sie verschwunden. Ohne Kuss, ohne Umarmung. Ohne Sex. Sie machte sich nicht einmal die Mühe, den Mantel auszuziehen. Rein, raus, schneller als ein Sonderkommando. Er stand da, Augen zur Tür, das Video in der Hand und fragte sich, was das alles zu bedeuten hatte. Dumme Frage. Er überlegte kurz, dann war ihm alles klar. Er goss sich ein Glas Wein ein, legte die die Videokassette ein und setzte sich mit der Fernbedienung davor.

Ihr Sex-Leben war schnell in immer dunklere Abgründe geglitten. Es gab keine Grenzen mehr, kein Tabu. Sie gab ihm, was immer er sich wünschte. Genuss und Schmerz. Unterwerfung und Beherrschung. Und sie hatte alles auf Band, gefilmt in dem Zimmer, das sie gemietet hatte. Er lächelte, als ihm klar wurde, wo sie die Kamera versteckt hatte. Am Kruzifix über dem Bett. Eine nette Idee. Von Jesus Christus persönlich auf frischer Tat ertappt. Das Bild war körnig und mit Weitwinkel aufgenommen, aber die Hauptfiguren waren eindeutig zu erkennen. Kein Zweifel, was geschehen würde, wenn dieses Video Kinclave in die Hände fiel. Rückruf nach London, ein »Tut mir leid, alter Knabe, aber Sie werden das sicher verstehen« und ein Schreibtischjob am Arsch der Welt. Was also sollte er machen? Er trank einen Schluck Wein und hielt den Film an. Sein Leinwand-Ich war gerade ans Bett gefesselt, das Gesicht genussvoll und schmerzlich zugleich verzogen, als sie ihm heißes Wachs auf die Hoden tropfte. Natürlich könnte er kündigen, aber das würde er nicht tun. Wenn er ging, hätten die Schweine gewonnen, und diesen Gefallen würde er ihnen nicht tun. Die Alternative bestand darin, ins Spiel einzusteigen. Abwarten, was sie von ihm wollte, und die Situation zu seinem Vorteil nutzen.

Er drückte wieder auf Play, es folgte ein abrupter Schnitt zur nächsten Szene. Sie kniete auf allen vieren, trug ein Hundehalsband und eine Maske über dem Gesicht. Sein Leinwand-Ich ruckte heftig an der Leine, und sie jaulte auf. Mein Gott, war sie gut. Ein Hauptgewinn. Nun, nachdem er den ersten Schock überwunden hatte, bekam die Sache einen gewissen voyeuristischen Reiz.

Sie trafen sich am nächsten Abend. Sie verhielt sich wie ein Kaninchen im Scheinwerferlicht, konnte ihm nicht in die Augen sehen und warf ihm verstohlene Seitenblicke zu, als hätte sie Angst vor ihm. Sie trug ihre Forderungen in einer steifen Rede vor, bei der sie häufig innehielt und sich räuspern musste. Als sie fertig war, prustete er los und erklärte, sie müsse einfach nur bitte sagen. Dann gab er ihr noch einige Tipps zum Thema Erpressung.

»Du hasst mich also nicht?«, fragte sie.

Die Frage kam spontan und überraschend. Ihr schien tatsächlich etwas an seiner Antwort zu liegen. »Warum hast du das getan?«

Schulterzucken. »Warum tut man so etwas wohl? Für Geld.«

Kein schlechter Grund. Und ehrlich. Daran zweifelte er keinen Moment. Sie war keine Idealistin, sondern realistisch bis ins Mark.

»Und, hasst du mich?«

»Warum interessiert dich das?«

Sie biss sich auf die Lippe. »Normalerweise wäre es mir egal. Aber du bist anders.«

»Warum sollte ich dir glauben? Warum sollte ich dir vertrauen? Du hast gerade versucht, mich zu erpressen.«

»Robbie, generell sollte man wohl niemandem vertrauen. Die Leute tun einem nur weh. Aber –«

»Aber ich bin anders. Wie soll es also weitergehen?«

Erneutes Schulterzucken. »Das alles ist Neuland für mich.«

»Für mich auch. Vielleicht sollten wir einfach improvisieren.«

»Klingt gut.«

Sie rückte näher heran, umweht von ihrem Opiumduft. Er vergrub sein Gesicht an ihrer Schulter, atmete tief ein und ließ seine Fingerspitzen ihren Rücken hinauf bis zum Nacken wandern. Er griff nach ihrem Haar, wickelte es um seine Hand und zog fest daran. Sie atmete scharf aus.

»Okay, genug geredet«, sagte er. »Lass uns ficken.«

Im Rückblick hatte er wohl an diesem Tag die Grenze überschritten, vielleicht auch sechs Tage später, als er ihr den Papierstreifen mit dem Namen gab. Sie nahm ihn wortlos entgegen, schaute ihn kurz an, faltete ihn und steckte ihn sorgfältig weg. Einige Tage später bekam er von ihr einen Briefumschlag. Er enthielt Angaben zu einem Schweizer Bankkonto, auf dem sich fünfzigtausend Pfund befanden. Mehrere Wochen später hörte er, dass ein MI6-Informant in Ägypten auf geheimnisvolle Weise verschwunden war. Vermisst, vermutlich tot. Danach wurde es leichter. Er ging keinerlei Risiko ein, achtete genau darauf, was er verkaufte, damit es sich nicht als Bumerang erwies. Und die Belohnungen waren spektakulär. Er kassierte ab wie beim Monopoly.

Später fand er heraus, dass ihre Herkunft weit weniger glanzvoll war, als sie ihm weisgemacht hatte. Ihr Vater hatte nicht in der Armee gedient, sondern war Zuhälter gewesen und ihre

Mutter eines seiner Mädchen. Auch gab es keine österreichische Großmutter, die romantische Geschichten über Wien erzählt hatte.

Es schien nur natürlich, dass sie ins Familiengeschäft eingestiegen und dank ihres Aussehens und ihrer Bereitwilligkeit schließlich bei einem führenden Londoner Begleitservice gelandet war. Christopher war nie ihr Freier gewesen, wohl aber einige seiner Partner. Und als er ein Mädchen für eine ganz besondere Aufgabe brauchte, war ihr Name gefallen. Man sprach sie an und kam ins Geschäft. Ihr ging es immer nur ums Geld. Sie bekam einfach nicht genug davon und gab es auch nicht aus, sondern hortete es. Auch für ihn spielte Geld eine wichtige Rolle, aber er hatte noch andere Beweggründe. Ob nun durch Zufall oder geplant, ihr Timing war jedenfalls perfekt gewesen. Sie trat in sein Leben, als er eine neue Herausforderung brauchte, und die Herausforderung, die sie ihm bot, war ebenfalls perfekt. Er würde es den Schweinen zeigen, die ihn abserviert hatten. Er hockte mitten unter ihnen und betrog sie nach Strich und Faden, während sie nicht den blassesten Schimmer davon hatten.

34

Das Bett wackelte sanft und weckte Aston aus einem surrealen Traum, in dem er durch ein Feld voller Schaufensterpuppen rannte, die alle so aussahen wie er. Eine Hand legte sich auf sein Bein, Finger krabbelten langsam und sinnlich an der Innenseite seines Schenkels herauf. Er öffnete schläfrig die Augen und entdeckte eine Beule unter der Bettdecke, die sich genau über seinem Unterleib wölbte. Eine Zunge fuhr aufreizend langsam an seinem Schwanz entlang und hielt inne, als sie die Spitze erreichte. *Nein nein nein,* dachte er. Seine Alarmglocken schrillten. »Nein«, stöhnte er verschlafen. Er glaubte schon, sie wolle aufhören, doch dann nahm sie ihn in den Mund. Geschickt setzte sie Lippen und Zunge ein und umhüllte ihn mit ihrer warmen Feuchtigkeit. Er war jetzt wach, wach genug jedenfalls, um zu wissen, dass dies keine gute Idee war, aber er konnte auch nicht aufhören. Er stöhnte wohlig, als sie ihren Rhythmus veränderte. Sie hielt seinen Schwanz fest umklammert und massierte die Spitze mit ihrer Zunge. Sie fickte ihn mit dem Mund, schneller, immer schneller, und er spürte, wie sich seine Erregung steigerte, konnte den Orgasmus kaum zurückhalten, der näher und näher kam. Ein Stöhnen entrang sich seinen Lippen, ein tiefes, kehliges Stöhnen, schlichte Worte. »Gott … George …«

Sie hörte so plötzlich auf, dass er sie am liebsten umgebracht hätte. Das war nicht komisch. Überhaupt nicht komisch. Mit einer heftigen Bewegung riss er die Bettdecke weg.

Laura kniete auf dem Bett und funkelte ihn wütend an.

Mit einem Schlag war Aston hellwach. Sein Penis schrumpfte, als ginge er in Deckung. Laura schien sich ihrer eigenen Nacktheit gar nicht bewusst zu sein; ihr Blick war Furcht erregend. Am liebsten hätte er die Decke über sich gezogen oder nach seiner Hose gegriffen, aber er lag da wie gelähmt. Laura sagte kein Wort, was irgendwie noch schlimmer war als jedes wütende Gebrüll. Sie schaute sich im Zimmer um, als suchte sie nach Beweisen.

»Und?«

Noch nie hatte ein einziges Wort von ihr so kalt geklungen, so eisig und streng. Wie sollte er sich da herauswinden? Was er auch sagte, falsch wäre es auf jeden Fall. Eine klassische Situation, in der er nur verlieren konnte.

»Und«, wiederholte sie, »was hast du mir zu sagen?«

Aston rieb sich das Gesicht, spürte die Bartstoppeln an seiner Hand und betete um ein Wunder. Ihm fiel nur ein einziger Satz ein: *Es ist nicht, wie du glaubst.* Da konnte er ihr genauso gut eine Waffe in die Hand drücken, ihren Finger um den Abzug legen und den Lauf gegen seine Stirn richten.

»Und?«, fragte sie erneut.

»Es ist nicht so, wie du glaubst.«

»Kannst du dir vorstellen, dass ich mich bei dir entschuldigen wollte? Entschuldigen! Guter Witz, was? Ha, ha, ha! Ich wollte mich tatsächlich bei dir entschuldigen. Ich habe in Ruhe nachgedacht und begriffen, dass du nie im Leben eine Affäre mit George hast, dass ich einfach paranoid war und mir selber leidgetan habe. Wie sehr man sich doch irren kann!«

Er wandte sich ab, zog die Decke über sich und versuchte, so ruhig wie möglich zu bleiben. Ihr Timing hätte nicht schlechter sein können. Mac heckte irgendwelche wahnsinnigen Pläne aus, während seine Freundin ihm eine Eifersuchtsszene machte. Das half doch, die Dinge in der richtigen Perspektive zu sehen.

»Mein Gott, Paul, bist du ein Arschloch!« Laura sammelte ihre Kleider auf und zog sich mit heftigen Bewegungen an. Sie hatte zwar Dampf abgelassen, war aber noch nicht fertig. Er wusste aus Erfahrung, dass sie sich gerade im Auge des Sturms befanden. Ein kurzer Moment der Ruhe, in dem man glauben konnte, die Welt sei in Ordnung.

Dann explodierte sie wieder. »Scheiße, wie konnte ich nur so blöd sein!« Sie ließ sich auf die Bettkante fallen, kehrte ihm den Rücken zu und zog ihre Schuhe an. Er spürte, dass sie zum großen Schlussakkord ansetzte. Sie erhob sich und richtete sich zu voller Größe auf.

»Wie lange geht das schon so? Na los, Paul, wie lange schon? Die Antwort bist du mir schuldig.«

Mit versteinertem Gesicht betrachtete er den Dalí-Druck an der Wand gegenüber und suchte nach verborgenen Hinweisen in den Pinselstrichen. Dissoziation war eine der Techniken, die er in der Verhörphase seiner Ausbildung gelernt hatte. Es war manchmal der einzige Weg, um körperlichen oder seelischen Schmerzen zu entrinnen.

»Herrgott noch mal, Paul, nun sag doch endlich was. Kannst du dir vorstellen, wie sauer ich bin, wenn du mich einfach anschweigst? Das macht mich rasend.« Dann fügte sie mit seltsam ruhiger Stimme hinzu: »Na schön, also gut. Diesmal ist Schluss, und zwar endgültig. Mit dir bin ich fertig.«

An dieser Stelle hätte er eigentlich aufspringen und ihr hundertundeinen Grund nennen müssen, aus dem sie bleiben sollte. Sie waren schon öfter an diesen Punkt geraten, und er erinnerte sich an die üblichen Plattitüden, aber diesmal würde es nicht so weit kommen. Diesmal nicht. Es war besser so, sagte er sich. Trennungen waren nicht schön, aber das Leben ging weiter. Das Klischee passte ganz gut. Zu gut vielleicht. George hatte ihm schon vor Monaten gesagt, er solle mit Laura Schluss machen. Anscheinend hatte sie recht gehabt, obwohl er das natürlich nie zugeben würde. George war eine Meisterin des »Ich hab's dir ja gesagt«.

»Na gut.«

»Na gut?«, wiederholte Laura. »Was soll das heißen?«

»Es heißt, dass ich ganz deiner Meinung bin. Du hast recht, es funktioniert einfach nicht mit uns.«

»Oh.«

»Komm schon, Laura, wir streiten uns doch nur«, sagte Aston. »Ich habe es einfach satt.«

Laura schwieg und sah ihn aus großen traurigen Augen an.

»Es ist wirklich besser so. Ganz ehrlich. Das musst du doch einsehen. Wenn wir so weitermachen, bringen wir uns noch gegenseitig um. Ich bin nicht glücklich. Und du auch nicht.«

Schweigen.

»Ich hoffe, wir können Freunde bleiben«, sagte er.

»Freunde!«, schnaubte Laura. »*Freunde!* Verdammt, ich hasse dich, Paul. Du bist vielleicht ein Arschloch. Ich wünschte, ich hätte dich nie –«

Sie wurde unterbrochen, als die Haustür aufging und Schritte im Flur erklangen.

»Du hast ihr einen Schlüssel gegeben«, zischte sie fassungslos. »Verdammt noch mal, du hast ihr tatsächlich einen Schlüssel zu unserer Wohnung gegeben! Unserem Zuhause!«

Meinem Zuhause, dachte Aston, aber dies war wohl kaum der richtige Zeitpunkt, um über Besitzansprüche zu streiten. Kurze Stille, die Schritte kamen näher, und er hielt vor Anspannung fast den Atem an.

»Na los, aufstehen. Wir haben zu tun«, rief George und öffnete die Schlafzimmertür. »Die Milch im Kühlschrank war zu

Käse geworden, also bin ich –« Sie stand auf der Schwelle, in der Hand eine Packung Milch.

»Laura, es ist nicht so, wie du denkst«, versicherte George.

Laura wischte sich mit dem Ärmel über die Augen. »Komisch, genau das hat er auch gesagt.«

»Es ist wirklich nicht so, wie du denkst«, wiederholte George. »Ich brauchte einen Platz zum Schlafen.«

»Ihr habt in einem Bett geschlafen«, sagte Laura und fügte leise hinzu: »In unserem Bett.«

»Ich habe auf dem Sofa geschlafen.«

»Und das soll ich dir glauben? Haltet ihr mich wirklich für so blöd?« Ihre Stimme klang barsch, doch Aston sah die Tränen in ihren Augen. Sie hörte nur, was sie hören wollte, und sie wollte genau das hören, was am meisten wehtat; wie eine Nonne, die sich für tatsächliche und eingebildete Sünden geißelte, musste sie erst Schmerz empfinden, bevor sie die Absolution empfing. Mit einer gewissen morbiden Faszination schaute Aston vom Bett aus dem Sparring zu. Er fühlte sich verpflichtet, etwas zu sagen, doch ihm wollte nichts Passendes einfallen.

»Laura –«

»Du willst mir also weismachen, dass du die Nacht mit Paul verbracht hast und dass nichts passiert ist?«

»Zum letzten Mal, wir haben nicht miteinander geschlafen. Ich weiß zwar nicht, was du dir zusammengereimt hast, aber du liegst völlig daneben.«

»Ich glaube dir kein Wort«, giftete Laura. »Du redest einen Riesenmüll!«

»Ich werde nicht mit dir streiten«, sagte George. »Ich glaube, ich gehe jetzt besser. Das müsst ihr unter euch ausmachen.«

»Nein«, erwiderte Aston ruhig, und die beiden Frauen

wandten sich zu ihm um. »George, du bleibst, wir haben zu arbeiten. Laura, du gehst jetzt besser. Ich melde mich bei dir und sage Bescheid, wann du deine Sachen abholen kannst.«

Lauras Gesicht war hasserfüllt, aber Aston sah auch ihren Schmerz. Er konnte ihr nicht helfen. Es war wirklich besser so. Sie wollte noch etwas sagen, überlegte es sich aber anders, griff nach ihrer Tasche und verließ wortlos das Zimmer.

George wartete, bis die Tür hinter ihr zugeschlagen war. »Hilft es dir, wenn ich sage, dass du ohne sie besser dran bist?«

Aston ließ sich aufs Bett fallen und bedeckte sein Gesicht mit einem Kopfkissen, als wollte er sich vor der großen bösen Welt verstecken. Das war wieder einmal ganz und gar nicht sein Tag.

35

»Wie lange geht das schon mit dir und Mac?«

George blickte von ihrem Monitor hoch, ihr Gesicht sprach Bände. Seit gestern hatte er sich mit einigen Fragen herumgeschlagen. Warum hatte sie sich einfach so mit Mac getroffen? Warum hatte sie vorher nichts erwähnt? Und vor allem: Warum war sie allein hingefahren? Es ergab einfach keinen Sinn. Während der kurzen Taxifahrt nach Vauxhall Cross kam er dann auf die Lösung. Als der Groschen fiel, schaute er gerade ziellos aus dem Fenster und war zunächst versucht, den Gedanken zu verdrängen. Undenkbar, das George eine Affäre mit Mac haben sollte, das war doch verrückt. Aber der Gedanke hielt sich hartnäckig, und je länger Aston darüber nachdachte, desto glaubwürdiger erschien er ihm. Falls George mit Mac bumste, würde es jedenfalls ihr Handeln erklären.

»Ist es so offensichtlich?«

»Ganz und gar nicht.«

»Bist du überrascht? Oder schockiert?«

»Ja und nein«, gestand Aston. »Ich habe ja immer gesagt, dein Liebesleben erinnert mich an eine Seifenoper.«

George musste lachen.

»Möchtest du darüber sprechen?«

»Eigentlich nicht.«

»Wirst du denn mit mir darüber sprechen?«

Während sie noch darüber nachdachte, hockte sich Aston auf seine Schreibtischkante und schaute über die Trennwand zu ihr hinüber. Die Abteilung Nahost war in einem Großraumbüro im vierten Stock untergebracht. Obwohl Sonntag war, hatten noch einige Leute hier zu tun. Seit 18/8 wurden alle verfügbaren Kräfte gebraucht. Die Trennwände waren hoch genug, um eine gewisse Privatsphäre zu gewährleisten, aber wiederum auch nicht zu viel; dies war immerhin der MI6, und der Große Bruder schaute einem stets über die Schulter. Aston bemerkte die kleinen Gesten, mit denen George die sterile Nische ein bisschen freundlicher gestaltet hatte. An der Trennwand hingen einige Familienfotos, ein blaugesichtiger Mel Gibson aus *Braveheart* und eine abstrakte Kinderzeichnung in leuchtenden Primärfarben: Rot, Blau, Gelb und Grün. Man konnte alles Mögliche in das Bild hineinlesen. Der Name der Künstlerin war mit rotem Kugelschreiber links in der Ecke vermerkt: Liz. Das war Georges Nichte, die Tochter der perfekten älteren Schwester, mit der Georges Mutter sie ständig verglich. Eben jene perfekte Schwester, die mit vierzehn ihre Jungfräulichkeit verloren und früher Hasch geraucht hatte. Doch die Zeichnung und die Fotos bewiesen, dass George trotz aller gegenteiligen Äußerungen sehr an ihrer Familie hing.

»Ich wollte nicht, dass es passiert«, sagte sie schließlich.

»Wie lange trefft ihr euch schon?« Aston bemühte sich um einen neutralen Tonfall. Sanft, ganz sanft, damit sie weitersprach.

»Etwa sechs Monate.«

»So lange schon?«

»Ja.«

»Jedenfalls hast du's erfolgreich geheim gehalten.«

George zwang sich zu einem Lächeln. »Ich arbeite für den MI6. Da sollte ich doch wohl Geheimnisse bewahren können.«

»Trotzdem, es passt nicht zu dir. Normalerweise kannst du's gar nicht abwarten, von deinen Affären zu erzählen. Meist muss ich mir mehr anhören, als ich ertragen kann.«

»Das hier war aber anders. Ich wusste nicht genau, wie du reagieren würdest. Weil es Mac war.«

»Wo ist denn da der Unterschied?«

»Komm schon, Paul, du hättest doch eine Woche lang geschmollt. Weißt du denn gar nicht, wie empfindlich du bist, wenn es um Mac geht?«

»Bin ich gar nicht.«

George zog nur die Augenbrauen hoch.

»Na ja, ein bisschen vielleicht«, gestand er.

»Paul, der einzige Weg zu Mac führt über dich, du bist sein engster Mitarbeiter. Er wollte die Affäre geheim halten. Hat irgendetwas erzählt von wegen, dem Chief würde es nicht gefallen. Man solle Arbeit und Vergnügen trennen. Mit dem Spruch ist er mir auch gekommen. Mein Gott, wie konnte ich nur so blöd sein?«

»Mach es dir nicht so schwer.«

»Aber Paul, ich hätte doch sehen müssen, worauf er hinauswollte. Es ist doch so offensichtlich, oder? Er wollte es geheim halten, weil er verheiratet war. Mal wieder ein verheirateter Mann! Ich glaube, ich ziehe die Kerle an wie ein Magnet.«

»Das war aber nicht der einzige Grund, oder?

»Ich komme schon noch dahinter.« Jetzt lächelte sie fast. »Aber zuerst muss ich mich noch ein bisschen quälen, falls es dich nicht stört.« Sie holte tief Luft, fuhr sich mit der Hand durch die Locken und zupfte das Haarband zurecht. Dann drehte sie mit geschlossenen Augen den Kopf hin und her, wobei die Knochen unschön knackten. Noch ein tiefer Atemzug. »Gut, ich bin fertig.«

Aston sagte gar nichts. Er kannte George gut genug, um zu

wissen, was nun geschehen würde. Am besten, er ließ sie einfach weiterreden.

»Diese verdammte heuchlerische Drecksau.« Sie sprach leise, aber der Kollege drei Nischen weiter schaute trotzdem herüber. George warf ihm einen Blick zu, auf den Medusa stolz gewesen wäre, worauf er wieder abtauchte. »Dieses Schwein wollte mich umbringen. Kannst du dir das vorstellen?«

Aston nickte schweigend.

»Ich dachte wirklich, ich müsste sterben. Noch nie in meinem Leben habe ich solche Angst gehabt! Und wozu das Ganze? Er hat mich nur benutzt, um an dich heranzukommen. Für ihn war das alles nur ein beschissenes Spiel. Er war überhaupt nicht an mir als Person interessiert. Arschloch!« Ein Seufzen, ein Kopfschütteln, ein müdes Lächeln. »Er hat mir immer erzählt, wie schön ich sei. Natürlich habe ich ihm nicht geglaubt, aber er sagte es wieder und wieder, als wäre es tatsächlich wahr. Du weißt ja, wie er ist. Wie überzeugend er sein kann. Und soll ich dir was sagen? Am Ende habe ich ihm geglaubt. So blöd war ich. So naiv.«

»Na ja, du bist nicht gerade hässlich.«

»Nett von dir, Paul. Danke. Du verstehst es wirklich, ein Mädchen aufzubauen.«

»So war es nicht gemeint. In meinem Kopf hörte es sich besser an.«

George tätschelte seine Hand. »Keine Sorge, ich weiß, wie es gemeint war.«

»Und wieso gerade Mac? Er könnte dein Vater sein. Vielleicht hast du einen Vaterkomplex, George. Schon mal drüber nachgedacht?«

»Was soll das, Paul? Hast du wieder in deinen Psychologie-Ratgebern gelesen?«

»Und?«

»Keine Ahnung. Es ist schwer zu erklären. Er hat eine unheimliche Persönlichkeit, wirkt irgendwie überlebensgroß.« Eine lange Pause, dann sagte George: »Eigentlich möchte ich gar nicht mehr darüber sprechen. Denk dran, das Schwein wollte mich umbringen.«

George drehte sich mit ihrem Stuhl weg und schaute wieder auf den Monitor. Gespräch beendet. Aston verstand den Wink und bedrängte sie nicht weiter. Sie öffnete eine Datei mit E-Mails, die alle vom selben Absender stammten: blackbird343@yahoo.com.

»Das ist interessant. Sieht aus, als hätte Blackbird ganz schön zu tun.«

»Wer?«

George öffnete eine weitere Datei.

Aston betrachtete das Foto auf dem Monitor. Es war ein typisches Überwachungsfoto, aus ungünstigem Winkel aufgenommen und mit dem Computer bearbeitet. Ein gut aussehendes, arabisch wirkendes Gesicht, schmal, glatt rasiert, kurzes schwarzes Haar, vierzig bis fünfundvierzig Jahre.

»Hat er auch einen Namen?«, erkundigte sich Aston.

»Er nennt sich Christopher Walker.«

»Lebensgeschichte?«

»Angeblich englischer als jeder Engländer. Hat in Cambridge Wirtschaftswissenschaft studiert, spielt Golf, fährt einen Jaguar, besitzt eine Wohnung in Kensington. Er hat einen ganzen Harem erfolgreicher Firmen, die meisten im Import-Export-Bereich.«

»Angeblich …«

»Wenn man tiefer gräbt, wird es allmählich interessant. Zunächst entdeckt man, dass er der Sohn eines saudischen Ölmagnaten ist. Ahmed Al Fagih ist so antiamerikanisch wie nur etwas, und es besteht der begründete Verdacht, dass er Verbindungen zu Terroristen unterhält. Walker hat sich sehr bemüht, sich von seinem Vater zu distanzieren, aber nicht genug. Wir haben uns seine Konten angeschaut. Die Geschäfte laufen nicht so gut, wie es auf den ersten Blick aussieht. Hier im vierten Stock herrscht die Ansicht, dass sein Vater ihm einen Haufen Taschengeld zahlt, damit er über die Runden kommt. Wir beobachten ihn schon eine ganze Weile, und seit dem Anschlag lassen wir ihn streng überwachen. Ich bin sicher, er gehört dazu.«

»Warum wurde er nicht verhaftet?«

»Wir warten ab, was er als Nächstes unternimmt.«

Aston nickte. Die Taktik war nicht ungewöhnlich. Aufgrund der Struktur von Terrorgruppen reichte es oftmals nicht aus, den Anführer zu töten. Die Zellen arbeiteten unabhängig voneinander, und nicht selten war es sinnvoller, eine Hauptfigur im Spiel zu lassen und zu sehen, wohin sie einen führte.

George klickte auf die jüngste E-Mail. Sie war kurz, aber interessant. Es war die Rede von einem schweren Schlag gegen die Ungläubigen. Das Blut werde durch die Straßen fließen, die vergiftete Luft in ihre Lungen dringen und sie ersticken. George öffnete weitere E-Mails, und alle wiesen den gleichen Tonfall auf. »Und nicht nur Blackbird hat gezwitschert. Über Nacht haben wir eine starke Zunahme der E-Mails auf den von uns kontrollierten Accounts festgestellt. Da kündigt sich etwas Großes an.«

»Und wo stehen wir?«, erkundigte sich Aston. »Was genau wissen wir? Na schön, Mac hatte etwas mit dem Bombenanschlag zu tun. Aber wir können nur vermuten, wie tief er in der Sache steckt.«

»Sei bloß vorsichtig mit deinen Vermutungen, wir haben bislang nur einige verstreute Hinweise. Den Videofilm auf seinem Laptop. Na und? Der allein hat noch gar nichts zu bedeuten.«

»Am Telefon hat er es praktisch gestanden.«

»Hat er oder hat er nicht?«

»Mehr oder weniger.«

»Mehr oder weniger reicht nicht.«

»Mir schon. Mac steckt bis über beide Ohren drin.«

»Warum bist du so schnell dabei, ihn zu verurteilen?«

»Warum willst du ihn unbedingt verteidigen?«

George zögerte. »Es wäre mir am liebsten, wenn Mac für das, was er mir angetan hat, gekreuzigt würde. Glaub mir, ich würde als Erste einen Nagel einschlagen.«

»Aber ...?«

»Aber ich begreife noch immer nicht, warum er etwas mit dem Bombenanschlag zu tun haben soll. Das ist einfach zu viel für mich.«

»Ich verstehe ja, was du meinst, George, aber wir müssen von den Tatsachen ausgehen. Und die Tatsachen deuten darauf hin, dass Mac an der Sache beteiligt war. Und wenn er beteiligt war, kannst du getrost davon ausgehen, dass er auch einer der Drahtzieher ist. Mac muss immer alles kontrollieren. Hast du jemals erlebt, dass er freiwillig die zweite Geige spielt?«

»Nein, das stimmt schon. Aber es fällt mir schwer, die Sache objektiv zu sehen. Ich kann meine Gefühle nicht einfach abschalten.«

»Genau das musst du in unserem Beruf können.«

»Ist aber Schwachsinn, oder?«

»Und wie. Zurück an die Arbeit. Mac sagt, er plane etwas, das 18/8 noch in den Schatten stellt. Als Erstes müssen wir nach einem Motiv suchen.«

»Na ja, die üblichen Verdachtsmomente sind religiöse Überzeugung, Geld, Erpressung oder Rache.«

»Die religiöse Überzeugung kannst du getrost streichen. Ich kann ihn mir kaum als wiedergeborenen Muslim vorstellen, du etwa?«

»Eher nicht.«

»Und Mac ist nie im Leben so blöd, sich erpressen zu lassen. Kommen wir also zum Thema Geld.«

»Denkbar wäre es schon.«

»Aber du bist nicht richtig davon überzeugt«, sagte Aston.

»Ich kann mir nicht vorstellen, dass Mac das nur für Geld tut. Es mag einer seiner Beweggründe sein, aber nicht der einzige.«

»Wie sieht es mit Rache aus?«

»Rache an wem?«

Aston zuckte die Achseln. »Wir können ja ein bisschen raten.«

»Wenn wir ihn fassen, müssen wir seine Motive kennen.«

»Ach, wir fassen ihn also? Seit wann denn das?«

»Komm schon, Paul, wer sonst sollte das übernehmen? Falls ihn jemand fangen kann, dann wir.«

»Genau mein Gedanke«, sagte eine sanfte, vernünftig klingende Stimme hinter ihnen. Aston drehte sich um und entdeckte zu seinem Erstaunen Grant Kinclave. Er hatte den Chief gar nicht kommen hören und fragte sich, wie lange er dort wohl schon gestanden und zugehört hatte. George wirkte ebenso verblüfft wie er.

»Ich möchte, dass Sie sich zusammen auf die Suche nach Mac begeben.« Der Chief sprach mit leiser Stimme, damit ihn sonst niemand hörte. Gewiss war es den anderen nicht entgangen, dass er im vierten Stock aufgetaucht war. »Bis Sie ihn gefasst haben, genießt der Fall allerhöchste Priorität. Sie kennen ihn besser als jeder andere. Es versteht sich natürlich von selbst, dass Sie dies so diskret wie möglich behandeln.«

»Und wie lange, glauben Sie, können wir das noch unter Verschluss halten?«, fragte George.

»Es *muss* unter Verschluss bleiben.«

»Aber wie soll das gehen? Nach dem Coup, den Mac gestern gelandet hat, haben wir jetzt die Jungs von der Met auf den Fersen. Dazu die ganzen Fragen, die uns die Medien stellen werden.«

»Ich bin sicher, Sie finden einen Weg«, sagte Kinclave aalglatt. »Ich setze großes Vertrauen in Sie. In Sie beide.«

»Welche Ressourcen haben wir?«, erkundigte sich George.

»In welcher Hinsicht?«

»Na ja, zum Beispiel, was das Personal angeht.«

»Haben Sie denn nicht zugehört? Wir müssen das streng vertraulich behandeln.«

»Also nur wir beide«, stöhnte Aston.

»Mein Gott!«, versetzte George. »Sie haben doch gesehen, wie viele Leute am Leicester Square gestorben sind. Sie wissen, wozu Mac fähig ist. Wir sollten die Polizei und den MI5 hinzuziehen. Falls Mac nicht rasch gefunden wird, werden noch mehr Unschuldige sterben.«

»Jetzt hören Sie mir mal gut zu«, zischte Kinclave in scharfem Ton. »Sie tun genau das, was ich Ihnen sage, und Sie tun es deshalb, weil ich hier derjenige bin, der die Befehle gibt. Es mag Ihnen ja entgangen sein, aber der MI6 erlebt zurzeit die größte Krise seiner Geschichte. Und ich möchte nicht als derjenige in Erinnerung bleiben, der am Steuer stand, als das Schiff gesunken ist. Habe ich mich klar ausgedrückt?«

Kinclave erhob sich und rückte den Windsor-Knoten seiner blauen Seidenkrawatte zurecht. »Finden Sie Mac. Finden Sie ihn, bevor die Sache völlig aus dem Ruder läuft.« Damit machte er auf dem Absatz kehrt und marschierte davon.

»Da hat er‘s uns aber gegeben«, sagte George, als er außer Hörweite war.

»Würdest du mir bitte verraten, was das sollte?«

»Ist doch ganz simpel. Er will seinen Arsch retten, Paul. Er will, dass Mac still und leise gefunden wird. Was glaubst du, was passiert, wenn bekannt wird, dass ein Mann vom MI6 an dem Anschlag beteiligt war?«

»Aber so funktioniert es nicht. Irgendwann kommt es ohnehin heraus. Und dann ist Kinclave auf jeden Fall geliefert.«

»Ich weiß das, und du weißt das. Aber verzweifelte Menschen tun verzweifelte Dinge, das hat nichts mit Logik zu tun.«

»So verzweifelt, dass sie Unschuldige sterben lassen?«

»Ich versuche doch nur, ihn zu verstehen. Das heißt noch lange nicht, dass ich seine Meinung teile.«

Aston schüttelte seufzend den Kopf. »Die Sache wird von Sekunde zu Sekunde schlimmer.«

36

Es mag an meiner Ausbildung liegen, vielleicht ist es auch paranoid, aber ich fahre nicht direkt zu dem Treffen. Ich bleibe eine Weile in der U-Bahn und genieße die Anonymität, die mir mein neues Gesicht bietet. Steige irgendwo aus, nehme eine andere Linie, wechsle den Zug, stürze mich noch tiefer in den Untergrund. Ich bevorzuge die halb leeren Waggons; ausreichend besetzt, um sich zu verstecken, aber nicht so voll, dass man keine Luft bekommt. Ich sehe das eine oder andere verängstigte Gesicht, manche Leute geben sich besonders tapfer … wenn sie wüssten, mit wem sie gerade unterwegs sind. Dann und wann ein Blick über die Schulter, ob mir niemand folgt. Natürlich nicht. Warum auch? Mein Gesicht findet sich auf keinem Steckbrief.

Im Bahnhof Bank steige ich aus und schlängele mich durch das Labyrinth der Tunnel, immer den Schildern zum Ausgang nach. Draußen scheint die Sonne, die hohen Gebäude werfen kurze Mittagsschatten. Ich gehe in Richtung Cheapside, bin vollkommen wach und lebendig, nehme alles in mich auf. Das Dröhnen der Autos und Busse, die Farben, das geschäftige Treiben, den Schmutz der Stadt. Ich komme an einer Unsichtbaren vorbei. Sie rappelt mit einer Blechdose, und ich spüre, dass sie mir mit den Augen folgt. Plötzlich kommt es mir vor, als wüsste sie, wer ich bin. Unmöglich, aber ich brauche einen Augenblick, bis ich das Gefühl losgeworden bin. Ich widerstehe dem Drang, mich umzudrehen, und gehe mit klopfendem

Herzen weiter. Mein Weg kreuzt den eines Geschäftsmannes, der sein Handy am Ohr hat, und ich lausche einen Moment, schnappe Bruchstücke des Gesprächs auf. Obszönes Gerede, es turnt ihn wohl an, es in aller Öffentlichkeit zu machen. Seine Frau? Oder seine Geliebte? Vermutlich Letztere. Er sieht ganz danach aus. Ein bisschen zu glatt, ein bisschen zu schön. Ein letzter Blick: Bei diesem Treffen muss ich hundertprozentig sicher sein, dass mir niemand gefolgt ist.

Hinaus aus dem Sonnenschein und hinein ins Ehrfurcht gebietende Dämmerlicht; die St. Paul's Cathedral verschluckt mich. Meine Schuhe klacken auf dem harten Boden wie Pistolenschüsse, ihr Echo verliert sich in dem ungeheuren Raum. Ich suche mir einen ruhigen Platz im Schatten, der mir einen guten Überblick bietet, und warte auf Nikolai. Nur wenige Touristen sind unterwegs, meist Japaner und Yankees. Komisch, wie viel Kleidung und Frisur über einen Menschen verraten. Die Japaner sind bis zu den Ohren mit Logos zugekleistert – Nike, Adidas, Sony, Panasonic –, selbst die Kleinsten haben schon einen Camcorder in der Hand. Die Japaner unterscheiden sich deutlich von den anderen Asiaten. Angeblich können Weiße den Unterschied nicht erkennen, ich schon. Die Yankees hingegen tragen weite Kleidung, um ihr Übergewicht zu kaschieren: grellbunte Hawaiihemden, Bermudashorts, Sweatshirts und Jogginghosen. Einige Männer haben ausladende Schnurrbärte; manche Frauen voluminöse Frisuren à la Denver Clan.

Nikolai ist ein KGB-Mann der alten Schule. Für ihn nehme ich mir Zeit, denn wir sind eine aussterbende Rasse. Als ich in Moskau stationiert war, war es seine Aufgabe, mich zu beschatten. Er wusste, dass ich vom MI6 kam, ich wusste, dass er beim KGB war, es gehörte einfach zum Spiel. Hätte er mich auffliegen lassen, hätte man mich ersetzt, und der KGB wäre gezwungen gewesen, meinen Nachfolger erst einmal aufzuspüren. Ich war wohl einfach das kleinere Übel.

Als die UdSSR zerfiel, machte Nikolai sich selbstständig und verdiente von nun an sein Geld im Waffenhandel: Schusswaffen, Boden-Luft-Raketen, er kann sogar einen Panzer besorgen, wenn der Preis stimmt. Das ganze Zeug lag praktisch in der Gegend herum und wartete nur darauf, dass jemand sich darum kümmerte. Das ließ er sich nicht zweimal sagen. Nikolai lebt wie ein Zar, besitzt eine Luxuswohnung in Moskau, einen kleinen Palast in St. Petersburg, eine Villa an der Schwarzmeerküste und eine Zweitvilla auf Zypern. Seine Freundinnen sind samt und sonders unter zwanzig, wunderschön, mit göttlichen Körpern. Er lässt sich in einem Rolls Royce Silver Shadow überallhin kutschieren – gepanzert, mit schusssicheren Fenstern und einer Innenausstattung aus rotem Leder und Nussbaum. Kaum zu glauben, wie mühelos er sich vom Beschützer des Kommunismus in einen selbstverliebten Kapitalisten verwandelt hat. Andererseits, von Prinzipien allein kann man nicht leben, und ich wünschte, ich wäre schon früher zu diesem Schluss gelangt. Er hätte mir sehr viel Schmerz und verschwendete Jahre erspart. Außerdem wäre ich heute sehr viel reicher. Womöglich so reich wie Nikolai.

Wenn wir Geschäfte machen, lege ich Wert auf den persönlichen Kontakt, und aufgrund unserer gemeinsamen Geschichte spielt Nikolai gerne mit. Wenn man so reich ist wie er, hockt man meistens im Büro; auch der Erfolg ist eine Art Fessel, und ich vermute, dass Nikolai die alten Zeiten genauso vermisst wie ich. Obwohl er im Geld schwimmt, hat er nichts dagegen, sich die Hände schmutzig zu machen, er genießt es sogar, und das gefällt mir an ihm. Es gibt doch nichts Schöneres, als die Ärmel aufzukrempeln und sich in die Arbeit zu stürzen.

Die alten Mauern der Kathedrale beschwören unheimliche Fantasien herauf, und ich bemühe mich, nicht in die dunklen Ecken zu schauen. Da nehme ich aus dem Augenwinkel eine Bewegung wahr und muss lächeln. Nur ein einziger Mensch kann mir unbemerkt so nahe kommen. Ich drehe mich um und betrachte die große Gestalt im Schatten. Frage mich, wie lange er schon dort sitzen mag. Dann gehe ich hinüber und setze mich neben ihn. Er sieht mich nicht an, grüßt nicht, und doch weiß ich, dass er jedes Detail registriert hat. Wir sitzen schweigend da und schauen unverwandt geradeaus.

»Noch immer dieses grauenhafte Aftershave«, sagt er.

Sein Englisch ist ausgezeichnet, es klingt gebildet, der Akzent ist kaum zu hören. Er dreht sich lächelnd zu mir um. Der Rubin im Schneidezahn ist neu; er hat auch ein paar Kilo zugelegt – das gute Leben. Nikolai trägt die Uniform eines amerikanischen Touristen – graues Sweatshirt von der New York University und graue Jogginghose; der furchtbare Haarschnitt dürfte allerdings eine Perücke sein.

»Schön, dich zu sehen«, sage ich.

»Die Maske gefällt mir. Hast mich einen Moment lang getäuscht.«

»Ist aber verdammt unbequem.«

Nikolai mustert mein Gesicht. »Gute Arbeit«, stellt er bewundernd fest. »Nicht geliftet. Hatte zuerst auf eine Operation getippt. Aber dann habe ich gedacht, so dumm ist er nicht.« Er tätschelt meine mit Latex überzogene Wange. »Sind wir wirklich mal so jung gewesen?«

Nikolai steht auf, und ich folge ihm. Er umarmt mich und tastet mich dabei nach Waffen ab; ich tue es ihm nach. Es ist eine reine Formalität, wir sind beide unbewaffnet. Ich bin nicht klein, aber Nikolai überragt mich um Haupteslänge. Vor kurzem las ich, der MI6 wolle keine Agenten über 1,82 Meter mehr einstellen, weil sie angeblich zu auffällig seien. Der Idiot, der auf diese Idee gekommen ist, kann Nikolai nicht kennen. Er ist nach wie vor der beste Spion, den ich kenne. Will er unsichtbar sein, verschwindet er einfach.

»Wie war die Reise?«

Sein ganzer Körper bebt vor Lachen. »Immer noch der alte Witzbold. Ich habe eine Woche auf dem Scheißboot gesessen und billigen Wodka getrunken. Die Wellen waren hoch wie ein Haus. Ich kann dir sagen, das war keine Karibik-Kreuzfahrt. Ich war sogar froh, als Irland in Sicht kam, kannst du dir das vorstellen?«

»Ist doch ein schönes Land.«

»Für meine Freunde tue ich eben alles.« Kopfschütteln, seine Backen schwabbeln hin und her. Er holt ein Handy heraus und hält es mir vor die Nase. »Sollen wir?«

Ich schiebe ihm einen Papierstreifen mit einer Kontonummer und einer Rufnummer im Ausland hin. Der Russe ruft an, und der Bankangestellte am anderen Ende bestätigt, dass die volle Summe von zehn Millionen überwiesen wurde. Nikolai beendet das Gespräch und lächelt. Dann greift er unter die Kirchenbank und holt eine weiße Reisetasche hervor, die mit dem Londoner U-Bahn-Plan bedruckt ist. Ich muss seinen Sinn für Humor wirklich bewundern. Ich öffne sie und zähle dabei siebenmal die Aufschrift »I ❤ London«. Obendrauf liegen T-Shirts in allen Regenbogenfarben, darunter etwas aus Blei. Das Gewicht der Tasche verrät mir, dass sie tatsächlich enthält, was ich verlangt habe. Nikolai hat mich noch nie betrogen, warum sollte er jetzt damit anfangen?

»Wir sollten uns besser eine Weile nicht sehen«, sagt er.

»Ist es dir etwa peinlich, mit mir gesehen zu werden?«

»Ich meine es ernst.« Er deutet auf die Tasche. »Damit daraus kein Bumerang wird.«

»Wird es nicht«, versichere ich ihm.

»Ich habe dir einen Gefallen getan.«

»Unsinn, es geht dir doch ums Geld.«

»Das auch.« Er lächelt, der Rubin glitzert rot. »Derjenige, von dem ich das habe, ist tot. Derjenige, von dem er es hatte, ist ebenfalls tot. Und derjenige, von dem der es wiederum hatte, leidet an Krebs im Endstadium und liegt mit Morphium vollgepumpt in einem armseligen sibirischen Krankenhaus. Niemand in meiner Organisation weiß von der Transaktion. *Niemand* außer dir und mir. Und so sollte es auch bleiben.«

»Du machst dir zu viele Sorgen«, sage ich.

»So sind wir Russen eben. Von Anbeginn der Zeit haben wir die ganze Last der Welt auf unseren Schultern getragen. Darum sind die auch so breit.« Er steht auf und legt mir seine fleischige Hand auf den Arm. »Viel Glück, mein Freund.«

Ich habe es nicht eilig und bleibe noch eine Weile in dem kühlen, leeren Raum sitzen, betrachte die religiösen Artefakte und Gemälde und schaue hinauf in die riesige Kuppel. Die Reisetasche steht neben mir auf der Bank, und ich rutsche ein wenig beiseite, um ihr nicht zu nahe zu kommen.

37

»Du hast gesagt, es sei dringend.«

»Kann sein, kann auch nicht sein.«

Sie saßen tief unten in Moles geradezu unwirklicher, dämmriger Hobbithöhle. Die Deckenlampen waren ausgeschaltet, und die einzige Beleuchtung kam von den Bildschirmschonern der Computer, die bunte psychedelische Muster auf Wände und Gesichter zeichneten. Im Hintergrund lief leise Musik, irgendetwas von Aerosmith. Mole hatte seinen Joint fast zu Ende geraucht und war von einem dicken Nebel aus Zigarettenrauch und Patschuli umhüllt. Selbst die leistungsfähige Klimaanlage des MI6 war machtlos gegen den Hacker.

»Ist es nun wichtig oder nicht?«, wollte Aston wissen.

»Sagen wir mal so: Wärst du aus dem Bett gesprungen und hergekommen, wenn ich gesagt hätte, es sei recht bemerkenswert?«

»Natürlich nicht.«

»Na bitte. Ich lege den Fall nieder.«

»Welchen Fall denn? Wovon redest du eigentlich?« George stand mit verschränkten Armen da. Ihr Gesicht sprach Bände, und Aston wusste, dass sie nicht sonderlich erfreut war. George brauchte ihren Schönheitsschlaf, und man musste schon einen verdammt guten Grund haben, wenn man sie um sechs Uhr morgens aus dem Bett holte.

»Die Sache ist die, Georgie –«

»Nenn mich nie wieder so«, fauchte sie. »Ich zähle bis drei. Entweder du kommst zum Thema, oder ich bin weg. Eins ...«

»Schmutzige Bomben«, flüsterte Mole.

Aston wurde hellhörig. »Was soll das heißen, Mole?«

»Ich glaube, Mac baut eine.«

»Wie kommst du darauf?« Astons Herz führte einen wilden Tanz auf, doch er zwang sich, ruhig zu sprechen.

Mole winkte George und Aston heran und drückte einige Tasten. Ein Zeitschriftenartikel erschien auf den drei Bildschirmen, die groß wie Frisierspiegel waren. Aston überflog den Artikel, wobei er sich auf die wesentlichen Informationen konzentrierte. Der Artikel stammte vom März 2002. Demnach hatten im Dezember 2001 drei georgische Holzfäller eine schwere radioaktive Vergiftung erlitten, als sie in einem entlegenen Wald in Abchasien arbeiteten. Sie hatten einen Metallzylinder entdeckt, umgeben von geschmolzenem Schnee, und mit in ihr Lager genommen, da sie hofften, ein paar Rubel mit dem Schrott zu verdienen. Doch der Fund sollte ihnen kein Glück bringen: Sie trugen schwere Verbrennungen davon, und ihre inneren Organe zersetzten sich. Wie sich herausstellte, handelte es sich bei dem Zylinder um einen Radioisotopen-Generator oder RTG, mit anderen Worten um eine nukleare Batterie. Während des Kalten Krieges hatte ein helles Köpfchen mehrere hundert RTG bauen lassen, um damit Leuchttürme entlang der arktischen Schifffahrtswege und Sendestationen an entlegenen Orten der Sowjetunion zu bestücken. Keine schlechte Idee – es waren Energiequellen, die wenig Instandhaltung benötigten und immer weiter liefen –, doch nach dem Zusammenbruch der Sowjetunion wurden sie schlicht und einfach vergessen und landeten auf dem Abfallhaufen des Kalten Krieges. Leider wurde dieser Abfall mit einer taschenlampengroßen Kapsel aus Strontium-90 betrieben – einer üblen Substanz, die man aus Sicherheitsgründen in Blei einkleiden musste ... einer üblen Substanz, nach der sich jeder Terrorist, der etwas auf sich hielt, die Finger lecken würde. Und sie lag einfach zur Selbstbedienung herum, dachte Aston. Am schlimmsten war jedoch, dass aufgrund der in Russland herrschenden Zustände niemand sicher sagen konnte, ob die Standorte sämtlicher RTG bekannt waren. Man glaubte zwar, man habe alle gefunden, absolute Sicherheit gab es aber nicht.

Mole wartete, bis Aston und George aufmerksam zuhörten: »Ihr wisst doch, ich hatte gesagt, es gebe noch mehr versteckte Dateien in Macs Laptop.«

»Klar, ich erinnere mich daran.«

»Sieht aus, als hätte ich recht gehabt. Diese hier habe ich heute Morgen wiederhergestellt. Ob sie etwas zu bedeuten hat, weiß ich nicht genau. Aber die Tatsache, dass sie so gut versteckt war, gibt mir zu denken.« Mole nahm einen tiefen, nachdenklichen Zug von seiner Selbstgedrehten. »Zum ersten Mal im Leben wünsche ich mir, dass ich mich irre. Könnt ihr euch das vorstellen? Mac mit einer Atombombe in der Hand? Ich darf gar nicht daran denken.«

Er sprach Aston aus der Seele, und ein rascher Blick zu George bestätigte, dass sie ähnlich dachte. Der Hacker hatte recht. Man durfte gar nicht daran denken.

»Hast du eine Ahnung, wie leicht es ist, eine schmutzige Bombe zu bauen?«, fuhr Mole fort. »Jeder Witzbold mit einem Internet-Zugang kann sich die Bauanleitung besorgen. Man braucht nur einen Klumpen Semtex und ein bisschen üblen Atommüll, packt beides zusammen, entfacht das Zündpapier und begibt sich in sichere Entfernung. Verdammt, man braucht nicht mal Semtex! Ich habe eine Sendung im Fernsehen gesehen, bei der es um denkbare Angriffe mit schmutzigen Bomben ging. Am schlimmsten war die Variante, bei der die bösen Jungs eine Bombe aus Feuerwerkskörpern bauten. Aus *Feuerwerkskörpern*! Die Bombe detoniert in einer stillen Ecke eines U-Bahn-Systems, was so unauffällig geschieht, dass keiner was merkt, bis die bösen Jungs vierundzwanzig Stunden später anrufen und sich dazu bekennen. Inzwischen ist das ganze System in leuchtend grünes Licht getaucht. Ist das nicht gruselig? Und das mit einem blöden Feuerwerkskörper!«

»Sicher, aber man bekommt Strontium nicht gerade im Laden nebenan zu kaufen, oder?«, sagte George. »Und ohne hat man keine schmutzige Bombe.«

»Denkt dran«, sagte Aston leise, »Mac ist seit Jahren in dem Geschäft. Wer weiß, wen er dabei in Russland kennen gelernt hat. Und dann war da noch die Versetzung nach Wien ... ich bin mir sicher, wenn er sich bemüht, kann er alles kriegen. Es mag nicht einfach sein, aber dennoch möglich. Und ich schäme mich nicht zu sagen, dass mir die bloße Möglichkeit gewaltige Angst einjagt.«

Die drei schwiegen nachdenklich. Man hörte nur das Summen und Saugen der Klimaanlage, Moles Züge an seiner Zigarette und Aerosmith, die sich durch eine weitere Herzschmerzballade arbeiteten.

»Mole, ich habe einen Job für dich«, sagte Aston schließlich. »Eine ganz große Sache. Eine Sache, für die ich deine besonderen Fähigkeiten benötige.«

»Schieß los. Ich kann nichts versprechen, aber ich gebe mein Bestes.«

»Wir brauchen mehr Informationen über Mac. Lebensgeschichte, Personalakte, alles, was du in die Finger bekommen kannst.« Er bemerkte, dass Mole ihn merkwürdig ansah. »Was ist los? Warum grinst du so? Hör auf damit.«

Der Hacker drehte sich zu seinen riesigen Monitoren und schob den Rollstuhl ganz nah an den Tisch. Dann flogen seine Finger im Stakkato über die ergonomische Tastatur, und irgendwo hinter Aston erwachte ein Drucker surrend zum Leben.

Macs Lebensgeschichte erstreckte sich über zwanzig DIN-A4-Seiten. Aston setzte sich hin und begann im Licht der Monitore zu lesen. Zunächst überflog er den Text und las dann noch einmal die Stellen, die seine Aufmerksamkeit erregt hatten. Das meiste davon war ihm neu. Mole war es gelungen, fast die gesamte Personalakte zu besorgen, was nicht sonderlich schwer war, da heutzutage alle Akten digital gespeichert waren und somit kein echtes Hindernis für Mole darstellten. Manche Teile der Geschichte lasen sich wie ein Spionageroman. Mac erzählte ständig davon, wie anders es doch früher gewesen sei, doch erst jetzt begriff Aston, wie recht er damit hatte.

»Ist das alles koscher?«, fragte George und wedelte mit den Blättern.

»Klar doch«, erwiderte Mole gekränkt. »Meinst du etwa, ich hätte mir das aus den Fingern gesogen?«

Sie wandte sich an Aston. »Wusstest du von diesen Geschichten aus seiner Kindheit? Dass sein Vater ermordet wurde und seine Mutter in der Klapse gelandet ist?«

»Nein, das ist mir auch neu«, gestand er.

»Muss ganz schön schlimm für ihn gewesen sein.«

»Es erklärt jedenfalls das eine oder andere.«

George blätterte weiter und verschlang den Text förmlich mit den Augen. »Wusstest du auch, dass Mac an der Gordiewski-Flucht beteiligt war?«

»Hab mal davon gehört. Aber mir war nicht bekannt, dass er *so* tief drinsteckte.«

In Vauxhall Cross wusste jeder von dem Überläufer Gordiewski; es gehörte zum Lehrstoff der Grundausbildung. Wie alles andere war auch diese Geschichte von Geheimnissen umrankt und im Laufe der Zeit gnadenlos ausgeschmückt worden, sodass Wahrheit und Fiktion nicht mehr zu trennen waren.

Oleg Gordiewski hatte den MI6 als Doppelagent elf Jahre lang mit erstklassigen Informationen über den KGB versorgt. In einer Organisation, für die Geheimnisse zum täglichen Brot gehörten, wurde der Überläufer wie ein kostbarer Diamant behandelt; nur wenige Auserwählte an der Spitze wussten überhaupt, dass er existierte. Der MI6 unternahm außergewöhnliche Anstrengungen, um ihn zu schützen.

Die Informationen, die er lieferte, waren dermaßen sensibel, dass er irgendwann unweigerlich auffliegen musste. Dies war das Problem jeder hochsensiblen Spionageoperation, wie Aston nur zu gut wusste. Je sensibler die Informationen, desto größer die Chance, entdeckt zu werden. Genau darin liegt das Dilemma. Benutzen oder nicht benutzen, das ist die Frage. Benutzt man die Informationen, läuft man Gefahr, die Quelle zu verlieren; benutzt man sie nicht, stellt sich die Frage, wozu man sie überhaupt besorgt hat. Die Entscheidung war immer heikel, und die Tatsache, dass Gordiewski es mehr als ein ganzes Jahrzehnt lang schaffte, zeigte nur, wie behutsam er behandelt wurde.

1985 ging seine Glückssträhne zu Ende, er wurde verhaftet und vom KGB verhört. Letztlich ließ man ihn frei, beschlagnahmte aber seinen Pass und suspendierte ihn vom Dienst. Mac war damals MOS/1, der zweite Mann in Moskau. Als er von Gordiewskis Schwierigkeiten erfuhr, setzte er alles daran, ihn aus dem Land zu schaffen.

Gordiewski unternahm jeden Tag einen Abendspaziergang

im Gorki-Park, bei dem ihn natürlich ein Überwachungsteam des KGB begleitete. Somit kam es auf perfektes Timing an. Es gab nur einen Ort auf der Strecke, an dem er lange genug außer Sicht blieb und sich zudem in der Nähe einer Straße befand. Mac fuhr ganz gelassen mit einem Saab 90 vor und ließ Gordiewski in den Kofferraum springen. Bevor die Bewacher wussten, wie ihnen geschah, war Mac schon unterwegs nach Finnland.

Die riskante Flucht war wie am Schnürchen gelaufen, und alle waren voll des Lobes. Kurz danach wurde Mac zum ersten Mann in Moskau befördert, dem allerhöchsten Posten während des Kalten Krieges, und man versprach ihm, dies sei noch nicht das Ende seiner Karriere. Und die Gordiewski-Flucht war nur einer der Höhepunkte seiner Laufbahn, wie Aston beim Lesen feststellte. Mac war überall gewesen, hatte alles mitgemacht und mehr als einmal sein Leben riskiert. Wo genau war es zum Bruch gekommen?

Atommüll... Feuerwerkskörper... man darf gar nicht daran denken...

Hier unten in Moles Allerheiligstem war es ziemlich warm, und dennoch überlief ihn ein kalter Schauer.

38

Ich zähle die Tage. Noch drei. Am dritten Tag hatte Gott das ganze beschissene Universum zur Hälfte fertig. Ich fahre mit dem Zug aus der Stadt, sehe die schmutzigen Häuser der Vororte vorüberziehen. Die aufgehende Sonne lässt die Ziegelsteine auflodern und taucht sie in Gold, Orange und Rot. Die Schatten aber sind immer noch schwarz. Der Wagen ist leer, das passt mir gut. Bei Fogarty bin ich inzwischen ausgezogen. Das fette Schwein fing an zu stinken. Es ist nur eine Frage der Zeit, bis ihn jemand findet, und dann möchte ich möglichst weit weg sein.

Der Zug hält an, und die Tür geht auf. Ich werfe einen beiläufigen Blick auf den Bahnsteig. Keine ruckartigen Kopfbewegungen, keine Stielaugen. Niemand zu sehen. Gut. Je weniger zwischenmenschlicher Kontakt, desto besser. Die Türen schließen sich, und der Zug fährt mit einem elektrischen Summen an.

Zurzeit wohne ich in einem schäbigen Hotel in King's Cross. Das Zimmer enthält wirklich nur das Allernötigste: ein durchgelegenes Einzelbett, eine Kommode mit Brandflecken von Zigaretten, auf den Teppichen die Überreste zertretenen Ungeziefers. Genau der Ort, an dem niemand dumme Fragen stellt, und das ist mir augenblicklich wichtiger als Bidet und Satellitenfernsehen.

Ich steige an der Endstation High Barnet aus und gehe durch die ruhigen Straßen, in denen zu so früher Stunde nur

Postboten, Zeitungsjungen und Pendler unterwegs sind. Ich fühle mich wohl in der Haut, die ich gewählt habe, und die Schuhe sind richtig bequem. Ich kann es nicht oft genug sagen: Es tut gut, wieder in vorderster Front zu arbeiten, wieder undercover unterwegs zu sein. Ich wusste gar nicht, wie sehr es mir gefehlt hat. Der Adrenalinschub ist ungeheuer stark, meine Nerven kribbeln. Nicht dass man es mir ansehen würde. Äußerlich wirke ich vollkommen entspannt und atme ganz ruhig. Aber das liegt an meiner Ausbildung. Und an der jahrelangen Übung.

In den Medien ist mein Bild noch nicht erschienen, die Polizei könnte aber möglicherweise eins besitzen. Zwar nicht mit dem Gesicht, das ich jetzt trage, aber diese Sicherheit ist trügerisch. Niemand beachtet mich, das gefällt mir. Ich bewege mich zuversichtlich, ohne aufzufallen, wie jemand, der ein festes Ziel vor Augen hat. Ich widerstehe dem Drang, mich dauernd umzusehen oder die Leute, denen ich begegne, zu fixieren. Ich bin ganz wach, kein Detail entgeht mir.

Ich habe die Gegend schon vor Wochen sondiert und gehe geradewegs dorthin. An den Schlüssel zu kommen, war nicht ganz einfach. Ich habe schon lange nicht mehr Taschendieb gespielt, aber die Routine kehrte sofort zurück. Manche Dinge vergisst man einfach nicht. Das Adrenalin, das den Herzschlag in die Höhe treibt, der beschleunigte Schritt, das Anrempeln samt Entschuldigung, die Hand, die in die Tasche greift, das kalte Metall, noch eine Entschuldigung, und schon ist man verschwunden. Ich habe die Schlüssel mitten im Blumenbeet zurückgelassen, damit es aussieht, als wären sie ihm aus der Tasche gefallen, als er eilig das Haus verließ. Vermutlich hat er sich den ganzen Tag gefragt, wo zum Teufel er sie gelassen hat, und ist sauer auf sich selbst gewesen, als er sie abends dort fand.

Heute bin ich vorsichtig. Mein wahres Gesicht liegt unter Latex verborgen, und ich trage dicke Lederhandschuhe. So einfach möchte ich es den Freunden von der Spurensicherung dann doch nicht machen. Das Haus wirkt luftig und mediterran, weiß getünchte Wände und Massivholz, der Stil ist der eines unverheirateten Mannes mit leicht femininem Geschmack. Er ist in etwa so groß wie ich, gleicher Körperbau, gleiche Augenfarbe. Wie geschaffen für mich. Die Tatsache, dass er ein warmer Bruder ist, stört mich nicht. Mich interessiert nur seine Identität, nicht sein Lebensstil.

Er schnarcht oben in seinem Bett, und da ich es nicht eilig habe, wandere ich in aller Ruhe durchs Haus und nehme die Atmosphäre in mich auf. Auch die Küche ist im mediterranen Stil gehalten, viel Holz und Terrakottafliesen auf dem Boden. Der Wintergarten dient als Wohnzimmer: An einer Wand steht ein Klavier und mitten im Raum ein Cello. Hier dominiert dunkles Holz. Hinter dem Gummibaum an der Wand hängt sein Harvard-Diplom in einem teuren Rahmen.

Mit leichten Schritten die Treppe hoch, immer nah an der Kante, um das Knarren zu verhindern. Das Schnarchen hat aufgehört. Ist er wach geworden? Auch egal. Ich schraube den Schalldämpfer auf die Waffe. Die Schlafzimmertür steht einen Spalt weit offen. Ich erkenne den Hügel unter der Bettdecke. Mit dem behandschuhten Zeigefinger stoße ich die Tür auf und trete ein. Ein hübsches Schlafzimmer in beruhigenden Pastelltönen – zartblaue Wände und perlmuttfarbene Vorhänge, dazu Bettwäsche in Mintgrün. An den Wänden pseudoschicke Impressionisten, den Raum beherrscht ein besonders breites Bett. Die Kiefernholzmöbel scheinen sehr bewusst angeordnet zu sein, genau wie alles andere im Raum, und ich bin nicht überrascht, als ich im Bücherregal einige Feng-Shui-Ratgeber entdecke.

Ich bleibe abwartend in der Tür stehen und lasse ihm Zeit, um wach zu werden. Allmählich rührt er sich und fährt zusammen, als er die bewaffnete Gestalt im Türrahmen entdeckt. Er rutscht rückwärts und zieht die ganze Bettdecke mit sich. Noch einen Moment, und er wird begreifen, dass es keinen Ausweg gibt.

»Wenn Sie tun, was ich sage, passiert Ihnen nichts.«

Er zittert am ganzen Körper und presst sich gegen das Kopfende. Das ist einfach zu viel für ihn. Seine sichere Existenz besteht aus Musik und intellektuellen Flirts, aus gutem Essen und Galeriebesuchen mit seinem neuesten Lover. Finstere Männer mit Waffen, die unangemeldet in der Morgendämmerung auftauchen, sind in seinem Leben nicht vorgesehen.

»Was wollen Sie?«, stößt er mühsam hervor.

»Wenn Sie tun, was ich sage, passiert Ihnen nichts«, wiederhole ich. Das alles ist neu für ihn, ich muss ihm ein bisschen Zeit geben. »Ich habe Ihnen allerdings nicht erlaubt, Fragen zu stellen.« Ich verlagere mein Gewicht, fasse die Waffe mit beiden Händen und ziele auf ihn, während sich meine Finger abwechselnd lockern und anspannen. Die Botschaft kommt an. »Noch einmal sage ich es nicht. Es ist an Ihnen, ob Sie mir zuhören, und ich an Ihrer Stelle würde sehr gut zuhören. Ich möchte mich nicht noch einmal wiederholen.«

»Entschuldigung«, nuschelt er.

»Und jetzt müssen Sie sich entspannen. Ich werde Ihnen nicht wehtun, aber es ist wichtig, dass Sie sich konzentrieren. Geht das?«

Er nickt wie ein Hund mit dem Kopf. In diesem Augenblick würde er wohl zu allem Ja und Amen sagen.

»Sehr gut.« Ich lächle ihn ermunternd an. »War doch gar nicht so schlimm, oder?«

Heftiges Kopfschütteln, flehender Blick, er hofft, die richtige Antwort zu geben, und schiebt vorsichtshalber noch ein leichtes Nicken nach.

Ich sage ihm, was ich von ihm will, und betone, dass er am Samstag dort sein wird. »Verstehen Sie mich? Am Samstag ist alles in Ordnung.«

»A-a-aber«, stotterte er mühsam. »Vor neun ist aber keiner da.«

»Schon gut«, sage ich und trage den Stuhl, der vor dem Erkerfenster steht, zum Bett. Dann lasse ich mich gemütlich darauf nieder und lege die Waffe auf den Schoß. »Warten macht mir überhaupt nichts aus.«

Ihm hingegen müssen die Minuten, die nun folgen, wie eine wahre Ewigkeit erscheinen. Ich lasse ihn nicht aus den Augen und frage mich, während ich sein verängstigtes Gesicht betrachte, was wohl in ihm vorgehen mag. Er denkt bestimmt an Flucht. An Vergeltung. In diesen endlosen Sekunden erhält er die Gelegenheit, nach dem Sinn seines Lebens zu fragen, Gut und Schlecht gegeneinander abzuwägen und herauszufinden, ob er versagt hat. Ironischerweise ist er in diesen wenigen Minuten vor seinem Tod wohl lebendiger denn je.

Um Punkt neun Uhr sage ich ihm, es sei so weit.

»Wollen Sie mich töten?«

»Nicht, wenn Sie genau das tun, was ich Ihnen sage.«

Er überlegt. »Okay, ich mache, was Sie sagen.« Als wenn er eine Wahl hätte.

»Schon mal von Stanislawski gehört?«

Im verzweifelten Bemühen, die richtige Antwort zu geben, nickt er und schüttelt sofort den Kopf.

»Konstantin Stanislawski wurde Mitte des 19. Jahrhunderts geboren und starb 1938.« Meine Stimme klingt warm und einschmeichelnd. »Er war Schauspieler und Regisseur und stammte aus Russland, wie Sie wahrscheinlich schon vermutet haben. Er entwarf eine Methode der Charakterentwicklung, die zufällig als Stanislawski-Methode bekannt wurde. Sie bildete die Grundlage des Method Acting, von dem Sie zweifellos auch schon gehört haben. Berühmte Vertreter dieser Schule sind Robert De Niro und der verstorbene Marlon Brando. Alle großen Schauspieler unserer Zeit verdanken Stanislawski ungeheuer viel. Er brachte ihnen bei, wie man wirklich in die Haut der Figur schlüpft, die man spielt, wie man in derselben Zeit und am selben Ort lebt, wie man dieselbe Luft atmet. Man schlüpft ganz und gar in die Haut eines anderen.«

Ein flüchtiger Blick sagt mir, dass er keine Ahnung hat, worauf ich hinauswill. Auch gut. Er wird es bald begreifen.

»Dustin Hoffman – auch einer von den Schauspielern, die es immer in besonderer Weise schaffen, authentisch zu wirken. Wenn er in einer Szene eine Frau schlagen muss, wird er nicht zögern, tatsächlich zuzuschlagen. Muss er außer Atem sein, rennt er erst eine Meile. Warum sollte man tun, als sei man außer Atem, wenn man es wirklich sein kann? Nur die Zähne wollte er sich nicht ziehen lassen, als er *Der Marathonmann* drehte, aber ich wage zu behaupten, dass er zumindest mit dem Gedanken gespielt hat. Sehen Sie jetzt, worauf ich hinauswill? Verstehen Sie mich?«

Er schüttelt den Kopf, was mich nicht sonderlich überrascht. Erkenntnis ist bisweilen ein schmerzlicher Prozess. Ich stehe auf, trete ans Bett und lege die Waffe auf den Nachttisch. Seine Augen zucken von mir zu der Waffe und wieder zurück, während er im Geiste vermutlich von Hollywood-Filmen inspirierte Heldenszenarien durchspielt. Ich schüttle den Kopf. Keine gute Idee. Ich setze mich auf die Bettkante und lächle ihm zu. Bevor er weiß, wie ihm geschieht, bin ich schon hinter ihm und halte ihm den Mund zu. Dann führe ich das Klappmesser ganz dicht vor sein rechtes Auge. Er wehrt sich, und ich ziehe die Klinge über seine Wange. Ein hauchdünner Streifen Blut quillt hervor. Kluger Junge, er versteht die Botschaft. Erstarrt. Hält die Luft an. Zittert am ganzen Körper.

Ich steche in seinen linken Oberschenkel, drehe das Messer um und reiße es heraus. Meine Hand fängt seinen Schrei ein. Das ist nämlich das Problem bei Reihenhäusern, sie haben hauchdünne Wände. Er wimmert in meinen Lederhandschuh, durchtränkt ihn mit seinem Speichel. Das Blut in seinem Gesicht vermischt sich mit Tränen.

»Ich nehme jetzt die Hand weg«, verkünde ich. »Kein Laut, verstanden?«

Vorsichtig ziehe ich die Hand weg, und es gelingt ihm tatsächlich, leise zu sein.

»Der Schmerz, den Sie jetzt spüren, ist nichts im Vergleich zu dem, den ich Ihnen bereiten könnte. Ist das klar?«

Zittriges Kopfschütteln.

»Sehr schön. Es geht wie folgt weiter: Sie werden jetzt anrufen und sie davon überzeugen, dass Sie so krank sind wie noch nie in Ihrem Leben. Sie liegen praktisch im Sterben. Nun setzen Sie Ihren Schmerz ein, und machen Sie das Beste daraus.« Ich versetzte ihm einen spielerischen Klaps auf die Wange. »Nur zu, Stanislawski wäre stolz auf Sie.«

»Sie werden mich töten, oder?«

»Nun konzentrieren Sie sich doch.« Ich lege ihm wieder die Hand auf den Mund und drücke seinen Oberschenkel zusammen. Sein Gesicht verzerrt sich vor Schmerz. »Na schön, hören Sie gut zu. Ob Sie leben oder sterben, sollte die geringste Ihrer Sorgen sein. Es zählt nur, was in der nächsten Sekunde passiert. Wenn Sie diese Sekunde erleben, wunderbar. Danken Sie dem Gott der Schwulen, und dann leben Sie die nächste Sekunde. Das Leben ist ein Geschenk, und man muss jeden Augenblick so genießen, als sei er der letzte. Mehr bleibt uns nicht. Eine Sekunde nach der anderen. Kapiert?« Ich gebe ihm das Handy, das auf dem Nachttisch liegt.

Seine Vorstellung ist oscarreif. Damit überzeugt er sogar mich. Jedes einzelne Wort ist von Übelkeit und Schmerz durchdrungen. Es tut mir furchtbar leid, aber ich kann heute Abend nicht zur Probe kommen, ich fühle mich nicht gut. Er versichert ihnen, er werde am Samstag dabei sein, komme was wolle ... davon habe ich immer geträumt ... nein, ich lasse euch auf keinen Fall im Stich ... nein, ihr braucht keinen Ersatz zu besorgen. Als er das Gespräch beendet, hat er wieder Tränen in den Augen.

»Das war prima«, sage ich und nehme die Waffe vom Nachttisch. Drücke zweimal rasch den Abzug. Sein Hinterkopf explodiert, ein abstraktes Muster in Rot und Schwarz sprenkelt die zartblauen Wände.

Bevor ich gehe, ziehe ich den Lederhandschuh aus und trete ganz nah ans Bett. Dann strecke ich den Zeigefinger aus und berühre seine Tränen.

39

»Dachte ich mir, dass ich dich hier finde.«

Aston wandte seine müden Augen vom Monitor und sah George an seiner Arbeitsnische stehen, in einer Hand zwei Tassen, in der anderen eine Flasche Jack Daniel's. Er schaute auf die Uhr. Kurz vor Mitternacht. Wo war nur die Zeit geblieben?

George machte auf dem Schreibtisch Platz und setzte sich. Dann goss sie ihnen Drinks ein, doch Aston hob die Hand.

»Für mich nicht. Du weißt doch, ich bin augenblicklich trocken.«

»Aber es ist Donnerstagabend.«

»Mir doch egal.«

George zuckte die Achseln und gab noch einen Schuss in ihre Tasse. »Na schön, dann bleibt eben mehr für mich übrig.«

Aston dachte lieber nicht darüber nach, wie er wohl aussehen und riechen mochte. Er hockte schon den ganzen Tag hier, rackerte sich ab und brachte nichts zustande. George hingegen sah toll aus. Wie machte sie das nur? Anscheinend blühten manche Leute bei Stress richtig auf.

»Wie war das Meeting?«, erkundigte er sich.

»Lang. Ich kann dir sagen, wenn die sich nicht ständig den Schwarzen Peter zuschieben würden, wären wir viel weiter. Was Neues von Mac?«

»Nein.« Mehr gab es nicht zu sagen. Sie hatten in den letzten fünf Tagen über nichts anderes geredet und das Thema gründlich ausgeschöpft. Sie waren die Informationen wieder und wieder durchgegangen, hatten frühere Gespräche analysiert und nach dem kleinsten Hinweis gesucht, aber nichts gefunden. Hypothesen, nichts als Hypothesen. Auch wenn sie es nicht gerne zugaben, sie hatten einfach nichts in der Hand.

Aston stieß einen langen Seufzer aus und rieb sich die müden Augen. Eigentlich würde er lieber zu Hause blöd vor dem Fernseher sitzen. Er hatte keinen Schimmer, was Mac vorhatte, und das macht ihn wahnsinnig, denn ihm war, als müsste er es eigentlich wissen. Seit Samstag hatte Mac sich nicht mehr gemeldet, und Aston bezweifelte, dass sein früherer Boss in nächster Zeit Kontakt mit ihm aufnehmen würde. Das »PHANTOM« hatte sich in Luft aufgelöst.

»Ich glaube, du machst jetzt besser Schluss.« George trank ihre Tasse aus und rutschte vom Schreibtisch.

»Da sage ich nicht Nein.« Aston stand auf und zog die Jacke über. »Lass uns verschwinden.«

Die Schatten warteten schon draußen. Sie observierten ihn seit Sonntag, und zwar nicht sonderlich gut. Oder aber sie wollten unbedingt gesehen werden. Als er am Sonntag aus dem Büro zurückgekommen war, hatte er das Duo sofort erspäht. Dideldum war ihm bis zur U-Bahn-Station Vauxhall gefolgt, von wo aus Aston eine Station mit der Victoria Line fuhr und von Dideldei beschattet wurde. Den kurzen Fußweg nach Hause hatte wiederum Dideldum übernommen, der zur Tarnung die Jacke von links angezogen hatte. Aston hatte mit dem Gedanken gespielt, sie abzuschütteln, in eine U-Bahn zu springen, kurz bevor sich die Türen schlossen, aber es war die Mühe nicht wert. Von zu Hause aus hatte er George angerufen und festgestellt, dass sie ebenfalls verfolgt wurde. Sie war nicht sauer, weil man sie beschattete, sondern weil man ihm ein Zweiergespann zugeteilt hatte, während sie nur einen Schatten hatte.

Am Bordstein vor der U-Bahn-Station stand ein großer schwarzer BMW mit getönten Scheiben. Als sie vorbeigingen, öffnete sich die hintere Tür.

»Steigen Sie ein«, befahl eine barsche Stimme. Der Kugelkopf von DS Fielding erschien auf dem Vordersitz des dämmrigen Innenraums. »Wird Zeit, dass wir ein bisschen plaudern, oder?«

»Wollen Sie uns verhaften?« Aus dem Augenwinkel bemerkte Aston die beiden Verfolger, die ihnen mögliche Fluchtwege verstellten.

»Wenn Sie möchten. Wir könnten es natürlich auch gemütlicher angehen. Das liegt ganz bei Ihnen.«

Aston schaute zu George, die mit den Schultern zuckte. Er stieg in den BMW, sie folgte ihm. Einer der Bewacher schlug die Tür von außen zu.

»Wohin fahren wir?«, erkundigte sich Aston, ohne mit einer Antwort zu rechnen. Fielding hatte auf stumm geschaltet. Sie sahen nur seine breiten Schultern und die Seite seines Gesichts, auf das die bunten Neonlichter kaleidoskopische Muster zeichneten.

Irgendwann drehte er sich um und sagte: »Wir haben letztes Mal wohl nicht den richtigen Anfang gefunden. Die Situation lief ein bisschen aus dem Ruder, und es wurden Dinge gesagt, die wir besser nicht ausgesprochen hätten. Falls mich mein Gedächtnis nicht trügt, wurden wir einander gar nicht richtig vorgestellt. Ich bin Detective Superintendent Fielding und leite die Abteilung SO13, Terrorismusbekämpfung, bei der Met.«

Das wussten Aston und George bereits. Nach ihrer Begegnung am Samstag hatten sie Mole darauf angesetzt. Kenne deinen Feind, wie das chinesische Sprichwort sagt.

Fielding schaute sie nacheinander an. »Sie sind Georgina

Strauss. Und Sie Paul Aston. Sie arbeiten beide in dem grottenhässlichen Gebäude am anderen Flussufer und verbringen Ihre Zeit damit, Terroristen zu jagen. Natürlich könnten wir uns jetzt noch über Ihre Hobbys, persönlichen Neigungen und finanzielle Situation unterhalten, aber ich glaube, wir sollten mit unserer Zeit etwas Besseres anfangen.«

Aston bemerkte, dass Fielding ihnen nicht die Hand gab. Eine solche Art der Vorstellung war es dann doch nicht. Hier ging es nur um Pose, eine Art Muskelspiel, wenn auch auf einer geistigen Ebene. Fielding markierte sein Territorium und wollte unbedingt ernst genommen werden.

»Wir werden Macintosh nur fangen, wenn wir zusammenarbeiten.«

Aston horchte auf. Woher zum Teufel hatte Fielding Macs Namen? Ein rascher Blick zu George verriet, dass sie das Gleiche dachte.

»Er ist nämlich nicht unbesiegbar. Er hat schon einige Fehler begangen. Wirklich dumme Fehler. Er benimmt sich, als wären wir vollkommen unfähig, und damit werden wir ihn kriegen. Die Arroganten kriegen wir immer.«

Aston schwieg. Ebenso George. Fielding stürzte sich in einen Vortrag. Aston kannte die Anzeichen, er hatte sie bei Mac oft genug erlebt.

»Nehmen wir beispielsweise den Tatort im Mordfall Clive Denning. Überall Fingerabdrücke. Tonnen von Beweisen. Selbst der unfähigste Staatsanwalt müsste sich richtig Mühe geben, um daraus nichts zu machen. Dennoch, irgendeiner wird es schaffen«, meinte er seufzend. »Das ist ja das Schlimme an diesem Beruf. Man reißt sich den Arsch auf, um die bösen Jungs zu fangen, und dann bekommt so ein dämlicher Anwalt sie wegen eines Verfahrensfehlers frei. Wir haben inzwischen fast amerikanische Zustände.«

Fielding holte tief Luft und fuhr dann fort: »Wir fanden einen Tatort mit einer Unmenge von Fingerabdrücken vor, die sich übrigens auch überall in Ihrer Wohnung befinden, Ms. Strauss. Die Suche in NAFIS, der nationalen Fingerabdruckdatenbank, hat nichts ergeben. Falls Sie sich wundern, wir beim Yard stehen genauso auf Abkürzungen wie Sie.«

Aston wusste genau, was NAFIS war, doch wenn Fielding diesen Triumph brauchte, auch gut. »Hören Sie, kommen Sie doch bitte zur Sache, sonst verschwenden wir hier unsere Zeit.«

»Tun Sie nicht«, versicherte ihm Fielding. »Dank des Terrorismusgesetzes bin ich zurzeit nämlich der einzige Mensch, der zwischen Ihnen und dem Gefängnis steht. Manchmal machen die Schwachköpfe in Westminster auch mal was richtig.«

Aston sah aus dem Fenster und fragte sich, ob der Wagen verwanzt war. Wahrscheinlich schon. So hätte er es jedenfalls gemacht.

»Verstehen wir uns?«

Aston sah Fielding in die Augen. »Vollkommen.«

»Gut. Jedenfalls habe ich mich mit dem MI5 in Verbindung gesetzt und ausnahmsweise mal eine brauchbare Information erhalten. Sie konnten mir einen Namen nennen, worauf unsere Computerleute ein bisschen herumgeschnüffelt haben. Sehen Sie mich nicht so an, Aston. Sie schnüffeln dauernd in unseren Computern herum.«

»Sie sind in den Hauptrechner des MI6 eingedrungen? Unglaublich!« Sah verdammt danach aus, als wäre Mole nicht mehr ganz auf der Höhe. Der Hacker würde ausflippen, wenn er davon erfuhr.

»Also haben wir jetzt sogar mehr als nur einen Namen«, fuhr Fielding fort. »Unsere Jungs konnten uns auch ein Bild liefern. Ein Bild, das mittlerweile in den Redaktionen aller Tageszeitungen liegt und an alle großen Fernsehsender geschickt wurde. Beim Frühstück wird Robert Macintosh einer der berühmtesten Männer des Landes sein.«

»Sie haben *was*? Das können Sie nicht machen.«

»Ich kann, und ich werde. Habe ich etwa vergessen zu erwähnen, dass wir uns im Zusammenhang mit dem Anschlag vom Leicester Square mit Macintosh unterhalten möchten?«

Aston spürte, wie er blass wurde. Fielding ließ eine Bombe nach der anderen hochgehen. Er hatte den Superintendenten vollkommen unterschätzt. So viel zum Thema Geheimhaltung. Kinclave wäre begeistert. Und wie viel wusste Fielding tatsächlich? Aston konnte sich nur mühsam zurückhalten, den Polizisten mit Fragen zu bombardieren, ihn richtig in die Mangel zu nehmen. Nein, er musste cool bleiben, bloß keine Panik. Jetzt ging es um Schadensbegrenzung. Wen wollte er denn täuschen? Wenn Macs Bild in die Medien gelangte, war alles vorbei. Dann konnte er sich gleich morgen früh eine neue Stelle suchen; das würde Kinclave ihm nicht verzeihen. Andererseits wäre es vielleicht gar nicht so schlecht, denn dann müsste sich jemand anderer mit dem Skandal herumschlagen. Die Tatsache, dass Fielding Mac im Zusammenhang mit dem Bombenanschlag genannt hatte, war der letzte Beweis. Bis jetzt hatte er immer noch die Hoffnung gehabt, dass Mac nichts damit zu tun hatte, dass es sich um ein Missverständnis handelte, für das es eine logische Erklärung gab. Doch wenn Fielding Mac suchte, hatten sie ein echtes Problem.

»Was jetzt kommt, wird Ihnen gefallen«, fuhr Fielding fort. »Der Sprengstoff, den er an Ms. Strauss befestigt hatte, war der gleiche, der auch am Leicester Square verwendet wurde. Erstklassiges militärisches C4 russischer Herkunft. Entgegen einer weit verbreiteten Annahme ist Sprengstoff relativ leicht zurückzuverfolgen. Beispielsweise gibt es gar nicht so viele Firmen, die ihn herstellen. Zweitens muss jeder Hersteller einige träge Chemikalien beifügen, damit Sprengstoffe identifiziert werden können. Auf diese Weise kann die Spurensicherung zumindest die Herkunft bestimmen. Gar nicht mal so blöd, was?« Fieldings Blick wanderte zwischen Aston und George hin und her. »Sie beide wissen natürlich, dass Macintosh daran beteiligt war, oder?«

Sie schwiegen. Es war eine rein rhetorische Frage.

»Die Sache ist die: Ich war mir sicher, dass ich nur eine Hälfte der Geschichte kannte, und Sie können sich gar nicht vorstellen, wie sehr mich das angekotzt hat. Was also habe ich getan? Ich habe Sie beide in den letzten Tagen ein bisschen im Auge behalten, weil ich hoffte, dass Sie mir einen Hinweis liefern.«

»Das ist uns nicht entgangen«, sagte George.

»Damit haben wir auch nicht gerechnet. Immerhin seid ihr vom anderen Flussufer doch die Meister der Beschattung. Ihr könntet uns Amateuren noch ein paar Dinge beibringen, oder? Was also haben Sie für mich?«

»Wir würden Ihnen helfen, wenn wir könnten«, sagte Aston, »aber Sie scheinen ja ohnehin alles zu wissen. Wenn nicht gar mehr als wir.«

»Ach ja, ist das so?« Der BMW holperte über ein schlechtes Stück Straße. Aston sah die Lichter am Fenster vorbeiziehen, er spürte, dass der Ermittler noch etwas zurückhielt, denn er sah ungeheuer selbstzufrieden aus.

»Na schön, nennen Sie mir einen guten Grund, aus dem ich Sie nicht verhaften, einsperren und den Schlüssel wegwerfen sollte.«

»Die Drohung zieht allmählich nicht mehr«, sagte George.

»Wie bitte?«

»Wenn Sie uns wirklich verhaften wollten, hätten Sie es längst getan.«

Fielding funkelte George an, als wäre er so etwas nicht gewöhnt. *Weiter so,* dachte Aston.

»Worum geht es denn nun wirklich?«, erkundigte sich George und strahlte vor Freundlichkeit.

Fielding sagte nichts, und Aston fürchtete schon, sie sei zu weit gegangen. Er überlegte gerade, wie es wäre, die Nacht in einer Zelle zu verbringen, als Fielding wieder das Wort ergriff.

»Wir haben eine weitere Leiche gefunden. Zwei Kopfschüsse, wie bei einer Hinrichtung. Das war Macintosh, obwohl wir das Motiv noch nicht kennen. Vielleicht hat er Geschmack am Töten gefunden und wählt seine Opfer jetzt willkürlich aus. Was mir am meisten Sorge bereitet, ist die veränderte Vorgehensweise.«

»Und Sie sind ganz sicher, dass Mac der Täter ist?« Aston musste diese Frage stellen, obwohl sie im Grunde überflüssig war. Mac war für Hunderte Tote verantwortlich, da konnte ihn dieser Mord unmöglich noch schockieren.

»Zweifellos. Er ist zwar sehr viel umsichtiger vorgegangen, aber eindeutig der Täter. Der Denning-Tatort war mit Fingerabdrücken übersät. Diesmal haben wir nur einen Teilabdruck auf der linken Wange der Leiche gefunden. Das kranke Schwein musste sein Opfer unbedingt berühren.«

Ganz schön daneben, dachte Aston, sagte aber nichts. Mit dem Gerede von »Vorgehensweise« und »Auswahl der Opfer« wollte Fielding Mac ins Profil eines Serienmörders pressen. Er sah nur, was er sehen wollte, aber damit machte er es sich zu einfach. Mac war kein Hannibal Lecter. Er hatte die Leiche gerade deshalb berührt, um der Welt zu sagen, dass er der Täter war. Fielding sollte sich lieber fragen, weshalb Mac das getan hatte.

»Was können Sie uns über das Opfer sagen?«, erkundigte sich George.

»Mark Parson, Alter dreiunddreißig, Größe eins zweiundsiebzig, blond, blaue Augen, mittelschwerer Körperbau. Ein hübscher Junge, falls Sie verstehen, was ich meine.«

»Was sonst noch?«

»Er war Amerikaner, ist vor fünf Jahren hergezogen. Keine lebenden Verwandten, weder hier noch in den Staaten. Arbeitete in der City. Versicherungsbranche. Lloyds. Sang in seiner Freizeit im Chor des BBC-Symphony-Orchesters. Die haben uns dann auch auf die richtige Spur gebracht. Parson hat sich am Mittwoch krank gemeldet und konnte nicht zur Probe erscheinen. Als sie heute Morgen versuchten, ihn anzurufen, ging niemand an den Apparat. Da er am Vortag ziemlich angeschlagen geklungen hatte, wollten sie sichergehen, dass er am Wochenende einsatzbereit ist. Samstag ist ja der große Tag.«

Aston überlief es kalt. Ihm wurde flau. »Sie meinen die Last Night of the Proms?«

»Genau. Der verstorbene Mr. Parson sollte dort singen.«

»Verdammt!«, murmelte Aston. Sein Gehirn schaltete auf Turbo. George war ebenso blass wie er. Fielding fragte, was los sei, doch Aston beachtete ihn nicht. Es war schlimmer, als er gedacht hatte, schlimmer, als er sich je hätte ausmalen können. *Atommüll… Feuerwerkskörper…* Mac hatte eine große Sache versprochen, und da war sie nun. Damit würde er richtig Schlagzeilen machen. Eine schmutzige Bombe bei einer der berühmtesten Londoner Massenveranstaltungen – nicht auszudenken. Am Samstagabend würden Tausende Menschen in die Royal Albert Hall drängen. Wenn dort eine Bombe explodierte, gäbe es ein Blutbad mit Hunderten, wenn nicht gar Tausenden Toten. Dazu die Verstrahlten. Herrgott, dagegen würde sich 18/8 wie eine Bagatelle ausnehmen. Mark

Parson hatte die gleiche Größe und den gleichen Körperbau wie Mac. Was hatte er vor? Er hatte sich als alter Mann getarnt, doch die Uhr ließ sich auf diese Weise auch zurückdrehen; laut George hatte derjenige, der ihn geschminkt hatte, wahre Wunder gewirkt.

Dann überkam ihn ein noch beunruhigenderer Gedanke. Seine Mutter wollte zu dem Konzert. Er griff zögernd nach dem Handy, schaute von Fielding zu George. Nicht hier und nicht jetzt. Er würde sie später anrufen. Wenn ihr etwas zustieß, könnte er sich das nie verzeihen. Selbst wenn unzählige Gründe dagegen sprachen, sie zu warnen, sie war immerhin seine Mutter. Sollten sie ihn doch feuern. Er musste sie um jeden Preis davon abhalten, das Konzert zu besuchen, und zwar ohne sie gleich in Panik zu versetzen. Das war nicht so einfach, fühlte sie sich ja ohnehin schon von Terroristen verfolgt. Wie würde sie reagieren, wenn sie erfuhr, dass sie tatsächlich in Gefahr war?

»Na gut, Detective«, sage George, »wie wäre es, wenn wir die Last Night of the Proms absagten?«

»Sie machen Witze, oder?«

George schüttelte den Kopf. »Es war mir nie ernster.«

40

Von der Bank aus habe ich einen ausgezeichneten Blick auf das Embankment, Cleopatra's Needle mittendrin, vor mir der schlammigbraune Fluss. Hinter mir ragen die Legosteine der Royal Festival Hall in die Höhe, ein geistloser Betonklotz, der schlicht und einfach hässlich aussieht. Zu meiner Linken dreht das London Eye gemächlich seine Runden und erinnert mich an jenen längst vergangenen Abend im Wiener Riesenrad, an dem ich Sophia alles erzählte.

Man hat Regen angesagt. Es sieht aus, als hätten sich die Wetterfrösche geirrt. Der Himmel ist blau, die Sonne verschwommen orange, und die Luft, die vom Fluss herüberweht, angenehm kühl. Ich verziehe das Gesicht, als etwas vorbeischwimmt, das einen üblen Geruch verströmt. Werfe einen Blick auf die Uhr. Noch dreiundzwanzig Minuten, bis Christopher kommt. Ich lehne mich zurück und warte weiter.

Nun ist es so weit: Mein Name und mein Gesicht sind überall zu sehen. Auf dem Schwarz-Weiß-Fernseher in meinem Hotelzimmer, an den Kiosken, auf den Zeitungen, die auf den verschlissenen Sitzen in der U-Bahn liegen geblieben sind. Das stört mich überhaupt nicht. Ich habe mein neues Gesicht und fühle mich damit mehr als sicher. Ich werde nicht nervös, sobald ich mich selbst auf einem Foto erblicke, und erleide auch keinen Angstanfall, wenn mich jemand länger als eine Sekunde anschaut. Robert Macintosh hat aufgehört zu existieren.

In eine fremde Haut zu schlüpfen, ist eine meiner leichtesten Übungen. Das mache ich, solange ich mich erinnern kann. Schon als Kind habe ich Rollen gespielt, um mir die Langeweile zu vertreiben. Ich saß stundenlang vor Großmutters Schlafzimmerspiegel und verlor mich darin. Manchmal war ich ein Soldat, der im Schützengraben kämpfte, dann wieder ein Spion, der gegen die Nazis antrat. Und manchmal war ich auch ein Millionär mit Burgen und schicken Autos und Yachten und einer schönen Frau an jedem Finger. Diese Fantasievorstellungen waren meilenweit von der Wirklichkeit entfernt: einem schäbigen Haus in einer Sozialsiedlung in Watford, wo nie genügend Geld für Essen da war, weil meine liebe Oma alles vertrank. Immerhin schlug sie mich nicht, wenn sie weggetreten war. Ich nahm mir vor, sie umzubringen, wenn ich groß und stark war. Und es war mir ernst damit. Kurz nach meinem sechzehnten Geburtstag kam sie besoffen nach Hause und schlief auf dem Sofa ein. Ich brach ihr den Arm mit einem Hammer. Ohne mit der Wimper zu zucken, erzählte sie dem Arzt, sie sei die Treppe hinuntergefallen. Viele Frauen fielen die Treppe hinunter. Danach machte ich ihr das Leben zur Hölle. Ich achtete darauf, sie nicht zu töten, denn lebendig war sie sehr viel unterhaltsamer. Rache ist nur befriedigend, wenn man sie kalt genießt.

Christopher hatte die Einzelheiten zum Treffpunkt an der üblichen Stelle im Bahnhof Paddington hinterlassen. Natürlich wollte er sich wieder in Richmond mit mir treffen. Ich hinterließ das Kreidezeichen auf dem Briefkasten in Kensington und meine Nachricht an der verabredeten Stelle im Regent's Park. Nun haben wir unser Rendezvous zu Cleopatra's Needle verlegt. Manchmal muss man eben die Initiative ergreifen.

Die Stimmung auf der Straße hat sich verändert. Die Angst ist der Hoffnung gewichen. Selbst in der U-Bahn gibt es nur noch wenige Anzeichen jener Furcht, die sich nach dem Anschlag vom Leicester Square verbreitet hatte. Das Ungeheuer, das für 18/8 verantwortlich ist, hat ein Gesicht bekommen. Den Gesprächen, die ich unterwegs mitgehört habe, habe ich entnommen, dass es nur noch eine Frage der Zeit sei, bis sie mich fassen. Ich frage mich, was diese Leute wohl sagen würden, wenn sie wüssten, dass eben dieses Ungeheuer hinter ihnen hergegangen ist, in der U-Bahn neben ihnen gesessen hat und ihnen zur Rolltreppe gefolgt ist. Wären sie dann noch genauso tapfer?

Noch gute zehn Minuten, bis Christopher kommt. Auf dem Fluss ist nichts Verdächtiges zu sehen, keine Wasserschutzpolizei, keine suspekten Personen, nur der übliche Schiffsverkehr: einige Ausflugsboote und ein River Bus, dessen Bugwelle das Wasser aufwirbelt. Ich richte meine Aufmerksamkeit auf das gegenüberliegende Ufer. Touristen drängen sich um den Obelisken, posieren für Fotos, lachen und scherzen. Von hier aus kann ich nicht hören, was sie sagen, aber es dürfte ein babylonisches Sprachgewirr sein. Ich lasse die Augen von links nach rechts wandern, halte Ausschau nach ungewöhnlichen Dingen oder auch nach Dingen, die *zu* gewöhnlich wirken. Doch da ist nichts.

Ich stehe auf und trete ans Geländer, schüttle meine Beine aus, bringe die Muskeln wieder auf Trab. Die Minuten vergehen. Christopher erscheint pünktlich um halb drei. Er schaut versonnen über das Wasser, mir genau ins Gesicht. Was er natürlich nicht weiß. Er hat dieses Gesicht noch nie gesehen. Christopher gibt sich cool, stützt eine Hand aufs Geländer und schaut sich lässig um. Zur Tarnung trägt er eine Kamera um den Hals, will wie ein Tourist aussehen. Netter Versuch, aber er scheint sich nicht recht wohlzufühlen. Ich muss lächeln, als er die Kamera anhebt und einige Bilder schießt. Von hier aus ist es ganz offenkundig, dass er ziellos auf den Auslöser drückt.

Es ist ein schöner Tag, um Sehenswürdigkeiten zu besichtigen, und um das Monument herum drängen sich die Menschen. Ein multikultureller Mischmasch aus Gesichtern, alten und jungen, weißen, schwarzen und gelben. Kameras klicken, Camcorder summen. Die Menschen kommen und gehen. Der perfekte Ort für ein Treffen. Ich sehe mich noch einmal um und gehe los.

41

»Da ist er«, sagte George.

Aston folgte ihrem Finger, mit dem sie auf den Bildschirm zeigte. Ein arabisch aussehender Mann schaute sie kurz an, dann blickte er wieder aufs Wasser.

»Ganz sicher?«, fragte Fielding.

»Hundertprozentig. Das ist Christopher Walker.«

Fielding griff nach dem Funkgerät und drückte den Knopf. »Okay, Leute, wir haben eine positive Identifizierung. Bleibt hinter dem Monument und haltet euch am Fluss. Äußerste Konzentration, bitte.«

Sie saßen in einem Überwachungswagen, der in der Adelphi Terrace parkte, nur einen Steinwurf von Cleopatra's Needle entfernt. Außer ihnen war noch ein Techniker dabei, der die umfangreiche Ausrüstung bediente, und es blieb wenig Platz im Wagen. Aston hatte Pech gehabt, er musste stehen; Fielding und George hockten eingeklemmt auf den beiden einzigen Sitzen. Fielding hatte das Fahrzeug zur Verfügung gestellt, nachdem sie mit dem Superintendenten einen vorläufigen Waffenstillstand geschlossen hatten. Die Einzelheiten hatten sie am Vorabend festgelegt, als sie in seinem BMW durch London gefahren waren. Aston sagte sich zum wiederholten Mal, es sei sinnvoll zusammenzuarbeiten, die verfügbaren Ressourcen zu bündeln und wenigstens so zu tun, als kooperiere man, doch Fielding und Kinclave hatten sehr deutlich gemacht, dass ihnen ohnehin keine andere Wahl blieb.

Aston fühlte sich in dem engen Lieferwagen gar nicht wohl, und Fieldings Haltung trug noch zu diesem beengenden Gefühl bei. Doch Kinclave hat angeordnet, mit dem Mann zusammenzuarbeiten, und Kinclave hatte das Sagen. Das Gespräch mit ihm war fürchterlich gewesen. Sie waren in den frühen Morgenstunden in Astons Wohnung zurückgekehrt und hatten eine Münze geworfen. Natürlich hatte er verloren und musste anrufen. Kinclave war ganz schön sauer, weil man ihn aus dem Schlaf riss, aber das war nichts im Vergleich zu dem Donnerwetter, das auf Aston niederging, als der Chief den Grund des Anrufs erfuhr. Er tobte, weil die Medien von Macs Beteiligung an dem Anschlag erfahren hatten und die Polizei in dem Fall ermittelte. Für Kinclave stand damit der Weltuntergang bevor, und er ließ einfach nicht mit sich reden. Da Aston die schlechte Nachricht überbracht hatte, traf ihn der geballte Zorn. Er fühlte sich ungerecht behandelt, schließlich war es nicht seine Schuld. George hätte ihm helfen können, hatte aber nur geantwortet, wenn der Chief sie persönlich ansprach. Er sei alt genug, um selbst für sich einzutreten, hatte sie ihm oft genug gesagt. Schließlich erklärte Kinclave, der einzige Weg zur Schadensbegrenzung bestehe darin, den »neuen, transparenten MI6« vorzuführen, und beschloss, so weit wie möglich mit der Polizei zusammenzuarbeiten.

Drei Kameras waren um den Obelisken herum versteckt. Weitere Aufnahmen lieferte ein Camcorder, den ein als Tourist getarnter Agent bediente. Aston musterte sämtliche Passanten und hielt Ausschau nach Macs typischen Bewegungen, seinem Körperbau, seiner persönlichen Ausstrahlung. Bislang ohne Erfolg.

»Meinen Sie wirklich, Macintosh taucht auf?«, fragte Fielding.

»Ja«, knurrte Aston barscher als beabsichtigt. Er konnte

nicht anders, es war stickig im Lieferwagen, und die Atmosphäre beschwor unangenehme Erinnerungen herauf: wie er sich mit bloßen Händen durch die Trümmer gegraben hatte, wie ihm der Schmutz unter die Fingernägel drang, wie er das tote, verstümmelte Baby in den Armen gehalten hatte. Gerade eben noch schien es ewig her zu sein, schien einem anderen Menschen in einem anderen Leben zugestoßen zu sein, dann wieder wirkte es unmittelbar, war ganz real, und er durchlitt jede furchtbare Sekunde noch einmal. Er würde wohl lernen müssen, damit zu leben.

»Wie kommen Sie darauf?«

Der Superintendent fragte nicht zum ersten Mal. Er hatte Aston hart ins Verhör genommen, nach logischen Brüchen in seiner Argumentation gesucht und an den unterschiedlichsten Punkten angesetzt. Das war wohl die übliche Prozedur, dachte Aston, aber es brachte ihn dennoch auf die Palme.

»Na ja, immerhin ist Walker hier, oder?«

»Warum organisieren die die Geldübergabe nicht per Computer und Handy? So macht man es doch heutzutage. Wenn Sie mich fragen, finde ich das sehr riskant.«

»Mac liebt es, sich zu verkleiden wie im Abenteuerfilm. Geheime Treffen und tote Briefkästen, alles, was das Blut in Wallung bringt. Hauptsache, er kann uns zeigen, wie clever er ist.«

»Ich hoffe, Sie haben recht.« Fielding sah ihn prüfend an. Seine Pupillen wirkten riesig und dunkel. »Woher wussten Sie doch gleich, dass Walker und Macintosh sich hier treffen wollen?«

Fielding fing wieder an zu bohren. Genau diese Information hatte Aston für sich behalten, vermutlich aus Gewohnheit. Er wusste es von George. Ihre Kumpel aus dem vierten Stock hatten kürzlich die Bank im Regent's Park entdeckt, die Christopher als toten Briefkasten benutzte. Sowie neue Botschaften in dem winzigen Magnethalter unter der Sitzfläche auftauchten, wurden sie entfernt, rasch kopiert und an das Entschlüsselungsteam geschickt. Das Original wurde umgehend zurückgebracht, ohne dass Christopher etwas davon merkte. Aston hatte nichts davon gewusst, was nicht weiter überraschend war. Die Abteilungen des MI6 arbeiteten streng voneinander getrennt, obwohl sie im selben Gebäude saßen. Mac hatte das offenbar auch nicht gewusst … dabei war Aston sich ganz sicher, dass die Botschaft in Macs Handschrift verfasst war.

»Top secret«, antwortete Aston.

»Muss ich Sie daran erinnern, dass wir zusammenarbeiten sollen?«

»Muss ich Sie an das Geheimhaltungsgesetz erinnern? Sie wollen doch nicht, dass ich gegen das Gesetz verstoße, oder?«

Fielding räusperte sich, und Aston lächelte insgeheim, während sein Gesicht ungerührt blieb. Der brüchige Waffenstillstand hielt. Noch. Er konzentrierte sich wieder auf die Touristen, die auf dem Bildschirm zu sehen waren, wobei er nicht auf die Gesichter achtete. Er konnte ja nicht wissen, wie Mac aussah. Falls er ihn erkannte, dann an seiner Körpersprache und seinen Bewegungen. Die konnte Mac nicht verbergen, so gut war er nicht … oder doch? Noch während er dies dachte, wusste er, dass die Antwort Ja lautete.

Sie hatten drei Undercover-Polizisten vor Ort. George hatte auch Leute vom MI6 dabeihaben wollen, aber Fielding setzte sich in dieser Sache durch, weil er dagegenhielt, Mac werde die Leute womöglich erkennen. Auf einem der Bildschirme klickte Christopher noch immer willkürlich mit seiner Kamera herum. Wo zum Teufel blieb Mac?

Fielding wandte sich an George. »Wenn das ein so dicker Fisch ist, wie Sie sagen, sollten wir ihn jetzt schnappen. Macintosh taucht offensichtlich nicht auf.« Er griff nach dem Knopf, der ihn mit dem getarnten Polizisten verbinden würde.

George legte ihre Hand sanft auf sein Handgelenk, worauf er sie wütend ansah. »Noch nicht«, sagte sie. »Noch ein paar Minuten …«

»Den lasse ich mir auf gar keinen Fall entgehen.«

»Wir auch nicht. Aber er könnte uns geradewegs zu Mac führen.«

Fielding seufzte tief. »Na schön, noch zwei Minuten, dann ist Schluss.«

Aston hörte nur mit einem Ohr hin, weil er sich ganz auf die Bildschirme konzentrierte. Plötzlich erregte etwas seine Aufmerksamkeit, und er beugte sich vor, eine Hand auf Georges Schulter. Ein Mann war ins Bild geschlendert und warf einen flüchtigen Blick auf Christopher. Dann musterte er die Polizisten und ging weiter. Er bewegte sich, als könne er gar nicht schnell genug wegkommen. Er war so groß wie Mac und ähnlich gebaut.

Aston stürzte zur Tür, riss sie auf und sprang hinaus. Er hörte noch, wie Fielding ihm hinterherrief: »Los! Los! Los!« Mac ging in Richtung Waterloo Bridge. Nachdem er die Polizisten entdeckt hatte, wollte er vermutlich schnell in der Menge untertauchen. Die U-Bahn konnte Aston ausschließen, der Weg war zu weit. Nein, er würde sich vom Fluss wegbewegen und in dem Labyrinth der Straßen untertauchen, die nach Covent Garden führten. Aston sprintete am Rand der Embankment Gardens entlang, raste an der extravaganten Fassade des Savoy vorbei und glitt in eine Seitenstraße, wobei er noch einen Blick zum Fluss warf.

Da war Mac. Er stand an der Waterloo Bridge und wollte gerade die Straße überqueren. Aston bewegte sich mit abgewendetem Kopf auf die Brücke zu. Mac war jetzt mitten auf der Straße und hielt Ausschau nach einer Lücke im Verkehr. Aston merkte, dass hinter ihm an Cleopatra's Needle etwas im Gange war. Als Mac die andere Straßenseite erreichte, rannte Aston los. Vierzig Meter, dreißig, zwanzig. Plötzlich drehte Mac sich zu ihm um und rannte ebenfalls los, sprintete die Savoy Street entlang.

Er erreichte den Strand, wo er immerhin so lange zögerte, dass Aston auf zehn Meter an ihn herankam, und schoss dann in halsbrecherischem Lauf auf die andere Straßenseite. Bremsen quietschten, Metall krachte auf Metall, als ein Taxi mit einem Porsche kollidierte; dann prallte ein Ford von hinten gegen einen Bus. Weitere Wagen fuhren auf. Aston drängte sich durch das Chaos, die Augen auf Mac geheftet, der die andere Seite erreicht hatte. Mein Gott, war der fit! Dann die Burleigh Street entlang. Aston gab sein Letztes, spürte aber, dass er dieses Tempo nicht lange durchhalten konnte. Seine Beine waren wie Pudding, seine Lungen brannten, als seien sie mit glühender Asche gefüllt. Wieder kam er näher heran, noch acht Meter, noch sieben, noch sechs. Er streckte den Arm aus, berührte Macs Rücken. Griff nach dem Stoff, doch so leicht gab sich sein Gegner nicht geschlagen. Er streifte den Mantel ab. Aston stürzte sich auf ihn und warf Mac mit seinem gesamten Gewicht zu Boden. Ein dumpfer Aufprall, Knochen brachen. Aston blieb schwer atmend liegen. Eine kleine Menschenmenge versammelte sich um sie, doch die meisten Leute gingen einfach vorbei, als wäre nichts passiert.

Als er wieder ohne Schmerzen atmen konnte, stand Aston auf und drehte Mac um. Das Gesicht seines früheren Chefs war blutverschmiert, er hatte sich die Nase gebrochen. Die Maske war erstklassig, ungeheuer lebensecht. Er berührte sie. Sie fühlte sich auch echt an. Mac funkelte ihn durch braune Kontaktlinsen an.

»Tut mir leid, Mac, aber es ging nicht anders.«

»Was zum Teufel reden Sie da? Und wer soll dieser Mac sein?«

Die Worte waren kaum zu verstehen, der Mann sprach mit ausländischem falschem Akzent. Aston zerrte ihn auf die Füße. »Schluss mit der Schauspielerei.« Doch gerade als er es sagte, spürte er, dass etwas nicht stimmte. Die Größe war richtig, der Körperbau war richtig, das Gewicht auch, aber … irgendetwas war anders. Ohne auf die Proteste des Mannes zu achten, durchsuchte Aston ihn. In einer Innentasche des Mantels fand er drei Brieftaschen.

»Ich fasse es nicht, ein Taschendieb!«

Der Mann antwortete mit einem Achselzucken und sah Aston verwirrt an, als verstünde er ihn tatsächlich nicht.

Aston schüttelte den Kopf, stinksauer auf sich selbst. Dann steckte er die Brieftaschen ein und ging zurück zum Strand.

»Wie? Sie verhaften mich nicht?«, rief ihm der Dieb nach.

»Das muss heute dein Glückstag sein«, rief Aston zurück.

»Mann, ist das ein bekloppptes Land«, sagte der andere belustigt.

»Du sagst es, Kumpel«, murmelte Aston. Mit gesenktem Kopf und brennenden Wangen kehrte er zum Lieferwagen zurück. Wie konnte er nur so blöd sein? Er konnte sich Fieldings Reaktion genau vorstellen. Sagen würde er vermutlich nichts, das war auch nicht nötig. Ein hämischer Blick reichte vollkommen aus. Zweifellos würde Fielding ihn nie wieder ernst nehmen, falls er ihn jemals wirklich ernst genommen hatte. Dann war da noch George, die ihn mit dieser Geschichte bis in alle Ewigkeit aufziehen würde. Er durfte gar nicht daran denken. Vielleicht hatte sie auch Mitleid. Aston überlegte einen Augenblick und fragte sich, was wohl schwerer zu ertragen wäre: Georges Spott oder ihr Mitleid.

42

Sie befanden sich in der Polizeiwache Paddington Green und sahen zu, wie Fielding Christopher verhörte – allerdings hatte der Superintendent betont, dass er den Begriff »Befragung« vorziehe. Als ob das einen Unterschied machte, dachte Aston. Na schön, man hatte Daumenschrauben, Streckbänke und glühende Eisen abgeschafft, aber im Grunde war es Haarspalterei. Sie saßen zu zweit in einem kleinen grauen Büro, in dem zwei Stühle und ein Tisch mit Bildschirm standen, vor sich zwei Styroporbecher mit Kaffee. Die Ton- und Bildqualität war hervorragend, auf dem hoch auflösenden Bildschirm waren auch die kleinsten Details von Christophers Gesicht zu erkennen. Kein mieser Zehn-Zoll-Monochrom-Bildschirm, der ungefähr so viel verriet wie die Tintenflecken bei einem Rorschach-Test, und ein Ton, der sich anhörte, als käme er von einem fernen Planeten. Nein, das hier war der pure Luxus in Dolby-Surround-Qualität. Und wem das noch nicht reichte, der konnte immer noch durch den großen Einwegspiegel sehen.

»Was meinst du? Packt er aus oder nicht?«, fragte George.

»Woher soll ich das wissen?«

»Jetzt tu doch nicht so, Paul. Ich habe ja nur gefragt. Was ist denn los mit dir?«

»Nichts.« Aston entschied sich für den Kode, den Träger von X- und Y-Chromosomen gewöhnlich bevorzugen. Übersetzt: Gar nichts ist in Ordnung, aber da ich vermutlich ohnehin nicht in der Lage bin, es angemessen in Worte zu kleiden, wäre es mir lieber, wenn du mich, mit Verlaub gesagt, verdammt noch mal in Ruhe ließest.

»Du hast also einen Fehler gemacht«, sagte sie. »Na und? So was kommt vor.«

Du hast leicht reden, dachte er, *du hast dich auch nicht bis auf die Knochen blamiert.* Nachdem er in den Lieferwagen zurückgekehrt war und erklärt hatte, was geschehen war, hatte Fielding den Kopf geschüttelt und ihn mit einem missbilligenden Blick bedacht, der Mac alle Ehre gemacht hätte. Die anderen Polizisten hatten nichts gesagt, aber er wusste genau, was sie dachten, weil er an ihrer Stelle das Gleiche gedacht hätte: *Was für ein Volltrottel!* Das alles war ihm mehr als peinlich.

»So schlimm ist es nun auch wieder nicht«, beschwichtigte ihn George.

»Das sagst du.«

»Komm schon, Paul, du bist zu streng mit dir. Jeder macht mal einen Fehler.«

»Wenn du meinst«, knurrte er und bereute es sofort. Sie wollte ihm doch nur helfen. Aston drehte sich um und schaute wieder auf den Bildschirm, um das Gespräch zu beenden. »Lass es gut sein, ja?«, fügte er ein wenig sanfter hinzu.

»Na schön«, seufzte George und sagte dann: »Und, was meinst du? Redet er oder nicht?«

Aston betrachtete Christophers Gesicht durch den Einwegspiegel und trank einen Schluck Kaffee aus seinem Styroporbecher. Den Kaffee hatte ein Polizist gebracht, der ihm im Gehen einen wissenden Blick zugeworfen hatte, was Aston nur noch wütender machte, schließlich sah der Waffenstillstand vor, dass niemand außer Fielding erfahren sollte, dass sie vom MI6 kamen. In Wirklichkeit wusste natürlich jeder auf der Wache, wer sie waren. Wenn es um Interna ging, ließ die Geheimhaltung bei der Polizei ebenso zu wünschen übrig wie beim MI6.

Fielding und Christopher waren allein im Zimmer. Christopher hatte auf einen Rechtsbeistand verzichtet, weil er sich angeblich nichts vorzuwerfen hatte. Das gut aussehende Gesicht des Arabers wirkte reglos und passiv, beinahe statuenhaft. Dieser Mann war am Tod von Hunderten Menschen beteiligt und musste damit rechnen, den Rest seines Lebens hinter Gittern zu verbringen, doch das schien ihn überhaupt nicht zu kümmern. Aston schaute in die mokkabraunen Augen und erwartete einen eisigen Blick – aber nein, sie wirkten warm und sanft, beinahe freundlich. Christopher war glatt rasiert und trug das schwarze Haar kurz geschnitten. Er sah mindestens zehn Jahre jünger aus, als er angeblich war. Gepflegt, nicht operiert, schätzte Aston. Fielding redete die ganze Zeit, nahm den mutmaßlichen Terroristen gehörig in die Zange, doch Christopher sagte kein Wort. Er saß einfach da und schaute geradewegs in die Kamera, als langweile er sich zu Tode.

»Und, was meinst du?«, wiederholte George.

»Der redet nicht.«

George trank von ihrem Kaffee, Schweigen breitete sich im Raum aus. Christopher behielt seine Geheimnisse für sich. Fielding stellte Fragen über die Royal Albert Hall, doch der Terrorist gab nichts preis. Keine Blicke, die zur Tür zuckten und nach einem Fluchtweg suchten; kein übertriebenes Augenzwinkern oder Schwitzen, nichts, das verraten hätte, dass er log oder unter Stress stand. Auch seine Körperhaltung wirkte alles andere als defensiv, und er zeigte keinerlei Anzeichen von Aggression. Christopher saß völlig gelassen da, zurückgelehnt, die Beine übereinandergeschlagen, die Hände auf dem Tisch, lächelte freundlich und schwieg. Irgendjemand hatte ihm beigebracht, wie man mit solchen Situationen umging. Aston erkannte darin Elemente seiner eigenen Ausbildung, und das allein war schon ein Hinweis. Warum sollte jemand diese Ausbildung brauchen, wenn er nichts zu verbergen hatte? Christopher war viel zu cool. Selbst wer grundlos in eine derartige Lage geriet, würde Anzeichen von Stress zeigen und sich vielleicht sogar ein bisschen schuldig fühlen, obwohl es keinen Grund dazu gab. Das war ganz natürlich. Diese Coolness war einfach nicht überzeugend. Wenn man seinem Gegenüber weismachen wollte, dass man nichts zu verbergen hatte, musste man dies berücksichtigen ... der Trick bestand darin zu wissen, wie viel Unsicherheit man zeigen durfte.

Fielding sagte gerade: »Wir wissen, wie die Sache läuft. Wir wissen über Mark Parson Bescheid.«

Christopher zeigte keine Regung, auch nicht, als der Name des Toten fiel.

»Genau das habt ihr doch vor, oder? Jemand verkleidet sich als Parson und schmuggelt die Bombe rein. Die Sicherheitsvorkehrungen für die Musiker sind weit geringer als bei den Zuschauern, oder? Die Zuschauer werden durchsucht, bevor man sie hereinlässt, die Musiker nicht. Wer würde die denn schon verdächtigen? So gelangt die Bombe hinein, die Show fängt an, und dann folgt der große Knall. Ein Schlachtfeld – Hunderte, wenn nicht gar Tausende Tote.« Er nickte bewundernd und lächelte. »Alles genau geplant.«

Noch immer nichts von Christopher. Er schaute Fielding durchdringend an.

Dieser schob seinen Stuhl zurück und verschränkte die Arme; er sah aus, als habe er den Stein der Weisen gefunden. Als er weitersprach, wirkte er lässig und entspannt. »Ach ja, ich vergaß zu erwähnen, woher wir das alles wissen. Wir haben Macintosh nebenan sitzen, der hat es uns erzählt.«

Genau da erhielt Aston die Bestätigung, auf die er die ganze Zeit gewartet hatte. Einen flüchtigen Anflug von Panik, nur ein Sekundenbruchteil. Fast wäre er ihm entgangen. Christophers Gesicht war wieder glatt wie Marmor, aber Aston wusste Bescheid.

»Hast du das gesehen?«

»Klar doch.«

»Das Schwein hat praktisch gestanden. Ich sage es ungern, aber Fielding macht seine Sache ziemlich gut. Es ist die Royal Albert Hall. Definitiv.«

43

Die Leute standen schon den ganzen Nachmittag geduldig Schlange, um die besten Plätze zu ergattern. Dies waren die ganz hartgesottenen Fans, die sich später unmittelbar vor der Bühne drängten, sich die Seele aus dem Leib sangen und ihre Flaggen schwenkten, auf dass die ganze Welt begreifen möge, was es hieß, britisch zu sein. Wohin das Auge sah, wehten Union Jacks in allen Formen und Größen. Doch Aston, der mit George an der Ecke Kensington Gardens in einem Überwachungsfahrzeug saß, sah nur Särge in allen Formen und Größen: aus poliertem Mahagoni für die Erwachsenen, kleine weiße für die Kinder. Er hatte sie den ganzen Nachmittag lang gesehen, hatte auf die Bildschirme gestarrt, bis ihm die Augen wehtaten, und vergeblich nach Mac gesucht. Um sie herum herrschte Chaos: der Lärm der Menge vor der Halle, Polizisten, die die neuesten Nachrichten brachten, knisternde Funkmitteilungen, und irgendwo in all dem Durcheinander suchte Aston nach dem Ruhepunkt, der Stille im Auge des Sturms. Irgendetwas passte nicht zusammen, fühlte sich einfach nicht richtig an, aber er konnte es nicht benennen. Die Gedanken wirbelten durch seinen Kopf, doch dies war die eine Gewissheit, zu der er immer wieder zurückkehrte. Er musste sich konzentrieren, die irrelevanten Informationen ausblenden und sich auf das beschränken, was wirklich zählte.

In der Royal Albert Hall wimmelte es von Undercover-Polizisten, doch Mac würde sie auf eine Meile erkennen. Aston hatte auf eine unauffällige Vorgehensweise gedrängt, weil es die einzige Möglichkeit sei, Mac zu erwischen. Es hatte einen hitzigen Wortwechsel mit Fielding gegeben, doch der kugelköpfige Ermittler blieb hart. Er wollte Stärke zeigen und zog daher alle verfügbaren Kräfte zusammen; neben den Zivilpineolizisten tummelte sich drinnen und draußen eine Unmenge Uniformierter. Astons Ansicht nach versuchte er, mit hektischer Aktivität seinen Arsch zu retten, eine Strategie, die auch vom MI6 gern eingesetzt wurde. Sollte die Sache schiefgehen und die Bombe explodieren, würde niemand Fielding vorwerfen können, er habe nicht genug getan. Was sollte ich denn tun, würde er sagen, außer die Veranstaltung abzusagen? Und das hätte niemand gewollt.

George hatte freundlich darum gebeten, das Konzert abzusagen, und ein donnerndes Nein als Antwort erhalten. Aston verstand ihre Gründe, war aber dennoch anderer Meinung. Einen Flug abzusagen, weil es eine »glaubwürdige« Drohung gab, war eine Sache. Es wären nur einige hundert Leute betroffen, denen es Unannehmlichkeiten bereitete, und die Presse würde spekulieren, wie glaubwürdig die Drohung tatsächlich gewesen sei, aber das war's dann auch. Hier aber ging es um die Last Night of the Proms, die nur ein Mal im Jahr stattfand, während es jedes Jahr Tausende von Flügen gab. Bei diesem Konzert feierte man britische Traditionen, und fünfeinhalbtausend Flagge schwenkende Patrioten schmetterten, wie wunderbar ihr Land sei. Diese Veranstaltung konnte Fielding nicht einfach absagen. Ihm waren die Hände gebunden. Vor wenigen Monaten hatte man eine Terroristengruppe verhaftet, die das Old-Trafford-Stadion angreifen wollte. Das Samstagsspiel wurde trotzdem angepfiffen, weil eine Absage zu einem Riesenaufruhr geführt hätte. Genauso war es auch hier. Aston sah im Geiste schon die Leitartikel: lauter Anspielungen auf die Luftschlacht um England und den unbesiegbaren britischen Kampfgeist. Gut und schön – aber was, wenn Mac es trotz der vielen Polizisten, die sich zurzeit in der Royal Albert Hall tummelten, trotz der gründlichen Durchsuchung aller Besucher, trotz der minuziösen Überprüfung des eleganten alten Gebäudes mit Suchhunden und Geigerzählern dennoch schaffte, eine schmutzige Bombe hineinzuschaffen?

Es lief völlig falsch. Um Mac zu fassen, mussten sie denken wie er, sich in ihn hineinversetzen. Stattdessen tat Fielding ihn als Idioten ab, der mit einer Bombe unter dem Arm in die Halle spazierte. Vermutlich glaubte der Detective, sie müssten ihn einfach nur identifizieren, ihm Handschellen anlegen und ihn wegschaffen. Die hatten doch keine Ahnung.

»Ich wüsste gern, was du denkst«, sagte George.

»Was?«

»Du bist ganz weit weg. Wieder mal. Vielleicht solltest du einen Spaziergang machen, dir die Beine vertreten. Ich halte so lange die Stellung.«

»Nein, mir geht es bestens. Ich musste nur an etwas denken, das ich von Mac gelernt habe. Er nennt es ›Assoziation durch Dissoziation‹, was immer das heißen soll. Im Grunde besagt es, dass man sein Ich verlässt und sich in die Person versetzt, hinter der man her ist.« Er lächelte verkniffen. »In die Haut des anderen schlüpft.«

»Funktioniert das?«

Achselzucken. »Weiß nicht genau. Kann aber nicht schaden, oder? Vielleicht solltest du es mal probieren. Du kanntest ihn doch ganz gut.« Als er den letzten Satz aussprach, klang er auf einmal sehr viel boshafter als beabsichtigt. »Tut mir leid, George«, fügte er rasch hinzu, um den Schaden wiedergutzumachen. »So war es nicht gemeint.«

Sie tat seine Bemerkung mit einem knappen »Egal« ab,

doch ihren Blick konnte er nicht deuten. Beide schwiegen und betrachteten die Reihe der Bildschirme. Überall waren Kameras installiert, die mit den beiden Überwachungswagen verbunden waren, die Fielding für die Operation bereitgestellt hatte. Fielding selbst benutzte natürlich den neueren Wagen, der mit der aktuellsten Hightech-Ausrüstung vollgestopft war, während sie in einem zehn Jahre alten Fahrzeug hockten, dessen Equipment schon bessere Tage gesehen hatte.

Fielding hatte sie angewiesen, auf den Monitoren nach Mac Ausschau zu halten und ihn zu kontaktieren, sobald sie jemanden entdeckten, der auch nur eine entfernte Ähnlichkeit mit ihm aufwies. Das war rund zwei Stunden her, seither war der kugelköpfige Superintendent nicht wieder aufgetaucht. Offenbar ermutigte er vor Ort seine Truppen, die unter ungeheurem Stress standen, und betete insgeheim, Mac möge von einem Bus überfahren oder vom Blitz getroffen werden. Ihr Babysitter war ein etwa zwanzigjähriger Polizist in schmucker Uniform mit rosigen Wangen, der noch keine zwei Worte gesprochen hatte. Ob aus Schüchternheit oder auf Befehl, wusste Aston nicht. Der fragile Waffenstillstand würde nicht mehr lange halten. Offenkundig wollte man sie aus dem Weg haben, sie wurden eher toleriert als akzeptiert. Fielding hatte sie hier nur deponiert, weil sie ihm vielleicht noch nützlich sein konnten.

Einen Durchbruch hatte die Polizei dann doch erzielt. Um die Mittagszeit tauchte Fielding mit einem braunen Umschlag in der Hand auf. Er enthielt Fotos eines Mannes, der eine gewisse Ähnlichkeit mit Mac aufwies, aber zwanzig Jahre jünger wirkte, mit schwarzem Haar, einer anderen Nase und einem anders geformten Kinn. Schwer zu sagen, woher Aston wusste, dass es sich tatsächlich um Mac handelte, aber er wusste es. Und dann wurde ihm klar, woran es lag. Es waren die Augen. Die Bilder waren digital erzeugt und von ausgezeichneter Qualität – nur wenn man sie ganz genau betrachtete, sah man, dass es keine echten Fotos waren – mit einer Ausnahme. Und das war ein Foto von Mark Parson. Die Ähnlichkeit zwischen ihm und der computererzeugten jüngeren Version von Mac war atemberaubend. Sie hätten als Zwillinge durchgehen können.

Fielding hatte ausgesprochen zufrieden gewirkt, als er ihnen erzählte, wie er an die Bilder gekommen war, und Aston hätte sich treten können, weil er nicht selbst die Idee gehabt hatte. Mac selbst war nicht in der Lage, seine Masken anzufertigen, also musste er Hilfe gehabt haben. Fielding hatte sich auf die Suche gemacht und war schließlich in einem kleinen Kostümhandel im East End gelandet, der einem gewissen Joe Fogarty gehörte. Dem verstorbenen Joe Fogarty, wie sich herausstellte, denn sein walähnlicher Körper hatte in der Wohnung über dem Laden vor sich hin gestunken. Die Fotos steckten am Rahmen des Schminkspiegels, und der ganze Raum war mit Macs Fingerabdrücken übersät.

Die Zuschauer wurden jetzt in die Halle gelassen, ein Strom aus Rot, Weiß und Blau, der durch die Türen flutete.

Nach Expertenmeinung war eine schmutzige Bombe eher eine Massenverwirrungs- als eine Massenvernichtungswaffe, ein nettes Zitat, das jedoch hauptsächlich auf Spekulationen und Hypothesen beruhte. Die Fachleute versteckten sich hinter Wissenschaft und Statistik und stimmten darin überein, dass die Gefahr einer radioaktiven Verstrahlung oder Krebserkrankung relativ gering sei ... immer vorausgesetzt, die Menschen wurden sofort dekontaminiert. Allerdings bezweifelte Aston, dass die Meinung einiger Experten tatsächlich Chaos und Angst verhindern würde. Angeblich würde die Umwelt den größten Schaden erleiden, da das Zeug nicht einfach wieder verschwand; radioaktive Teilchen würden in Stahl, Stein und Holz eindringen und sich nur entfernen lassen, indem man alle betroffenen Gebäude abriss und die Trümmer so tief wie möglich vergrub.

Allerdings vergaßen die Experten geflissentlich zu erwähnen, dass noch niemals eine schmutzige Bombe gezündet worden war und somit niemand sagen konnte, wie die Wirkung tatsächlich ausfallen würde.

Und dann war da noch die Tatsache, dass jede Bombenexplosion inmitten der Proms eine Katastrophe wäre; Größe und Art waren gar nicht so wichtig. Bei der panikartigen Flucht in Richtung Ausgang würden mehr Menschen sterben als bei der eigentlichen Explosion. Brutal, aber effektiv. Wenn Aston die Augen schloss, sah er das Schlachtfeld vor sich. Die Beleuchtung ging aus, die roten Notlampen gingen an; Menschen wurden niedergetrampelt; die Bitte, Ruhe zu bewahren, ertrank in den Schreien der Verletzten und Sterbenden; Kinder wurden von der Hand ihrer Eltern gerissen und an den Wänden zermalmt; alte Menschen wurden brutal zu Boden gestoßen; jeder war getrieben vom Überlebensinstinkt, und hier überlebten nur die Stärksten; an den Ausgängen türmten sich Leichen, Berge aus Fleisch und Knochen, über die man hinwegsteigen musste, um in Sicherheit zu gelangen; überall Schreie und Stöhnen; absolute Panik und eine quälende Klaustrophobie, die schlimmer war als alles, was er in den finsteren, heißen Tunneln unter dem Leicester Square erlebt hatte.

Die Vorstellung sollte in knapp einer Stunde beginnen. Es blieb genügend Zeit, um sie abzusagen, die Halle zu evakuieren und die Menschen in Sicherheit zu bringen. Aber es musste schnell gehen. Ihr Zeitfenster schrumpfte mit jeder Sekunde. Er musste Fielding dazu bringen, die Reißleine zu ziehen, musste dem Blödmann begreiflich machen, dass dies die einzig richtige Entscheidung war. Sie setzten unnötig Menschenleben aufs Spiel. Wenn er untätig blieb und es zu einer neuerlichen Katastrophe käme, würde Aston mit der Schuld nicht leben können.

»Vielleicht gehe ich doch mal spazieren«, sagte er zu George.

Sie sah ihn komisch an, als könnte sie seine Gedanken lesen. Sie wollte etwas sagen, warf dann aber einen Blick auf den Babysitter. »Weißt du was, ich könnte einen Kaffee vertragen.«

44

»Fielding, wir müssen uns unterhalten«, sagte Aston, als er sich in den Überwachungswagen zwängte. Ein Polizist versuchte, ihn zurückzuhalten, doch Aston schüttelte ihn ab.

»Sie haben Macintosh identifiziert!«, rief der Superintendent.

»Nein, noch nicht.«

»Was haben Sie dann hier zu suchen?«

»Ich muss mit Ihnen reden, und zwar sofort.«

»Hören Sie, Aston, das ist jetzt wirklich nicht der richtige Zeitpunkt«, sagte Fielding. »Falls es Ihnen entgangen sein sollte: Wir befinden uns mitten in einer terroristischen Gefahrensituation!«

»Ich habe neue Informationen«, log Aston.

»Heraus mit der Sprache.«

»Nicht hier. Unter vier Augen.«

»Herrgott, Aston, ich habe wirklich keine Zeit für Ihre Spionagemätzchen.«

»Dann nehmen Sie sich die Zeit.« Aston schaute Fielding unverwandt in die Augen.

Einen Moment sah es aus, als wolle der Superintendent widersprechen, knallte dann aber sein Headset auf den Tisch und stand auf. »Zwei Minuten, okay? Keine Sekunde länger.«

Aston ließ den Ermittler vorbei und folgte ihm die Stufen hinunter. Sie suchten sich eine ruhige Ecke weit ab der Menschenmenge. »Na schön, Aston, ich hoffe, es lohnt sich.«

»Sie müssen das Konzert absagen.«

»Wollen Sie mich verarschen?« Fielding wandte sich zum Gehen.

»Nein, warten Sie!«

»Ich habe Besseres zu tun, als mir diesen Mist anzuhören!«

Aston packte den Ermittler an der Schulter und riss ihn herum. »Hören Sie, ich will doch nur, dass Sie mir zuhören. Sie haben mir zwei Minuten gegeben. Also habe ich noch eine Minute übrig.«

»Hände weg.« Fielding war rot angelaufen. »Wir haben doch schon hundert Mal darüber gesprochen. Das Konzert findet statt.«

»Wenn es dazu kommt, werden Tausende von Menschen sterben.«

»Nein, werden sie nicht. Es ist unmöglich, eine Bombe in die Halle zu schaffen. Vollkommen ausgeschlossen.«

»Man kann sich nie hundertprozentig sicher sein. Sie sind lange genug bei der Polizei, um das zu wissen. Wollen Sie wirklich das Risiko eingehen, und sei die Wahrscheinlichkeit noch so gering? Denken Sie dran, es stehen Menschenleben auf dem Spiel.«

»Als ob ich das nicht wüsste.«

»Dann sagen Sie das Konzert ab.« Aston musste sich beherrschen, um nicht loszubrüllen. Leicht fiel es ihm nicht. Am liebsten hätte er den Ermittler am Kragen gepackt und gründlich durchgeschüttelt.

»Das kann ich nicht.«

Fielding sprach so leise, dass Aston nicht wusste, ob er sich verhört hatte. Er musterte sein Gegenüber. Der Detective sah plötzlich älter aus, wirkte verunsichert.

»Können Sie nicht, oder wollen Sie nicht?«, drängte Aston sanft.

Ein langer Seufzer. »Das bleibt aber unter uns, in Ordnung?«

»Okay.«

»Glauben Sie, ich würde die Sache nicht absagen, wenn ich könnte? Wir sitzen hier und warten, dass der Albtraum Wirklichkeit wird. Mag sein, dass Macintosh mit einer Bombe dort drinnen ist, vielleicht auch nicht. Wir müssen aber davon ausgehen. Und wie Sie sagten, besteht trotz allem immer die Möglichkeit, dass er in die Halle gelangt. Eine geringe Möglichkeit, aber sie ist da.« Der Ermittler warf einen Blick zu der Menschenmenge, die immer noch vor dem Eingang wartete. »All diese Leute … Aston, ich bin ganz Ihrer Meinung, im Grunde können wir sie nur schützen, indem wir sie nach Hause schicken.«

»Und warum tun Sie's nicht?«

»Politik. Das entscheide nicht ich.«

»Wer denn dann?«

»Der Premierminister. Besser gesagt, das wird ganz oben entschieden.«

»Von weiter oben als dem Premierminister?«

»Denken Sie mal nach. Wer bestimmt unsere Politik in Bezug auf Terrorismus?«

»Amerika.«

»Kluger Junge. Und die Devise lautet, dass wir den Terroristen nie und unter gar keinen Umständen nachgeben dürfen. Wenn wir das Konzert absagen, haben die bösen Jungs gewonnen, und das darf nun einmal nicht passieren.«

»Selbst wenn Menschen dabei sterben?«

»Darum sind wir doch hier, oder? Damit das nicht passiert.«

»Das ist doch durch und durch falsch.«

»Darüber kann man nicht diskutieren. Wenn wir das Konzert absagen, habe ich eine wunderbare Zukunft vor mir.« Fielding lächelte gezwungen. »Sie wissen doch, wer den Sündenbock abgibt, wenn die Sache hier schiefläuft?«

»Sie.«

»Jedenfalls nicht der Premierminister.« Fielding schüttelte den Kopf. »Die Situation ist völlig verfahren. Wir können nur hoffen, dass wir Glück haben.«

Aston sah ihm nach, als er mit hängenden Schultern zum Wagen zurückging. Er blieb einen Moment vor der Tür stehen, reckte sich und trat gewohnt selbstsicher ein.

»Wie ist es gelaufen?«, wollte George wissen, als Aston sich wieder neben sie setzte.

»Tut mir leid, ich konnte keinen Kaffee auftreiben.«

»Du weißt, dass ich nicht das gemeint habe.«

»Was denn dann?« Aston spürte förmlich, wie der Babysitter die Ohren spitzte. Der große Boss hatte ihm diesen Auftrag erteilt, und er wollte einen guten Eindruck hinterlassen, weil es seiner Karriere zuträglich war. So ehrgeizig war Aston auch einmal gewesen.

»War es so schlimm? Immerhin hast du's versucht.«

»Aber es hat nichts genützt.«

»Was hat er denn gesagt?«

»Dass er nur auf Befehl handelt.«

»Auf wessen Befehl denn? Ich dachte, er leitet die Operation.«

Aston funkelte den Babysitter an, bis dieser sich umdrehte und tat, als wäre er sehr beschäftigt. »Premierminister«, hauchte Aston.

»Oh.«

»Ich habe ein richtig schlechtes Gefühl dabei.«

»Da bist du nicht der Einzige.«

Beide schauten schweigend auf die Bildschirme und suchten wieder nach Mac, bis George sagte: »Das Warten macht mich verrückt.«

»Mich auch. Ich konnte noch nie gut warten. Schon als Kind nicht.«

»Kann ich mir vorstellen. Ich wette, du hast auch nach Weihnachtsgeschenken gesucht.«

»Und sogar gefunden.«

»Jetzt hast du wieder dein Nachdenkgesicht. Verrätst du's mir?«

»Bin ich so leicht zu durchschauen?«

»Nur weil ich dich gut kenne.«

Aston lächelte. »Eines der ersten Dinge, die Mac mir gesagt hat, war, ich solle mich in Geduld üben. Was das Warten betrifft, könnte Mac einem buddhistischen Mönch noch etwas beibringen.«

»Worauf willst du hinaus?«

»Ich weiß es nicht genau.« Was auch stimmte. Irgendetwas hatte schon den ganzen Nachmittag an ihm genagt, das er noch immer nicht benennen konnte. Jetzt versuchte er es aus einer anderen Perspektive. »Vielleicht konzentrieren wir uns zu sehr auf die Gegenwart.«

»Was willst du damit sagen?«

»Also, denk mal an den Anschlag vom Leicester Square. Das war ein willkürlich gewähltes Ziel. Es gab keine Vorwarnung. Ein großer Knall, fertig, aus. Aber überleg mal, wie sich die Sache hier darstellt. Hier wimmelt es nur so von Polizei.«

»Du meinst, er wird nicht auftauchen?«

»Natürlich taucht er auf.«

»Aber er kommt nie im Leben rein. Das Gebäude ist völlig abgeriegelt.«

»Klar, es ist so gut abgeriegelt, dass soeben fünfeinhalbtausend Leute hineingekommen sind.«

»Aber die hatten keine Bomben dabei.«

»Wer behauptet denn, dass Mac die Bombe selber mitbringt? Davon gehen wir zwar aus, aber beim letzten Anschlag hat er es anders gemacht. Er hat eine Selbstmordattentäterin eingesetzt.«

»Fielding hat die Sache im Griff«, sagte George. »Wer auch nur entfernt arabisch aussieht, wird gründlich überprüft. Nie im Leben kann Mac eine Bombe hineinschaffen. Es ist völlig unmöglich.«

»Unmöglich ist nur eine Entschuldigung für unfähig. Denk an die *Titanic*«, gab Aston zu bedenken.

Er warf noch einen Blick auf die digital bearbeiteten Fotos von Mac/Parson, nahm eins und betrachtete es eingehend. Natürlich war es denkbar, dass Mac ein anderes Gesicht benutzte; vielleicht war es eine falsche Fährte, und er hatte die Fotos absichtlich gut sichtbar deponiert, um die Polizei zu täuschen. Oder aber er hatte tatsächlich vor, die Rolle von Mark Parson zu übernehmen. Auf Anweisung von Fielding hatte man die Einzelheiten des Todes geheim gehalten. Der Ermittler hoffte wohl noch immer, Mac werde als Mark Parson hinter der Bühne erscheinen. Wenn dies geschah, würde er schon von einem Dutzend Polizisten erwartet.

Und wenn er nun zweigleisig fuhr, Plan A und gleichzeitig auch Plan B hatte? Wenn Mac die Situation überwachte und bis zur letzten Sekunde wartete, bevor er die endgültige Entscheidung traf?

Denkbar, dass sogar ein Plan C existierte ...

Die ganzen Vermutungen bereiteten ihm Kopfschmerzen. Schweigend betrachtete er die Menschen auf dem Bildschirm. Die Halle füllte sich, und Aston spürte, wie die Erregung wuchs. Diese Leute hofften auf die Vorstellung ihres Lebens. Und er hoffte, dass sie nicht aufregender wurde, als ihnen lieb war. Aston schwirrte der Kopf, dabei wünschte er sich nur, klar denken zu können. Endlich herauszufinden, was ihn schon die ganze Zeit störte, denn ihm war noch immer, als hätte er etwas Offensichtliches übersehen.

Es kam nicht auf die Waffe an, sondern darauf, wie er sie einsetzte.

Dann folgte ein anderer Gedanke, eine Stimme, die von fern im Flüsterton zu ihm sprach. Macs Stimme. Sie kam aus dem Nichts, und doch überlief ihn ein kalter Schauer.

Wer bloß vermutet, hat schon verloren.

45

Victor Cope marschiert selbstsicher über die Vauxhall Bridge. Er fühlt sich wohl in seiner Haut und in seinen Schuhen. Vor ihm am Ufer erhebt sich die Zentrale des MI6, ein imposanter Albtraum, wie von Orwell erdacht. Die Gedankenpolizei würde sich hier ganz wie zu Hause fühlen, geborgen hinter schusssicheren Fenstern und dicken Mauern, während sie grausame und ungewöhnliche Methoden ersinnt, um die Proles in Schach zu halten. Offiziell hat das Gebäude fünfundachtzig Millionen Pfund gekostet, aber unser Freund Victor weiß es besser; wer für den MI6 gearbeitet hat, weiß, dass es dreimal so teuer war. Die letzte Schätzung geht in Richtung zweihundertfünfzig Millionen Pfund. Eine Viertelmilliarde für Steine, Beton, Glas und Stahl. Nicht zu vergessen der Marmor und die anderen netten Kleinigkeiten, die das Gebäude benutzerfreundlicher gestalten sollen, nette Kleinigkeiten, die im Grunde nur betonen, was für ein elendes Loch es ist. Wozu brauchen Spione einen Squashcourt? In den alten Zeiten haben sie so etwas jedenfalls nicht gebraucht. Damals hatten sie ihren Sitz im Century House, einem anonymen, schmutzigen Büroturm in Lambeth, zwanzig Stockwerke hoch, in dem die verspiegelten Fenster die Gesichter neugieriger Passanten zurückwarfen, während drinnen Geheimnisse gehütet wurden. Nach Vics bescheidenem Dafürhalten war es genau der richtige Ort für Spione.

Vic marschiert geradewegs zum Eingang, schiebt die Sicherheitskarte in den Schlitz und tippt die vierstellige PIN ein: 6-5-1-3. Er kommt gar nicht auf die Idee, dass die Maschine sie ablehnen könnte. Immerhin wissen die Computer genau, wer er ist. Victor Cope, achtunddreißig, ein kleiner Angestellter in der Abteilung Fernost. Es ist nicht weiter ungewöhnlich, dass er an einem Samstagabend hier auftaucht. Beim MI6 sind Überstunden die Regel.

Eine grüne Lampe leuchtet auf, die Tür gleitet zischend auf, und er betritt die Kabine. Hinter ihm schließt sich die Tür mit einem schmatzenden Geräusch. Eine Druckmatte im Boden bestätigt, dass er allein in der Kabine ist. Dann öffnet sich die nächste Tür, und er ist drinnen.

Alles ist vertraut, willkommen im einundzwanzigsten Jahrhundert. Der Empfangsbereich, der an ein Hotel erinnert, das sanfte Licht von oben, der Marmorboden, die mit Schiefer verkleideten Wände und der fleckige Himmel, der durch die hohen Fenster sichtbar wird. Natürlich kennt Vic das alles und interessiert sich nicht weiter dafür.

Er begibt sich zu einer der gewaltigen Säulen, die den ganzen Raum beherrschen, drückt einen Knopf und wartet auf den Expressaufzug. Ein leises Zischen, die Tür geht auf, und Victor steigt ein. Ein weiterer Knopfdruck, ein lässiger Blick in die Runde, als der Aufzug nach unten fährt. Wer in die Kameras schaut, wird jemanden sehen, der vollkommen gelassen ist, der das Recht hat, hier zu sein. Es hängt alles davon ab, wie man sich bewegt, wie man sich hält, wie man denkt. Solange man tut, als gehöre man irgendwohin, wird man nicht belästigt. Das gilt auch hier beim MI6.

Vier Stockwerke tiefer hält der Aufzug mit einem sanften Ruck. Die Türen gehen auf, und er bewegt sich durch das Labyrinth gleich aussehender Flure, zögert an keiner Abzweigung, weiß genau, wohin er geht. Die Tür öffnet sich, als er noch zwei Meter entfernt ist. Mit sicherem Schritt betritt Vic den düsteren Raum.

»Und, Mr. Cope, was kann ich an diesem schönen Abend für Sie tun?« Mole dreht sich mit dem Rollstuhl um und lächelt durch eine dichte Wolke aus Zigarettenrauch. Sein Gesicht wird nur von den Monitoren beleuchtet, und die tausend Sterne des Bildschirmschoners fangen sich in seinen flaschendicken Brillengläsern.

46

»Okay«, übertönte George die Sirene, »noch mal zum Mitschreiben. Warum genau haben wir ein Polizeiauto gestohlen?«

»Weil es die schnellste Möglichkeit ist, durch London zu kommen.« Aston riss das Lenkrad des Vectra hart nach links, schoss an einem schwarzen Taxi vorbei und wich nur knapp einem entgegenkommenden Roller aus. Das Blaulicht spiegelte sich in den vorbeirasenden Schaufensterscheiben.

»Na schön.« Es klang wie ein Seufzer. »Aber das erklärt noch nicht, warum du den netten kleinen Polizisten niedergeschlagen hast.«

»Ich brauchte seine Uniform. Meinst du etwa, die geben Hinz und Kunz die Schlüssel zu ihren Streifenwagen?«

Doch George war noch nicht zufrieden. »Nur damit ich es wirklich verstehe, Paul. Bis jetzt hast du einen Polizisten angegriffen und ein Polizeiauto gestohlen; vermutlich kommen noch verschiedene Verstöße gegen die Straßenverkehrsordnung hinzu. Sehe ich das richtig?«

»So in etwa. Und vergiss nicht, du bist meine Komplizin.«

»Glaub mir, dessen bin ich mir nur allzu bewusst.«

Aston griff zu einem weiteren Trick, der nicht den Regeln des Straßenverkehrs entsprach. Er zog die Handbremse an und rutschte in eine Einmündung. Dann trat er wieder aufs Gas, und die Tachonadel wanderte auf siebzig, achtzig, während die Häuser verschwommen vorbeiflogen. Aus dem Augenwinkel sah er, wie George ihren Gurt überprüfte. »Keine Sorge, Mac hat mich zum Fahrtraining geschickt. Ich habe mit Auszeichnung bestanden.«

Er drehte sich zu ihr, worauf sie einen schrillen Schrei ausstieß. »GUCK AUF DIE STRASSE!«

»George, warum war Mac uns immer einen Schritt voraus? Überleg doch mal. Bisher sind wir immer nur von Vermutungen ausgegangen. Mole findet das ganze Zeug über die schmutzige Bombe in Macs Laptop, also nehmen wir an, dass es uns etwas über seine Pläne verrät. Dann finden wir Parsons Leiche in Barnet und gehen davon aus, dass er es auf die Proms abgesehen hat. Passt doch alles wunderbar zusammen, oder? Ein hochkarätiges Ziel, Hunderte Tote und Verletzte.«

»Passt schon ein bisschen zu gut«, pflichtete George ihm bei.

»Und beruht auf bloßen Vermutungen. Wo bleiben die Fakten?«

»Na ja, Mac hat uns gesagt, er plane etwas Größeres als 18/8. Das ist doch eine Tatsache.«

»Ist es nicht! Es ist keine Tatsache, sondern eine weitere Vermutung. Wir vermuten einfach mal, dass er die Wahrheit sagt. Komm schon, George, das ist eine ganz schön wacklige Vermutung. Vielleicht hat er auch vor, das Land zu verlassen, und lenkt damit nur von sich ab.«

»Auch wieder eine Vermutung«, sagte George.

Aston sah sie an. »Jetzt hast du's kapiert.«

»GUCK AUF DIE STRASSE!«, kreischte sie erneut. Dann holte sie tief Luft und sagte: »Haben wir denn überhaupt irgendwelche Fakten, von denen wir ausgehen können? Irgendetwas Handfestes?«

»Ja, den Laptop.«

»Klar, der war ganz nützlich. O nein, verflucht, er wollte, dass wir ihn finden, oder?«

»Er wollte, dass wir einen bestimmten Weg beschreiten, und wir sind ihn nicht nur gegangen, sondern förmlich entlanggerannt. Er hat uns von Anfang an gesteuert.« Er hielt inne, bog nach links ab, schaltete sanft hinunter, eine Hand am Steuer. »Also, George, worauf läuft es hinaus?«

»Keine Ahnung, aber ich habe das Gefühl, du wirst es mir gleich verraten.«

Und genau das tat er. Ihre braunen Augen wurden immer größer, und er wusste, dass er auf der richtigen Spur war. In seinem Kopf hatte sich die Idee noch verrückt ausgenommen, doch nun, da er sie ausgesprochen hatte, wirkte sie so offensichtlich, dass er nicht begriff, wieso er nicht gleich darauf gekommen war. Die digital bearbeiteten Fotos hatten ihn schließlich auf die Lösung gebracht. Am meisten ärgerte er sich darüber, dass er die Fotos den ganzen Nachmittag angestarrt hatte, ohne dass ihm ein Licht aufgegangen war.

»Und, worauf wartest du?«, fragte George, als er fertig war. »Gib Gas.«

47

»Gibt's Probleme?«, frage ich und werde wieder ich selbst.

»Natürlich nicht. Würde ich sonst hier sitzen?«

Da ist was dran.

»Und Mr. Cope hat dir geholfen?«

»Funktionierte wie ein Sesam-öffne-dich«, sage ich. Mole hat Vic erfunden. Während der Mann in Wirklichkeit überhaupt nicht existiert, ist er für die Computer des MI6 absolut real. »Und, wo ist sie?«

Er nickt zu dem großen Schreibtisch hinüber, wo die Laptop-Tasche im Schein der drei riesigen Monitore liegt. Ich gehe hin, öffne sie vorsichtig, hebe die Bombe heraus und lege sie behutsam auf den Tisch.

»Nicht zu fassen, wie leicht man hier hereinkommt«, sagt Mole. »Wenn man im Rollstuhl sitzt, sehen die Leute nur den Rollstuhl. Weißt du, was ich meine?«

Ich weiß, was er meint, aber das heißt noch lange nicht, dass es mich interessiert.

Der Hacker nimmt einen Zug von seiner stinkenden Selbstgedrehten. »Die Sicherheitsleute überprüfen mich mittlerweile nicht einmal mehr, wenn ich den Metalldetektor ausgelöst habe. Genau das meine ich. Beim ersten Mal kommen sie noch mit ihren Zauberstäben an, aber sie verlieren bald die Lust daran. Ist doch bloß ein blöder Krüppel. Ich sag dir, ich könnte mit Gewehren und Handgranaten ankommen, um einen Krieg zu führen, und sie würden mich trotzdem durchlassen. Guten Abend, dürften wir Ihnen vielleicht mit der Bazooka helfen?« Ein rasselnder, verschleimter Husten, ein weiterer Zug an der Zigarette. »Wozu eigentlich die ganzen Dosimeter, Filter und der ganze andere Hightech-Scheiß, wenn die Leute doch nur ihren Computern vertrauen?«

Der Hacker erwartet keine Antwort. Er hat sich warm geredet, quatscht irgendwelchen Mist, doch ich höre ihm sowieso nicht zu. Er tut, als würde er einen Schalter drücken, wobei Asche zwischen seinen nikotingefleckten Fingern herunterrieselt.

»Detektor an, Detektor aus.« Er kichert und schnippt die Asche weg. »An, aus, an, aus. Kinderspiel. Ist doch super, dass heutzutage alles von Computern kontrolliert wird.«

»Ja«, stimme ich ihm zu, weil er diesmal eine Reaktion zu erwarten scheint. Während seiner Predigt habe ich wie hypnotisiert die Bombe betrachtet. Bunte Bälle tanzen über die Bildschirme. Die Bombe ist kleiner, als ich dachte – die Erinnerung trügt. Die bunten Farben lassen sie wie ein Kinderspielzeug aussehen – eine optische Täuschung. Der taschenlampengroße Behälter mit Strontium-90 ist mit einer dicken Bleischicht ummantelt. Daran sind vier Blöcke C4 von militärischer Güte befestigt, nicht das zweitklassige Zeug, das man normalerweise auf dem Schwarzmarkt bekommt. Nikolai sorgt dafür, dass ich nur beste Ware erhalte. Der Timer ist simpel, er stammt aus einem handelsüblichen Videorecorder. Natürlich wollte der Hacker einen Computer benutzen, aber auf die Nanosekunde genau muss es dann auch nicht sein. Auf die Minute genau reicht völlig aus. Kurz gesagt, die Bombe ist ganz einfach gebaut. Das C4 detoniert, zerstört die Bleihülle, und die ganzen guten Sachen quellen einfach hervor. Sie dringen in die Klimaanlage ein, und ehe man sich's versieht, strahlt das ganze Gebäude vom Keller bis zum Penthouse. Selbst wenn sie sofort mit der Dekontaminierung beginnen, ist es trotzdem zu spät. Mal ehrlich, selbst wenn die Eierköpfe Entwarnung geben und behaupten, das Risiko läge bei null, wer möchte denn noch hier arbeiten? Was radioaktive Strahlung betrifft, haben wir geradezu mittelalterliche Vorstellungen. Man sieht sie nicht, man kann sie nicht berühren, also versteht man sie auch nicht. Strahlung gleich Krebs gleich Tod.

»Ich nehme an, die Sache mit dem Geld ist klar.« Endlich drückt Mole die stinkende Zigarette aus.

»Ach so«, sage ich, »da gibt es leider ein kleines Problem.«

»Problem?« Seine schwarzen, raupenähnlichen Augenbrauen heben sich missbilligend über die dicken Brillengläser. »Eins sage ich dir, Mac, Probleme mag ich gar nicht. Ich habe meine Arbeit getan und erwarte, dass ich bezahlt werde.«

»Wirst du ja.«

»Mac, ich brauche das Geld.«

»Entspann dich. Du bekommst, was dir zusteht.«

»Ich kann dieses Rattenloch nur verlassen, indem ich mich freikaufe, das weißt du genau. Darum war ich bereit, dir zu helfen. Ein neues Gesicht und ein neuer Pass kosten nämlich Geld.«

Der Hacker greift nach seiner Tabaksdose. Ich sehe ihn wütend an, und er klappte den Deckel wieder zu. Dann wende ich ihm den Rücken zu und greife in meine Tasche. Das Plastik fühlt sich warm an. Auf der einen Seite glatt, auf der anderen gezackt.

Mole starrt auf die Bildschirme, gedankenverloren, die Sterne spiegeln sich in seinen dicken Brillengläsern. Ich gehe hin und lege ihm freundschaftlich die Hand auf die Schulter. *Keine Sorge, alles wird gut*, sagt mein Blick. Ich warte darauf, dass er sich entspannt, spüre seine Muskeln unter dem fleckigen Aerosmith-T-Shirt. Die Bewegung kommt schnell, meine freie Hand schießt nach vorn, zu seinem Hals. Ein Klick, als ich den Kabelbinder festziehe. Ich reiße noch einmal, wieder und wieder klickt es, ich schiebe den Rollstuhl in die Mitte des Zimmers, damit der Hacker keinen Schaden anrichten kann.

Eine Sekunde lang verharrt er reglos, und sein verwirrter Gesichtsausdruck verrät mir, dass sein Gehirn noch nicht ganz verstanden hat, was hier passiert. Dann schlägt er um sich wie ein gedopter Epileptiker aus einem Zeichentrickfilm, wedelt mit den Armen, und seine starken Finger, die Finger eines Pianisten, tasten nach dem Kabelbinder. Nur die Beine bleiben vollkommen reglos. Mit einem lauten Krach kippt der Rollstuhl nach links, und der Hacker fällt zu Boden. Jetzt strampelt er wie ein gestrandeter Fisch, gräbt die Fingernägel in die weiche Haut an seinem Hals, kratzt und reißt und hinterlässt blutige Striemen. Seine Lippen färben sich blau, und er blutet, weil er sich ein Stück aus der Zunge gebissen hat. Die ohnehin schon riesenhaften Augen werden größer und größer. Doch sein Kampf erlahmt allmählich. Ich sehe förmlich, wie der Groschen fällt. Das ist kein Videospiel, bei dem man eine Taste drückt und ein neues Leben erhält. Nein, das Spiel ist endgültig aus. Ein Arm zuckt flüchtig, dann ist es vorbei. Mole liegt auf der Seite und rührt sich nicht mehr. Die Fischaugen starren ins Leere.

Ich durchsuche die Schubladen, bei der dritten habe ich Glück. Sie enthält Werkzeuge in allen Größen und Formen. Mole war immer praktisch veranlagt, konnte mit Hardware ebenso gut umgehen wie mit Software. Der MI6 gibt seine Computer ungern in Reparatur, weil man fürchtet, ein skrupelloser Bösewicht könne etwas herausfinden und an den Feind verkaufen. Ich stecke den Schraubenzieher in den Hosenbund. Der Griff schmiegt sich kalt an meinen Rücken.

Ich höre, wie sich eine Tür öffnet. Hole tief Luft, um mich zu beruhigen, und bewege die Schultern, um die Spannung zu vertreiben. Darauf habe ich lange gewartet.

48

»Okay, Aston, ich bin so schnell wie möglich gekommen. Was ist los?« Die Eton-Stimme, die durch das Dämmerlicht dringt, klingt scharf und befehlsgewohnt. »Könnten wir bitte mal Licht anmachen?«

Ein Mausklick, und der ganze Raum füllt sich mit einem grellen Licht, das an einen Operationssaal erinnert. Noch ein Klick, und die Tür geht zu. Kinclave schaut erst mich an, dann den toten Hacker, dann wieder mich.

»Wer sind Sie? Was zum Teufel geht hier vor?« Er will zum Telefon gehen.

»Nein.«

Er bleibt stehen. Sieht mich genauer an. Seine Stimme klingt ruhig, ohne jede Anspannung. Er wirkt gefasst und überaus selbstbewusst, das muss ich ihm lassen. Er war immer ein smarter Bursche.

»Mac«, sagt er mit einem kumpelhaften Lächeln. »Sie haben wirklich ein Gefühl für das richtige Timing. Können Sie sich vorstellen, was ich heute Abend am Hals habe? Ich wäre lieber in ein nettes Restaurant oder ins Theater gegangen. Stattdessen spielt die ganze Welt verrückt.«

Während er spricht, tastet er den Raum mit den Augen ab, und sein Gehirn arbeitet auf Hochtouren. »Sie können ja mal in der Royal Albert Hall vorbeischauen«, schlage ich vor. »Ich bin sicher, die haben noch ein Plätzchen frei. Ein bisschen Hurra-Patriotismus, da würden Sie sich richtig amüsieren.«

Seine Augen bleiben an der Bombe hängen. »Die Royal Albert Hall war nie Ihr Ziel, oder?«

»Nein.«

»Wir können darüber reden«, sagt er, und zum ersten Mal höre ich eine gewisse Unsicherheit in seiner Stimme.

»Reden ist gut«, sage ich. »Worüber möchten Sie denn reden?«

»Mac, das haben Sie doch nicht nötig.«

»Was habe ich nicht nötig?«

»Herrgott, Mac!«

Kinclave wird allmählich nervös, Schweißtropfen rinnen ihm die Schläfen hinunter. Es läuft alles nach Plan. Dieses Gespräch habe ich in Gedanken unzählige Male durchgespielt. »Sie wirken ein wenig gestresst.«

»Was zum Teufel soll das, Mac?«

Ich überlege einen Moment. »Tja, wo soll ich anfangen? Na ja, fangen wir doch damit an, dass Sie mich nach Strich und Faden verarscht haben!« Ich versuche, meine Stimme zu beherrschen, was mir nicht leichtfällt. Ich habe meine Wut jahrelang unterdrückt und kann es gar nicht abwarten, sie endlich herauszulassen. Ihn zu zerstören.

»Wovon reden Sie, Mac?«

»Jetzt tun Sie doch nicht so unschuldig, Grant. Sie wissen genau, wovon ich rede.«

»Leider nicht. Bitte klären Sie mich auf.«

Ein guter Vorschlag. Drei Schritte, und ich stehe unmittelbar vor ihm. Die jahrelange Büroarbeit hat seine Muskeln erschlaffen lassen, und die Reflexe sind auch nicht mehr die besten. Er reagiert zu spät, als ich ihn am Revers packe und meine Stirn in sein Gesicht ramme. Blut spritzt aus seiner gebrochenen Nase, dann sinkt er zu Boden. Beim ersten Tritt bleibt ihm die Luft weg; der zweite bricht ihm ein paar Rippen.

Ich drehe ihn auf den Rücken und warte, bis er wieder ruhig atmet. Das steht zwar nicht im Drehbuch, aber egal. Es hat gutgetan. Zu jeder gelungenen Vorstellung gehört auch ein bisschen Improvisation.

»Und, genügend aufgeklärt?« Ich tue, als wollte ich ihn erneut treten, und genieße es, wie er sich windet. Im Schritt seiner maßgeschneiderten Hose erscheint ein nasser, dunkler Fleck, und es riecht beißend nach Ammoniak.

»Ich verstehe das nicht.« Seine Stimme klingt schwach und jämmerlich und wegen der gebrochenen Nase sehr undeutlich. Das Atmen scheint ihm Mühe zu bereiten. Ohne das Flair des großen Chiefs ist er ein Niemand.

»Aber bald.«

»Was habe ich Ihnen bloß getan?«

»Das wissen Sie wirklich nicht?«

»Nein, ich dachte, wir seien Freunde.«

»Freunde? In diesem Geschäft? Ach, kommen Sie.« Ich hocke mich neben ihn, rücke ganz nah heran. »Eigentlich hätte ich Chief werden sollen.«

Trotz seiner Verletzungen gelingt ihm ein leises Lachen, das Lachen eines sterbenskranken Patienten, der begreift, wie sinnlos sein Leben ist, dass alles nur ein schlechter Witz war. Sein Gelächter löst etwas in mir aus. Ehe ich mich versehe, packe ich ihn an der Jacke und ramme ihm die Faust in sein aalglattes Gesicht, zermalme seine Züge, bis ihn seine eigene Mutter nicht wiedererkennen würde. Irgendwie kann ich mich bremsen, bevor ich ihn töte. Ich brauche ihn noch ein kleines bisschen länger. Kinclave rollt auf die Seite und hustet, es klingt feucht und erstickt. Er spuckt einen Zahn aus und sieht mich beinahe mitleidig an. Ich gehe schon wieder in die Luft.

»Eigentlich sollte ich Chief werden.«

»Das war nie geplant«, stößt er mühsam hervor. »Sie waren viel zu altmodisch. Im Kalten Krieg mag dieser Mantel-und-Degen-Kram funktioniert haben, aber die Welt hat sich weiterentwickelt.«

»Ich hatte Ideen. Ich wollte den MI6 ins nächste Jahrtausend führen.« Dafür hasse ich mich. Kinclave hat mich in die Defensive gedrängt, und das steht nun wirklich nicht im Drehbuch.

»Mac, Sie waren ein guter Mann vor Ort, einer der besten. Aber mal ehrlich, für diesen Job waren Sie einfach nicht geschaffen. Sie hatten nicht den richtigen Stammbaum.«

Genau darauf läuft es hinaus. Ich hatte einfach nicht die passende Schulkrawatte im Schrank.

»Es ist ja nicht Ihre Schuld«, sagt Kinclave mit unerträglichem Mitleid in der Stimme. Er kapiert es einfach nicht. Der Wichser liegt da, zerschlagen und blutend, und denkt noch immer, er hätte hier das Sagen.

Ich ziehe den Schraubenzieher aus dem Hosenbund. Obwohl ich fast blind bin vor Zorn, treffe ich sehr genau. Er reißt die Augen auf, stößt einen gurgelnden Schrei aus. Ich bohre den Schraubenzieher tiefer hinein und drehe ihn herum. Er lebt – noch. Ich gebe ihm etwa zwanzig Minuten.

»Wir alle haben unsere Geheimnisse. Sogar Sie.«

Einen Moment lang weicht seine Angst einem gewissen Verständnis. Dann kehrt die Angst zurück.

»Sie dachten, niemand wüsste davon, was?« Ich bin ihm so nahe, dass mir der metallische Geruch des Blutes in die Nase steigt. Er sagt nichts, weil es nichts zu sagen gibt. Sein Gesichtsausdruck verrät mir, dass er genau weiß, wovon ich rede.

»Manchmal sind wir einfach zur richtigen Zeit am richtigen Ort. Ich habe damals den Anruf aus Whitehall entgegengenommen. ›Tut mir leid, alter Junge, aber wir haben so ein hübsches junges Ding, das einen gewissen Jeff Salter sprechen möchte. Zu uns gehört er nicht, daher dachte ich, es könnte einer von euch sein.‹ Ich habe ihm gesagt, ich würde mich darum kümmern, und das habe ich auch getan.

Wissen Sie, Grant, das war ganz schön grausam. Sie einfach so sitzenzulassen. Aber ich verstehe, warum Sie es getan haben. Ich an Ihrer Stelle hätte das Gleiche getan. Macht sich ja auch nicht schön im Lebenslauf, was? Mit der Geschichte hätten Sie es nie zum Chief gebracht. Also kehrt man es am besten unter den Teppich und tut, als wäre nichts geschehen.«

Eine schwache, blutige Hand legt sich um mein Handgelenk. »Bitte tun Sie ihm nichts.«

»Das kann ich Ihnen leider nicht versprechen, Grant.« Ich schüttle die Hand ab und wende meine Aufmerksamkeit wieder der Bombe zu. Stelle den Zünder auf 7.30 Uhr. Das ist der Beginn des Konzerts. Ich wette, drüben in der Royal Albert Hall herrscht Chaos.

Ich sehe auf die Uhr und drehe das Licht herunter.

49

»Also, was hat Mac vor?«, knurrte George frustriert. »Ich steige einfach nicht dahinter, Paul.«

»Frag mich nicht«, sagte Aston. »Aber ich hätte wissen müssen, was Mole hier treibt. Es war doch so offensichtlich.«

»Das stimmt«, pflichtete sie ihm bei.

»He, an der Stelle solltest du mich eigentlich unterstützen. Mir sagen, dass es nicht meine Schuld ist, und so weiter und so fort.«

»Ich bin doch nur ehrlich.«

Sie marschierten durch die Eingangstür, die Pässe gezückt, und betraten separate Kabinen, in denen sie deftig vor sich hin fluchten, während der Computer sie eine wahre Ewigkeit zu überprüfen schien. Aston musterte die Leute in der Halle, immer auf der Suche nach Mac, obwohl er wusste, dass er ihn wohl kaum hier finden würde. Atemlos und mit klopfendem Herzen erreichte er die Säulen mit den Aufzügen und hämmerte ungeduldig auf die Knöpfe.

»Na los, komm schon«, murmelte er.

George ergriff beschwichtigend seine Hand. »Davon kommt er auch nicht schneller.«

Es schien unendlich lange zu dauern, bis der Aufzug endlich eintraf und sie in die Tiefe beförderte. Astons Magen hüpfte leicht, als er anhielt; dann rannten sie wieder los, wobei George das Tempo vorgab. Vor Moles Büro zog George die Karte durch das Lesegerät. Die hydraulische Tür glitt zischend auf. Vorsichtig traten sie aus der sterilen Helligkeit des Flurs in die unwirkliche Düsternis des Büros.

Es dauerte einen Moment, bis sich Astons Augen daran gewöhnt hatten. Er betrachtete die dunklen Umrisse auf dem Boden und vermutete spontan, der Hacker habe einen Herzinfarkt erlitten. Angesichts seiner Ernährung, seines ganzen Lebensstils und des Übergewichts, das er mit sich herumschleppte, wäre es jedenfalls kein Wunder gewesen. Dann entdeckte er den Kabelbinder. Also doch kein natürlicher Tod.

George schob den Rollstuhl beiseite, kniete sich neben Mole und tastete am Hals nach dem Puls. Sie schüttelte den Kopf. Dann legte sie die Hand um sein Handgelenk, erneutes Kopfschütteln. Auch Aston hatte allmählich Erfahrung mit dem Tod. Ein rascher Blick, mehr brauchte er nicht: die weit aufgerissenen starren Augen, die klobige Brille, die von einem Ohr baumelte, die zerbrochenen Gläser ... der Tod lag im Detail.

»Mac?«

»Ich glaube, davon können wir getrost ausgehen«, bestätigte Aston.

»Er ist noch warm. Es ist gerade erst passiert.«

Verdammt, er ist uns immer einen Schritt voraus. Vielleicht waren sie sogar an ihm vorbeigekommen, doch er war so darauf bedacht gewesen, nach unten zu gelangen, dass er ihn glatt übersehen hatte. Aston hätte sich in den Hintern treten können.

»Wer ist da?« Die Stimme klang schwach, stieß die Worte mühsam hervor. Aston drehte sich um und entdeckte einen weiteren Körper auf dem Boden, der halb hinter einem Schreibtisch verborgen lag. Das Gesicht war zerschlagen und blutig, aber er erkannte es sofort. Zusammen mit George eilte er zu Kinclave und kniete sich neben ihn.

»Alles wird gut«, sagte er. »Wir holen Hilfe.« Überall war

Blut, es breitete sich in schwarzen und karminroten Flecken auf dem Seidenhemd des Chiefs aus. Er lag in einer dunklen, klebrigen Pfütze. Aston war zwar kein Arzt, erkannte aber, dass es nicht gut um ihn stand. Behutsam knöpfte George das Hemd auf. Kinclave schob ihre Hände weg.

»Schon gut, ich will nur sehen, wo Sie verletzt sind.«

»Hören Sie«, flüsterte Kinclave.

»Nicht reden, sparen Sie sich den Atem«, sagte Aston.

»Sie müssen mir zuhören, Paul.«

»Ich rufe den Sicherheitsdienst«, sagte George, »die sollen einen Arzt holen.«

»Nein.« In dem einen Wort lag so viel Autorität, dass beide innehielten.

»Nein«, wiederholte Kinclave. »Dazu bleibt keine Zeit.«

Der Chief schloss die Augen und atmete tief aus. Einen Moment lang glaubte Aston, er sei tot, dann aber hob und senkte sich die Brust wieder. Als der Chief die Augen öffnete, standen Tränen darin. Eine rollte ihm über die Wange und zog eine saubere Linie durch das Blut. Dann lachte er leise, das zynische Lachen eines Menschen, der einen Witz zu spät verstanden hat.

»Es tut mir so leid, Paul.«

»Was tut Ihnen leid?«

»Es ist schon komisch. Man malt sich aus, wie die Dinge sich entwickeln, doch in Wirklichkeit läuft es fast immer völlig anders.«

»Ich verstehe Sie nicht.« Kinclave redete Unsinn, er stand vermutlich unter Schock.

»Paul, ich bin dein Vater.«

Aston starrte den sterbenden Mann an. Er hatte sich nicht verhört, doch die Worte ergaben keinen Sinn. »Was soll das heißen?«

»Ist schon eine verrückte Welt, was?« Ein flüchtiges Lächeln zuckte über Kinclaves Lippen, dann überkam ihn ein rasselnder Hustenanfall. Blutige Blasen traten auf seine Lippen, quollen aus der gebrochenen Nase. Aston hob seinen Kopf und nahm ihn in beide Hände, damit er es bequemer hatte und leichter atmen konnte. Die Augen schlossen sich, die Brust senkte sich zum letzten Mal. Wie betäubt kniete er da und hielt Kinclaves Kopf in den Händen. Dass George ihm die Hand auf die Schulter legte und etwas zu ihm sagte, merkte er kaum.

»Paul«, sagte sie in scharfem Ton, »sehe ich richtig?« Sie zeigte unter einen der Schreibtische. Aston folgt ihrem Blick.

7.26

Die grünen Zahlen schienen in der Luft zu schweben, Unheil verkündend und bedrohlich. Er legte Kinclaves Kopf sanft auf den Boden und wischte sich das Blut von den Händen. Dann stand er auf und tappte wie ein Schlafwandler auf die Zahlen zu.

Ich bin dein Vater.

Er versuchte, nicht an die Worte des Chiefs zu denken. Dafür war später Zeit. Jetzt musste er ganz konzentriert vorgehen. Er schloss die Augen, zählte leise bis zehn und horchte nur auf seinen Atem. Als er die Augen wieder öffnete, waren die Zahlen immer noch da.

So also sah eine schmutzige Bombe aus. Mac war es tatsächlich gelungen, eine Bombe ins Herz des MI6 zu schmuggeln. Dabei war die Zentrale des Geheimdienstes nicht irgendein Bürohaus, sondern galt als eines der sichersten Gebäude im ganzen Land; als Symbol von Stärke und Sicherheit, ähnlich dem Pentagon. Zudem war es nicht einfach irgendeine Bombe. Seit Nagasaki war außer bei Tests kein nuklearer Sprengkörper mehr gezündet worden. Mac hatte also keine leere Drohung ausgestoßen, als er sagte, er plane etwas Größeres als 18/8.

»Nicht anfassen«, flüsterte George panisch. »Sie könnte mit einem Stolperdraht versehen sein.«

»Keine Sorge«, flüsterte Aston zurück. Die Bombe flößte ihnen ungeheuren Respekt ein. »Das überlasse ich den Fachleuten.«

Die Zahlen sprangen blinkend auf 7.27.

»Was nun?«

»Wir rufen den Sicherheitsdienst und machen, dass wir rauskommen«, schlug George vor.

»Klingt überzeugend.« Aston griff wieder nach dem Telefon, hielt dabei aber die Zahlen im Auge. Mac war gnadenlos, er schenkte ihnen keinen Countdown, lieferte nicht den geringsten Hinweis. Die Uhren von Videorecordern waren die perfekten Timer. Genau und zuverlässig und, da es Massenprodukte waren, die in jedem Geschäft verkauft wurden, unmöglich nachzuverfolgen.

»Was glaubst du, wie lange haben wir noch?« Es war, als hätte George seine Gedanken gelesen.

»Keine Ahnung. Aber wir sollten so schnell wie möglich abhauen.« Er legte den Hörer weg.

»Was soll das nun wieder? Ruf an.«

»Und wenn die Bombe nun in ein oder zwei Minuten losgeht? Nein, es sind schon zu viele Menschen gestorben.«

»Aber Paul, wenn sie explodiert …«

»Wenn sie explodiert, trifft es irgendeine Versicherungsfirma, aber es muss niemand sterben.« Er deutete auf die Bombe. Die grünen Zahlen standen auf 7.28, wenn auch nicht mehr lange. »Ich tippe, sie detoniert um halb.«

»Willst du dich darauf verlassen?«

»Dann beginnt das Konzert. Es würde zu Mac passen.«

»Na gut, in diesem Fall sollten wir uns wohl auf den Weg machen.«

Sie liefen los. Ausnahmsweise wartete der Aufzug, und sie schossen hinein. Aston drückte den Knopf, der Lift schwebte Richtung Erdgeschoss. Er sah auf die Uhr, noch eine Minute. Plötzlich merkte er, dass George ihn ansah.

»Was ist?«

»Ich will nicht, dass du was Dummes machst.«

»Was zum Beispiel?«

»Ich meine es ernst, Paul ...«

Die Türen glitten auf, und sie rannten zum Ausgang. »Okay«, sagte Aston, »ich kümmere mich um Mac, du holst den Sicherheitsdienst.«

George wollte protestieren, doch bevor sie ein Wort herausbekam, erbebte der Boden unter ihren Füßen, und alle Sirenen gingen los. Die Leute in der Eingangshalle erstarrten, hoben die Köpfe und sahen sich verwundert um. Die Verwirrung verwandelte sich in Angst; das war keine Übung, sie hatten die Explosion genau gespürt. Aston schoss zur Tür.

»Hol den Sicherheitsdienst«, rief er über die Schulter. »Mac gehört mir.«

50

Victor Cope gelangte problemlos durch die Sicherheitskontrolle. Er fühlte sich wohl in seiner Haut und in seinen Schuhen. Die Computer schlugen keinen Alarm, und weil die Computer keinen Alarm schlugen, interessierten sich auch die Sicherheitsleute an den Überwachungskameras nicht für ihn; sie tranken gemütlich Kaffee, redeten über Fußball und meckerten, weil man ihnen die ungeliebte Nachtschicht am Samstagabend aufs Auge gedrückt hatte. Er suchte sich ein ruhiges Plätzchen am Fluss und schaute aufs Wasser, konzentrierte sich aber auf das, was hinter ihm geschah. Wenn er den Kopf leicht nach links neigte, konnte er aus dem Augenwinkel sehen, was sich vor dem Gebäude abspielte. Er sah das dynamische Duo hineinstürmen und lächelte bei sich. Ach, noch einmal so jung und eifrig sein. Sie waren sicher stolz, hatten alles allein herausgefunden. Er wartete weiter. Natürlich macht es unserem Freund Vic gar nichts aus zu warten; schließlich hat er Übung darin. Er fühlt sich sicher in seiner geliehenen Haut und will unbedingt in der Nähe sein, wenn es passiert. Bislang hat ihn niemand bemerkt, und das wird vermutlich auch nicht geschehen. Er sieht nicht gefährlich aus, nicht wie ein Terrorist oder ein anderer potenzieller Verbrecher. Er ist ein Durchschnittstyp, der am Samstagabend allein spazieren geht, weil er keine Freunde hat. Seine Uhr piepst. Ein rascher Blick, der große Zeiger verharrt auf der Sechs. Eine Sekunde später spürt er den dumpfen Rums unter seinen Füßen. Die

Sirenen sind kaum zu hören, werden gedämpft von der dicken Hülle aus Beton, Stein und schusssicherem Glas.

Unser Freund Vic schlendert weiter, widersteht dem Drang, sich umzudrehen, sich zu beeilen. Ein Mann, der läuft, würde Aufmerksamkeit erregen, also bewegt er sich ganz lässig, voller Selbstvertrauen, mit beschwingtem Schritt. Gelegentlich dreht er den Kopf kaum merklich nach links und rechts; es reicht aus, um die Umgebung zu sondieren. Er registriert jeden Passanten, jedes vorbeifahrende Auto. Wenn man derart auf Risiko spielt, gibt es nur noch Schwarz und Weiß, keine Grautöne. Nur Freund oder Feind, Sieg oder Niederlage, Leben oder Tod. So einfach ist das. Grautöne wecken Zweifel, und wer zweifelt, stirbt.

Im Gehen pfeift er eine Melodie von Sinatra, *Come Rain or Come Shine.* Das hat Sophia gern mit ihm gesungen, a cappella, mit honigsüßer Stimme. Wie passend, denn es beginnt gerade zu nieseln, ein Regen, leicht wie Nebel und zart wie Altweiberfäden.

Noch ein rascher Blick, um zu prüfen, ob er nicht verfolgt wird. Sieht aus, als hätte er Glück. Unser Freund Vic ist zwar nicht besonders abergläubisch, aber gerade jetzt kann er eine Glückssträhne brauchen.

In der Ferne erklingen Sirenen: Polizei, Notarzt, Feuerwehr. Völlig ungerührt verschwindet Vic in der U-Bahn-Station und kauft eine Karte. Leise pfeifend geht er in Richtung Bahnsteig.

51

Aston schlüpfte in Macs Haut, stieg in seine Schuhe und stellte sich eine einzige simple Frage. Was würde ich an seiner Stelle tun? *Ich würde in die Stadt gehen, in der Menschenmenge untertauchen, was wiederum bedeutet, dass ich den Fluss überqueren muss. Zu Fuß die Vauxhall Bridge zu überqueren, ist gefährlich, das kommt also nicht infrage. Wenn sie mich in der Mitte einkesseln, bleibt mir kein Fluchtweg. Bus fahren geht auch nicht, weil ich dann auf offener Straße warten müsste und angreifbar wäre. Der logische Weg wäre die U-Bahn: überall Schatten, in denen ich untertauchen kann, und wenn ich einmal im System bin, bringt es mich überallhin.*

Ja, alle werden denken, dass ich die U-Bahn benutze. Ich würde in Richtung Bahnsteig gehen, vielleicht durch die Barriere neben dem Häuschen des Kontrolleurs, mit meiner Fahrkarte wedeln, gerade so, dass man mich wahrnimmt. Ich würde ein oder zwei Minuten warten und mich dann unauffällig wieder nach draußen stehlen.

Und genau darum ging Aston auch geradewegs zum Tunnel in der Nähe des Taxistands, suchte sich eine unauffällige Stelle und wartete. Er sah zwar nicht, was passierte, würde aber alles hören. Die gelangweilten Taxifahrer redeten über dies und das, Züge fuhren rumpelnd ein und aus.

Schritte. Aston drückte sich tiefer in die dunkle Ecke. Die Regenwolken verbargen die Sonne, der Abendhimmel kleidete sich in dumpfes Grau, Wasser tropfte aus einer rostigen

Regenrinne. Die Schritte kamen näher. Er hörte jetzt, dass es zwei Personen sein mussten, die sich mit militärischer Präzision bewegten. Das leichte Klacken weiblicher Absätze und der satte Schritt eines Mannes, der ein paar Kilo zu viel mit sich herumschleppte, selbst das konnte er hören. Eine Taxitür wurde geöffnet. Sekunden später schlug sie zu; der Motor sprang an und wurde lauter, bevor er in der nächtlichen Geräuschkulisse unterging.

Die Sekunden verstrichen, kein Anzeichen von Mac, und Aston fürchtete schon, völlig falsch zu liegen. Vielleicht hatte er die Situation zu Tode analysiert, einer der Vorwürfe, die Mac ihm gern machte; dabei hatte er sich stets bemüht, sein Bestes zu geben, immer hundertprozentig zu arbeiten. Und doch war es nie gut genug gewesen, nicht ein einziges Mal. *Nicht gut genug.* Wie oft hatte Mac ihm das gesagt? Im Grunde musste er es gar nicht sagen, ein missbilligender Blick reichte völlig aus.

Aus der nächtlichen Geräuschkulisse lösten sich wieder Schritte, noch fern, luftig leicht, weiche Sohlen, die förmlich den Boden streichelten. Aston hielt die Luft an. Er erkannte Mac am Gang. Wie oft hatte er mit gesenktem Kopf am Schreibtisch gesessen und genau diese Schritte gehört? Mac blieb stehen, und Aston konnte sich genau vorstellen, wie er sich einmal um die eigene Achse drehte, mit geblähten Nasenlöchern, als wittere er Gefahr. Erst als die Schritte weitergingen, wagte Aston wieder zu atmen.

Er zählte langsam bis drei und trat aus dem Schatten. Hinter ihm fiel der Regen in langen Schnüren, vor ihm erstreckte sich der lange, gut beleuchtete Tunnel. Über ihm rumpelte ein Zug dahin. Die Gestalt blieb mitten im Tunnel stehen, lange genug, um Aston glauben zu machen, dass er sich geirrt hatte. Ein schlaues Grinsen, dann kam der Mann auf ihn zu.

»Du musst ganz schön stolz auf dich sein. Hast es geschafft, deinen alten Boss zu überlisten.«

Die träge, geschliffene Stimme war unverkennbar, genau wie der sarkastische Tonfall. Astons Verstand sagte ihm, dass es Mac war, doch seine Augen wollten es nicht glauben. Der Mann sah überhaupt nicht aus wie Mac, bewegte sich nicht wie er, hatte eine völlig andere Körperhaltung. Er besaß auch keinerlei Ähnlichkeit mit dem ermordeten Mark Parson. Diese Wiedergeburt von Mac war zwanzig Jahre jünger als das Original; das Haar nicht mehr blond, sondern schwarz mit grauen Strähnen. Mac hatte Adleraugen, doch der Mann vor ihm trug eine dicke Brille. Nase und Kinn waren anders geformt; die Stirn wirkte breiter, die Augenbrauen waren buschiger. Er sah aus wie ein Computerfreak.

Und doch war es eindeutig Macs Stimme. Die gleiche Stimme, die Aston in seinen Träumen verfolgte, die sich seinem Unterbewusstsein eingeprägt hatte. Und obwohl seine blauen Augen jetzt braun waren, erkannte er den scharfen, wachsamen Blick; es waren Augen, denen nichts entging.

Mac trat vor ihn hin und versetzte ihm einen spielerischen Klaps auf die Wange. »Schön, dich zu sehen. Hast du mich vermisst?«

Aston antwortete nicht und wich unbewusst zurück.

Mac hielt seinem Blick stand. »Jetzt bin ich aber enttäuscht, das muss ich schon sagen. Hast du mich denn nicht gesehen, als du vorhin zur Tür hereingestürmt bist? Na ja, dumme Frage. Du warst beseelt von der Mission, die Welt zu retten. Du hast nur das gesehen, was unmittelbar vor deiner Nase war, und selbst das dürfte ziemlich verschwommen gewesen sein. Ich hingegen habe dich durchaus gesehen. Hatte mir ein nettes Plätzchen am Fluss gesucht, von wo ich eine ausgezeichnete Sicht hatte. Du hast mich nicht gesehen und auch nicht die Frau, die ihren Hund spazieren führte. Oder das hell erleuchtete Restaurantschiff, das gerade vorbeifuhr. Du hast überhaupt nichts gesehen, oder? Komm schon, Aston! Hast du denn gar nichts von mir gelernt? Hundert Prozent Aufmerksamkeit, und zwar immer und überall. Das sind nicht nur leere Worte, sie waren ernst gemeint.«

Astons Zunge klebte am Gaumen. Mac hatte es wieder mal geschafft, er kam sich klein und mies vor. In seinem Kopf hörte er noch die geisterhaften Stimmen aus der Schulzeit. *Loser! Loser!* Er verspürte den irrationalen Drang, sich zu verteidigen, Mac zu beweisen, dass er kein Verlierer war. Es war jämmerlich, und er hasste sich selbst dafür, kam aber nicht dagegen an.

»Und, wo bleibt deine Verstärkung?« Er musterte Aston eingehend. »Ach so, du hast gar keine. Also nur wir beide.«

Er schüttelte den Kopf. »Du bist wirklich ein Versager. Ein Fehlgriff der Natur. Und jetzt? Hast du etwa geglaubt, du könntest mich allein fassen? Hast du geglaubt, sie würden dich als Helden bejubeln? Dass dein Gesicht auf alle Titelseiten kommt? Dass dir die Frauen zu Füßen liegen? Mensch, wie kann man nur so verblendet sein. So läuft es nicht. Du arbeitest für den MI6, du bist ein Schatten, eine Unperson. Du existierst gar nicht. Die Arschlöcher da drüben saugen dich aus, und danach lassen sie dich fallen wie eine heiße Kartoffel.«

»Haben Sie es deshalb gemacht?«

Mac grinste. »Sie sollen merken, dass sie nicht so mit mir umgehen können. Ihr schönes neues Gebäude kann keiner mehr betreten. Eine Viertelmilliarde in den Gully. Ich kann es gar nicht abwarten, die Schlagzeilen zu lesen. Die ganze Welt wird über den MI6 lachen. Sie können ja mal versuchen, das zu vertuschen.«

»Was ist mit den ganzen Menschen, die am Leicester Square gestorben sind?«

»Jeder Krieg fordert Opfer. Das ist eine Tatsache. Sehr bedauerlich, aber was soll man machen?«

Aston hielt inne und fragte dann: »Was ist mit Kinclave?«

»Das Schwein hat nur bekommen, was es verdiente.«

»Wussten Sie die ganze Zeit, dass er mein Vater war?«

»Natürlich.«

»Sie haben mich benutzt.«

»Du wirst drüber wegkommen.« Mac stieß Aston beiseite und eilte zum Taxistand. Aston folgte ihm, packte ihn an der Schulter. Dann traf ihn ein Schlag, er krümmte sich, rang nach Atem und spürte Macs Lippen an seinem Ohr.

»Ich weiß nicht, wann ich zuletzt so viel Spaß gehabt habe. Wenn du spielen willst, nur zu. Du hältst dich für so verdammt klug – mal sehen, wie klug du wirklich bist.«

Der nächste Schlag betäubte Aston, alles drehte sich. Als er sich an der Wand hochzog, hörte er Macs Schritte in der Ferne verschwinden. Er lief ihm nach und sah gerade noch, wie die Tür eines schwarzen Taxis zuschlug. Aston stürzte darauf zu, war aber nicht schnell genug. Der Wagen fuhr mit quietschenden Reifen an; Mac saß grinsend hinter dem Steuer. Der Fahrer war auf dem Beifahrersitz zusammengesackt, sein Kopf in einem unnatürlichen Winkel verdreht. Aston rannte zum nächsten Taxi und riss die Fahrertür auf. Der Taxifahrer schaute ihn verwirrt an, worauf Aston ihm seinen Ausweis unter die Nase hielt.

»Polizei! Ich brauche Ihren Wagen.« Er klappte den Ausweis zu, bevor der Mann ihn richtig ansehen konnte. Es stand natürlich nichts von Polizei darin.

»Meinen Sie etwa, ich würde Ihnen einfach mein Taxi geben? Also ehrlich.«

Er zerrte den Fahrer aus dem Wagen. Der Mann war dünn und trug eine Intellektuellenbrille, er bot keine echte Herausforderung. Aston achtete nicht auf die Hilferufe des Mannes und stieß ihn zu Boden, sprang in den Wagen und knallte die Tür zu. Er sah einige sehr unerfreulich aussehende Kollegen des Taxifahrers auf sich zukommen. Einer griff nach der Tür. Aston legte den ersten Gang ein, trat das Gaspedal durch, schoss davon und hinterließ den Gestank nach verbranntem Gummi. Macs Taxi war gerade noch zu sehen. Es regnete jetzt in Strömen. Aston schaltete die Scheibenwischer auf höchste Stufe, bog nach rechts ab und schoss das Albert Embankment in Richtung Lambeth entlang. Zu seiner Linken sah er eine Parade roter und blauer Lichter, die gerade die Vauxhall Bridge überquerten.

Die Tachonadel wanderte höher, der Abstand zu Mac wurde geringer. Aston lenkte mit einer Hand und schnallte sich mit der anderen an. Vor ihm bog Mac nach links auf die Lambeth Brigde und kam auf der regennassen Straße ein wenig ins Schleudern. Aston schaltete in den zweiten Gang und schoss mit heulendem Motor um die Ecke. Mac wurde langsamer, weil sich vor ihm ein Kreisverkehr auftat, und Aston nutzte seine Chance. Er trat aufs Gas, schoss genau auf den Kreisverkehr zu, wobei er um eine Verkehrslücke betete und auch eine fand. Vor ihm tauchte das Parlamentsgebäude auf, düster und bedrohlich im dichten Londoner Regen. Er konzentrierte sich nur noch auf das Taxi vor ihm, das jetzt zum Greifen nahe zu sein schien. Plötzlich bog Mac nach links ab. Aston schaffte es gerade noch, ihm zu folgen, obwohl das Heck des Wagens bei dem Manöver ausbrach. Acht Meter, er kam heran. Er musste Mac erwischen, bevor er noch tiefer in die City tauchte. In der Stadtmitte ein schwarzes Taxi zu verfolgen, wäre unmöglich.

Sie fuhren jetzt Stoßstange an Stoßstange. Überquerten

eine Kreuzung, dann eine zweite. Aston trat aufs Gas und prallte heftig gegen das vordere Taxi. Metall barst mit einem ohrenbetäubenden Kreischen. Aston gab nicht nach, trat wieder aufs Gas, bohrte sein Taxi noch tiefer in den vorderen Wagen. Die Tachonadel sank zurück. Mac war auf die Bremse gegangen; das noch intakte Bremslicht leuchtete rot. Noch immer trat Aston das Pedal durch, schob Macs Taxi näher und näher an die nächste Einmündung, wobei sie ständig langsamer wurden. Aston drängte den Wagen auf die Querstraße, hörte das Kreischen von Bremsen, als rechts und links die Autos zum Stehen kamen. Die Leute hupten und schimpften. Er stieß mühsam die Tür auf. Mac tat das Gleiche. Als er sich abgeschnallt hatte, verschwand Mac schon in einer Seitenstraße. Aston war knapp hinter ihm, doch als er um die Ecke bog, war Mac verschwunden. Aston schoss herum, sah durch den Regen Westminster Abbey und das Parlamentsgebäude emporragen.

Mac sah er nicht, hörte ihn auch nicht. Ein sechster Sinn trieb ihn dazu, sich umzudrehen und den Arm hochzureißen. Mac prallte heftig gegen ihn. Aston duckte sich und holte aus, spürte dann, wie sein Fuß etwas Festes traf und Mac hart auf den Boden schlug. Wieder überkam ihn der rasende Zorn und durchdrang seinen ganzen Körper. Mac war kein Mensch mehr. Er war nichts. Er wollte aufstehen, doch Aston trat ihm zwischen die Beine und bohrte den Absatz ins Fleisch. Mac stieß ein animalisches Geheul aus und rollte sich wie ein Fötus zusammen. Bevor er zu Atem kommen konnte, zerrte Aston ihn an den Bordstein. Er streckte sein rechtes Bein aus, sodass die Ferse den Boden berührte, und trat ihm heftig auf die Kniescheibe. Mac heulte auf und riss das Bein weg, flehte ihn an, doch Aston trat ein zweites Mal zu. Er brauchte drei Anläufe, um Mac die Kniescheibe zu brechen, das Knacken war deutlich zu hören. Nun, da Mac nicht mehr fliehen konnte, setzte Aston sich auf ihn. Mit schwachen Fingern griff Mac nach seiner Jacke.

»Du hast nicht den Mumm, mich zu töten«, flüsterte er mühsam.

»Wer redet denn von Töten? Ich will dir nur wehtun.«

Er löste Macs Finger von seiner Jacke, riss ihm die Perücke weg und schälte das Latex ab. Dann ergriff er ihn an den Haaren und rammte ihm die Faust ins Gesicht. Er war völlig durchweicht, spürte den Regen aber nicht, als er auf Mac einschlug, bis seine Knöchel wund und blutig und taub waren und Mac längst das Bewusstsein verloren hatte. Er hörte erst auf, als eine sanfte Hand nach seinem Arm griff. Aston drehte sich um und sah George.

»Es ist vorbei.«

Sie half ihm hoch, und er sank in ihre Arme, vergrub den Kopf an ihrer Schulter und hielt sie fest umklammert. Er hörte noch ihre Worte, doch für ihn würde es nie vorbei sein, das alles war erst der Anfang. Um ihn herum senkte sich die Dunkelheit über die Stadt, verlieh ihr einen eigenen Rhythmus, eine eigene Melodie: das beharrliche Zischen der Autos, die schrillen Laute der Sirenen, ein ferner Alarm, eine urbane Symphonie, erfüllt vom Flüstern und Schreien und Weinen unzähliger verlorener Seelen.

Epilog

Es war alles Georges Schuld. Eigentlich wollte er es am Telefon regeln, den einfachen Weg wählen, doch sie hatte ganz andere Vorstellungen. »Es gibt Dinge, die man wirklich nicht am Telefon besprechen sollte«, hatte sie gesagt. »Glaub mir, das hier gehört dazu.« Er versuchte, mit ihr zu diskutieren, doch sie hatte bereits für ihn entschieden und sorgte dafür, dass er sich nicht drückte.

Sie nahmen den Zug um 10.07 Uhr ab Paddington und trafen eine Stunde und zwanzig Minuten später in Great Bedwyn ein. Es war die längste Fahrt seines Lebens. Schlimmer als beim Zahnarzt im Wartezimmer. Unterwegs hatte er versucht, sich seine Worte zurechtzulegen, aber sein Kopf war ganz leer. Wie betäubt. So fühlte er sich schon seit Tagen.

Die Last Night of the Proms lag erst eine Woche zurück, und doch kam es ihm vor, als wäre das Ganze in einem anderen Leben geschehen. Die Vertuschung war bereits in vollem Gang. Alle Mitarbeiter der Notfalldienste hatten eine Geheimhaltungserklärung unterzeichnen müssen. Natürlich hatte es Gerüchte gegeben, doch die wurden im Keim erstickt. Die offizielle Lesart lautete, es habe einen kleinen Brand gegeben, der rasch gelöscht werden konnte. Was die Öffentlichkeit betraf, so hatte es den Bombenanschlag in Vauxhall Cross nie gegeben.

Man hatte Aston gezwungen, einige Wochen Urlaub zu nehmen. Genesungsurlaub, wie sie es nannten. Er selbst bezeichnete es als Folter, die gegen die Genfer Konvention verstieß. Er hatte die letzte Woche in seiner Wohnung verbracht und die Wände angestarrt. Am liebsten wäre er davongelaufen, hätte das erstbeste Flugzeug genommen und wäre Strandläufer oder tibetischer Mönch geworden. Hauptsache, so weit weg wie möglich von diesem beschissenen Leben. Aber so lief es nicht. Wo immer er hinging, er würde das beschissene Leben mitnehmen. Weglaufen war keine Lösung. Aber was sollte er tun? Am einfachsten wäre es, weiterzumachen wie bisher. Nur wusste er nicht, ob er weiter für den MI6 arbeiten konnte. Er war nicht mehr mit dem Herzen dabei.

Abgesehen von George, die praktisch bei ihm wohnte, hatte er in der vergangenen Woche nur die Psychotante des MI6 getroffen. Katrina hatte ihn montags bei einem Nickerchen überrascht. Er ging verschlafen an die Sprechanlage und musste sie wohl oder übel hereinlassen, wobei er sich am liebsten in den Hintern getreten hätte. Dann verbrachte er die nächsten eineinhalb Stunden damit, ihren Fragen so gut wie möglich auszuweichen. Sie betonte ungefähr hundertmal, sie wolle ihm nur helfen, und redete die meiste Zeit. Aston verspürte nun wirklich keinen Drang, seine Gefühle mit ihr »zu erforschen«. Er hatte seine Lektion gelernt und ging von da an nicht mehr an die Sprechanlage, wenn es klingelte. Am Mittwochabend erwischte sie ihn per Handy, worauf er vorgab, in Spanien zu sein. Danach ließ sie ihn in Ruhe.

George und er gingen die High Street des Dorfes entlang. Es war ein herrlicher Tag, blauer Himmel und Sonnenschein, der letzte Atemzug des Sommers. Vor dem Haus seiner Mutter, einem hübschen kleinen Cottage mit Rosen im Garten, küsste George ihn auf die Wange und rückte seinen Kragen zurecht.

»Es wird schon klappen, Paul.«

»Du hast gut reden.«

»Ich warte im Pub auf dich.«

Aston holte tief Luft und stieß das Tor auf. Seine Mutter öffnete die Tür, bevor er anklopfen konnte, und umarmte ihn stürmisch.

»Paul, was für eine Überraschung. Ich hatte gar nicht mit dir gerechnet. Warum hast du nicht angerufen? Dann hätte ich aufgeräumt und alles vorbereitet.« Sie hielt ihn ein Stück von sich weg und musterte ihn von Kopf bis Fuß. »Du hast abgenommen.«

»Das stimmt nicht, Mum.«

»Warum bist du dann dünner? Offenbar isst du nicht richtig.«

»Natürlich esse ich.«

»Komm, ich mache dir ein Sandwich.«

»Ich habe keinen Hunger, Mum.«

»Käse oder Schinken?«, rief sie über die Schulter und ging in die Küche.

Aston antwortete nicht und machte es sich stattdessen im Wohnzimmer gemütlich. Das Haus war winzig, aber völlig ausreichend für Roy und seine Mutter, und sah makellos aus, kein Stäubchen war zu entdecken. Niedrige Decken mit offen liegenden Balken, die Luft erfüllt von Blumenduft. An den Fenstern hingen Spitzengardinen, und jede verfügbare Fläche war mit Dekofiguren und gerahmten Fotos vollgestellt. Er zuckte zusammen, als er überall sein lächelndes Gesicht entdeckte. Das hier war nicht das Haus, in dem er aufgewachsen war; das alte Haus stand am Rand des Dorfes, ein weitläufiges Gebäude, vermutlich dreimal so groß wie dieses Cottage. Soweit er wusste, lebte Brian noch immer darin. Auch das war ein Thema, über das seine Mutter nicht sprechen wollte.

»Du hast Roy knapp verpasst«, sagte sie und stellte ein Tablett mit Sandwiches und ihrem besten Porzellan auf den Tisch.

»Das ist aber schade.«

»Sag das nicht so.«

»Wie soll ich es nicht sagen?«

»Egal, ich habe sowieso ein Hühnchen mit dir zu rupfen.«

Aston ahnte, was kommen würde. Sie hatte ihm in der vergangenen Woche mehrere Nachrichten hinterlassen, doch er hatte nicht zurückgerufen.

»Ich hab das Konzert im Fernsehen gesehen, aber das ist nicht das Gleiche, wie dabeizusein. Wenn ich bedenke, dass wir Karten hatten.«

»Was hast du Roy gesagt?«

»Genau das, was du mir gesagt hattest, Paul. Dass ich mich nicht gut fühle, weil ich mir den Magen verdorben habe. Er war furchtbar enttäuscht.«

»Er wird drüber hinwegkommen.«

»Darum geht es doch gar nicht, Paul. Es ist nichts passiert.«

»Wäre es dir andersherum lieber gewesen?«

»Natürlich nicht.«

»Ich würde dir gerne erzählen, was wirklich los war, aber ich darf nicht, Mum.«

»Wegen deiner Arbeit.« Sie sagte es, als müsste er sich dafür schämen. Sie hatte sich immer einen Arzt als Sohn gewünscht.

»Ja, wegen meiner Arbeit. Ich bin ein großes Risiko eingegangen, als ich dich gewarnt habe. Eigentlich hätte ich es nicht gedurft, aber ich wollte nicht, dass dir etwas passiert.«

»Ich weiß, Paul.«

»Du darfst mit niemandem darüber sprechen.«

»Ehrenwort.«

»Auch nicht mit Roy. Sonst verliere ich meine Stelle.«

»Schon verstanden. Warum isst du nicht dein Sandwich?«

»Ich hab doch gesagt, ich habe keinen Hunger.«

»Aber ich habe es extra für dich gemacht.«

Aston schüttelte den Kopf und griff nach seiner Tasse. Er fragte sich, wie das Gespräch verlaufen würde, was er überhaupt zu ihr sagen sollte.

»Du hast doch etwas auf dem Herzen, Paul.«

»Wie kommst du darauf?«

»Du bist doch nicht den ganzen weiten Weg gekommen, nur um mit deiner alten Mutter Tee zu trinken.«

Aston trank noch einen Schluck und stellte die Tasse auf den Tisch. »Ich möchte, dass du mir etwas über meinen Vater erzählst. Und diesmal werde ich hier sitzen bleiben, bis ich alles weiß. Du wirst nicht das Thema wechseln und mich nicht belügen. Ich will die Wahrheit hören.«

»Oh.« Sie wurde blass.

»Ich habe das Recht, das zu erfahren.«

»Paul, das ist doch so lange her. Was hat es für einen Sinn, das jetzt zu erzählen?« Sie stand auf und wollte zur Tür gehen. »Ich setze Wasser auf, möchtest du noch Tee?«

»Setz dich!« Es klang barscher als beabsichtigt.

»Brüll mich nicht an.«

»Ich brülle nicht.« Er musste sich beherrschen. »Setz dich bitte.«

Sie ließ sich in den Sessel fallen und sank in sich zusammen. »Warum gerade jetzt? Warum kannst du die Sache nicht einfach auf sich beruhen lassen?«

»Weil ich weiß, wer mein Vater ist.«

»Oh.«

»Mehr hast du nicht zu sagen?«

Nach einer langen Pause fragte sie: »Und, wer ist es?«

Damit hatte er nicht gerechnet. Er zögerte, musterte sie

gründlich und sagte dann: »Was soll das heißen? Du weißt selbst nicht, wer mein Vater ist?«

»Ich wünschte, es wäre so einfach, Paul. Du hättest gern alles in Schwarz und Weiß, aber so ist die Welt nun einmal nicht.« Sie war den Tränen nahe, die Worte stürzten aus ihr hervor.

»Ganz ruhig.«

»Aber es ist mir so peinlich. Ich schäme mich, komme mir so dumm vor.«

»Ich muss die Wahrheit wissen«, sagte er sanft.

Sie betupfte sich die Augen mit einem winzigen Spitzentaschentuch. »Du hast ja recht.«

Als sie endlich loslegte, gab es kein Halten mehr. Sie entblößte ihre Seele und sprach mit einer Offenheit, die er nie bei ihr vermutet hätte. Er war der Priester, sie die Sünderin, und dies hier war eine Beichte. Sie hatte nie in einer coolen Boutique in der Carnaby Street gearbeitet, sondern als Nachtklubtänzerin in Soho. Was genau sie dort getan hatte, wollte Aston gar nicht wissen. Sie war jung gewesen, erst achtzehn, wenngleich das eigentlich keine Entschuldigung war. Jeff sah gut aus, war charmant und wohlhabend. Er arbeitete im Außenministerium, was nicht weiter verdächtig schien, da viele Beamte unter ihren Kunden waren; es war ein ziemlich nobler Klub. Die Tänzerinnen durften sich nicht mit den Kunden verabreden, doch Jeff blieb hartnäckig, und letztlich ging sie mit ihm aus, verlangte aber Stillschweigen. Es blieb nicht bei der einen Verabredung. Er versprach ihr das Blaue vom Himmel, sie würden heiraten, ein großes Haus kaufen und eine Familie gründen, und sie hing begierig an seinen Lippen. Und ließ zu ... na ja, Aston wusste, was sie meinte, und weil alles so wunderbar war, hatte sie nicht aufgepasst, und dann war sie auf einmal schwanger. Sie war so glücklich gewesen, als sie es ihm sagte, weil das doch zum Märchen gehörte. Sicher, es ging ein bisschen schneller als geplant, aber solange sie einander liebten, war alles in Ordnung. Er hatte sie umarmt, ihr wieder seine Liebe erklärt, und sie wusste, dass alles ganz wunderbar werden würde. Wie hatte sie nur so verdammt dumm sein können?

Er bemerkte kaum, dass seine Mutter das Wort »verdammt« in den Mund genommen hatte.

Kurz darauf verschwand Jeff Salter. Sie setzte sich mit dem Außenministerium in Verbindung, wo man niemanden dieses Namens kannte. Seine Wohnung stand leer, und der Vermieter suchte ihn ebenso dringend wie sie, weil er ihm noch Miete schuldete. Letztlich gelangte sie zu dem Schluss, dass er wohl verheiratet gewesen war, und hielt an der Geschichte fest, weil sie ihr ein Ventil für ihren Zorn bot. Dann kam das Baby, und es war keine Zeit mehr für Hass und sinnlose Grübeleien.

»Und du hast ihn nie wiedergesehen?«

»Nein. Wie hast du ihn gefunden?«

»Hab ich gar nicht. Er hat mich gefunden.«

»Und wie geht es ihm?«

»Er ist tot.«

Sie schlug die Hand vor den Mund und atmete hörbar ein. »Seit wann? Und wie ist es passiert?«

»Offiziell hat er einen schweren Schlaganfall erlitten.«

»Offiziell?«

»Tut mir leid, mehr kann ich dir nicht sagen.«

»Habe ich nicht das Recht, es zu erfahren?«

»Irgendwann«, versprach er.

»Warum nicht jetzt?«

»Du weißt, warum.«

»Du könntest mir wenigstens seinen wirklichen Namen nennen.«

Aston überlegte und schüttelte dann den Kopf. »Es tut mir leid, Mum, aber es geht nicht.«

»Das ist nicht fair, du musst es mir sagen.«

Sie weinte wieder. Er würde besser gehen, bevor sein Zorn die Oberhand gewann. Wie betäubt stand er auf und sagte, er werde sie von zu Hause aus anrufen. Ihr tränenersticktes »Oh« verriet ihm, dass sie mehr erwartet hatte. Vielleicht die Absolution? Glaubte sie etwa, sie müsse nur einige Ave Maria beten, und alles sei wieder gut? Gar nichts war gut. Nachdem er ihr Geständnis gehört hatte, begriff er, dass ihm der einzige Mensch, den er sein Leben lang kannte, völlig fremd war. Sie hatte ihm einiges erzählt, aber nicht alles, wofür er dankbar war. Mehr konnte er im Augenblick nicht ertragen.

George saß am Fenster, vor sich ein halbes Glas Whisky-Cola. Aston setzte sich ihr gegenüber, er hatte sich einen Doppelten an der Theke geholt. Er nahm einen tiefen Schluck, strich den Untersetzer glatt und stellte das Glas mit den klirrenden Eiswürfeln darauf ab.

»Ich wette, da ist nicht nur Cola drin«, sagte sie. »So gut ist es also gelaufen.«

»Ja, einfach herrlich.«

»Themenwechsel?«

»Gute Idee.«

»Na ja, wenn du reden möchtest, weißt du ja, wo du mich findest.«

»Klar, du bist die Frau, die auf meinem Sofa wohnt.«

»Paul, irgendjemand muss sich doch um dich kümmern. Wenn ich gehen soll, brauchst du es nur zu sagen.«

»Bleib, so lange du willst. Eigentlich gefällt es mir sogar.« Er trank noch einen Schluck. Es war der erste Alkohol seit Wochen und tat wirklich gut. »Was Neues über Mac?«

»Nichts, was du noch nicht weißt.«

»Sei mal lieb, okay? Ich brauche Ablenkung. Rede einfach mit mir, das kannst du doch so gut.«

»Na schön. Die Gerüchteküche in Vauxhall Cross brodelt. Bislang ist Mac für das geheimnisvolle Verschwinden von Lord Lucan verantwortlich und war Komplize bei der Entführung des legendären Rennpferds Shergar. Ach ja, und natürlich beim Kennedy-Mord.«

»Halte dich bitte an die Fakten.«

»Also, er ist immer noch im Gefängnis Belmarsh und wird wohl auch nicht so schnell rauskommen. Am Freitag haben die Seelenklempner noch mal ihr Glück versucht, aber es herrscht allgemeine Übereinstimmung, dass er nicht auf Unzurechnungsfähigkeit plädieren kann.«

»Und dafür braucht man ein Diplom an der Wand? Mac ist nie im Leben geisteskrank. Wenn du mich fragst, sollten Sie ihn zu Zwangsarbeit verurteilen. Ich hoffe, das Schwein verbringt den Rest seines Lebens in Belmarsh. Verdient hat er es.«

»Dem kann ich nicht widersprechen.«

»Wie viel Geld haben sie gefunden?«

»Bis jetzt ein paar Millionen, aber da ist noch mehr, viel mehr. Die Gerüchte besagen, er könnte zwischen zehn und hundert Millionen gehortet haben.«

»Ich würde gern sein Gesicht sehen.«

»Ich auch.«

»Wer bloß vermutet –« Astons Imitation war gar nicht so schlecht.

»– hat schon verloren«, vollendete George, deren Stimme ein wenig zu schrill klang. »Die Bleihülle war leer. Klasse, was? Er hat nur *vermutet*, dass etwas darin war.«

»Dennoch hat die Bombe beträchtlichen Schaden angerichtet.«

»Sicher, aber es hätte schlimmer kommen können. Wäre es tatsächlich eine schmutzige Bombe gewesen, wäre Vauxhall Cross für die nächsten ein-, zweihundert Jahre Sperrgebiet.« George sah auf die Uhr. »Zehn Minuten bis zum nächsten Zug. Was meinst du?«

Aston betrachtete sein halb volles Glas. Er hatte genug. »Komm, wir gehen.«

Draußen hakte George ihn unter. »Mit der Zeit wird es leichter.«

»Ehrlich?«

»Vertrau mir.«

»Ist schon eine verrückte Welt… das waren seine letzten Worte. Nicht gerade ein toller väterlicher Rat, was?«

»Na ja. Etwas ist schon dran.«

»Du musst mir immer widersprechen, was?«

»Das ist mein gottgegebenes Recht, Paul.«

Aston blieb stehen und lächelte sie an. »Danke«, sagte er.

»Wofür?«

Er beugte sich vor, schob ihr das Haar aus dem Gesicht und küsste sie auf die Stirn. »Einfach nur danke.«

Nachwort

Im Juli 2003 habe ich angefangen, *Der Anschlag* zu schreiben. Betty Schwartz, die damals bei Hodder arbeitete, wollte wissen, ob ich eine Idee für *den* großen britischen Thriller hätte. Damals war ich nur irgendein Autor, der noch nichts veröffentlicht hatte und um Anerkennung kämpfte. Wenn jemand aus dieser Liga an die Tür klopft, zögert man nicht lange.

Jeder Roman braucht als ein »Was wäre wenn?« Und meine Idee ließ nicht lange auf sich warten. Was wäre, wenn es in Großbritannien einen Anschlag wie den vom 11. September gäbe? Reichte der Impuls für einen ganzen Roman? Ich war davon überzeugt und brauchte ein Ereignis, um die Handlung ins Rollen zu bringen, etwas Großes, Furcht einflößendes, vor allem aber etwas Plausibles. Ein Selbstmordanschlag während des Berufsverkehrs in der U-Bahn erfüllte dieses Kriterium. Ich wäre nie auf die Idee gekommen, dass so etwas wirklich passieren könnte.

Wer Fiktion schreibt, erschafft eine neue Welt, doch letztlich sind es nur Worte auf Papier, und niemand wird dabei verletzt. Es gehört zu meinem Beruf, in dunkle Ecken und Winkel zu schauen und zu berichten, was dort geschieht; wir alle sind auf primitive Weise fasziniert von den Ungeheuern, die im Dunkeln lauern. Also lasse ich Sie ins Gehirn eines Serienmörders blicken; ich liefere einen Kommentar im Flüsterton, wenn wir die letzten Augenblicke eines Mordopfers miterleben; ich führe Sie hinunter in eine U-Bahn-Station und zeige Ihnen die Folgen eines Terroranschlags. Das kann ich tun, weil es meine Schöpfung ist und niemand verletzt wird.

Was aber, wenn aus der Fiktion Wirklichkeit wird?

Wir spulen vor zum 7. Juli 2005 ...

Der Tag begann wie jeder andere: duschen, frühstücken, Computer hochfahren und loslegen.

Dann kam der Anruf.

Es war Karen. Sie sagte, ich solle die Nachrichten einschalten, in der U-Bahn sei etwas passiert. Zu diesem Zeitpunkt tippten die Journalisten noch auf einen gewaltigen Stromausfall; von Terror war keine Rede. Doch als nähere Informationen folgten, hatte ich ein furchtbares Déjà-vu-Erlebnis. Die Bilder im Fernseher, die Dinge, die die Reporter schilderten, waren mir auf unheimliche Weise vertraut. Monatelang hatte ich darüber geschrieben, und nun war es Wirklichkeit geworden. Fassungslos sah ich die Bilder. Tom Clancy, der in einem seiner Bücher eine 747 ins Kapitol fliegen lässt, muss am 11. September wohl ähnlich empfunden haben.

Die Geschichte entfaltete sich und war schlimmer, als ich mir je hätte träumen lassen. Es waren Menschen gestorben, unbeteiligte Menschen, die einfach zur falschen Zeit am falschen Ort gewesen waren. Ich durfte gar nicht darüber nachdenken. Es gibt eine Szene am Anfang von *Der Anschlag*, in der Aston durch die Nachrichtensender zappt und sich aufregt, weil die Reporter darüber reden, obwohl sie gar nicht dabei waren. Sie berichten aus der Distanz; ihre Informationen stammen alle aus zweiter Hand.

Ich ließ den Roman einige Monate liegen. Ich brauchte Abstand, und als ich ihn dann wieder zur Hand nahm, lag eine Menge Arbeit vor mir. Ursprünglich hatte ich das Buch unter der Prämisse geschrieben: Was geschieht, wenn das Undenkbare passiert? In der neuen Version habe ich die Perspektive leicht verändert: Was wäre, wenn es wieder geschieht?

Wir leben in unsicheren Zeiten; der Terrorismus ist Teil unseres Lebens geworden. Solange es Wahnsinnige mit Bomben und fanatischen Überzeugungen gibt, können wir nichts daran ändern. Aber wir können unser Verhalten gegenüber dieser Bedrohung ändern. Einige Monate nach dem Anschlag fuhr ich nach London, und mir fiel vor allem auf, dass sich im Grunde nichts verändert hatte. Sicher, in der U-Bahn hingen Plakate, die die Leute vor herrenlosem Gepäck warnten, und es gab eine stärkere Polizeipräsenz, doch davon abgesehen herrschte »business as usual«. Und so sollte es auch sein.

Steve Jackson
Januar 2006

DANKSAGUNG

Ein großes Dankeschön gilt:

Betty Schwartz, die mir die Tür öffnete und so lange offen hielt, bis ich meinen Fuß fest drinnen hatte. Was soll ich sagen? Du bist die Größte!

Meiner wunderbaren Agentin Veronique Baxter, zweifellos die fleißigste in der ganzen Branche. Danke, dass du dich mit übermenschlicher Geduld durch alle frühen Entwürfe gekämpft hast – ganz zu schweigen von deinem unschätzbaren Scharfblick und deiner Begeisterung.

Dem sagenhaften Wayne Brookes, Lektor par excellence, der diesen Roman sicher durch die stürmischen Gewässer der Verlagsbranche gesteuert hat. Du hast meinen Traum wahr werden lassen. Danke.

Meiner Familie und meinen Freunden, die in guten und schlechten Zeiten für mich da waren. Vor allem möchte ich meinen Eltern danken, meiner Schwester Anne, meinen Brüdern Mike und Paul, Kenny und Maureen Studsrud, Candice Williams, Ken Crouch und Nikki Searle.

GOLDMANN

Einen Überblick über unser lieferbares Programm sowie weitere Informationen zu unseren Titeln und Autoren finden Sie im Internet unter:

www.goldmann-verlag.de

Monat für Monat interessante und fesselnde Taschenbuch-Bestseller

Literatur deutschsprachiger und internationaler Autoren

∞

Unterhaltung, Kriminalromane, Thriller,
Historische Romane und Fantasy-Literatur

∞

Klassiker mit Anmerkungen, Anthologien
und Lesebücher

∞

Aktuelle Sachbücher und Ratgeber

∞

Bücher zu Politik, Gesellschaft, Naturwissenschaft
und Umwelt

∞

Alles aus den Bereichen Esoterik, ganzheitliches Heilen
und Psychologie

Die ganze Welt des Taschenbuchs

Goldmann Verlag • Neumarkter Straße 28 • 81673 München

GOLDMANN